U0530157

收获

60周年纪念文存 珍藏版

短篇小说卷（1979—1990） 《收获》编辑部 主编

结婚
没有意思的故事

阿 城　李国文 等 著

人民文学出版社
PEOPLE'S LITERATURE PUBLISHING HOUSE

图书在版编目(CIP)数据

结婚 没有意思的故事/阿城等著；《收获》编辑部主编.—北京：人民文学出版社，2017
（《收获》60周年纪念文存：珍藏版．短篇小说卷．1979—1990）
ISBN 978-7-02-013124-2

Ⅰ.①结… Ⅱ.①阿… ②收… Ⅲ.①短篇小说-小说集-中国-当代 Ⅳ.①I247.7

中国版本图书馆 CIP 数据核字(2017)第 176669 号

总 策 划	黄育海　程永新
责任编辑	甘　慧　杜　晗
装帧设计	汪佳诗

出版发行	人民文学出版社
社　　址	北京市朝内大街 166 号
邮政编码	100705
网　　址	http://www.rw-cn.com
印　　刷	上海利丰雅高印刷有限公司
经　　销	全国新华书店等
开　　本	720 毫米×1000 毫米　1/16
印　　张	21
字　　数	300 千字
版　　次	2017 年 8 月北京第 1 版
印　　次	2017 年 8 月第 1 次印刷
书　　号	978-7-02-013124-2
定　　价	99.00 元

如有印装质量问题，请与本社图书销售中心调换。电话：010-65233595

| 编者的话 |

巴金和靳以先生创办的《收获》杂志诞生于一九五七年七月，那是一个"事情正在起变化"的特殊时刻，一份大型文学期刊的出现，俨然于现世纷扰之中带来心灵诉求。创刊号首次发表鲁迅的《中国小说的历史的变迁》，好像不只是缅怀与纪念一位文化巨匠，亦将眼前局蹐的语境廓然引入历史行进的大视野。那一期刊发了老舍、冰心、艾芜、柯灵、严文井、康濯等人的作品，仅是老舍的剧本《茶馆》就足以显示办刊人超卓的眼光。随后几年间，《收获》向读者奉献了那个年代最重要的长篇小说和其他作品，如《大波》（李劼人）、《上海的早晨》（周而复）、《创业史》（柳青）、《山乡巨变》（周立波）、《蔡文姬》（郭沫若），等等。而今，这份刊物已走过六十个年头，回视开辟者之筚路蓝缕，不由让人感慨系之。

《收获》的六十年历程并非一帆风顺，最初十年间她曾两度停刊。先是称之为"三年自然灾害"的困难时期，于一九六〇年五月停刊。一九六四年一月复刊后，又于一九六六年五月被迫停刊，其时"文革"初兴，整个国家开始陷入内乱。直至粉碎"四人帮"以后，才于一九七九年一月再度复刊。艰难困顿，玉汝于成，一份文学期刊的命运，亦折射着国家与民族之逆境周折与奋起。

浴火重生的《收获》经历了拨乱反正和改革开放的洗礼，由此进入令人瞩目的黄金时期。以后的三十八年间可谓佳作迭出，硕果累累，呈现老中青几代作家交相辉映的繁盛局面。可惜早已谢世的靳以先生未能亲睹后来的辉煌。复刊后依然长期担任主编的巴金先生，以其光辉人格、非凡的睿智与气度，为这份刊物注入了兼容并包和自由阔放的探索精神。巴老对年轻作者尤寄予厚望，他用质朴的语言告诉大家，"《收获》是向青年作家开放的，已经发表过一些青年作家的作品，还要发表青年作家的处女作。"因而，一代又一代富于才华的年轻作者将《收获》视为自己的家园，或是从这里起步，或将自己最好的作品发表在这份刊物，如今其中许多作品业已成为新时期文学经典。

　　作为国内创办时间最久的大型文学期刊,《收获》杂志六十年间引领文坛风流,本身已成为中国当代文学的一个缩影,亦时时将大众阅读和文学研究的目光聚焦于此。现在出版这套纪念文存,既是回望《收获》杂志的六十年,更是为了回应各方人士的热忱关注。

　　这套纪念文存选收《收获》杂志历年发表的优秀作品,遴选范围自一九五七年创刊号至二〇一七年第二期。全书共列二十九卷(册),分别按不同体裁编纂,其中长篇小说十一卷、中篇小说九卷、短篇小说四卷、散文四卷、人生访谈一卷。除长篇各卷之外,其余均以刊出时间分卷或编排目次。由于剧本仅编入老舍《茶馆》一部,姑与同时期周而复的长篇小说《上海的早晨》合为一卷。

　　为尊重历史,尊重作品作为文学史和文学行为之存在,保存作品的原初文本,亦是本书编纂工作的一项意愿。所以,收入本书的作品均按《收获》发表时的原貌出版,除个别文字错讹之外,一概不作增删改易(包括某些词语用字的非标准书写形式亦一仍其旧,例如"拚命"的"拚"字和"惟有""惟恐"的"惟"字)。

　　特别需要说明的是,收入文存的篇目,仅占《收获》杂志历年刊载作品中很小的一部分。对于编纂工作来说,篇目遴选是一个不小的难题,由于作者众多(六十年来各个时期最具影响力的作家几乎都曾在这份刊物上亮相),而作品之高低优劣更是不易判定,取舍之间往往令人斟酌不定。编纂者只能定出一个粗略的原则:首先是考虑各个不同时期的代表性作品,其次尽可能顾及读者和研究者的阅读兴味,还有就是适当平衡不同年龄段的作家作品。

　　毫无疑问,《收获》六十年来刊出的作品绝大多数庶乎优秀之列,本丛书不可能以有限的篇幅涵纳所有的佳作,作为选本只能是尝鼎一脔,难免有遗珠之憾。另外,由于版权或其他一些原因,若干众所周知的名家名作未能编入这套文存,自是令人十分惋惜。

这套纪念文存收入一百八十余位作者不同体裁的作品，详情见于各卷目录。这里，出版方要衷心感谢这些作家、学者或是他们的版权持有人的慷慨授权。书中有少量短篇小说和散文作品暂未能联系到版权（毕竟六十年时间跨度实在不小，加之种种变故，给这方面的工作带来诸多不便），考虑到那些作品本身具有不可或缺的代表性，还是冒昧地收入书中。敬请作者或版权持有人见书后即与责任编辑联系，以便及时奉上样书与薄酬，并敬请见谅。

感谢关心和支持这套文存编纂与出版的各方人士。

最后要说一句：感谢读者。无论六十年的《收获》杂志，还是眼前这套文存，归根结底以读者为存在。

《收获》杂志编辑部
上海九久读书人文化实业有限公司
人民文学出版社
二〇一七年七月二十四日

| 目 录 |

茹志鹃	草原上的小路	1
张辛欣	我在哪儿错过了你?	24
汪曾祺	七里茶坊	52
赵振开	稿纸上的月亮	66
高晓声	泥脚	77
张石山	一百单八磴	103
徐晓鹤	院长和他的疯子们	131
谭甫成	平静地流淌的河	138
汪曾祺	桥边小说三篇	157

刘索拉	多余的故事	173
陈　染	世纪病	187
皮　皮	光明的迷途	202
李国文	没有意思的故事	217
冰　心	落价	237
格　非	青黄	239
吕　新	旧地：茅草一片金黄	258
阿　城	结婚	320
阿　城	专业·炊烟·大风	323

草原上的小路

茹志鹃

荒芜的草原，仿佛一直铺展到天的尽头，在这广阔无垠的地方，路本是可以挑直了走的，可是已经踏出来的小路，却是这样蜿蜒、曲折。也许是那些最初踏出路来的人，被偌大的草原迷住了，他们东张西望，不知要走向何方；也许，他们只是漫不经心，在这寂寞的草原上，边想着心事，边信步地走着，走着。但是尽管小路弯来弯去，它总会把人引到一个目的地。不是油井，便是水井，要不就是通到宿舍和临近的小镇。

小苔下了大夜班，又从48井取了油样。这口决定封闭的死井，含水量竟然从99.8%降到45%，化验员不放心，叫再取个油样。小苔拎小油罐，便沿着这弯弯的小路走着，脚步是急促的，她那对分得稍开、乌黑的大眼睛里，毫无倦意，她有种预感，今天她会有信，石均来的信。但一想到石均，她不自觉地放慢了步子。石均，平顶头，冷冷的目光，嘴角上带着一丝不易察觉的讽嘲，油垢斑斑的工作服，有时穿一双长筒胶靴，这使他的身量比他平时穿那条肥大的旧军裤要显得略高一点。有点懒散，有点邋遢，有点骄矜，有点沉默，有点尖刻。多么奇怪，她脑子里的石均，竟还是"四人帮"没有粉碎之前的石均。对这个石均，她似乎有点了解。但是最近的石均，父亲落实政策以后，陪同父亲去南方看病访友带散心的石均，虽然还是平顶头，肥大的裤子，但对小苔来说，好像有点陌生了。他精神了，挺直了，干净利索了，懒散邋遢已经消失，而那骄矜沉默，却变成一种自信，一种不自觉的优越感。他陪父亲去南方以后，给小苔来过两封信，这使队里很多同志拿她开玩笑，但是天哪！这是两封什么信？极普通的信，谁都可以看的信呀！小苔急得要跳脚，最后还是杨萌了解她，当场就把石均的信给大家念了一遍，大家这才没咒念了。不过还是有人说俏皮话："那石均干吗不给我写信呀？"……

"是啊！他干吗要写给我呢？……"小苔干脆站了下来。草原的尽头，又是那一轮又红又大的太阳，渐渐地脱开了地平线，阳光也像那样平射过来，把人，把草原，把小路，把整个的秋天，都染成淡淡的玫瑰色。小苔突然醒悟过来，又急急地沿小路走去，也许是这清晨的空气、阳光，她心里满涨着一种不安的幸福的感觉，似乎生活对每个人都张开了美丽的翅膀。

回到队里，她没到化验室，却拎了油样罐先进了宿舍。在窗下的老地方，正坐着瘦小的杨萌，在静静地看她的地质资料。

"有信吗？"小苔不觉冲口而出。

"有。"杨萌把夹在讲义夹里的一封信交给了小苔，并抬头看着她，又加了一句，"石缄。"两个字，道破了小苔的内心。她不觉红了脸，勉强地说道："我是问你有没有信，录取通知来了吗？"

"没有。"杨萌轻轻地回答了一句。不过，这时声音再大，小苔也不可能听见了，她已拆了封，正看信呢！于是杨萌又平静地低头看她的资料。

两张信纸，粗大的字体，最后石均的签名倒占去了半张纸。跟上两封一样，又是一封人人都可以看的信，不过报告了他父亲的工作已定，去原省担任原来的书记职务，不日将一同回来搬家。只是在信的末尾，有两行字，使小苔的心跳加快起来，"届时希望看到你，不过请告诉我，我该怎么向爸爸介绍你呢？……"

"什么意思？'向爸爸怎么介绍你？'……"小苔细细地咀嚼着这句话。难道这就是自己等待的事？难道这就是那个……那个爱情？……等小苔回过神来，才发现杨萌正注视着她。小苔立即做出平常的样子说道："石均要回来搬家了，他爸爸还是回原单位当书记。"

"哦！"不知这个消息哪一点上触动了杨萌，她反射似的站了起来，但她立即意识到，又平静下来，拎起小苔取回的油样罐，说道："我送去化验，你睡吧！"

小苔忽然想起还没问她考大学的通知收到没，就又问道："你通知收到没？"

杨萌摇了摇头，拎了油罐，拿了她的书和笔，向外走去。她那瘦小干巴的身影，像一朵未及绽开就枯萎了的花。小苔知道，别的队有人已收到了录取通知，不过她不敢把这消息告诉杨萌，这样做是残酷的。她从旁知道杨萌在农村插队时，贫下中农曾三次推荐她上大学，都被人挤下来了。现在可以凭本事考试了，她的年龄又似乎太大了一点。不过杨萌自己却从不提这些，精神上也似乎未留下什么痕迹似的，她仍然只顾钻在地层下面，在新生代、中生代、古生代，在多少百万年前的岩层里探究着什么。经常半夜里她床上就没有人了，独自去坐在隔壁阅览室里，把电灯拉得低低地碰着头，在过她最有兴趣的一部分生活。小苔尊敬她，却从来也没想到过怜惜她，但这时候，在自己心里藏着一种隐秘而朦胧的幸福感时，她突然怜悯起杨萌来了，她追上去，安慰道："杨萌姐，你别着急，现在不是'四人帮'那时候了，你考得那么好，还有不取的理？我保证明天通知就到。"

杨萌微笑着，向她点点头，作为回答，也作为感谢，然后就转身走了。小苔觉得杨萌今天的笑容有些疲倦，有些无力。她不知道是自己今天特别敏感，还是真的这样。她慢慢地洗着脸，那面小圆镜子里的脸，似乎比平时苍白，眼睛是出神的，惟有那个酒窝是活泼的，它时隐时现，仿佛在问："喂！怎么介绍你呢？……"

镜子里那对大眼睛越来越大，越来越黑，面容也随之越来越严肃了，而且分明地摇了摇头。"不，这不是那个，那个爱情，爱情要比这美得多。他不过是平常的，一般的意思。怎么介绍？姓萧名苔，人称小苔，不就完了。"小苔洗好脸，急促地脱衣上床。为了补救刚才种种有屈自尊的想法，她把一切都丢在脑后，合上了眼。已是北方的秋天了，一条薄被却仍然是这么热，她用脚把被挑松，又把手臂伸到被外，伸到枕头下面，无意地又碰到了石均的那封信，她又不自禁地把信重读了一遍。"不，石均问如何介绍，意思绝不是指一般的尊姓大名。他不肯明说，他自尊。要我来说明。这就是那个爱情了……？"小苔丢开信，再次闭上眼睛，可是思想却像个线球那样滚动着，滚动着，把陈年的丝丝缕缕都牵了出来。

　　……………

一九七五年的秋天，小苔从东北农村抽调到油田来的第一天，火车载着从各处抽调来的知青，到达油田的时候，正是夜间。分到采油队的二十多人，先集中在大队部，然后按照分配好的名单，由各个采油队来车来人迎接，分到303队的，只有两个人，一个是萧苔，另一个是男同志叫石均。"谁是石均？"萧苔怀着刚走上工作岗位的兴奋，睁着大眼，在人群中寻找着，猜测着这位未来的同事石均。她先猜一个戴眼镜的，比较文弱的南方人，可是这个人跟着最早来接的车子走了，后来她又猜是那个黑红的脸膛，老龇着一口白牙说笑的北方人。可是不久，这人也跟着别的采油队走了。最后，只剩下萧苔一个人，面对着一个满脸胡茬，赤脚穿了双旧跑鞋的大队干部，没有什么石均。

"大概是个有来头的后门工。大家都报到了，他可以不到。"真是，萧苔在农村这三年可不是白耽的，什么事没见识过？招兵招工的时候，大学招生的时候，那就瞧吧！娘老子一个个的显神通，有权的使权，有钱的花钱。萧苔可看不起，有人说她是吃不到葡萄嫌它酸。萧苔一皱鼻子，说："我呀！有得吃我还要挑那甜的呢！"她这次抽调上来，多亏了她队里的干部正派，硬推荐了她这个没权没钱的营业员女儿。可是又偏偏碰到了跟一个有来头的人在一起，萧苔可并不高兴。最后，地处边远的303队的车来了，一辆带篷的两吨卡，来迎接新同志的人，却是个矮小的女同志，黄脸，低额，像刀刻似的抬头纹，实在看不出她有多大年儿了。只是从她那双深邃的眼睛里，尚保有青春的活力。她把萧苔的手有力地一握，就用她略带广东味的普通话简单地介绍了自己："我叫杨萌，比你早来两个月。"

"你也是插队上调的？"萧苔好不容易有了个说话的对象，很高兴。

"对！"杨萌答了一声，便把小苔的行李，起码也有七八十斤重的一个行李包，一拎就扛上了肩。萧苔自己拎了旅行包，跌跌撞撞跟在后面，只见她到了卡车后面，把肩膀一耸，行李就轻轻巧巧地上了车，好像是个专业的搬运工。

"你插队几年了？"小苔问。

"八年。"

"啊！八年。"小苔惊讶了，"那你一定很大了？"

"对！很大了。"杨萌转过头来，第一次注视着萧苔微笑了。她看见萧苔那对本来很大的眼睛，这时由于惊讶，睁得更大了，眼梢都挂了下来，"你有二十了吧？"杨萌边把她的旅行包送上车，边问道。

萧苔一咧嘴，大概是想苦笑一下的，结果是露出了两排细白的牙齿，左颊的一个酒窝深深地一旋，变成了极其灿烂的一笑，说道："二十一了。我已经有了三年的独立生活经验，经历过很多事，所以我看上去要比实际年龄老得多。"

杨萌亲切地拍了拍她，说道："小苔，上车吧，还有一位同志等在镇头上呢！"

"就是那位石均？"萧苔爬上了车，问道。

"对!"杨萌跳上了车,把车后挡板拴好,车就开动了。车上有个帆布篷,两边有木条凳,杨萌就紧靠前面坐下,萧苔则迎风站在车厢前面,秋风虽然很冷,但她也不愿放弃观赏夜景的机会,一边顺口说道:"我猜,这个石均的爸爸一定是个大干部吧!"

"过去是。"

"那就行。总还有那些老首长,老战友,叔叔阿姨照顾着。你认识石均?"

"不认识。"

不认识,萧苔就放胆说了:"根据我的经验,对这号人,要就远着点,要就是拍着点,都是通天的。"

杨萌又微微一笑,不过这次萧苔没看见,车里黑黢黢地,她又目不暇接地观赏着油田夜景,她只觉得杨萌沉默了一会儿,才听见她轻轻说道:"过去也许是这样,现在他们可能比谁都惨。"

"可能。不过他们觉得苦的事儿,在我们老百姓来说,都是平常事儿。插队,种田,烧饭,洗被子,吃窝窝头,不就是这些吗?"

"……你是对的。不过你没有把心灵上的负重算上。"

"可能。"萧苔趴在车前的挡板上,望着远远近近、星星点点的一片灯光,她不禁欢呼起来:"啊呀!真漂亮!"说着又回头对杨萌说道:"我这个人爱幻想,人家还说我感情脆弱,不过我不承认。我只承认自己近年来学得有点世故了。这倒是真的。你,我得叫你杨萌姐了,你今后得防着我一点,提醒我一点。我看出来,你心肠好,是个老实人。插队八年才上调,你也太没办法了。……"小苔的话还没说完,卡车停下了。接着车后丢进一小卷铺盖,一个网线袋,然后双手一撑,跳进一个人来。小苔从车内望出去,只看到一个平顶头,中等个子,两肩宽阔的青年人的剪影。他上来以后,跟谁也没打招呼,就在车后坐下了。但车上的两个人都知道,这就是石均了。

奇怪的是,他一来,车里好像突然冷了许多,也闷了许多,谁也没作声。一会儿,小苔忍不住了,问道:"你家住在镇上?"

他用鼻子"嗯"了一下，算是回答。

"你是本地人？"

"不。"

"那你家怎么住在这里？"小苔仍然追根寻底地问着。

"发配来的。"话说得直白尖刻，话外有话，意思是："这下你满足了吧！"小苔窘了，半天没作声。好在车里谁也看不清谁。过了半晌，才听见车前有一个平静的声音说道：

"我是中了状元才抽调到这里来的。"说话的是杨萌。小苔的酒窝儿在暗中旋了一下，接着便望着车外，轻轻地哼起了《石油工人之歌》，不过她哼了几声，没有人响应，也就不作声了。于是一辆小卡车，载着三个各不相同，但都一样沉默的人，在草原的便道上颠簸前进。

小苔和石均在黑洞洞的车里，不能说见面，只能说初次的交谈，应该说相互之间不是友好的。到达以后的第二天，两个人才见面，不过，恰恰正在小苔非常尴尬的时候。

这是第二天一早，小苔跟杨萌去看一口快要死了的油井，也就是说，这井里喷出来的已不是油，99.8%都是水了。但是当她们一走出采油队的大院，小苔就呆住了。草原以它的辽阔和荒漠，出现在小苔的面前，昨夜间，由井架上的灯光所构成的繁华，竟像童话里的魔法一样，消遁得无影无踪。小苔靠在一个篮球架的柱子上，眼里立即蒙上了一层泪水。杨萌朝她看了看，也没安慰，也没劝解，只是默默地陪她站着。一会儿，小苔抹去了泪水，说道："你看，我很脆弱，是不是？"

"容易动感情，不一定就是脆弱。对吗？"杨萌说道。

"对！太对了！我就是这么想的。你看着好了，我的行动不会是软弱的。"小苔说着，泪水又不听话地涌了出来。正在这个时候，石均走过来了，说道："你叫小苔吧？"

小苔也来不及擦干泪水，便挺胸说道："我叫萧苔。"

石均略略凝视了她一会儿，便收起了嘴角上的那一丝讽嘲，不无诚恳地说道："不喜欢这地方？"

"对！我是说出来了，有人不过没说就是。"说着，就擦干眼泪，直瞪着石均，很有点挑战的意味。石均赶紧把眼光避开，说："领东西去吧！采油工的三件宝，饭盒，电筒，大棉袄。"说时，并不掩饰自己的沉重心情。小苔一时倒没了主意。一轮又红又大的太阳，直接从地平线上跳了出来，一队大雁排成人字形，向南飞去。三个人同时目送雁儿们远去以后，互相看了看，发现三个人站成一个鼎脚。最后还是杨萌说话："采油工真正的岗位，是在地下。"她拉着小苔，脸却对着石均，说道："沉睡了千万年的石油，它在地下也会受到压制，也会逃跑，也会躲藏，这里面的学问，够我们学一辈子的。走吧！我们先看看48井去。"于是杨萌带头，在草原的小道上，三个采油工也走成了一个大雁的队形。……
　　…………

　　"我怎么向父亲介绍你呢？……"这是一根轴，小苔大睁着眼，躺在床上，思想就围绕着这根轴转动着，转动着。忽然，她直坐了起来，她听见有一种抽泣的声音，是的，分明是一种压抑不住的抽泣，声音是从隔壁阅览室传来的。这是谁？杨萌？……不，杨萌是不会这样哭的。当小苔想再听听清楚时，抽泣声消失了，一切又归于沉寂。小苔重又躺了下去，长长地叹了一口气，"我怎么向父亲介绍你呢？……"

　　这问题是从什么时候开始产生的呢？……那是小苔和石均来到采油队的第一个春节以后。曲曲弯弯的小路上，还覆盖着厚厚的雪，小苔和一些回家探亲的同志都回来了，而石均的家就在镇上，可是他也请了假，说是到省城里去探亲的，而且一去不回，一下就超假半个月。队长当然很恼火，大小会议上已缺席批过几次。有一天下午正开会的时候，石均气喘吁吁，挟着棉袄，上身只穿一件破的大红线衫，一头大汗地撞进来了。他刚坐下歇气，就听见队长猛喝了一声："石均，站起来！"

　　开会的人都吓了一跳。石均开始也有点愕然，可是紧接着他泰然地反把身子靠在椅背上，坐得更舒服一些，然后问道："干吗？"

　　"站起来，说说你为什么迟到。"队长见他这样，更恼火了。

　　"我坐着说，你听不见吗？"石均两眼直盯着队长。小苔却捏了两手汗。她觉得石均迟到虽然不对,可是队长不问情由,这样欺人,内心也大为不平。

"你要流氓,你滚出去!"队长的面子下不来了,他吼着冲到石均身边,大有动手要拉的架势。石均仍坐着没动,只是用肩去擦着下巴上的汗水,然后便默默地抱起衣服,推开门走了出去。一种深切的同情,攫住了小苔的心,她想起刚到的那个晚上,说石均的那些话,是不公正的。内疚在同情上面又加添了一层绵绵的歉意。

散会以后,小苔便向石均笔直地走去,他一个人正站在球场上,肩靠着篮球架的柱子,孤零零在想着什么。小苔走了十多步,发现有个人挽起自己的臂膀,一起向石均走去。是杨萌,她边走边在小苔耳边轻轻地说道:"一个人最难忍受的并不是打骂、斥责,而是孤独,一种歧视下的孤独。"

两个人走到石均面前,杨萌只是向他微微地笑了一下。小苔却愤愤地说道:"对这种领导,你犯不着生气。"

"我已经习惯了。一个领导不整整我这样儿的人,又叫他们做什么呢!"石均虽然这样说,身子却无力地依在柱子上一动也没动。

"我认为还要体谅他们。也许不这么做,他们自己还要挨整呢!"杨萌说着,眼睛望住远远的地方。那里正有一轮落日,带着金红的光芒,浮在地平线上。

"对!我们挨整无所谓,他们头上大小还有一顶乌纱帽呢!"小苔说着又问石均,"你上哪里去了?这么长时间。"

"我探监去了。你大概不知道我有个特嫌的父亲关着吧!"石均转过头来,看着小苔。冷的目光里跳动着一丝饶有兴味的观察。

小苔一时不知说什么才好,惶然地哑了。

"石一峰同志身体好吗?"杨萌问道。这次轮到石均哑了,过了一会,才说:"他好。你认识我父亲?"

"不认识。只是听说过。"杨萌说。落日在往下沉,红得也越来越暗。

"你跟妈妈一起去的吗?"小苔的音容更加温和了。

石均摇了摇头，说道："我妈妈是个勇敢的弱者，爸爸关进去的第二年，也就是我们全家发配到这里来的第二年，她吃了一瓶安眠药，长睡不起了。"

"啊！"小苔不自禁地惊呼了一声。杨萌听了，脸呆呆地，毫无反应。只是那长长的睫毛颤抖了一下，便顺下来，盖住了那双深洼的眼睛，那里面正和落日的余晖一起燃烧着一种火似的光，灼人的光。过了一会儿，她轻轻地抚摸了一下石均的肩膀，问道："你不是每星期都说回去看妈妈的吗？"声音是平静的。

"看骨灰盒，看她遗赠给我的任务，一个十岁的妹妹。现在已经十三岁，在镇上念书。儿童是特别轻生的，我回去要给她一些快乐，给她一些信念。要她相信爸爸没有罪，要有这个信念。妈妈就是失去信念才完的。妹妹可以没有馍馍吃，可是不能没有生活的勇气和信心。"

"石均，"杨萌沉思了一会儿说道，"光有一个相信父亲无罪的信念是不够的。你还必须教会她，也教会自己，不要在等待当中闲白了少年头，你还要教会她，也教会自己，不要太怜惜自己，要去苦干苦学。她还是幸福的，在念书，还有哥哥照顾着。"说完，她也没招呼小苔，就转身迅速地走开了，只剩下小苔和石均两个人面对面地站着。小苔的大眼里，这时已噙满了泪水，对石均说道："我能帮你做些什么吗？……"石均缓缓地对她摇了摇头。

晚霞已经渐渐褪去颜色，依然是几片透明的薄云。暮色将临而未临的白光，笼罩着大地，使一切都显得那么纯洁而宁静。……

…………

隔壁又有了那个抽抽噎噎的声音，不过这次更轻了。这种吞泣声，比大声号啕还要刺激人的神经。小苔翻了一个身，又翻了一个身，然后就坐了起来，一想到要穿好衣裤，走出宿舍来满足自己的好奇心时，她又躺了下来。她实在乏得很了，不过就是睡不着。隔壁那个隐隐的泣声停歇了，四周又归于寂静，小苔却依然大睁着眼睛。……

…………

是那次谈话以后的第一个休息日，杨萌早早地就把小苔喊起了床。小苔洗脸的时候，顺便就洗了头。她刚披着湿漉漉的头发，脸上的水珠还没擦去，杨萌就对她说道："今天我倒很想去石均家看看，也许能帮他做些什么，你去不去？"

"去去去！你这个主意想得真好，我怎么没想到呢！"小苔高兴得跳了起来。杨萌含笑帮她把那一头乌黑的、柔软的头发擦干，然后扶着她的双肩，说道："小苔，主意是好，不过我今天正巧有事，你一个人去好不好？"

小苔迷惑地点点头："好！"

杨萌很高兴，按了一下她的鼻子，说："小苔，你真像我小时看过的一本童话书里的白雪公主，又美，心肠又好。你早去早回吧！有什么要缝要补的，拿回来我做。"

北方是极少春日的，不过到底立过了春，快到雨水季节了，吹来的风已不那么刺骨了。弯弯的小路，躺在苍黄的草原上。路上轻盈飘逸地飞着一朵淡紫的花，玫瑰色的脸颊，托在雪青的毛茸茸的围巾里，带着时隐时现的笑靥。小苔想象着石均会怎么接待她这个不速之客。

石均的家龟缩在小镇的角落上，两档碎石砌成的台阶，推开台阶上的门，是一条带子似的小院子，一头是一口无沿井，一头是一棵收拾得十分精心的丁香，当中是一大间平房。小苔推开门的时候，石均正弯了腰在一张小板桌上和面，他一见小苔，并没感到意外，只是立即走到门口问道："什么事？"

"没什么事，"小苔有点窘，"我来看看你的妹妹。"

"哦！"石均放心了，说，"她不在，上同学家去了。"他仍然当门站着，并没请她进来的意思。小苔有点失望，对这次拜访，她想象当中完全不是这样的，那要热烈、激动得多。现在她却讪讪地站在门口。小苔也就不客气地说道："我是来看看，有什么要帮忙的。"边说边用手把石均拨开，自己就走进了屋子。屋子当中挂着一条被单，算是把屋子隔成了两间。内外各有一张板床以外，几乎一无所有。空荡荡的房间，却又是那么凌乱。回头再看看石均，他呆着脸，跟在后面，从他脸上，看不出是高兴还是生气。

"他太爱面子了。"于是小苔装作什么也没注意到，只顾把床上的被子拆了，放在井边的一个盆里，埋头洗了起来。被里都已破旧得不能用劲洗了。"杨萌的话是对的，他们现在比谁都惨。"小苔洗着感叹着。洗完被子，她又进屋去收集了一大堆需补缀的衣服、袜子，石均始终在旁看着，不阻挡，不帮忙，也不道谢，一直看到小苔卷好破衣裳，挟起要走了，他这才一手撑着门框，又像她进门时那样，堵着路，冷冷地盯着小苔，说道："同情了？怜悯了？"

小苔刚才只是感慨而已，听了这话，倒真的可怜起石均来了。她明白这是一种强烈的自尊心在苦着他，于是就真诚地说道："石均，我们不是同事，又是同志嘛？"

"那么是来学雷锋？"石均嘴角上带着一丝讽嘲的微笑。

"学雷锋也没什么不好。"小苔说。

"那么，我告诉你，我不需要。我不需要这一切的善心和施舍，你懂不懂？"石均激动得额上的青筋都绽了起来，挑衅地看着小苔，好像恨不得跟她吵一架才解气。可没想到小苔的酒窝旋了下，说道："我懂。"真的，如果石均对她千恩万谢，她倒是宁愿他这种不客气的态度。这种态度虽然过火了一些，但是没有世俗，也没有卑屈。小苔便含笑说道："那么，算我有这个需要行不行呢？我有空闲，我有这个兴趣，我有这种癖好，我愿意活动活动。怎么样，满意了吧！"说完，就又像进屋那样，拨开石均，走出了屋子。

"你说的是假话。"石均紧跟在后面。

"我从来不说假……"小苔说到这里，骤然收住了话。刚才说的，确实不是真话。她便回转身来，认真地大睁眼睛，说道："告诉你真话，是杨萌的主意，是我的行动。"

石均点点头，眼睛里有一种火辣辣的光，看住小苔说道："你既然有这个癖好，那么下星期天，你再来吧！不过希望是你自己的主意。"

小苔受不住他这种眼光了，便转过头去，说道："这棵丁香长得真不错。"

"是我们从南方带来的。"

"哦！……"

……………

第一次拜访就这样结束了。回去的时候，小苔似乎比来的时候更快活。是因为做了一件好事呢，还是有别的原因，她不知道，她只知道自己很高兴，草原也好像不再是那么荒寂苍黄了。她像个探险者凯旋归来那样，回到了采油队。晚上，她和杨萌一起在床上打开了那卷破衣服。杨萌用手抹平那些破布，轻轻地叹了口气，说道："过去生活道路的不同，所以现在同样的生活，却比别人吃苦得多。"

"杨萌姐，你好像非常了解他，也特别同情他。"

杨萌犹豫了一下，说："也可以这样说吧！"

"但是他可不要人家的同情。"小苔说。

"真正不要别人同情，那就应该使人不想到去同情。"杨萌那粗大的手，戴着顶针，又快又整齐地补好了一只袖子。而小苔却还在别别扭扭地对付那只破袜子。

尽管衣服是和杨萌一起补的，也尽管小苔和石均在队里和过去一样，没什么接触，但是队里已沸沸扬扬，说是小苔和石均"好了"。对此石均和小苔都矢口否认。不过方式两样，石均是板着脸，阴郁地说："少开玩笑。我现在根本不谈这事。"而小苔则总是对人咯咯大笑一阵，然后捧起补好的衣服，说道："真可惜，这都是杨萌姐补的呀！"

小苔也并没按照石均的希望，在下个星期日去，而是隔了三个星期，才把补好的衣服送了去。这一次去，石均的家里好像干净了许多，炉火也烧得很旺，石均穿着一件球衫，正在写信，一见小苔似乎很高兴，玩笑地说："吓，安琪儿来了。"

"声明，"小苔第一句话，就违反了杨萌的嘱咐，说道，"这里绝大多数的活儿，是杨萌做的，所以，安琪儿也好，雷锋也罢，都不是我。"小苔说着，用眼在屋里找着。"你妹妹呢？又去同学家了？"

"不，我爸爸过去在部队里的一个老战友来，把她连人带户口都弄走了。他一见我就说'你爸爸的历史我清楚，鬼个特嫌。'"说着，石均笑了。这是小苔见他第一次真正地笑。便说道："看来，这位老战友才是你们家的安琪儿。"说着，心里有点惋惜，杨萌和自己打夜工补好的衣裳，石均的妹妹也许已经不需要了。

"我是不信有天使的，"石均收敛了笑容，眼里又透出一股冷意，"这几年，我信奉了'条件论'，一切都是有条件的，功利的，交换的。人情，世故，亲戚，朋友，有的人因为我父亲的问题，公开对我们换了一副脸。有的虽然没有公开地变脸，但是好像突然地长高了一截，总是从高处那样俯视我们，恩赐我们。我宁可前者而不要后者。现在这件事，我认为也可能是一种信号，我爸爸快要解放的信号。这么多年来，他的案子始终定不下来，就是一个佐证。"

话说得直白，坦率，是真心话。可是小苔越听，越觉得有一股彻骨的寒气。她看看石均，又看看那叠补好了的衣服，说道："希望你不要把这个当成什么信号，也不是什么恩赐，这是友谊。如果你觉得友谊也是有条件的，功利的，那么你还是给我两毛钱吧！算是付的酬劳。"

"你误会了，"石均眼睛看着地，好像很不甘愿地说道，"正因为我相信，……相信你是出于纯真的友谊，我才对你说这些话的。"

"那么，你应该承认，在我们这个社会上，还是有许多没有代价的、美好的东西存在。"

"我承认，是你的行动让我承认的。"

"不是我一个人，还有杨萌。更主要的是杨萌。"

"知道，"石均不大耐烦地说道，"在你第一次声明的时候，我已经注意到了。你好像对她很迷信。你了解她吗？"

"她很少谈她自己。她非常真诚，非常用功。对你也很关心。"

"我觉得这个中了状元的人，倒应该关心她自己。我看到她的来信，几乎都是从一个农场里来的，那是一个劳改农场。"

"哦！……"小苔恍悟了，"怪不得她那样了解你的处境，你的需要，又那样关心你。肯定她有着和你差不多的经历。"

"不一样。"石均似乎受了屈侮，很生硬地说。

小苔想起了杨萌那苍老的脸，半夜里，电灯罩子碰着头，那种专注的神情；她那粗大的手，戴着顶针箍抹着破衣服的慈母似的样子。她对自己，保持了乐观的、百倍的信心，对人保持了一份真挚而不显眼的热情。小苔想到这里，便点头说道："对！是不大一样。"

"不过我还是很感谢她的。由于她的主意，使你来到了我们家里。"石均很大方地说着，而眼睛却十分注意地捕捉着小苔的反应。小苔发慌了，赶紧扭头看着窗外。窗外正是那棵丁香，枝条已经有些绿意了。

"这株丁香真是不错。"小苔岔开了话题，想使自己镇定下来。

"提醒你一下，这话你已经说过一遍了。"石均微笑地说着。小苔立时飞红了脸。接着，石均又轻轻地说道："我们从南方把它带来，我相信，我们还会把它带回南方去。"

"我相信。"小苔站起身告辞了。她觉得石均对自己已产生了一种压力感，她感到不自如，不轻松。石均也不强留，只是送她到门口时，说道："我妹妹不在，希望继续得到你的关心。能吗？"

小苔想了一会儿，说道："你觉得需要吗？"

"需要。"石均紧紧地握住了小苔的手。小苔又制止不住地飞红了脸，缩回了手，便转身急急走去。但是她仍感到有股压力，从背后而来，那是一双眼睛的注视，她便加速了步子。

从那以后，小苔只到石均家去过一次。就是在那个金色的十月，大快人心的十月，和许多同志一起去的，看看那棵盛放的丁香。接着就是今年的夏末，石均的爸爸得到彻底平反了。当石均接到通知，领导上要他去接父亲，同时陪同父亲去南方养病、旅行时，他兴奋若狂，临走之前，曾到井台上找小苔告辞。他曾放肆地用一只手搂着小苔的腰，一边高呼："我们胜利了，万岁！"当小苔还没来得及分辨清楚，他这是爱情的表示，还是庆祝胜利的狂热时，他已走在弯弯的小路上，匆匆而去。……

随后他就来了两封平常的信,随后就是这个:"向父亲怎么介绍你呢?……"小苔一下坐了起来,她不能再这么躺着了,她得找杨萌姐去,跟她谈谈,商量商量。当她刚刚套上衣服,便见杨萌轻轻地推门进来了,拿着一封厚厚的信,中式的长方红格的牛皮纸信封。她看到小苔并没睡,有点意外,便立即把那封信塞进自己的枕头下面,然后坐到小苔床边,向她强笑了一下,说:"睡不着,是吧?"

小苔点点头,发现杨萌两眼红红地,便想到那窒息的啜泣声,便拉着她手,说:"杨萌姐,你哭了!是没录取?"

杨萌摇摇头。"没有录取,我是早知道了。我年龄超过了。好在现在又恢复招收研究生,我准备明年考研究生。48井又开始产油,含水量虽然还高,但这些油,一定程度地证明了我对地质分析的一些新想法可能是对的。等到48井完全复活了,我的看法也就有了充分的依据。那时候,我准备写论文。你觉得怎么样?不笑话我吧!"杨萌振奋地说着,眼睛一亮一亮的。小苔对面前这个哭肿了眼睛,百折不挠的人,不禁产生了一种尊敬和羡慕,便严肃地说道:"杨萌姐,我觉得凡是你想做的事,一定能做到。"

"不,我还得准备外语,奋斗一年。现在让我告诉你一个好消息,石均和他爸爸一起回来了。刚才他给队长打了电话,说他们大概很快要走,请你今天去呢!怎么样,小苔,我该向你祝贺吗?"杨萌这句玩笑话,并没收到预期的效果,小苔神情严肃,大睁着那双澄清如水的眼睛,瞪着杨萌说道:"告诉我,恋爱是什么样的,你经历过吗?"

杨萌微微眯起了哭肿的眼睛,沉默了。半晌才说道:"小苔,我没经历过恋爱,只有人向我提过婚姻的要求。"

这次是小苔沉默了。她直瞪瞪地看着杨萌,但已忘了杨萌的存在。心里反复萦回着一个问题:"我这是恋爱?是婚姻?我爱他吗?我爱他的什么?……"

好像是在回答她的问题,仿佛从很远的地方传来了杨萌的声音:"石均当然也要走了，听队长说，跟他父亲一起回原省工作，可能去石油研究部门，也可能是地质勘探研究所。……"

"这一切跟我有什么关系？……"小苔喃喃地说着。

"也许没关系，也许关系很大。你准备什么时候去石均家？"

"……不知道，也许晚上去。"小苔听见自己回答了。恍惚中，好像看见杨萌从枕头下面又取出那封红色长方格的牛皮纸封套的信来，说是有事要出去一下，便忙忙地走了。宿舍里便又只剩小苔一个人，还有那个问题："怎么向父亲介绍你呢？……"

"让一切该发生的早些发生，该结束的早些结束吧！"小苔起了床，也没换衣服，就走上了去小镇的路。宽广的草原上，小路为什么要这样曲曲弯弯？小苔偏偏离开了路，从草原上挑直地走去，但是不久，她不觉又回到了路上，在这里走起来，到底轻便些。小苔两手插在工作服的口袋里，一步又一步地踏着小路，她觉得也许是草原过于沉寂，使自己的感情真的脆弱了起来。也许是在杨萌那个顽强性格的衬托之下，更显出自己的软弱。总之，她微微有点伤感。爱情，她曾千百遍地在自己心里描绘过，向往过，等待过。它应该像水里的月亮，蒙着薄雾的花朵，它神秘美妙，它洁白晶莹，它圣洁热烈，使人的心弦都会颤抖。但是现实里，它走近来了，却完全不是那样。小苔在迷惘中挣扎，她不知现实生活和自己的想象，究竟谁对？

"一切都是有条件的"，这是石均的话，也许他说得对？

当小苔望见那两档碎石砌成的台阶时，太阳刚刚平西，小苔不禁心跳得快了起来。她后悔自己来得太早了，如果让一切在月光下面，或者灯光下面进行，那似乎要方便得多。她正迟疑着，忽然看见从那两级石阶上，走下一个人来，是杨萌。她匆匆而出，从小苔身边一闪而过，向镇外走去。这个意外的邂逅，使小苔毫不犹豫地跨上了台阶，跨进了屋子。屋子仍是这个屋子，但样子已经大变，满地的箱笼、行李，石均正俯身在收拾一只小皮箱。"杨萌来了？"小苔急切地问道。石均转过身来，他胖了，微笑地看着小苔，说："我估计你会来的。"小苔不得不又问了一遍:"杨萌来了?"

"哦!她找我爸爸的。正巧我爸爸被人硬拉去钱行了。没办法,我只好一个人留下等你。"石均说着,边把小皮箱搬到桌上,腾出凳子让小苔坐,小苔看见桌上正放着那封厚厚的信,中式红长方格的牛皮纸信封,上面写着:石一峰同志收。"那么她没见到。"小苔问。

"谁?"石均一下没领会过来。

"我说杨萌,她没见到你爸爸?"

"没。见了也没用。"石均双手一摊,苦笑了一下,说:"你看我爸爸还没走马上任,事情就来了。原来杨萌的父亲从前在我爸爸下面工作过,五七年出了事,现在帽子虽然摘了,不过还在留场劳动。……"小苔耳边响起了那轻轻的、窒息的抽泣声。石均好像很热,解开了衣领,随便地在一只箱子上坐下,继续说道:"杨萌写了一份申请,谈了她父亲当时就有冤屈之处,还提出他已六十多岁,能否让原单位出面,将他调离农场。她的心情我理解,但是……"

"但是怎么样?"

"有什么怎么样!我爸爸一上任,就去办这种事!何况他也做不了主。而且冤枉她爸爸的那个人,还在台上。……"

是的,石均说得不错,这种事是没办法的。小苔呆呆地坐着,看着屋角上堆着的一堆破烂纸屑,在这堆垃圾上面,丢着一堆破旧的衣袜,这正是自己和杨萌缝补过的那些,现在当然用不着带去了。这一切都是不错的,自然的,合情合理的。可是小苔心里还是挡不住的有点难过。她默默地坐了一会儿,便站起来说道:"大伯可能要回来晚一些,我不等了。送行的时候再见吧!你们什么时候走?"

"明天下午三点二十分。"石均机械地回答着,他不知所措了。小苔像阵清风而来,像阵清风而去,这是他意料不到的。他慌乱地站了起来,直看到小苔快走出屋子时,他才抢上几步,想叫一声"小苔",但喉咙发紧,竟没叫出声来。他只是又像小苔第一次来了要走时那样,一手撑住门框,拦住了她,一手插在裤袋里。他侧转头,咬着牙,一时竟说不出话来。两个人就那么靠近地站着，沉默着。小苔连自己都有些奇怪，自己竟然如此平静，连最初来这里时的心慌也没有了。她看到这带子似的小院子也改观了，窗前那棵丁香，正带着满枝的繁花，横倒在地，根部带着大团的泥，已仔细地用蒲包草绳扎起。

"带回南方去？"小苔静静地说道。

"是的。你记得吧，我说过它要回南方去的。"石均恢复了原有的自信和镇定，说道，"小苔，你呢？我信里的问题，你考虑过没有？"

"你是说怎么给你父亲介绍？我姓萧名苔，人叫我小苔，是你的同事，同志，同是南方人。"小苔不无俏皮地说着。

"你认为只有这一些吗？小苔，这不是开玩笑，这事关系到你的前途。"

"关系是有关系，"小苔听着自己的声音，也觉得意外，自己竟像在小组会上发言，那样冷静地来讨论这种问题，"不过可靠的前途，还得自己去争取，你说是吗？"小苔说着，觉得杨萌那双眼睛一亮一亮地在自己面前闪烁着。石均盯着她看了良久才说道："你是在我困难的时候来看我，帮助我的，我珍惜这种感情。"

小苔心里动了一下，便苦恼地说道："石均，你是爱听真话的，我告诉你，我弄不清。同情，感激，还有优越的工作，生活条件，这都不是爱情。但是，它们有时又很像，相互也很有关系。我，我弄不清楚。……"

石均动情地叫了一声："傻瓜。"便握住她的手，说道："我没想到你会这样。……你再考虑一下告诉我，我等着。"

小苔点点头，轻轻地抽回了手，说："明天，明天我来送你。"说完就走出了院子。

太阳已经渐渐沉落下去，它的余晖把寂静的草原、小路，涂上了一层更加寂静的颜色。小苔慢慢地走着，沿着这曲曲弯弯的小路。心的角落里，有一个声音在说："回南方去，像那棵丁香一样，有多好啊！这是自己向往的，也是母亲梦寐以求的事。如果和石均确定了关系，这一切梦想，都可以变成现实。这也就是母亲常说的那个话：姑娘有两次投胎的意思了。"……那么爱情呢？……就这样嫁给南方？嫁给好的工作岗位？也许还可以嫁给好的伙食？爱情需要吃饱饭，但是吃饱饭不等于爱情。……那个声音在心的角落里又说了："并不能说和石均没有一点感情基础。是的，并不深，但可以发展嘛！为什么要说是嫁给南方！为什么要说得那么难听！为什么要对自己那么苛刻呢？……石均还没走，一切都还来得及。……"

小路啊小路，年轻人的热情和心事，在向你洒抛，多少纯洁的友谊，爱情的烦恼，一步步都印在你的胸上，向你窃窃私告。小路啊小路，难怪你回肠百转，变成这弯弯曲曲，曲曲弯弯。

小苔回到队里，立即想到了杨萌，迫切地想要跟她说几句温暖的话，安慰的话。然后把自己的矛盾，把自己的决定，一起向她倾倒。可是偏偏杨萌不在，在窗前她常坐的那张小凳上，放着一只帆布旅行包。"是大学录取通知来了？"但是对面宿舍的小王告诉她，杨萌收到了她爸爸病重的电报，队里批准她去探亲。杨萌已去买火车票了。

小苔一下坐到自己床上，接着就躺了下去。她感到累极了，连脱鞋的力气都没有了。她想起自己没吃晚饭，但又不觉饿。她就眼睁睁地这么躺着。屋子里已渐渐暗下去了，黄昏在奔向黑夜，而黑夜又将悄悄地让位给黎明。昼夜就这么循环着。生活就在其间进行，各自带着各自的家当，负重，各自带着各自的希望和理想，欢喜和忧伤，忙碌碌，急匆匆，像流水那样在小苔身边流过。水流在推着她，拥着她流过去。最省力的办法，就是随波逐流，一切都随它去，否则，那就要拿出力量来，特别是在最初的时刻。但小苔累了，她慢慢睡着了。

到杨萌来推醒她的时候，已是午夜以后了。她一醒来，立即抓住杨萌的双手，说道："杨萌姐，我能帮你做些什么？你可千万不要着急……"当她看清了杨萌的模样，于是她明白一切的安慰话都用不着了。杨萌一身油垢，头发和半边的工作服湿透了，还在滴着水。兴奋得黄黄的脸上泛出了两颊的红色，仿佛浑身都在冒热气。她压低了嗓子，但压低不了那股高兴，说："小苔，我们的计划快要胜利了。我把48井西边那口水井的注水量减低一半以后，48井喷油了，含水量降到了30%。我想，试它一天以后，再把西南面九号水井第十二层的注水量再降一点试试看。小苔，48井的含水量可以降到三十，那么它也就可以降到十，降到一，它可以复活了。48井可以复活了，小苔，你懂不懂？"杨萌正用脱下的湿衣裳在擦自己的头发，说到这里，她一边笑着，一边调皮地用这团湿衣服在小苔的头发上乱揉了一气。接着又说道："小苔，想想看，48井复活了啊！就算它一天喷五十吨吧！那一天就是五千美元。还有我那计划中的论文。可惜我明天要走了。顶多去十天半月就回来。我不在的时候，这试验就交给你了。"说着就将一个讲义夹交给了小苔。

小苔愣愣地坐在床上，她仿佛在一种昏晕的朦胧中，忽然被一阵清鲜的风吹醒了。她从来没见杨萌这么高兴过，也从来没听她说过这许多话。杨萌在生活的湍流里游着，并不显眼，更不被人注意，但她不停歇地游着，向着她预定的目标慢慢地游着，这比之自己准备好的那些安慰话，不知要有力几千倍。小苔接过夹子，点点头，什么也说不出来。杨萌拧干了头发，见小苔仍呆呆地坐着，便和她并排坐了下来，说道："小苔，想什么呢？"

"我想，我这个人到底还是脆弱的。"

"意识到自己的脆弱，就是坚强的一部分。是吗？"杨萌说到这里，顿了顿，又说道："在力学里，从静到动，是靠外来的因素，它就像一座引渡的桥。不过在生活里，这座桥有时是狭窄吓人的，有时又会像虹那么美。我们用这座桥，走向哪里，那就全在自己了。你明白吗？"

小苔紧紧地抓住杨萌的手，点了点头。这是杨萌的赠言，也是杨萌的自我表白。

"那好，该你去接班了。"杨萌站起身来。小苔猛省到自己竟然忘记上班了。便披上棉袄，拿了手电筒，匆匆跑出屋去，但又立即跑回来问道："杨萌姐，你乘哪班车走？"

"明天，不，是今天下午三点二十分。"

小苔下班回来时，杨萌已搭便车走了。她便吃了饭，稍稍睡了一会儿，便换了衣服，赶往石均家。当她跨上那两级石阶时，已感觉到自己来迟了。但是小苔仍然走进屋去。果然，房间里已是空荡荡的，只是一些借公家的桌椅板床，还在原处。顿时一种人去楼空的空虚感，招来了无限怀念的柔情。"上车站去，当面向他说明一切，我们不仅是一般的同事，同志，……"小苔激动地向门外走去，可在她转身之际，忽然看见空床上整齐地放着一叠衣服，上面压着一张纸条，上面写着："小苔，我们要早去车站办理托运，如果你先来这里，请将这些工作服带着，代我交还采油队。车站见。石均。"小苔温存地拿起衣服，刚反身要走的时候，一眼瞥到在桌上许多废纸当中，有一封厚厚的信，中式长方红格的牛皮纸信封。"杨萌的信，他们忘了。"她立即拿起信，想带去车站。但当她拿起信以后，便在床沿上坐了下来。信是从当腰撕断的，他们不是忘记了，他们只是忘记应该把它带到别处去丢弃罢了。小苔不能自禁地拿出信纸，拼铺在桌子上，于是她看见了杨萌和泪写成的字字句句："石一峰同志：你也许还记得杨是昌这么一个人吧！五七年以前，当时你是局党委书记，他曾在你领导下工作过。他怎么戴上右派帽子的，你是最清楚的。当时，他只是给局长个人写过一封信，信里对局的工作提了些意见和建议。这封私人信件，后来忽然见了报，（怎么会发表的，直至现在对我们说来，还是一个谜）接着他就被打成了右派，并被送去劳教农场。当时，我是八岁，我没有能戴上红领巾，但我以优良的成绩，寄给爸爸，要他好好改造，争取早日摘帽。果然两年以后，爸爸摘了帽，我们全家都高兴得发疯一样。可是不久以后，我们知道，这帽子是永远也无法摘掉的，因为他还是个'摘帽右派'，仍然留场劳动。妈妈觉得她已苦不出头了，就跟石均的妈妈一样，走上了那条绝路，把一个八岁的弟弟，丢给了十二岁的我，……"小苔的手发凉，浑身在簌簌地颤抖。腕上的表，时针已指到两点半了，去火车站还有相当一段路，但小苔却站不起来，她用手掌抹去了眼泪，又继续看了下去："现在当'四人帮'加于你身上这场冤狱，你家庭所遭受到这一切以后，我相信，你不难体会我当时的伤痛和困窘。石一峰同志，退一万步说，即使是父亲对社会主义犯了罪，那么，对我们的惩罚，两代人受到的惩罚，二十年的惩罚啊！石一峰同志，是不是也够了？在'四人帮'粉碎了的今天，在我们党大力恢复实事求是优良传统的今天，在万众欢欣鼓舞的今天，我，是不是也能要求……"小苔慢慢地站了起来，已经是两点三刻了。她要去火车站，应该去，去送杨萌，也送石均。小苔折好这封撕成两截的信，拿起了那叠衣服，头也不回地离开了这间屋子，那个带子似的院子。

当小苔走进火车站的站台时，已经响铃了，上车送客的人都已纷纷下车。在软卧车厢门口，聚集着一大群送行的干部，石均正从车厢里伸出半个身子，一边和他们握手，一边在人群里寻找着什么人，当他看见了小苔，立即高声喊道："小苔，写信来，我等着。"接着，在他旁边伸出一个花白的头来，清癯，干净，气色很好。这大概就是石均的爸爸了。石均指着小苔，跟他谈了些什么，他父亲也和蔼可亲地向小苔招着手。列车移动了，软卧后面是硬席车厢，杨萌沉思地坐在窗边，看见小苔，立即把她那只粗大的、男人似的手，贴在窗玻璃上，向小苔微微点头。小苔蓄着满眶的泪水，拚命地摇着手绢。列车渐渐加快了速度。她目送着两个命运相同，然而又绝不相同的人，乘着同一辆列车，飞奔而去。

站台上的人都快散尽了，小苔才慢慢向外走去，但她的脚步越来越快，她要到外面去，让草原上的风吹一吹，她要踏着那曲曲弯弯的小路走一走，她要思索一下，在这生活的湍流里，自己将奔向何方。……

（原刊于《收获》1979 年第 3 期）

我在哪儿错过了你？

张辛欣

又是一个星期六的傍晚。电车依然沿着熟悉、热闹的大街一站站驶过。

她照旧忙活着卖票、检票，照旧在乘客中挤来挤去。如果不是时时能听到她在用售票员那几乎没有区别的、职业化的腔调掩去女性圆润悦耳的声音吆喝着报站，光凭她穿着那件没有腰身的驼绒领蓝布短大衣，准会被淹没在一片灰蓝色的人堆里，很难分辨！她在车门旁跳上跳下，蹬一双高腰猪皮靴，靴面上溅满了泥浆。她不客气地紧催着上下车的人，或者干脆动手去推。当她无意中犯着一些男孩子，他们照例立刻嚷嚷：

"嗬，这主儿，够鲁的！"

"哎哟！姑奶奶，挤着我后腰啦！……"

像被踩着尾巴的小狗，有些男孩子很难错过表现神经敏感的机会。等话出口，他们才发现：是她！不饶人着呢！惹急了会有不下流却十分尖刻的话甩出来，比那些什么话都骂得出口的小妞儿还难对付！

然而，这回她倒像一律没听见似的，走到一边去了……

"？！……"没工夫琢磨她！

谁也不会注意到，忙碌中短暂的歇息，她在向车窗外默默眺望……什么都跟往常一样，只多了一场一边细细扬撒、一边悄悄融化的雪。但在她的眼睛里，仿佛一切都有些异样……

"别蹭着！放这儿！"上来个熟人。当工人的黄云叫丈夫把几条大个儿的冰冻黄鱼甩在售票台上，四周立刻飘起新鲜的海腥气。

"哟！你还在这儿？！……"

"是你写了个话剧吧？那回我在西单菜市场旁边的墙上瞧见海报啦。我们厂好些青年看了，还跟我打听你呢！叫什么名儿来着？……喂，你自个儿的事究竟怎么样了？挑多了眼晕！李克太老实了点儿？行啦！上北大？师范？学四年？够熬的！……明儿又不得闲，请客！我们那房又接出了一片，修建队的几个朋友给弄的……办这些事儿我也不灵，全指着他！……哟！！"

黄云突然吓着了似的，戛然而止。

她立刻收回神，惊异地望着黄云。

"丢什么啦？你！老是呆呆的，简直变了个人儿！"

"我留神着站呢，"她淡淡一笑，心里却不由地希望，"住会儿嘴吧！我求你！"

她，眼睛交替注视着车内的乘客和车外的动静，手里仍旧不时忙着，耳朵边一刻不停地响着黄云又快又脆的声音；她的心，却沿着另一条不为人所知的小路，不可解脱地、固执地寻找着什么……

你如今在哪儿呢？即便我把心里一切真实的念头都告诉你，也晚了！

……我给我心中另一个世界的人们安排相遇的机缘，然而在现实生活中，我自己却很难找到。我知道，我这么说，会得罪许多男性，会使一些男孩子伤感，会遭到一些男子汉的轻蔑；但这是没法儿抑制的打心底来的叹息：值得去爱的男人实在太少！

据说，如今青年男女中存在着比例失调，我却常常感到另一种失望。

我不指望那些挤车像个勇士，却在我冲着他喊"让座"时摆出凝神沉思模样的男孩子；也不留神那些专在大街上惹眼的男青年，他们以"麦克镜"上的商标来标榜自己的新式、时髦，脸上却没有一根因为思索而显得有教养的线条！我和他们算一代人，感觉相去甚远。当然，他们也不会瞧上我！

像黄云的丈夫那种实惠、能干的男人，我们能互相客气地点头，然而却彼此不会感到需要……

倒是李克这样完美的好人，使我的选择加倍感到困惑。我俩从小同学，父亲又是在一个中学教书多年的老同事。我们在档案里填写的简历，简直像孪生儿童的服装一样彼此相像！可是我俩性格完全不同。坐在一起，每当我谈到兴奋之处，往往会不加掩饰地大笑起来，他总是沉着脸叹口气："你啊！一点儿也没改变！所以组织问题老也解决不了。"那神气好像他倒了什么霉似的！其实，他那线条单纯的脸上，很难出现苦恼的皱纹，因为他天生顺利！他这个半路撞到达尔文门下的生物系大学生，门门功课都是五分，跟他当初在小学、初中一样，十几年后，又接着拿"三好学生"的奖状。可惜不论过去、现在，他对虫、鸟、花、鱼都毫无兴趣，他对任何专业也没有狂热的追求和爱好，更没打算干出点儿什么名堂的野心。但他总是生活得很合体，挺得人好感。他像一只听话的兔子，为了社会需要的文凭，在划好的白线内顺从地跑；而我，却是一只固执的乌龟，凭着自己的感觉和信念，在另一条路的起点处慢慢往前爬。

环境和习惯，使我们当然成了最亲密的朋友。长辈和朋友们都认为，对于我来说，他是最好不过的了！是的，他的的确确是一个好人，我们相处得很好，我说不出他任何不好的地方。我想过，如果和他一起生活，一定会过得很平稳，我既不用担心他会见异思迁，也不用害怕他跌个什么大跟头。但是，爱情是需要去追求才能满足的！我知道。因为我曾经爱过，尽管那唤起我全部热情的初恋是爱错了，但我尝过爱的滋味，可不是这样的！和他在一起，我常常会分心去想些别的……他诚恳地说，我身上有一种自强的气质，促使他不断努力。唉！我哪是在督促他，我是在用鞭子不停地赶着自己往前爬。但这却使我感觉到，似乎自己长得太快，在他面前有一种无可奈何的强壮感；仿佛我们不是恋人，而是姐弟俩！每当我遇到他那带着崇拜和绝对信赖的清澈目光，我会隐隐感到孤寂、无助，感到一种无法在默契的交流中通达对生活种种感受的悲哀！

看着车窗外熙熙攘攘的人流，偶尔，我会有这样的念头闪过：也许，在身边走着的人中间便有知己，相错而过，却永远不会相识？

我竟遇到了你！可是，又当面错过了！为什么呢？如果不是为了我写的这个话剧？如果不是我当初揪了你一把？也许……唉！也许，一开头无意识地那一下，就预示出了我最终要失去你？……

也是星期六的傍晚，也是这么多的人。中门出了毛病，我跳下去处理。总算关上了。回到前门，我发现人实在太多，我很难挤上去！

车里的男孩子们立刻起哄："等下一辆吧！后边车来了……卖票的，给票再走！"

不能理！要是白他们一眼，他们会以为是得了"青睐"，叫得更欢实！我二话不说，扒开挤在车门口的一群人，把最后一个刚迈上去、整个身子还悬在车厢外的人揪下来，没顾上瞧他一眼，光听他嚷嚷："我有急事！急事！"

"急，谁不急着回家！"我把由于焦急和疲惫卷起的一股烦躁，顺手甩给了他！说着，我已经代替了他的位置，把两只脚牢牢地插在门的两边。我一边喊着:"往里走走!"一边使劲往上悠。眼看要进去了,可是,一个更大的反弹力,突然把我推了下来。

就在那一瞬间,我看见那个被揪下来的、三十多岁相貌平平的人,正点起一支烟,在瞅着我。瞧什么热闹!我又重新挤上去的时候,他在后面说话了:"同志,我帮你挤挤吧!我真有急事!"

"少添乱!"

我使足了全身力气,用肩,用腰,用一双手,用两条腿加上嘴……讨厌的毛线三角头巾转了个个儿,像围嘴儿似的挂在前边,头发贴在眼睛上,可是没法腾出手来弄。男孩子们还在幸灾乐祸地吵吵,车里许多人却像聋子似的,冷淡地沉默,一动也不动!一刹那,我感到一丝委屈,我毕竟是个女子……可是,我却仍在不依不饶地拚命挤,使劲儿喊。我根本没工夫衡量我和这一大堆人的力量差,我只知道,挤不上去也得挤上去,车不能老停在这儿!

突然,在我身后,有人不由分说地挤上来。我的整个后背一下子感到一股强悍、坚实的力量,推着我不由自主地往上走。是他!这家伙够固执的!……根本来不及张嘴说他什么,仅仅顾上承受着他接二连三、非常有力的冲击。车门颤悠了几下,艰难地叹了口长气,居然关上了!

车开了。我转了几次脖子,却一点儿也看不清他的脸,光瞧见一只还举着未熄的香烟的手。我有点儿感激他,又有点儿窝囊,可照例只是不客气地命令:"把烟掐了!"

那就是你!我怎么会想得到呢?!你说我该怎么做呢?柔声柔气地恳求?坐在路边淌两行眼泪?……现在,我是多么愿意温柔地待你,哪怕什么也不说,什么也不做,只是默默地瞧着你!可是,如果再有那么一回,我也不能保准儿,我的本能会做出什么更合体的举动。

那是个平常而又特别的星期六晚上,我记得那个晚上每一个瞬间……

那晚上念剧本我迟到了。临时加车加班，连打个电话说一下的空儿都没有。本来也可以请假，但同事中很少有人知道我在练习写作，八字没一撇的事儿实在不想瞎嚷嚷。可要是含糊其词，谁知那几个假道学特别敏感的脑袋，又会联想出什么活灵活现的细节！何必给他们添彩！

……当我从吱吱叫的、狭窄的木楼梯走上去的时候，我听到一个男同志的声音。一刹那我便知道了，是在念我的剧本，已经到结尾了……

我没有立刻进去，在门边独自站着，倾听着。我觉得这低而浑厚的声音十分亲切，一下子触动我的心底。也许，从来都是我自己独对失败的苦斗，潜心构思好又全盘打乱，一字字写起来又一张张撕去。这个熬过我许多夜晚的东西，现在，从一个陌生人的嘴中吐出来，突然给了我一个崭新的感受和一种惬意的安慰！挤了一天车，我浑身又酸又乏，肚子里空空的，在那声音中，一时我什么都忘了……

声音中止了，我推开门。

这是个大排练室。迎面一排大镜子，水银已有些剥落。许多人围坐在屋子中间。听声音，是刚才念剧本的那个男同志，正背对着我又在讲什么。

"再说一遍，不许迟到！如果想来就来，想走就走，那就请退席，这是艺术不是玩票！"

这么严肃、简练的话语和口气，把我都吓住了。我赶快轻手轻脚溜着边往里走，慌忙在头脑里组织着一番抱歉和解释的词儿……忽然，我站住了，想撤身往回跑——到了镜子前，我一下子认出，怎么会是……？！

可是他已经站起来，转过身，向我伸出手！

那是你！怎么竟是你？导演？！真要命……

握着手，你在自我介绍，我大概也说了些什么泛泛寒暄的话，可是模模糊糊，光是呆痴痴地瞧着你！

敦实的身材，宽宽的肩，短短的平头，一张线条饱满的脸。能吃、能睡、能干的人往往是这样儿。毫不出奇,但并不相称!在周围坐着的那些秀美的姑娘和漂亮的小伙子中间,你倒像个干粗活儿的临时工。一堆金边描花细瓷器里放了一个土罐! 一刹那我便想起这么个比喻。没什么了不起,总得相认!我照例搬出抵挡这种意外尴尬的阿Q式壮胆武器,偏要不低头,直视着你……我遇到了你的眼睛。不知为什么,一下子,我竟被牢牢地吸引住了!你的眼睛并不美,目光平平射来却有一种内含的自信和威慑的力量!说着话,你的眼光一闪,似乎有些惊讶,不肯置信地极快打量了我一番,便立刻微笑了。周围的人谁也没看出别的东西,或许以为那仅是个友好的表示。但我觉得,你的眼神中含着一种突然想到什么笑话似的幽默、滑稽的意味!说实在的,当时我真不喜欢你那种目光,神气活现!我在和一般人交往时,总要硬撑着来掩盖、防护自己的软弱;而你,却在偶然之中先瞧见我一个狼狈的模样!本来,我并不必在乎在你面前形象如何,因为我不是摆在橱窗里的衣着精巧笔挺、支着两只手、不说不动的模特儿!可我心里毕竟觉着不快活……

也许,这都是转瞬间微妙的感觉,然而我觉得,我们这样面对面站得似乎太久了。我赶快把手从你厚实的手掌里挣出来,立刻缩到自己脸上擦了一把,说不清是感到脸上有灰,还是觉得发烧……但接着从我嘴里冒出来的,只是干脆的一句:"别记着,不会再跟您过不去啦!"

"谢谢。可下回我要是不买票呢?"你含笑地说。

你和我相视大笑。周围的演员也都笑了,其实他们莫名其妙!

一见面,我对演主角的刘婕印象不错。不言不语,或许不会很浅薄?虽然我的主人公是泼辣的,但有内涵!这正是我想要表现的。我满腔热情地把希望寄托在刘婕身上。可是一分析起她的角色,她仍然只是闪着美丽的大眼睛,喃喃地说不出什么。念了几段台词之后,我失望了!原来是这样一个用文静的沉默掩盖了内心的苍白的姑娘。那双美丽的眼睛表现出来的韵味,比她内心所有的东西还多。但我一时不便说。

你在忙着落实角色,给演员说戏,和美工商量服装、布景;我默坐在一旁，不经心地打量周围。布景片、单片门、窗和各种小道具靠边放着，农村的老式油灯和决斗的长剑放在一起，各种式样的桌椅，材料、质地同样陈旧……最初的激动、兴奋过去，我渐渐冷静下来，并且开始怀疑。在我的脑子里，这个描写现代青年生活的戏是那样一幅画面，洋溢着那样一种深沉的激情；但是，这样一个区里的半业余式的剧团、这样的条件、这样水平的演员……也许，真正放在舞台上，这戏只是一个大喊大叫、装腔作态的活报剧？！……心中追求的跟现实中能实现的总有着一个极大的差距。无论怎样刻意规范自己去做苦行僧式的努力总是容易的，但对外界环境却不能有丝毫的幻想和要求，有时简直无能为力！……

在我刚刚掀起不安的思绪中，似乎被加进了一个镇静剂。你那平易、浑厚的声音不知不觉地转移了我的注意力。

噢，你正在阐述导演构思。我转过头去，不为人所觉察地仔细观察着你。很快，我自己竟感到一种说不出的震动！奇怪，你那张并不出众的脸在那一刻发生了变化！一股能感觉到而又无形的坚定自信和勃发的热情，使你脸上的那些线条发生了微妙的变化，显出独有的魅力！我从演员们的眼睛中看到这种激情的反射，我也渐渐被感染了……也许这就是导演的力量？我承认，你的分析是对的，有的地方，比我写的时候想得还要深透，表达得还要动人些。然而，好像不仅仅是这些。我隐约感到，很久以来，我就在寻找、等待着什么人……见鬼！我的念头转到哪儿去了？！我对你了解得这么少，除了你的外表、你的职业、你的气质，我几乎对你一无所知。可是，凭着直觉，我好像对你知道得很多……

……你终于转过身来对我说："我很喜欢这个本子，它打动了我！可有些地方还要改一改。往往很多文学剧本不符合组织舞台动作的要求。"

我当然愿意得到指点，更愿意听听你的意见。但你刚说了几句，我便忍不住要表示我的设想。

"你怎么这样性急？先听我说完好不好？"

我安静了一会儿，又情不自禁按着我的思路急急分辩……我突然发现，你那双在认真思索的眼睛中又闪出一丝好奇的笑意，我这才意识到我的声音很响！排练室里已经只剩下我们俩，我却像在对着一车人说话。

……我们一前一后走下楼梯。在拐角的灯光下，你站住了，转身重新把我从头到脚打量了一番。

"真没想到！你的剧本写得那么清新、那么美，你却是这样儿！"

"什么样儿？！"我想你终究要点我在电车上那副粗鲁、无能的模样了。

"要强。难得！"

这几个字完全出乎我意料。我想对这夸奖表示出按常理应有的羞涩或者不以为然，偏偏按捺不住要笑出来。

"不过，看剧本时，我总猜想你会是个文静、深沉的姑娘，可你倒有点儿男子的性格！"

真是个导演！分析人物轮到我头上来了！我能背出一堆公认的女子美德：贤惠、温柔、忍让、文静、含蓄……然而对你这个评价我并不难过，我倒宁愿自己是这样子！你的话和这夜晚种种新鲜的刺激，激起我一股辩论的情绪。我快步下了几节楼梯，和你站在同一层台阶上，一边把一个朦胧的想法表述出来。

"我想，现在社会对女性的要求更高些，家庭义务、社会工作，我们和男性承担的一样，甚至更多些，迫使我们不得不像男人一样强壮。我倒常常感到遗憾的是：为什么有那么多男孩子缺乏本来应有的男子汉的性格！"

"嗯，不容易……"你没有直接对我的想法表示意见，倒低下头一个劲儿揉起自己的手腕，那儿好像肿起来了。是在什么地方碰着了？我本想问问你，你却又抬起头，在很近的地方探寻什么似的端详着我："你一向这么自信要强吗？"

我在你的眼睛里真是这样"狂"，这样外露吗？也许，就为了我那习惯了的、不加掩饰的大笑和直率的语言?

其实,我心里常常有多少犹豫和不自信的胆怯,在遇到你的时候和遇到你之前。

当我遇到失败、感到无望的时候,我倒是安静的……

……我无目的地慢慢走着,我随意地坐在地坛公园一个长椅上,默默地沉思……那话剧本原来是个电影剧本。失败了,已不是第一次。的确,我不懂,也没有人指点,凭着自己的感觉在摸索。我没有指望一举成功……但是,当日夜活在自己心里的人物一下子被失败埋葬,那丰富、五彩、激动我全部身心的幻想的世界关闭了,一时,我只觉得心里空茫茫的。……

太阳光温和地抚摸着我的头和手。这是冬天里一个难得的好天气,天色是这样清亮、这样蓝,我竟没有留意!

一个男孩子搂着一个女孩子的腰走来,在我对面的长椅上坐下。他们比我只小几岁,却是那样快活、鲜艳,一点儿也不顾忌周围的环境。女孩子把头靠在男孩肩上,男孩不动地承受了一会儿这种幸福,耐不住安静,抬抬肩晃晃她,她迎着阳光懒懒地眯着眼睛,微微动了动嘴唇,像吐出了几个什么字,男孩伸手拍拍她粉润的脸颊,她举起手去捏男孩的鼻子,两人嬉笑着一跃而起,手拉着手,顺着干净的林中小路跑开了……

望着他们的背影,我真羡慕!我那可以在快乐的嬉闹中纯真初恋的时期,还没有开始就结束了。我还没有在草地上开心地滚过,在阳光下忘情地追跑过,这感觉就消失了……而现在,我又放过了许多可以得到暂时的小小享乐的机会,耗去了许多可以做些实惠事情的时间。我似乎有一种朦胧的使命感,为了我们这一代生的和死的,走着、爬着、站着、躺着的……生活给我的感受是那么多,我能表达出来的是这么浅,这么少!也许,我毫无能力和才气,却把一个根本不能负担的重轭硬套在自己的脖子上!也许,我应该就此扔下笔,做一个简单的傻瓜倒能尝到更多的幸福？说实话，每当我在生活和事业中感到自己的软弱无力，我很想依在一个可信赖的肩膀上掉几滴泪，流一流心中的苦恼……

靠谁呢？小时候，有一回大男孩向我扔砖头，吓得我拚命跑。父亲来了！我立刻躲在他的背后。那宽宽的脊背似乎是天下最安全、最结实的屏障……现在，父亲不在了，即使在，他也帮不了我的忙，也无法解脱我精神深处的苦恼和孤独。因为，我们不是一代人！李克是好人，但绝对不是我所能依靠的，他太单薄了！

一切只有靠自己承受……

是的，靠自己！这次也同样。

我不能再在那长椅上静静地坐下去，我不允许自己过久地伤感、徘徊，因为我太明白我自己！不论失望一会儿、三刻、十天、半月，都一样，我还得靠自己站起来。在每天那不能停下不走的电车上，我不能不挤，不能不吆喝；而在事业上，我也身不由己。于是我又回到那些失败的稿子上，继续写下去，就像驴又回到磨道上转下去一样……

你啊，看重我的奋斗，又以女性的标准来要求我，可要不是我像男子汉一样自强的精神，怎么会认识你，和你走了同一段路呢？

也许，在你的眼里，我们最初相逢和最后分手，我都是那副样子。可是，你永远也不会知道，这一段短短的同行，在我心里唤醒了多少东西！回味起来，一切仍然是那么清晰……

在你的小房间里，在那张我只坐过一回的书桌边，台灯下我和你一起修改剧本。

极不相同的经历、教养之外，我们一定有什么十分相似的地方！要不为什么在合作中总是互不相让？你有你的导演构思，我有我的最初设想。我虽然不懂舞台，但也不完全赞同你的意见。有一会儿，简直搞不下去，我扔开笔呆坐桌边，你踱着步子，默默抽着烟。

不知什么时候，你比比画画、念念有词，自己演起来，一个人承担着几个角色,在人物的行动中流露出你的修改,顺便带出导演的调度……你敏捷的头脑叫我羡慕、吃惊。在你即兴的表演中,斗室的咫尺空间,变成了一块使人产生丰富想象的神奇的地方。我着迷了,渐渐悟出新的东西,抓过笔在稿纸上记下来……

不过,那个女主角的几大段独白,我坚持一点儿也不能改。可能长了些,不长不足以表达我的思想,那是剧本的精华,你也承认。但又坚持说,照我这样写,动作性不强,很好的意境不能完全体现出来!

我们争执不下,你的老母亲闻声而来,那紧张的神情似乎以为这里将要开战!

……

"我发现,你很固执!"

"请再仔细看看,我是你的镜子!"

……你我严肃地对视片刻,忍不住笑了。

"你是在哪个学院学的导演?"说实话,我心里还是佩服你的。

"业余爱好!在上大学的时候……没想到现在成了职业!"你舞动的两只手顿时垂下来,呆呆站立,盯着墙上一张油画。那是艾瓦佐夫斯基的《九级浪》,他专以海洋为创作题材。

不知你在想些什么,我走到书架前。一进门我就注意到你有很多书,打定主意要搜罗几本值得翻翻的作品。仔细一看,尽是些《海洋指南》《船舶动力》《天文航海》《远洋船员英语》……对了,桌上有几本杂志,也都是《舰船知识》!

"怎么,你喜欢大海?"

"这是我学的专业!"

我愕然了!你出去倒开水,我整理着书桌上的稿纸。在你这个自信、热情的人身上究竟还有些什么?我极想知道……

桌上有一张《广播节目报》,上面用红铅笔勾出许多处,都是音乐节目的预告。没想到,你跟我一样,都在用同种方式欣赏这些很难有机会去剧场聆听的古典音乐!将报纸随手放到一边的时候,也许是女性本能的敏感，我一眼看到玻璃板下，许多照片、画片中间，有一张女子的照片！

很美！大而乌黑的眼睛，文静、柔和的线条。只是这张照片太旧了，洗印技术也不大高明，使她的脸缺乏层次，略略显得苍白，眼睛里少点光泽，看上去似乎隐隐透出惋惜。她是谁？你并没有姐妹……

我立刻感到极不自在，好像冒冒失失踏进了一个不该撞入的私人属地……门外响起你的脚步声，我连忙把照片塞回去，一下把整好的稿纸又零乱地摊开，下意识地掩盖这本来没有什么错处的"过失"。

你坐下来，拿起剧本准备工作，突然脸色一沉。我偷眼一看，糟了！慌乱中，我竟把那张照片反扣着放进去了！

"又是妈妈干的！"你皱着眉头，把照片翻过来，端端正正摆好。

沉不住气，我赶快结结巴巴地承认："是我。她……在哪儿工作？"

"……死了…… 很久了，是在'文化大革命'中……这是从学生证上揭下来翻拍的。"

对不起，真对不起！我没想到无意中碰了你心里久久没有愈合的暗伤。我没想到，一切竟是这样，你这个粗壮的"临时工"，本应该是个水手！

原来你是航海系的毕业生，"文化大革命"中，因为政治上被陷害而入狱。什么样的生活都过了，就是不能到海上去。落实了政策，结论里还留个尾巴，不能得到合理想的工作，正在积极奔走、想办法。不久前，受朋友之托，读了我的剧本，便操起大学时做话剧队长的本领，成了一时的职业。你说得就这么简单。

"一个应该去和大海搏斗的人，在这里导演着一群男孩、女孩们，每晚在杂志上、书本里做着海的梦！这真有点儿可笑！不是吗？"

不！不！一点儿也不可笑！我久久地沉默着。你坐在背着台灯光的暗处角落里，只能看清一个石雕般一动也不动的、敦实的身躯。然而，我完全理解你！尽管我们相识不久。两个相隔遥远的人，各自的命运线会有一个交点，这偶然中一定有某种必然的内涵。我理解你！尽管你用着这种自嘲的口气。我自己也从来不把苦恼没完没了地向人说，宁愿浅浅地打个哈哈……噢！我怎么能和你比呢！你一定吃了很多苦，经历了很多，我算什么！现在，我还可以在业余写作上慢慢磨炼；而你，这样向往自己的专业，却连踏上甲板的机会都没有！

我很想长长地叹口气，为了你的经历。但我忍住了。我想，给你一个只会叹息的同情，实在太浅了……

"我能为你做些什么吗？哪怕一点点！"我突然有了这个愿望。

恰恰就在那两天，小泽征尔又一次来华成了时髦的话题。男孩子们巴望着再瞧瞧他特别的风度；你也偶然露过那么一句，想听听他指挥的贝多芬《第九交响乐》。

售票那天，我正好倒休。早早去排队，却扑了个空。我不肯死心，突然记起李克，他姨父在乐团工作，或许能有办法！打了一天的电话，晚上又跑去找他。我难得求他一回，他特别卖力气地去想办法。不过，当他把第二场演出的票送来时，还多带个诧异的眼神。我突然意识到，我是超出常态了。像个情窦初开的少年，在莫名的热情驱使下，为了一个简单的愿望会付出成几何数率增长的努力……可是，李克只给我一张票！自然，他认为应该尽陪我去的义务，尽管他对音乐并没什么特别的喜爱。

我飞快地骑着车到了你家。掏出票时，我压住气喘用轻松的口吻说："我看过了！"心里可不是没有一点点儿舍不得！你露出惊喜的笑容，我感到好大的快慰。翻过票来看看时间，你却遗憾地皱起眉头，那天晚上要排戏！你的母亲立刻从旁边把票抢过去了。

让一片好心的李克陪一个陌生的老妇人坐着，也许是滑稽的事儿；可我真心疼那张票，但又没法再说出来！

最后一场演出，我自己也只好去等票。
在"红塔"礼堂门口，我们相遇了！

你紧紧盯着我手中露出一半的一元钱，不出声地端详了我好一会儿。我头一次在你的注视下把目光躲开去，我怕你那双敏锐的眼睛要看出在我心里刚刚萌生的、我自己还没弄清楚的东西。

纷纷进去的人流中，我们在宽宽的台阶上来回走着对角线。每一次相遇便默默地相视一笑。你的手里握着两元钱！

我总在独自微笑，不是为了吸引退票人的注意，而是为了这个被你当场揭开的秘密，自己对自己掩饰、解嘲。

一个戴无边眼镜的瘦小妇女，悄悄拉了我一把，掏出两张票！还是我的运气好！

散场的时候，车站上人特别多。

"走一站好吗？"你建议。我明明是天天挤惯了，却顺从地点点头。

我们走着，交流着对音乐的感受，又谈论起正在排练中的戏。我照旧不停地说话，却老觉得心不在所言之中……

"我们可以走得慢些吗？"你说。

噢！我一点儿也没有意识到，我竟像平常一样走得飞快！我很想和你在一起多待一会儿，甚至暗暗祈愿这站路格外长些。可实在是惯了！不是赶着去上班，就是忙着去哪儿办事。连姿势也成了这样：匆匆迈着不加修饰的快步，胸和肩朝前探，急急忙忙奔向预定的地方……你又笑我像个男子汉吗？ 我有意放慢了脚步，并且安安静静闭上嘴。但这种特别的留神让我觉着有点儿别扭。

"你怎么不作声了？"

"没什么……挺好！"

"如果我能到海上去，我会回想起这个夜晚……"

"你为什么不干脆改行搞艺术呢？你很懂……也许，在你的复杂气质中，实干家是基本气质，像你的外表给人的直觉一样……噢，你别生气。"我又忍不住话多。

"好哇，你在观察我！……说得很好！我是很喜爱艺术。具有艺术感受力是一种幸福，使人保持对人、对生活、对自然的热情和向往，即便在极端艰难的困境下……当我从看守所逃出来的时候，一个人，带着被打的伤，在漆黑的夜里狂奔，原野中的农舍透出微弱、昏黄的灯光，是那样温柔、诱人，使一个被抛到正常生活之外的人，体会到那极平常的小家庭里有着的细腻、深刻的动人之处……在极度繁重的劳动之后，精疲力竭地躺在山谷中，风吹来，云飘过，小草在身旁微微抖动，林涛像海潮阵阵卷过，会叫人渐渐忘记一切痛苦，进入和大自然的默契交融，心灵变得宁静……"

到了下一站，谁也没有停步。你说着，我听着，就这样，我们顺着刚洒过水的、清静的大街，一站站走下去。

"……但是，我愿意干一个实在的事业，尤其是现在。"

"你的生活总算要顺利了，你还想到海上去漂泊？"

"是的。到了应该安定的年龄，却还有一颗动荡不安的心！"

"也许，是凭着第六感官，你听到了吕蒂娜古钟在海上的召唤？"在阅览室里，我已对《舰船知识》产生了兴趣。

"说实话，到老同学家去坐，看看他们的家庭，我很羡慕；在大街上，看到天真可爱的小孩歪歪斜斜跑过，我会站下来看上好久……但是，我很清楚自己，在追求事业时会闪过错过生活享乐的遗憾；在生活选择面前，总隐着另一种深深的不安，总要想到多年努力而没有实现的理想。我国的远洋事业刚刚开始发展，实在大有可为……"

……

我在专注地听你说话，像海绵吸水一样吸收着你所说的每一个字。我渴望知道你的一切！但又总好像听得不完全，只是得到一片感受。有一会儿，我似乎跳出去了，竟不相干地想到完美的李克，……是他的性格使他天生道路平顺，永远不会卷入多灾多难的漩涡……然而，鸟有翅膀高高飞起，却再也不可能沿着两栖类进化的道路向灵长类前进……

……而你，不论命运把你推倒在什么地方，你总会爬起来，继续走下去。就像鳗鱼经过沟壑溪水，百转千折，总会凭着遗传信息的昭示游到大海,你,早晚也会到海上去的……

我在听你说,然而又不在听。我转过头悄悄地看着你。当我专注于你脸上每一根微妙的线条,希望从中捕捉到你性格、气质中更多的东西时,那种理性分析的能力便从我头脑里消失了。只剩下一种纯的,既不愿意从你的脸上将目光移去,也不愿意再深想的朦胧的梦境感……只想听到你的声音,只想这样稍稍靠着你的肩膀,默默地随着你往前走……有时,我觉得非常奇怪,也非常懊丧,因为心底的欲念却只是在想用指尖去接触那些坚毅、饱满的线条……这一切真是真的吗……

……

"这样走下去,到家就天亮了。累吗?"

我可很想一直这样走下去,但突然什么也说不出口。

穿过十字路口时,一辆夜间行驶的卡车飞驰而过。我本能地拉了你一把,无意中触到了你贴了块伤湿止痛膏的手腕。

"这是怎么啦?"

"第一次见面的纪念。不要紧!"

原来是帮我挤车时碰的!我抱歉地小心托起你的手腕,看看伤势,突然感觉到你凝神的目光。

"……看我干吗?"

"你有什么地方像她……"

"她?……她是怎么样的?"

"……她很文静,但也很要强,学轮机设计的,毕业实习时我们在一条船上……我们还什么都没来得及说,只相约献身给远洋建设……那一天,就在校园里,她偶然从我眼前走过,我很想叫住她,也许心里已有不祥的预感,可是当着人竟不好意思!她静静地走过去,正碰上两派武斗开始,一颗流弹击中了她……"

"……她很要强,然而文静……"我低声重复着,为你所感到的悲伤中潜着对自己的怅然。

"你像她,又不像……我希望你改改你的性格,凭着女性本来的气质,完全可以有力量……"那一瞬间,你的眼睛中有一丝和你一贯的气质极不相同的、深深的柔情流露出来,又随着什么东西悄然隐去了。我想,那不仅是对我恳切的忠告,还有对她的回忆……

我一下子涌起许许多多的念头,不知该怎么说。偏偏末班车来了,我喊了声:"快跑吧!星期三联排见!"……我故意用不协调的处理来掩盖将要暴露的情感,这是一个习惯的防护,也造成了一个遗憾,我什么都没来得及对你说!

下了班,我顺着路灯昏黄的胡同往家走。一个骑车的人迎面过去。一闪之中,那侧面的线条似乎是……"来看我的吗?偏偏我不在!……不,根本不是!"一瞬间升起的种种猜测立刻被我的直觉压下去了。尽管我们一起度过的时间,不会超过时针在钟面上绕过的一圈,但是,你从外到内的一切都融在我的心里了。即使是一个酷似的侧面,如果画笔难勾微妙的差异,气质本身却能显出极大的区别!

"怎么了你!"我嘲笑自己,"他在排戏,没时间来,他也不知道我住在哪儿,他根本不知道我在想什么!"可不由地又想:"要是确实有生物电流存在该多好!"

你不会知道,音乐会后,我老有一种希望见到你的念头,一种希望你的眼睛和我的视线相遇的念头!一天来,这个浅浅的欲望盘旋不去……

当我又坐在桌前,我不能静静地面对着笔和纸。我还要赶完一段小说,可就是写不下去,老是心神不宁。

失去感情的寄托时,生活是单调、寂寞的;当心里突然涌入莫名其妙的感觉,又会有另一种不安!人真是难以两全!当我在李克面前意识到自己太强,我的感情便得不到满足;可是,当我不由自主被一个人牵着走,总是想着他,愿意按照他的希望去改善自己时,被自己硬压下去的、天性中的依赖感便升起来了!而那不愿对任何人诉苦、一步步努力向前爬的自信心呢?在这时刻好像不十分强烈了。然而,终究是要靠自己！这是我无可奈何的生活结论……

我打开收音机，想在音乐中沉静下来……又是贝多芬！《F大调协奏曲》。那不需点题便能感觉到的春的气息，此刻听来特别强烈、扣人。在许多最美的乐段中，我再也无法独自沉浸其中了！我总是分心，总是想到你，希望你也能听到……

我好像在顺着一条清清的小河往前走，水中倒映着一树树吐出新绿的白杨，每走一步，每个树杈间都有一个明晃晃的太阳相随！你老是在眼前，老是不去！……唉！怎么到处都是你！

"……不要为感情做无用功了！也许我的感觉超过了实际。实际有什么？ 一个被自己的感觉吹起的肥皂泡泡儿！ 一个映着点儿阳光便泛出七彩的肥皂泡泡……"我理智地分析自己，拚命地讥笑自己。可是，一点儿也没有用！人真是奇怪，仅仅有了一个单自的念头，生活中的一切色彩和韵律都神秘地改变了……

我在这儿为你发愁，你却一点也不知道，正在给别人排戏！……那个演女主角的刘婕，那些姑娘，我可真是羡慕也要嫉妒她们了！她们在听你说话，在注意地看着你，从你那儿得到启示……天哪，我这是怎么啦？！

……这些没法对人说，又一刻不去的念头！我敢对我自己的心坦白：我是爱上了你！

你究竟喜欢不喜欢我呢？我可没有把握。我知道，尽管男人们对世界的看法各有差异，但一般来说，对标准女性的评价和要求却差不多。你也是一样。而我，一个让你说是有些男子汉气的女子，是不会讨人喜欢的！怪了！我过去就明白这一点，反而为自己的冷静、能够自立感到骄傲；现在，却有一种淡淡的伤感。我为什么会给你这样的印象呢？！

……我陷入深深的沉思……我承认，这里面有我本身的性格因素。如果抛开为了对付社会生活的压力，防御窥视私人秘密的好奇心和嫉妒心，我不得不常常戴起的中性、甚至男性的面具，我会不会变得可爱一点儿呢？会的！我并非生来如此……然而，我似乎确实有了某种变化，是在什么时候呢？生活记忆涌出许多细小、不相连的片断……

……在崎岖、陡峭的山路上挑水，稍一歪便洒出来，渗进黄土里点滴不见；

……扛着百余斤的麻袋上垛，只有撑着劲儿，咬着牙，一步步往上挪；

……人生最爱美的十年，却在几件蓝衣服来回替换中过来，为了自己渐渐丰满的胸部悄悄发愁，故意收拢双肩；

……第一次骂"他妈的"，是挺住心底的胆怯，硬学出声的，以后，急了会大骂，快活了也会顺嘴溜出来；

……父亲被赶到农村，妈妈光会哭！要安慰她，要解决父亲的问题，还要生活下去。到哪儿去找工作呢？求人、送礼、谈判……软弱和羞涩是女子的完美天性中不能失掉的弱点，但是只有硬撕下来，去和一切人打交道！

……他先回城了，感情就完了！哭吗？痛不欲生？傻瓜！只有自己动手埋葬自己的感情，冷静地考虑眼前怎么办？……

就这样，在感情上，不敢再全心全意地依靠，一旦抽空了，实在太惨！在职业上，在电车上，要和男人用一样的气力；在事业上，更没有可依赖、指望的余地，只有自己面对失败，重新干起！在政治上，在生活道路上，在危急关头，在一切选择上只有凭自己决断！这能全怪我吗？！假如有上帝的话，上帝把我造成女人，而社会生活，要求我像男人一样！我常常宁愿有意隐去女性的特点，为了生存，为了往前闯！不知不觉，我变成了这样！……也许，不仅仅是我这样？如果她还在，经过这些年，她又会怎么样？即使她的文静不变，她的思想和内部气质呢？

我想得很多……如果把这些念头都说出去，没有人会认为我不过是个二十八岁的姑娘。生活迫使我们清醒地对待自己，分析自己，我不是长得太快，而好像是太"老"了！这种明智本身也是一个悲哀……

然而，在我的生活中现在有你存在着，一切都变了！为了你，我愿意尽量地改，做一个真正的女子！

……临睡前，我又看了一眼墙上的挂历，我再也不会迟到一分钟，星期三！

……似乎每一个从我手里接过车票的人，每一个从我身边上下车的人，都在看着我脖子上那条浅绿色的尼龙纱巾！不会戴得太早了点儿吗？我老是不自信地瞧瞧周围的人，想寻出几个榜样。衣服不随时而惹人注目是最尴尬的事儿，虽然只是条纱巾！……出门前我在镜子前照了一下，仿佛不过分……唉！这些小小的、说不出口的心思！

交了班，我到总站医务室去了一次。

"松节油？哪儿伤了？"既是医生又当护士的王大姐紧紧盯着我，严守着她的全部家当，一个掉了漆的小药品橱。我真要脱下袜子给她看了，她才打开锁，拿个干净的小空瓶，小心翼翼地倒了半瓶松节油。

"拿好！你的脚……"

我早就跑了！

我一步两层，跳着跑上吱吱叫的楼梯。到最后几节，听见排练室里的说笑声，我立刻慢下来，一步一步走上去。

演员们已经都到齐了，热热闹闹。有的在对台词，有的支着下巴凝神默戏，有几个在一边笑嘻嘻地聊着什么。与其说是看见，不如说是凭直觉感到：你还没来！

我走到墙角一张桌子旁，先把药水轻轻放进抽屉里，然后坐下来等待着。几个男女演员围过来，兴致勃勃地告诉我，等第一次演出成功，要开个小小的舞会。

"我要踩诸位脚的！我可不会。"我忙解释。

"我教你！"一个男演员偏腿坐在桌子上，左右摇晃着身子，热情地说。

我一边笑着谢他,一边担心那瓶松节油要翻倒了,自己都觉出来脸上挂着副古怪的表情!

"轮不着你!"刘婕恬静地一笑,"该导演请编剧!为这出戏你们又争又吵,真不值得。"

"我就那么厉害吗?"我不无遗憾地叹了口气,便做出含羞的样子,微微低下头,双手拉开假想的拖地大裙子,娇声娇气地对那个男演员说:"先生,对不起!"

没料到我这一手,演员们都乐了。撑不住这种拿腔作势的劲儿,我也快活地大笑起来。

笑着,猛然听见,门外楼梯上有一个脚步声!很轻微,但我确实听到了。越来越近,那节奏,那分量……分明是你!我立刻本能地止住了笑声,两眼看着门。……借一句你对演员说过的舞台术语,我仿佛也在有意无意地检验自己的"分寸感"了!

你匆匆走了进来,边脱大衣,边向大家道歉。我觉得,那歉意中似乎透着按捺不住的快活、兴奋……我热切地注视着你的一举一动,你却根本没有看到我!也许是因为我坐在角落里。你向全体演员简要地布置了一番,便坐在中间的椅子上。碘钨灯亮了。

我落在暗处,眼睛看着表演,却感觉到你每一个微小的动作。戏又有了几处小小的改动,改得都挺舒服。我的感情随着剧中女主人公的激情的推进而变化着,同时,又老岔出一个念头:你为什么迟到了呢?

戏到了我特别喜欢的一段台词的时候,桌面"啪"地响了一下,刘婕停下来。你指出她内心动作不积极,节奏不对头。

刘婕可怜地闪着美丽的大眼睛,委屈地嘟哝:"……剧本就这么写的,我实在……"

你沉思了一下,说:"这样吧,改一下。"接着,便把场上的演员召集在一起,谈了一阵,戏又开始排下去。

……怎么?真改了!人物的动作和调度变了,台词删掉了好几处,这段戏跟原来不一样了，我的意思可不是这样！我坐在这里，竟不跟我商量！我不禁激动起来。我预先想过，这回，要规规矩矩地坐在一边，即使谈到我的感觉，也要适度、含蓄、慢慢说。话到嘴边，憋了又憋，实在忍不住，我重重地叹了口气。

你回头朝这边看了一眼，立刻推开椅子走过来："你来了？对不起，没来得及和你交换意见，你看怎么样？"

我只想说几句就打住，可你又坚持你的看法，逼得我只好再张嘴。我实在不想和你争论个没完，可由不得我，我的人物应该是那样！一说起来，兴奋了，节奏快了，声音渐渐响了。说着，说着，我突然想到，我坚持争下去，又会被你认为是固执、要强，你对我的看法更没法改变！我立刻停住口。有那么一会儿，我默然坐着，看着你，你在说些什么，我可一句也没听进去，我在克制自己的情绪。

"可以吧？"突然听见你问。

"什么？"

"照这样改呀！"

"我……不行！"我急不择话，拍了下桌子。演员们都停下来，一齐朝我们这边看，并窃窃私语。

"你这样固执没有道理！"你低声急促地说，一边宽解地轻轻拍了一下我放在桌上的手，又回头说："谁叫停了？继续联排！"

见鬼！难道把我们之间的默契、信任当作我无条件的投降？"少来这套！"

你一下怔住了，收回手，转身要走，又站下说了一句："你冷静一点，等会儿我们再谈！"就把我"晒"在一边。

戏刚排完，你跑下楼去接已经搁了一阵的电话。演员纷纷走了，我还在一动不动地坐着。你上楼来，抓起大衣，走到我面前轻声说："生气了？"

我想解释我心里的念头，又觉得烦乱，突然冒出一句："你干吗老跟我过意不去！"

你误会了！你看了我一会儿，大概觉得我就是固执地拒绝别人的意见，自以为是。你叹了口气："对不起，我有急事要办，有空我跟你详细谈。"说完，你转身走了！

剩了我一个人。

我这才气得要命，对自己生气。我是干什么呀！为了这么个幻想的天地，为了一个并不真实存在的人物的几句台词、几段细节，就活活地损害了我自己的形象！这会儿，我真正羡慕刘婕那样的女孩子们，不管她们是本能，是有意，总之是那么一副文静的模样！如果我始终温文尔雅、细声慢气，不固执地坚持那么一点点东西，光对你笑一笑算了，哪会弄成这个样子！老天爷，和你争吵，并不是我的本意！……我以为那只是一件男式外衣，哪想到已经深深渗入我的气质中，想脱也脱不下来！我真对自己失望！

……我突然发现，我正对着那排有点儿走样的大镜子站着。瞧我这副气冲冲的样子！双手插在口袋里，沾着尘土的靴子，棉大衣的第一个扣子没系，那条淡绿色的纱巾别提多刺眼了！似乎在讥笑我：用心细腻得可怜，行为粗鲁得可笑！我一把将纱巾扯下来，塞进衣服口袋里。

开抽屉拿手套准备走时，我瞧见那瓶松节油！真想把它扔到窗外去，可还是把它放到口袋里了……

我当然明白了，你的修改意见大部分是对的！这是在第一次演出，拉开大幕之后。我站在太平门旁，一边看着这个在舞台上活生生立起来的戏，一边倾听着观众的反应。在台上台下直接相通的情感交融中，我被我剧本中自己从来没有想到的力量深深感动了！我简直就想立刻向你承认，我的有些设想是错了，可你一直在后台忙着。……舞会的时候，我一定要对你说！我暗暗想。为了能和你跳舞，我甚至也悄悄练过几步华尔兹……

对这戏的反应是出乎我所料的热烈。我忙着应酬大家的祝贺，一边焦急地等待你快些来，但愿有一个让我们静静待一会儿的时刻！刘婕被人们围住,她的表演比原来我所知道的要好得多。许多人叫她谈谈担任这个角色的体会,她扭捏着,光笑不说话,实在逃不脱了,她一下抓住我,把我推到前面说:"我哪能演好这样的角色,是导演的功劳,他多次启发我,并且叫我观察作者,他说,她自己就是那么一个男性气质过多的女性!"

我站在众人面前,一瞬间,被这个评语击呆了!没想到,原来你终究是这样看我!把我作为一种类型来表现,而并没有了解我内心的另一面!所有的人都友好、赞许地笑了,我也只好跟着笑,心里好难过!

……音乐起来了。几个人先后来邀请我跳舞,我都婉言推辞了。我一个人坐在大柱子后面,这个小小成功的喜悦,似乎离我很远,很淡,我突然觉得很累,只想闭着眼睛,听听音乐。

"……跳吗?"谁又在低声问。

"我头疼。"我照例说。

但我立刻知道了,是你坐在我身边!尽管我很伤心,可还是本能地感到惊慌,不由得抓住看戏时想好的一个话题抵挡:"这个戏……"我停住了。我本来打算服输,但现在我不想承认了。让你认为我是没有道理的固执好了,反正我在你眼里就是这个样子!

"为什么我们一见面就是戏?!谈点儿别的好吗?我们还什么都没来得及谈!"

你的声音怎么有些异样?我抬起头。

你在微笑着,笑容中似乎有一点忧郁。一时,我什么也说不出来了,只是不由自主默许、依顺地看着你。我又遇上了你的眼睛。不像平时那么敏锐、自信,而是深沉、专注的……在洋溢整个大厅的快乐旋律中,在从身边闪过的许多热情的笑脸中,我感觉到,一瞬间,有一种什么东西仅仅在你我的目光之间沟通着……我觉得要超出我的控制能力了,我马上就要服输了,便急忙把眼光移开。

"我们来跳个舞吧?"你又一次请求。

我不由得站起来，把手搭在你的肩上。但是，就在这一刻，音乐停止了。我突然又记起你对我的评价，渗入我天性中不肯轻易低头的血性冒上来，我故意用玩世不恭的口气说："看来，我们无缘呢！"我在笑，心却在颤抖。

正巧，李克躲闪着跳舞的人们，向我跑过来。

"我的朋友！"我报复性地介绍。

音乐又起来了，古巴乐曲《鸽子》。我逃避似的急急抓住李克的肩头，主动说："我们跳吧！"不等他听清楚，踩上拍子，我硬是拉着他转进大厅中间。

"是我带你！"李克不得不提醒。

每转一圈，我都越过他的肩头、越过一对对舞伴，看到你站在大柱子旁边……每转一圈，我都看到你……

李克在用那清澈的目光一往情深地看着我，忽然脸涨得通红，喃喃地说："你真行，我……喜欢你！"

唉，真要命！喜欢我的，我并不喜欢；我所喜欢的，人家不喜欢我！

刘婕和一个舞伴转过来，边跳边扭过头问我："你去送他吗？"

"送谁？"我摸不清头脑。

"我们导演！"她旋转着，忽远忽近，"……他上远洋轮了……明早五点的车去广州……别装了，你能不知道！"

我一下松开搭在李克肩上的手，站在大厅中间。大柱子旁边已经没有你了！

我扒开沉浸在欢乐中的人们，到处奔走，撞了人，踩了人脚又被人踩着，我拚命地搜寻着每一个角落，哪儿都没有你！

……一对对舞伴像影子似的，在身边无声地慢慢旋转，只有一个忧郁、深沉的男声，在很近、又仿佛很远的什么地方唱着：

　　　　当我离开可爱的故乡，

你想不到我是多么悲伤，
心爱的我愿随你一同去远航，
像一只鸽子在海上自由飞翔；
……

我不知道是怎样走到你家的。小屋黑着灯，只见到你的父母。他们说你要向很多人辞行，恐怕很晚才能回来。

"有什么事吗？或者有什么东西要交给他？"你母亲和气地问。她点醒了我。久站下去是不合体的，送点什么呢？我什么也没带，什么都没来得及想到！我的手无意识地伸到短大衣口袋里，碰到了一个小瓶。慌忙掏出来。

小瓶空了！不知什么时候，松节油在衣服口袋里渗光了……

又到那一站了！

你在那黄蓝相间的站牌下沉静地站着！宽而敦实的身材，一个暗红色的火星在唇边依稀明灭；路灯下，那侧面的线条……刹那间的幻觉是这样清晰、这样强烈！……那站牌下人很多，涌下便道，挤过来，但再也没有你！

我跳下车。人们上下完了，我又最后一个上车。

这会儿，你正漂流在茫茫世界的什么地方？在那起伏动荡、跳跃着万点金光的海上，你正在做些什么？或者，是站在船舷旁，望着夜空中闪烁的星斗，在想些什么……？

……灯影、人潮、车流接连扑面而过，阵阵自行车铃声像明快的小夜曲，在连续不断的汽车喇叭声里突然传来，又悠然隐去。一切是这样热闹、嘈杂，我却感到孤寂。

雪在融化。每个人肩膀、头发上都闪着细小的水珠。车厢里弥漫着清新的潮气，春的气息无言地渗透着一切。我的心被一股突然涌起的感情涨满了。

我多么想再见到你！见到你那双眼睛，那瞬间难忘的目光。但愿记忆能停格，让我久久保留着这一瞬间得到的安慰和力量……然而，总像是隔着一层雾，越是极力捕捉，越是难以分辨！那双眼睛、那目光，似乎刚要看清了，又立刻隔得遥远、遥远……

我遇到了你，又错过了！是在哪儿错过的呢？我苦苦搜寻着记忆中每一个微小的角落，回顾着短短接触中的每一次场面：

……热闹的舞会；

……发生冲突的联排；

……音乐会后长长的漫步；

……只坐过一次的你的书桌旁；

……吱吱响的楼梯上；

……挤得关不上门的电车车门边……

唉！我们彼此相隔的，不是重重山水，不是大海大洋，只是我自己！……

车停了。又往前开。

她仍旧在乘客中努力向前挤，嘴里机械地重复着："刚上车的买票！哪位给抱小孩的让座！下站是……"

她的心底却有另一个声音在独自忏悔：

"……原谅我……"

（原刊于《收获》1980 年第 5 期）

七里茶坊

汪曾祺

我在七里茶坊住过几天。

我很喜欢七里茶坊这个地名。这地方在张家口东南七里，当初想必是有一些茶坊的。中国的许多计里的地名，大都是行路人给取的。如三里河、二里沟、三十里铺，七里茶坊大概也是这样。远来的行人到了这里，说："快到了，还有七里，到茶坊里喝一口再走。"送客上路的，到了这里，客人就说："已经送出七里了，请回吧！"主客到茶坊又喝了一壶茶，说了些话，出门一揖，就此分别了。七里茶坊一定萦系过很多人的感情。不过现在却并无一家茶坊。我去找了找，连遗址也无人知道。"茶坊"是古语，在《清明上河图》《东京梦华录》《水浒传》里还能见到。现在一般都叫"茶馆"了。可见，这地名的由来已久。

这是一个中国北方的普通的市镇。有一个供销社，货架上空空的，只有几包火柴、一堆柿饼。两只乌金釉的酒坛子擦得很亮，放在旁边的酒提子却是干的。柜台上放着一盆麦麸子做的大酱。有一个理发店，两张椅子，没有理发的，理发员坐着打瞌睡。有一个邮局。一个新华书店，只有几套毛选和一些小册子。路口矗着一面黑板，写着鼓动冬季积肥的快板，文后署名"文化馆宣"，说明这里还有个文化馆。快板里写道："天寒地冻百不咋①，心里装着全天下。"轰轰烈烈的大跃进已经过去，这种豪言壮语已经失去热力。前两天下过一场小雨，雨点在黑板上抽打出一条一条斜道。路很宽，是土路。两旁的住户人家，也都是土墙土顶（这地方风雪大，房顶多是平的）。连路边的树也都带着黄土的颜色。这个长城以外的土色的冬天的市镇，使人起悲凉的感觉。

除了店铺人家，这里有几家车马大店。我就住在一家车马大店里。

我头一回住这种车马大店。这种店是一看就看出来的，街门都特别宽大，成天敞开着，为的好进出车马。进门是一个很宽大的空院子。院里停着几辆大车，车辕向上，斜立着，像几尊高射炮。靠院墙是一个长长的马槽，几匹马面墙拴在墙头吃料，不停地甩着尾巴。院里照例喂着十多只鸡。因为地上有撒落的料豆、高粱，草里有秕子，这些母鸡都长得极肥大。有两间房，是住人的。都是大炕。想住单间，可没有。谁又会上车马大店里来住一个单间呢？"碗大炕热"，就成了这类大店招徕顾客的口碑。

我是点名住到这种大店里来的呢？

我在一个农业科学研究所下放劳动，已经两年了。有一天生产队长找我，说要派几个人到张家口去掏公共厕所，叫我领着他们去。为什么找到我头上呢？说是以前去了两拨人，都闹了意见回来了。我是个下放干部，在工人中还有一点威信，可以管得住他们，云云。究竟为什么，我一直也不太明白。但是我欣然接受了这个任务。

我打好行李，挎包里除了洗漱用具，还带了一支大号的3B烟斗，一袋掺了一半榆树叶的烟草，两本四部丛刊本《分类集注杜工部集》，坐

---

① "百不咋"是无所谓、没关系的意思。

上单套马车，就出发了。

我带去的三个人，一个老刘、一个小王，还有一个老乔，连我四个。

我拿了介绍信去找市公共卫生局的一位"负责同志"。他住在一个粪厂子里。一进门，就闻到一股奇特的酸味。我交了介绍信，这位同志问我：

"你带来的人，咋样？"

"咋样？"

"他们，啊，啊，啊……"

他"啊"了半天，还是找不到合适的词句。这位负责同志大概不大认识字。他的意思我其实很明白，他是问他们政治上可靠不可靠。他怕万一我带来的人会在公共厕所的粪池子里放一颗定时炸弹。虽然他也知道这种可能性极小，但还是问一问好。可是他词不达意，说不出这种报纸语言。最后还是用一句不很切题的老百姓话说：

"他们的人性咋样？"

"人性挺好！"

"那好。"

他很放心了，把介绍信夹到一个卷宗里，给我指定了桥东区的几个公厕。事情办完，他送我出"办公室"，顺便带我参观了一下这座粪场。一边堆着好几垛晒好的粪干，平地上还晒着许多薄饼一样的粪片。

"这都是好粪，不掺假。"

"粪还掺假？"

"掺！"

"掺什么？土？"

"哪能掺土！"

"掺什么？"

"酱渣子。"

"酱渣子？"

"酱渣子，味道、颜色跟大粪一个样，也是酸的。"

"粪是酸的？"

"发了酵。"

我于是猛吸了一口气，品味着货真价实、毫不掺假的粪干的独特的、不能代替的、余韵悠长的酸味。

据老乔告诉我，这位负责同志原来包掏公私粪便，手下用了很多人，是一个小财主。后来成了卫生局的工作人员，成了"公家人"，管理公厕。他现在经营的两个粪场，还是很来钱。这人紫膛脸、阔嘴岔、方下巴、眼睛很亮，虽然没有文化，但是看起来很精干。他虽不大长于说"字儿话"，但是当初在指挥粪工，洽谈生意时，所用语言一定是很清楚畅达，很有力量的。

掏公共厕所，实际上不是掏，而是凿。天这么冷，粪池里的粪都冻得实实的，得用冰镩凿开，破成一二尺见方大小不等的冰块，用铁锹起出来，装在单套车上，运到七里茶坊，堆积在街外的空场上。池底总有些没有冻实的稀粪，就括出来，倒在事先铺好的干土里，像和泥似的和好。一夜工夫，就冻实了。第二天，运走。隔三四天，所里车得空，就派一辆三套大车把积存的粪冰运回所里。

看车把式装车，真有个看头。那么沉的、滑滑溜溜的冰块，照样装得整整齐齐，严严实实，拿绊绳一煞，纹丝不动。走个百八十里，不兴掉下一块。这才真叫"把式"！

"叭——"的一鞭，三套大车走了。我心里是高兴的。我们给所里做了一点事了。我不说我思想改造得如何好，对粪便产生了多深的感情，但是我知道这东西很贵。我并没有做多少，只是在地面上挖一点干土，和粪。为了照顾我，不让我下池子凿冰。老乔呢，说好了他是来玩的，只是抬抬架架，跑跑颠颠。活，主要是老刘和小王干的。老刘是个使冰镩的行家，小王有的是力气。

这活脏一点，倒不累，还挺自由。

骡马大店的东房，——正房是掌柜的一家人自己住的。南北相对，各有一铺能睡七八个人的炕，——挤一点，十个人也睡下了。快到春节了，没有别的客人，我们四个人占据了靠北的一张炕，很宽绰。老乔岁数大，睡炕头。小王火力壮，把门靠边。我和老刘睡当间。我那位置很好，靠近电灯，可以看书。两铺炕中间，是一口锅灶。

天一亮，年轻的掌柜的就推门进来，点火添水，为我们做饭，——推莜面窝窝。我们带来一口袋莜面，顿顿饭吃莜面，而且都是推窝窝。——莜面吃完了，三套大车会又给我们捎来的。小王跳到地下帮掌柜的拉风箱，我们仨就拥着被窝坐着，欣赏他推窝窝的手艺。——这么冷的天，一大清早就让他从内掌柜的热被窝里爬出来为我们做饭，我心里实在有些歉然。不大一会儿，莜面蒸上了，屋里弥漫着白蒙蒙的蒸汽，很暖和，叫人懒洋洋的。可是热腾腾的窝窝已经端到炕上了。刚出屉的莜面，真香！用蒸莜面的水，洗了脸，我们就蘸着麦麸子做的大酱吃起来。没有油，没有醋，尤其是没有辣椒！可是你得相信我说的是真话：我一辈子很少吃过这么好吃的东西。那是什么时候呀？——一九六〇年！

我们出工比较晚。天太冷。而且得让过人家上厕所的高潮。八点多了，才赶着单套车到市里去。中午不回来。有时由我掏钱请客，去买一包"高价点心"，找个背风的角落，蹲下，各人抓了几块嚼一气。老乔、我、小王拿一副老掉了牙的扑克牌接龙、憋七。老刘在呼呼的风声里居然敢把脑袋缩在老羊皮袄里睡一觉，还挺香！下午接着干。四点钟装车，五点多就回到七里茶坊了。

一进门，掌柜的已经拉动风箱，往灶火里添着块煤，为我们做晚饭了。

吃了晚饭，各人干各人的事。老乔看他的《啼笑因缘》。他这本《啼笑因缘》是个古本了，封面封底都没有了，书角都打了卷，当中还有不少缺页。可是他还是戴着老花镜津津有味地看，而且老看不完。小王写信，或是躺着想心事。老刘盘着腿一声不响地坐着。他这样一声不响地坐着，能够坐半天。在所里我就见过他到生产队请一天假，哪儿也不去，什么也不干，就是坐着。我发现不止一个人有这个习惯。一年到头的劳累，坐一天是很大的享受，也是他们迫切的需要。人，有时需要休息。他们不叫休息，就叫"坐一天"。他们去请假的理由，也是："我要坐一天。"中国的农民，对于生活的要求真是太小了。我，就靠在被窝上读杜诗。杜诗读完，就压在枕头底下。这铺炕，炕沿的缝隙跑烟，把我的《杜工部集》的一册的封面熏成了褐黄色，留下一个难忘的、美好的纪念。

有时，就有一句没一句，东拉西扯地瞎聊天。吃着柿饼子，喝着蒸锅水，抽着掺了榆树叶子的烟。这烟是农民用包袱包着私卖的，颜色是灰绿的。劲头很不足，抽烟的人叫它"半口烟"。榆树叶子点着了，发出一种焦煳的，然而分明地辨得出是榆树的气味。这种气味使我多少年后还难于忘却。

小王和老刘都是"合同工"，是所里和公社订了合同，招来的。他们都是柴沟堡的人。

老刘是个老长工，老光棍。他在张家口专区几个县都打过长工，年轻时年年到坝上割莜麦。因为打了多年长工，庄稼活他样样精通。他有过老婆，跑了，因为他养不活她。从此他就不再找女人，对女人很有成见，认为女人是个累赘。他就这样背着一卷行李——一块毡子、一床"盖窝"（即被）、一个方顶的枕头，到处漂流。看他捆行李的利索劲儿和背行李的姿势，就知道是一个常年出门在外的老长工。他真也是自由自在，也不置什么衣服，有两个钱全喝了。他不大爱说话，但有时也能说一气，在他高兴的时候，或者不高兴的时候。这二年他常发牢骚，原因之一，是喝不到酒。他老是说："这是咋搞的？咋搞的？""过去，七里茶坊，啥都有：驴肉、猪头肉、炖牛蹄子、茶鸡蛋……卖一黑夜。酒！现在！咋搞的！咋搞的！""'楼上楼下，电灯电话'！做梦娶媳妇，净慕好事！多会儿？"①他年轻时曾给八路军送过信，带过路。"俺们那阵，有甚

---

① 那时农村宣传"共产主义"，都说是"楼上楼下，电灯电话"。慕，是思量、向往的意思。这是很古的语言，元曲中常见。张家口地区保留了很多宋元古语。

好吃的，都给八路军留着！早知这样，哼！……"他说的话常常出了圈，老乔就喝住他："你瞎说点啥！没喝酒，你就醉了！你是想'进去'住几天是怎么的？嘴上没个把门的，亏你活了这么大！"

小王也有些不平之气。他是念过高小的。他给自己编了一口顺口溜："高小毕业生，白费六年工。想去当教员，学生管我叫老兄。想去当会计，珠算又不通！"他现在一个月挣二十九块六毛四，要交社里一部分，刨去吃饭，所剩无几。他才二十五岁，对老刘那样的自由自在的生活并不羡慕。

老乔，所里多数人称之为乔师傅。这是个走南闯北，见多识广，老于世故的工人。他是怀来人。年轻时在天津学修理汽车。抗日战争时跑到大后方，在资源委员会的运输队当了司机，跑仰光、腊戌。抗战胜利后，他回张家口来开车，经常跑坝上各县。后来岁数大了，五十多了，血压高，不想再跑长途，他和农科所的所长是亲戚，所里新调来一辆拖拉机，他就来开拖拉机，顺便修修农业机械。他工资高，没负担。农科所附近一个小镇上有一家饭馆，他是常客。什么贵菜、新鲜菜，饭馆都给他留着。他血压高，还是爱喝酒。饭馆外面有一棵大槐树，夏天一地浓荫。他到休息日，喝了酒，就睡在树荫里。树荫在东，他睡在东面；树荫在西，他睡到西面，围着大树睡一圈！这是前二年的事了。现在，他也很少喝了。因为那个饭馆的酒提潮湿的时候很少了。他在昆明住过，我也在昆明待过七八年，因此他老愿意找我聊天，抽着榆叶烟在一起怀旧。他是个技工，掏粪不是他的事，但是他自愿报了名。冬天，没什么事，他要来玩两天。来就来吧。

这天，我们收工特别早，下了大雪，好大的雪啊！

这样的天，凡是爱喝酒的都应该喝两盅，可是上哪儿找酒去呢？

吃了莜面，看了一会儿书，坐了一会儿，想了一会儿心事，照例聊天。

像往常一样，总是老乔开头。因为想喝酒，他就谈起云南的酒。市酒、玫瑰重升、开远的杂果酒、杨林肥酒……

"肥酒？酒还有肥瘦？"老刘问。

"蒸酒的时候,上面吊着一大块肥肉,肥油一滴一滴地滴在酒里。这酒是碧绿的。"

"像你们怀来的青梅煮酒?"

"不像。那是烧酒,不是甜酒。"

过了一会儿,又说:"有点像……"

接着,又谈起昆明的吃食。这老乔的记性真好,他可以从华山南路、正义路,一直到金碧路,数出一家一家大小饭馆,又岔到护国路和甬道街,哪一家有什么名菜,说得非常详细。他说到金钱片腿、牛干巴、锅贴乌鱼、过桥米线……

"一碗鸡汤,上面一层油,看起来连热气都没有。一盘仔鸡片、腰片、肉片,都是生的。往鸡汤里一推,就熟了。"

"那就能熟了?"

"熟了!"

他又谈起汽锅鸡。描写了汽锅是什么样子,锅里不放水,全凭蒸汽把鸡蒸熟了,这鸡怎么嫩,汤怎么鲜……

老刘很注意地听着,可是怎么也想象不出这汽锅是啥样子,这道菜是啥滋味。

后来他又谈到昆明的菌子:牛肝菌、青头菌、鸡㙡①,把鸡㙡夸赞了又夸赞。

"鸡㙡?有咱这儿的口蘑好吃吗?"

"各是各的味儿。"

…………

老乔刮话的时候,小王一直似听不听,躺着,张眼看着房顶。忽然,他问我:

"老汪,你一个月挣多少钱?"

我下放的时候,曾经有人劝告过我,最好不要告诉农民自己的工资

---

① 鸡㙡(或㚇)是一种菌,长在白蚁窝上,味极腴美。

数目,但是我跟小王认识不止一天了,我不想骗他,便老实说了。小王没有说话,还是张眼躺着。过了好一会儿,他看着房顶说:

"你也是一个人,我也是一个人,为什么你就挣那么多?"

他并没有要我回答,这问题也不好回答。

沉默了一会儿。

老刘说:"怨你爹没供你书[①]。人家老汪是大学毕业!"

老乔是个人情练达的人,他捉摸出小王为什么这两天老是发呆,为什么会提出这样的问题,说:

"小王,你收到一封什么信,拿出来我看看!"

前天三套大车来拉粪冰的时候,给小王捎来一封寄到所里的信。

事情原来是这样的:小王搞了一个对象。这对象搞得稍为有点离奇:小王有个表姐,嫁到邻村李家。李家有个姑娘,和小王年貌相当,也是高小毕业。这表姐就想给小姑子和表弟撮合撮合,写信来让小王寄张照片去。照片寄到了,李家姑娘看了,不满意。恰好李家姑娘的一个同学陈家姑娘来串门,她看了照片,对小王的表姐说:"晓得人家要俺们不要?"表姐跟陈家姑娘要了一张照片,寄给小王,小王满意。后来表姐带了陈家姑娘到农科所来,两人当面相了一相,事情就算定了。农村的婚姻,往往就是这样简单,不像城里人有逛公园、轧马路、看电影、写情书这一套。

陈家姑娘的照片我们都见过,挺好看的,大眼睛,两条大辫子。

小王收到的信是表姐寄来的,催他办事。说人家姑娘一天一天大了,等不起。那意思是说,过了春节,再拖下去,恐怕就要吹。

小王发愁的是:春节他还办不成事!柴沟堡一带办喜事倒不尚铺张,但是一床里面三新的盖窝、一套花直贡呢的棉衣、一身灯芯绒裤袄、绒衣绒裤、皮鞋、球鞋、尼龙袜子……总是要有的。陈家姑娘没有额外提什么要求,只希望要一支金星牌钢笔。这条件提得不俗。

[①] "供书"是拿钱供学生读书的意思。

小王倒因此很喜欢。小王已经做了长期的储备，可是算来算去还差五六十块钱。

老乔看完信，说：

"就这个事吗？值得把你愁得直眉瞪眼的！叫老汪给你拿二十，我给你拿二十！"

老刘说："我给你拿上十块！现在就给！"说着从红布肚兜里就摸出一张十元的新票子。

问题解决了，小王高兴了，活泼起来了。

于是接着瞎聊。

从云南的鸡㙡聊到内蒙古的口蘑。说到口蘑，老刘可是个专家。黑片蘑、白蘑、鸡腿子、青腿子……

"过了正蓝旗，捡口蘑都是赶了个驴车去。一天能捡一车！"

不知怎么又说到独石口。老刘说他走过的地方没有比独石口再冷的了，那是个风窝。

"独石口我住过，冷！"老乔说，"那年我们在独石口吃了一洞子羊。"

"一洞子羊？"小王很有兴趣了。

"风太大了，公路边有一个涵洞，去避一会风吧。一看，涵洞里白糊糊的，都是羊。不知道是谁的羊，大概是被风赶到这里的，挤在涵洞里，全冻死了。这倒好，这是个天然冷藏库！俺们想吃，就进去拖一只，吃了整整一个冬天！"

老刘说："肥羊肉炖口蘑，那叫香！四家子的莜面，比白面还白。坝上是个好地方。"

话题转到了坝上。老乔、老刘轮流说，我和小王听着。

老乔说：坝上地广人稀，只要收一季莜麦，吃不完。过去山东人到口外打把式卖艺，不收钱。散了场子，拿一个大海碗挨家要莜面，"给！"一给就是一海碗。说坝上没果子。怀来人赶一个小驴车，装一车山里红到坝上，下来时驴车换成了三套大马车，车上满满地装的是莜面。坝上人都豪爽，大方。吃起肉来不是论斤，而是放开肚子吃。他说坝上人看见坝下人吃肉,一小碗,都奇怪:"这吃个什么劲儿呢?"他说,他们要是看见江苏人、广东人炒菜:青菜加两三片肉,更会奇怪了。他还说坝上女人长得很好看。他说,都说水多的地方女人好看,坝上没水,怎么女人都长得白白净净?那么大风沙,皮色都很好。他说他在崇礼县看过两姐妹,长得像傅全香。

傅全香是谁,老刘、小王可都不知道。

老刘说:坝上地大,风大,雪大,雹子也大。他说有一年沽源下了一场大雪,西门外的雪跟城墙一般高。也是沽源,有一年下了一场雹子,有一个雹子有马大。

"有马大?那掉在头上不砸死了?"小王不相信有这样大的雹子!

老刘还说,坝上人养鸡,没鸡窝。白天开了门,把鸡放出去。鸡到处吃草籽,到处下蛋。他们也不每天去捡。隔十天半月,挑了一副筐,到处捡蛋,捡满了算。他说坝上的山都是一个一个馒头样的山包。山上没石头。有些山很奇怪,只长一样东西。有一个山叫韭菜山,一山都是韭菜;还有一座芍药山,夏天开了满满一山的芍药花……

老乔、老刘把坝上说得那样好,使小王和我都觉得这是个奇妙的、美丽的天地。

芍药山,满山芍药花,这是什么景象?

"咱们到韭菜山上掐两把韭菜,拿盐腌腌,明天蘸莜面吃吧。"小王说。

"见你的鬼!这会儿会有韭菜?满山大雪!——把钱收好了!"

聊天虽然有趣,终有意兴阑珊的时候。天已经很黑了,房顶上的雪一定已经堆了四五寸厚了,摊开被窝,我们该睡了。

正在这时,屋门开处,掌柜的领进三个人来。这三个人都反穿着白茬老羊皮袄,齐膝的毡疙瘩。为头是一个大高个儿,五十来岁,长方脸,戴一顶火红的狐皮帽。一个四十来岁,是个矮胖子,脸上有几颗很大的痘疤,戴一顶狗皮帽子。另一个是和小王岁数仿佛的后生,雪白的山羊头的帽子遮齐了眼睛,使他看起来像一个女孩子。——他脸色红润,眼睛太好看了!他们手里都拿着一根六道木二尺多长的短棍。虽然刚才在门外已经拍打了半天,帽子上、身上,还粘着不少雪花。

掌柜的说:"给你们做饭?——带着面了吗?"

"带着哩。"

后生解开老羊皮袄,取出一口面口袋。——他把面口袋系在腰带上,怪不道他看起来身上鼓鼓囊囊的。

"推窝窝?"

高个儿把面口袋交给掌柜的:

"不吃莜面!一天吃莜面。你给俺们到老乡家换几个粑粑头吃①。多时不吃粑粑头,想吃个粑粑头。把火弄得旺旺的,烧点水,俺们喝一口。——没酒?"

"没。"

"没咸菜?"

"没。"

"那就甜吃!"②

老刘小声跟我说:"是坝上来的。坝上人管窝窝头叫粑粑头。是赶牲口的,——赶牛的。你看他们拿的六道木的棍子。"随即,他和这三个坝上人搭讪起来:

"今天一早从张北动的身?"

"是。——这天气!"

"就你们仨?"

"还有仨。"

"那仨呢?"

"在十多里外,两头牛掉进雪窟窿里了。他们仨在往上弄。俺们把其余的牛先送到食品公司屠宰场,到店里等他们。"

"这样天气,你们还往下送牛?"

---

① 他们说"粑粑头","粑粑"作入声。
② 张家口一带不说"淡",说"甜"。

"没法子。快过年了。过年，怎么也得叫坝下人吃上一口肉！"

不大一会，掌柜的搞了粑粑头和几个腌蔓菁来。他们把粑粑头放在火里烧，水开了，把烧焦的粑粑头拍打拍打，就吃喝起来。

老乔就把我们的酱碗给他们送过去。

"你们那里今年年景咋样？"

"好！"高个儿回答得斩钉截铁。显然这是反话，因为痘疤脸和后生都扑哧一声笑了。

"不是说去年你们已经过了'黄河'了？"

"过了！那还不过！"

老乔知道他话里有话，就问：

"也是假的？"

"不假。搞了'标准田'。"

"啥叫'标准田'？"

"把几块地里打的粮算在一起。"

"其余的地？"

"不算产量。"

"坝上过'黄河'？不用什么'科学家'，我就知道，不行！"老刘用了一个很不文雅的字眼说，"过'黄河'，过毯的个河吧！"

老乔解释："老刘说得对。坝上的土层只有五寸，下面全是石头。坝上一向是广种薄收，要求单位面积产量，是主观主义。"

痘疤脸说："就是！俺们和公社的书记说，这产量是虚的。但人家说：有了虚的，就会带来实的。"

后生说："还说这是：以虚带实。"

我还从来没有听说过"以虚带实"是这样的解释的。

高个儿沉重地叹了一口气："这年月！当官的都说谎！"

老刘接口说："当官的说谎，老百姓遭殃！"

老乔把烟口袋递给他们：

"牲畜不错？"

"不错！也经不起胡糟践。头二年，'大跃进'，大炼钢铁，夜战，把牛牵到地里，杀了，在地头架起了大锅，大块大块地煮烂，大伙儿，吃！那会儿吃了个痛快；这会儿，想去吧！——他们仨咋还不来？去看看。"

高个儿说着又把老羊皮袄系紧了。

痘疤脸说："我们俩去。你啦就甭去了。"

"去！"

他们和掌柜的借了两根木杠，把我们车上的钢绳也借去了，拉开门，就走了。

听见后生在门外大声说："雪更大了！"

老刘起来解手，把地下三根六道木的棍子归在一起，上了炕，说：

"他们真辛苦！"

过了一会，又自言自语地说：

"咱们也很辛苦。"

老乔一面钻被窝，一面说：

"中国人都很辛苦啊！"

小王已经睡着了。

"过年，怎么也得叫坝下人吃上一口肉！"我老是想着大个儿的这句话，心里很感动，很久未能入睡。这是一句朴素、美丽的话。

半夜，朦朦胧胧地听到几个人轻手轻脚走进来，我睁开眼，问：

"牛弄上来了？"

高个儿轻轻地说：

"弄上来了。把你吵醒了！睡吧！"

他们睡在对面的炕上。

第二天，我们起得很晚。醒来时，这六个赶牛的坝上人已经走了。

一九八一年五月十一日写成

（原刊于《收获》1981 年第 5 期）

稿纸上的月亮

赵振开

　　阳光滑到玻璃板上。我垂下眼帘，一片温暖的橘红色在轻轻颤动。这是个寂静的早晨。每隔一阵，胡同里传来爆米花那沉闷的响声。阿富汗正进行着战争。一架大型客机在法国南部坠毁。……我坐在这里，已经第三天了，一个字也写不出来。这个世界是多么具体，似乎只在某个具体的地点和时间才有意义。早上洗脸的时候，镜子里那副疲倦而又紧张的神态，真像一只困兽。前几天的报告会上，那伙大学生发出一阵阵嘘声，有人还递来这样的条子："你能代表我们吗？别不要脸了！"麦克风刺耳的交流声给了我沉默的机会。对那些自命不凡的家伙，又能说些什么呢？

　　我睁开眼睛，轻轻一吹，玻璃板上雪白的烟灰像鸥群掠过水面。每次退潮，我差不多总和小伙伴们去赶海。从礁石上把海蛎子一个个敲下来，倒进嘴里。还有那些躲在海藻里或石头下的小螃蟹……我是渔民的儿子，好像这已不是事实，仅仅是档案里的一段文字而已。要不是母亲去世后，舅舅把我带到北京，说不定此刻我正坐在突突震颤的机帆船甲板上抽旱烟，旁边盘着饱含盐分和鱼腥味的网绳。我摊开一只手：白皙、瘦长，没有一点茧痕。命运真不可思议，恐怕也只有不可思议的才是命运吧……

有人敲门，敲得那么轻，最初我以为是错觉。原来是位姑娘，短短的剪发有点儿发黄。

"丁老师在吗？"她怯生生地问。

"我就是。"

"我……"她那圆乎乎的脸涨红了。

"有话进来说吧。"

她差点儿踢倒地上的暖壶。"对不起……"

"没关系，请坐。"

她迟疑了一下，在沙发旁的一张旧凳子上坐下来，把旧书包放在膝盖上。"我叫陈放，是师范学院的学生。我喜欢您的小说，就来了。"她抱歉似的笑了笑。

"喜欢哪篇？"

她想了想。"我喜欢《遗物》。"

"对我来说，那已经成了遗物了。最近这几篇呢？"

"嗯，"她的口气有点犹豫，"还没看呢。"

我警惕起来，说不定她就是那伙起哄的大学生中的一个。"你周围的同学有什么反应？"

"没怎么听说。好像有人认为没以前深了。"

"冰窟窿深，"我说。

姑娘显得有点儿尴尬，不停地摆弄着书包上磨成穗状的扣带，在手指上绕来绕去。

"喝水吗？"

"不，不，您别倒了，我马上就走，"她从书包里摸出一叠稿纸，"我试着写了篇东西，很不像样，想请您看看，行吗？"

我接过稿子，在手里掂了掂。"你在中文系？"

"不，物理系。"

"头一次写？"

她认真地点点头。

"听我句劝告吧，钻钻你的本行，别费这份心思了。"

她缩了缩肩膀："为什么？"

"这是颗酸葡萄。"

"真的？"

"我尝了，才这么说。"

她笑了，笑得很甜，那张相貌平常的脸顿时漂亮了。"可我从小就爱吃酸的呀。"她说。

我咬咬嘴唇，没吭声。

"再说，酸葡萄也可以酿成甜酒。"

"甜酒？"

她站起来。"反正我想尝一尝。"

"好吧，我的话就说到这儿。"

走到门口，她扭过头来。"我以为，我以为您是一个信心十足的人呢。"

"信心？这个词儿太抽象了。"

"那什么才是具体的呢？"

"生活、写作，"我苦笑了一下，"还有信心。"

送走客人，我又在桌前坐下来。也许这就是故事的开始，从酸葡萄的对话开始，然后呢？我拿起钢笔，拧开笔帽，盯着细小的金尖。怎么回事？外面的天气多好，我关在屋里，像只过冬的苍蝇。以前我每天可以写八千字，按那个老太太的说法，"像喷泉一样"。她自以为是我的保护人。谁多看一眼那副蠢相，谁准想自杀。难产说不定是件好事，是新的开始。多可笑，快四十的人还在谈开始，帝王们十几岁就在修陵墓了。做个普通人是幸福的，下了班散散步，去喝一盅，没这么多烦恼……钢笔顺着指缝滑下去，戳在稿纸的右上角，溅上了一大滴墨水。我随手勾成一弯月亮。

娟进屋时的样子，引起了一种岁月飞逝的感觉。似乎在这一瞬间，往事涌现了，并流动起来，成为日常生活不和谐的背景。

"干吗这么看我？"她问。

"没什么。"我干巴巴地说。

娟把身后的冬冬拉过来。"叫爸爸。"

冬冬站在我和娟之间，一副没精打采的样子，呆呆地望着地面。

"叫呀。"娟的声音有点儿不耐烦。

冬冬依旧站在那里，动也不动。

"托儿所阿姨说，下午他和别的孩子打架了，抢一辆汽车……累死了。"娟一屁股坐在沙发上，叹了口气。

我走过去，抱起冬冬，亲他，用胡子扎他。他默默地躲闪着，挣脱了我，慢吞吞地走到桌前。

"月亮。"他把小手伸到稿纸上，喃喃地说。

娟凑了过去。"嗬，大作家，一个字没写出来，倒有心画这玩意儿。催稿信快堆成山了，我看这债你怎么还。"

"我不欠任何人的债。"我生硬地说。

娟用手指捋了捋袖子上的衣褶，很快地看了我一眼。

"我只欠自己的债。"我又说。

"你怎么啦？"

我没吭声。

她走过来，把手搭在我的肩上，然后摸了摸我的脸。"你累了。"

我望着她的眼睛，勉强地笑了笑。

"什么事不顺心？"

"没有。"

"那为什么？"

我抓住她的手。"我累了。"

"看你这一脸阴沉相，怪吓人的。明天把胡子刮刮。我去剁馅，买了点儿韭菜。"

我在桌前坐下来，抚摸着冬冬毛茸茸的脑袋，这回他不再躲闪了。

"明天，爸爸给你买汽车。"

"我不要。"他盯着稿纸，说。

"为什么？"

"二胖说，汽车是他爷爷的，"他忽然抬头问，"我爷爷是干什么的？"

"打鱼的。"

冬冬扭头望着茶几上的鱼缸。"打什么鱼？"

"各种各样的鱼。"

"他住在哪儿？"

"死了。"

冬冬惊奇地抬起眼睛。

"他在大海里淹死了。"我说。

"不小心吧？"

我摇摇头。

"你难过吗？"

"那时候我才三岁。"

"我四岁半。"

"对，你已经很大了。"

冬冬用食指在稿纸上画来画去。"阿姨说，月亮是圆的。"

"阿姨说得对。"

"你怎么画得不圆？"

"每个人的月亮不一样。"

"爷爷的月亮呢？"

"很圆。"

我想起村头那间堆放渔具的小黑屋。我常常钻进去，一个人躺在晾干的渔网上。从木板缝里溜进来的一线线月光，在海风中嗡嗡作响，伴随着海潮单调的声音。

"后代等于零，"康明咂咂嘴，把火柴棍扔进烟灰缸里，"零，老兄。"

我摇摇头，不想再争辩什么。任何争辩都是无意义的。我知道，他在刺激我，吸引我，参加一场早已让我厌倦的游戏。每星期六晚上，他照例用这种特有的方式占领我这间十二平方米的小屋。

"我们用不着对后代负责，问题很简单，谁也用不着对谁负责。"

"你对自己负责吗？"我问。

"这问题复杂了。"

"不，也很简单。现在人们动不动就把所有的责任都推给社会。其实，社会是由每个人组成的，如果每个人对自己的行为都不负责的话，怎么能指望社会进步呢？"

"好啦，我认输了。夫人呢？"

"送孩子回姥姥家去了。"

"这阵子写得还顺手？"

"不。"

他扭头望着我。一只眼睛很亮，反射着落地灯的灯光，另一只则在暗绿色的阴影里。

"你变了。"他说。

"是吗？"

"大概是艺术家的良心压得你喘不上气了吧？"

"我不是艺术家，从来就不是。"

"你的名声够大的了。"

"我在街上放一把火，还会更大些。"

"别要求得过高，老兄。"

我没有吭声。

"问题不在于你我怎么想，长着自己的脑袋，当然是件好事。"他站起来,踱来踱去,影子在墙上滑动着。"应该明白这么一条,咱们不过是社会的奢侈品。"

"我不明白。"

"看来只有我们这些当'商人'的编辑,才知道行情……"他走到桌前,拿起那页稿纸,"有意思。知道月亮圆缺是怎么回事吗?"

我望着他。

他转身靠在桌上,诡秘地笑笑。"那是我们脚下的地球遮挡阳光的结果,这是常识。"

边缘上的纸灰卷了起来,覆盖着渐渐暗下去的红火,蓝色和褐色的烟缕混在一起。那个姑娘的小说尽管技巧很差,却深深打动了我。这悲剧一定是她的亲身经历,既是爱的开始,也是爱的结束。在那个没有爱的世界里寻找爱有多难,失去却是瞬间而永久的事情。"房子的事,你没去催催?申请递上去好几个月了。"一阵窸窣声,这是娟在脱衣服。烟灰剥落了,一片一片掉在稿纸上。"你明天找徐老头说说,他一句话,比你跑十趟文联都管用。""我不想去。"这是我的声音吗?人永远不能准确地听到自己的声音。这声音能在世上飘荡多久?最多七十年吧,然后和我一起消失。而海的喧响却无尽无休。我写下文字,印成书,谁又敢担保几十年后还有人读呢?别说几十年,现在的年轻人就开始摇头了。"我们厂老葛的爱人在洗衣机厂,试销才一百五……"什么是经久不衰的?艺术中的永恒太可怕了,让人望而生畏,像一块冰冷的墓碑。它要求艺术家孤注一掷。床板吱吱响着,娟在翻身。海鸥是孤注一掷的。听听它那发自整个腔体的凄厉的叫声,就不会怀疑这一点。为什么我最近常常想到海呢?我深深地吸了一口,烟让人轻松。一片烟灰落在月亮附近。唔,遮挡阳光的结果。是呵,艺术家也是人。我大可不必瞧不起康明,彼此彼此。再说,他有他的道理。也许撒谎才是人的本质,而真诚是后天的,真诚需要学习。问题仅仅在于说真话吗?"时间不早了。"娟声音含混地说。这是一种暗示。她在等待着我,像原始部落的女人在等待狩猎的男人，不，是打鱼的男人。手持着鱼叉，腰间裹着兽皮，用整个腔体发出叫声，回答着召唤。"对了，这个月该咱们收水电费了，上个月电费那么贵，准有人偷电……"那间小黑屋不知还在吗？刺鼻的腥臭味，滑腻腻的地板，还有挂在顶棚接雨水的小铁桶。很多年没回去了，真应该回去看看。"明天晚上你去我们家接一下冬冬，我可能加班。"父亲，对我来说永远是个谜。他是怎么淹死的，连我也不知道。他什么也没留下。不，他留下了我。而我将留下什么呢？我把烟头熄灭，关上台灯，一切消失了，月光泻进来，我想起了那个姑娘的笑容。"你怎么不吭气？"娟哼了一声，翻身对着墙壁。她生气了，但却是假的。我揭开被子，扳过她的肩膀，在暗中望着她颤抖的眼皮。"好啦。"我说。她慢慢地抬起胳膊，把脸贴过来。"房子的事……"

"祝你的创作永远像喷泉！"老太太说。

我放下杯子。

"怎么？"老太太望着我。

"还是为徐老的健康干一杯吧。"

"也好，为了我不甘心进坟墓。"老头说。

老太太搛了块鱼放在我面前的小碟里。"尝尝，黄鱼，我的作品。"

"不错。"

"比起你的小说呢？"

"强多了。"

老太太神秘地凑过来。"有件事你得好好谢谢我……"

"什么事？"

"猜猜。"

我摇摇头。

"猜猜嘛。"她用脚尖踩了我一下。

"行啦，"老头不耐烦地用筷子敲敲盘子，"你就会来这套，有什么话直说好了。"

"没你的事！"老太太白了他一眼，"前几天，出版社的张社长来，我跟他谈起你。他呀，答应给你出本集子。"

"噢。"

她在等待我进一步的反应。

"谢谢，不过……"我用指关节敲了敲桌子，"还是等等再说吧。"

"什么？"

"我凑不出像样的东西。"

"嘀，我这要烧香，老佛爷掉屁股。"

"有远见，"老头一边吮着鱼头，一边含糊不清地说，"唔，唔，还得看看。"

"你看了一辈子，到头来不是也就挂个名，写写回忆录吗？"老太太愤愤地说。

"你嚷什么？"老头砰地拍了下桌子，"我至少有值得回忆的事情！"

老太太"哼"了一声。

老头刹那间又心平气和了。他抠出一颗深棕色的鱼眼珠，细细打量着。

"你再考虑考虑，别错过机会，"老太太用胳膊抱住干瘪的胸脯，叹了口气，"我去厨房看看。"

"这个老太婆，"老头等她一出门，嘟哝了句，然后转向我，"不要听她的鬼话！"

"她是好意。"

"你一定有心事？"

我不置可否地笑了笑。

"没什么，文人嘛，难免多愁善感。"他又死死盯着那颗鱼眼珠。

"我只是有点不甘心。"

他抬起头，毫无表情地望着我。"你今年多大岁数？"他问。

"三十七。"

"知道中国历史有多长吗？"

我没有回答。

"五千年，"他伸出五根弯曲、颤抖的指头，"不妨多看一看吧，年轻人。"说完，他一口把鱼眼珠吞了进去。

我在桌前坐下来。我知道，这是必然的结果。我不会再回到甲板上，回到礁石旁，回到那间月光在板缝中鸣响的小黑屋里。我的头有点儿疼，这是酒——那被晒过的粮食在作怪，是阳光在作怪。我感到从未有过的悲哀，真想哭，尽管我很多年不会哭了。说不定我的泪水比别人的更咸，我是渔民的儿子。我的父亲死在海上。他的船翻了，连尸体也没有，在村头的坟地上给他立了一块木牌。那有很多这样的木牌，面朝着海，朝着太阳每天升起的地方。我是幸运的。我不知道那些出过集子的作者，是不是经常路过书店，隔着玻璃看一眼那本自己的书。精装和平装的两种。精装的烫着金字，外面包着质地柔韧的软皮。他们比我更幸运。然而，幸运是会轮换的。我不该停下来。我没有选择的机会，只有机会在选择我。其实，一切本没有什么。我的神经太脆弱了，总有各种噩梦来打搅我，搅得我不安宁。那颗鱼眼珠曾见过海里的一切：水藻、电鳗、珍珠贝……当然，还有海蛎子。别停下来，我才三十七岁，对于搞文学的人来讲，这毕竟是个上升的年纪。那位姑娘的笑容并不只包含纯洁和美，笑容是可以掩饰一切的。然而在笑过的地方要留下痕迹，留下皱纹。我拉开抽屉，怕烫似的摸摸那份稿子的折角。正因为有了阳光，酸葡萄才会成熟起来，酿成甜酒。她是有希望的。那伙大学生的哄笑尽管不那么顺耳，却包含着一种阳光般的赤诚和坦白。咳，想这些干吗，生活永远是具体的。我也有过爱，我也有写这种爱的权利。那是秘密，悲剧中不可超越的秘密，我却触动了它。这不是剽窃，废话，当然不是。

我铺开那张画着月亮的稿纸，写了起来。

冬冬抱着辆玩具车，踢着一块石子，断断续续地哼着一首歌谣，好像是关于猫和蝴蝶的故事。

"快点儿，冬冬，"我拽住他的小手，"别踢石子了。"

他环顾着周围行人和车辆的暗影，继续哼哼着。

"爸爸，瞧月亮。"他说。

月亮又大，又圆。

"这不是你的月亮。"

"对，不是。"

"那、那你的月亮呢?"

我什么也没有说。我们正走进芙蓉树浓密的阴影里。我知道，他在注视着我，却看不清我的脸。

（原刊于《收获》1981 年第 5 期）

泥 脚

高晓声

一

张青青家的大黄狗,最近一到晚上,就常在朱坤荣家山墙外兜圈子。那里堆放着一大垛扎扫帚的原料——毛竹节枝,冷冰冰的、硬绷绷的,根头参差像锥刺,没有任何值得迷恋的地方。也许是黄鼠狼钻在垛里做窝被大黄狗发现了吧?可现在还未交白露,天还热,黄鼠狼钻在垛里找罪受吗!那么,是不是和邻村的大花狗约在这里幽会呢?这样的事情以前确实发生过,但现在不行了。地方上缺少狗种,生下来的小狗可以卖钱;大花狗变得金贵了,主人看出它怀了孕,就管起来,不让它乱跑。

那么,究竟是什么原因呢?这只有朱坤荣知道。

每天晚上,朱坤荣一家都要扎扫帚扎到半夜,别人去睡了,朱坤荣独自还要坐一阵子,等到熄了电灯,还轻轻开大门到山墙边看一看，看见大黄狗的身影闪过，他就无声地笑，心里高兴得很。

这个朱坤荣呀，他打了大黄狗的主意，耍了点手腕，把大黄狗吸引住了。

这只大黄狗，曾经在一篇题名"陈家村趣事"的小说里出现过。当时，陈家村上的懒汉陈龙宝，偷吃了寡妇顾招娣的儿子陈苦生养的大白兔，在屋后挖个坑把兔骨埋了。大黄狗在村前村后游转，闻出了味道，把骨头发掘出来吃，无意中揭了陈龙宝的阴私，破了偷兔案。

这一赫赫战功，奠定了大黄狗在陈家村上的重要地位。有些贼手贼脚的人，干那小偷小摸勾当的时候，就会虚着心四面打量，怕被大黄狗看见。好像它就是福尔摩斯。可见已产生了一股威慑力量。所以，公社刘书记来检查工作，也常会想到它，总要问一声："大黄狗呢？"这就不同凡响，可见名声之大。大黄狗的肚子，自然比从前容易填饱。不光是陈苦生、国生、张青青、生产队长陈洪泉的二儿银生、三儿云生、朱坤荣的小儿子金顶，以及兴兴、洪洪、华大、小芳这一班老朋友宠爱它，常往它嘴里塞面饼、馒头甚至糠果；就连成年人也慷慨起来，碰到大黄狗来串门，总拍拍它的颈项，一碗半碗新鲜粥饭供它受用。所以，到头来连大黄狗也懂得了责任制的好处。终究是粮食多了，人们才有这么大的气量呀！

至于朱坤荣，大黄狗一直知道他吝啬又凶狠，它清楚地记得，有生以来，从未尝过他家一口汤水，就连门都不许进。前年偶然溜入他家猪圈屋，舔了舔猪食桶；还没有来得及品出味道，朱坤荣就拿了根粗木棍赶来，凶神恶煞般拦在门口，噗的一声打下来，真如泰山压顶。幸亏大黄狗学过武术，脚疾眼快，一纵身躲闪过了；否则早就被剥了皮、吃了肉。还有几次，大黄狗匆匆和朱坤荣在路上扑面而过，竟闻出他身上有一股极其可怕的味道，那分明是大黄狗的同胞们被他杀掉吃了，肚子里透出那狗肉的发酵味来。看这有多残酷，简直胜过刽子手。从此，大黄狗见了他又恨又怕，屙屎也离他三个麦垄头。但奇怪的是，最近一阵，这朱坤荣似乎也信了佛，发善心了。只要看见大黄狗走来，就像弥勒佛一样眯着眼睛、嘻开阔嘴献媚地笑，还发出一串啧啧啧的声音，引诱大黄狗靠近他。有几次甚至倒了大半碗白米饭在阶沿石上，招呼它就餐。大黄狗始终弄不懂朱坤荣为什么会表现这种高姿态，认为内里必有阴谋，所以总乜着眼睛，侧身走开，不敢造次。

其实，朱坤荣倒真是一片好心。他同大黄狗本来没有不可调和的矛盾。过去是穷急了，不但养不起狗，甚至还不得不偷偷摸摸杀来打牙祭。扪心自问，难免内愧。特别是现在，朱坤荣很需要狗的帮助（天哪，谁想到会有这么一天），自然就会有过分的热情。他买了一百五十担毛竹节枝，家里堆不下，堆在山墙边，这可不是锁在保险箱里，若有人打主意，背走三捆四捆，挑走一担两担，是极容易的事。这类小偷小摸的事情，报案都不够条件，睁着眼睛吃了亏都没得话好说。朱坤荣的心事可担得重呢。老话说："只有千年做贼，没有千年防贼。""眼睛一霎，老鸡婆就会变鸭。"朱坤荣尽管提高警惕，还是怕打呵欠被割了舌头。所以他想起狗来了，能有一只看家狗，夜里帮帮忙，一有动静就汪狂叫几声，把贼吓走；那么，他睡觉会落嗯得多，免得困着了也心惊肉跳。

但是，狗也不是要有就有的，"文化大革命"里，狗种都快吃光了，一时竟无觅处，张青青家的那只大黄狗，是陈家村上独一无二幸存者，大难未死，劫后余生，真还是个宝贝呢。但这东西是讲义气的，你不待它好，它就不理你，朱坤荣过去虐待了它，现在赔礼道歉还找不到共同的语言。

怎样打开这个僵局，朱坤荣确实动了一阵子脑筋。他果然不愧为万物之灵，轻而易举就想出了一个绝招。他把后墙根供猫进出的小洞，增设两道铁窗，外窗是固定的，内窗可以启阖，朱坤荣就在这两窗之间，经常放几块骨头或其他荤腥。哈，陈龙宝埋在黄土中的兔子骨，大黄狗能够嗅味而来，那么，朱坤荣家的墙洞仓库，难道还会不被发现吗！天见可怜，大黄狗果然上钩了，它闻着味道，看到食物，就是无法到嘴。于是，有许多时间，它在这里兜圈子，不忍离去，或徘徊，或低吟，或怒扑,或长叹,几经挫折之后,则瞪目长坐,俨然像个伟大的哲学家在思考。朱坤荣不费一兵一卒,就达到了目的。大黄狗做了许多义务工,还不懂是怎么回事。应着"掉了脑袋还不知是怎么掉的"这句话。朱坤荣自然不计较它有没有觉悟,只要它"身在曹营"就管用。

二

  大伏天,稻田烤了苗,田间管理刚告一段落,朱坤荣就赶到百里外的山区去买回来两大船毛竹节枝。从那以后,全家就日夜忙碌,吃饭大小便都要算算时间。真正干得白天流汗,晚上流血(蚊虫咬),全不顾惜。朱坤荣的小儿子金顶,被爹管得没法脱身,跟着做辅助工——将竹叶从竹枝上捋下来。"管制"起来了,完全没有自由。先是手上起了泡,然后破了皮,碰着就痛,眼泪流出来洗脸,朱坤荣不但不让休息,反而骂他"没得出息",教训道:"你当饭是容易吃的吗?一个人不肯吃苦,将来能做什么?做贼!"就凭这个理,不许儿子讨价还价,强迫他负了伤也要坚持下去。

  晚上,别人家的孩子坐在门板上乘凉、吃瓜、猜谜语,金顶却跟着全家在门口露天地里苦干。因为这儿风凉。有月亮的晚上,连灯都不点。萤火虫到处飞,闪着一明一暗的微光。金顶真羡慕它的自在劲儿,心里便计算着还有几天才开学,自己也就可以飞开了。

  金顶听见小伙伴们又在唱起了那只老掉了牙的儿歌:

> 萤火虫,夜夜红,
> 阿公挑担卖胡葱,
> 阿婆沿门做裁缝,
> 儿子、媳妇种租田,
> 还要出门做短工;

四时八节无空闲，

　　一年到头还是穷。

　　金顶却不肯唱了，他抱怨小朋友不懂事。他想："哼，你们也来尝尝这'无空闲'的味道！"

　　可是，朱坤荣愈是辛苦，劲道却愈足。他主持着这个一家五口（其余三人是老婆、大儿金发、女儿金秀）组成的家庭工场，心里高兴得很。他就是在"四时八节无空闲，一年到头还是穷"的家庭里长大的。从小披一块、挂一块，没有穿过一件像样的衣衫；有一顿、没一顿，没有吃过一餐像样的饮食。冷冷热热，稀稀汤汤，似乎谁也没把他那条小性命当一回事，可是偏偏穷人命大，他苦苦拉拉，跌跌爬爬，像条小狗似的无毛无病地长大了。而且，祖祖辈辈数他运气好，才过十六就进入了新社会。三五年之间，大展宏图，确实翻了个身。凭他精明、勤劳又吃得来苦的习性，本来很快就可以富裕起来。但是忽然竟被捆住了手脚，连陈家村上这扎扫帚的传统副业（而且是农业生产上必须用到的工具）都被一刀砍掉了。从那以后，朱坤荣想了许多年，盼了许多年，心都想酸了，眼都望穿了。想想，望望，熬不住了，也曾经大着胆子冒险去碰，鸡蛋碰石头，碰碎一次又一次，真要有"过了十八年又是一个好汉"的气魄！难哪，实在难！金山银山不许你靠边，困在米屯上白白饿肚子；只许穷，越穷越光荣！就这样挨着挨着，一直到心枯了，眼干了，朱坤荣自认不久就要做棺材里的馅心，不敢再存希望了。而希望，却就在这个时候突然变成了现实。打开金山银山的钥匙，拿在自己的手里了，朱坤荣怎么能不高兴，怎么能不精神振奋呢！如果他懂得文艺，一定也会说出"生命之树常青"之类的话。

　　他一下子变得年轻了，他干得好厉害哪，就像战士冲锋！

　　原来四十八岁的人，还有这么大的力量哪！？他长久把自己忘记了，现在像第一发现那样惊异。

　　只要田间劳动一结束，朱坤荣就坐在矮板凳上干起来。毛竹节枝和铁丝在他的手里灵活地翻滚，发出轧轧的声音，好像要被捏出油来。扎成的扫帚，像是模子里压出来一般坚实。朱坤荣不知不觉使出了浑身的力气。手臂上的肌肉像青蛙般跳动，他的心情是多么舒畅呀！一个人活在世界上，不过几十年，错过的时间已经够长了。好不容易总算盼来了好时光，再也不能让它白白溜走。朱坤荣有了自信心，他知道自己能创造更多的财富，懂得生命的价值，他要干出一番事业来，让子子孙孙传下去，晓得曾经有过他这样一个创业的祖宗。

颠颠倒倒的日子终算过完了吧，朱坤荣是个开朗的人，现在回想起来，痛苦的感觉已多半淡去，被坚持过来（或者说"熬过来"）的自豪感代替了。他想着想着就开心地发笑，笑那些曾经斗他、批他、罚他的人，笑那些声称他迟早要犯法吃官司的人，……唉，究竟是在干什么呀，大家都一个劲儿同自己过不去，一个劲儿闹穷，一个劲儿同自己人撕破脸……就连生产队长陈洪泉，这个同朱坤荣一起长大的光屁股兄弟，拖鼻涕朋友，居然也翻脸无情，实在叫人伤心。当然，做了干部，也有难处，不能全怪他。但是能够通融的地方不通融，就是他的刻薄了。那一年，朱坤荣织了三百双芦花靴，大队书记下命令没收，归生产队，斩断资本主义尾巴。好，命令应该服从，表面上可以这样做，但过后就应该私底下还给我。因为你对我是完全清楚的，这一切都是我起半夜、磨黄昏、苦熬出来的劳动果实。可是不但不归还，连成本也充公了。还有……还有那整整七个月不许我离开生产队，哼！现在呢？究竟是谁做错了？如果你错了，为什么不检讨？如果我错了，为什么你也走了这条路？当然，你愿意走就公开走吧，为什么又遮遮掩掩？上趟我进山买货，你请我带些原料；可以嘛，君子不念旧恶。但你自己不出面，派儿子禾生来同我商量，这是什么意思？别说年龄、辈分、在家庭里的地位都不相称，不宜交谈这类金钱往来的大事，何况这小子在"勾引"金秋，……吼，挖劳动力，这缺德！

事情没成功，这不能怪他朱坤荣，是陈洪泉不对。

三

陈禾生在"勾引"朱金秋吗？是的。

这也很自然，他们同是一年生的，同在一个村上，从小在一起长大，他们彼此都很熟很熟，如果他们爱上了，那有什么奇怪呢。说真的，倒是因为太熟悉了，早就习惯得像兄弟姐妹一样，所以好久不曾想到他们之间竟还要恋爱，因为这从小建立起来的亲密、纯正的友谊，常常使异性的吸引力失去光彩。他们总是很信任，很亲爱，总是心贴着心，直来直去，有什么就说什么，从来不曾发生过疑虑或尴尬。直到一年前，有一次晚上看电影，回来路上，该死的小金顶竟发生了一次超龄求知欲。

看电影回来，一路都是人，金秋、禾生、金顶就在这个列队里。大家看了电影，自然会有感想；三人一群，四人一排，各说各的。禾生同金秋也在谈。金顶忽然问道："他们吃的什么呀？"

"谁吃什么了？"

"电影里的那个国均。"

"那个男主角吗？"

"对。"

"他没有吃什么。"

"吃的，你们怎么没看见！"

"我没看见，他吃什么了？"金秋奇怪极了。

"那么，为什么他和那个女的两张嘴合在一起呢？"

"别瞎说，你懂什么！"禾生连忙说。

"你才不懂呢，看见了还说他们没有吃什么。不吃什么为什么嘴对嘴？你懂你就说出来！——唔，说不出吧！还骗我懂呢。"

他们果然"不懂"。剩下的一段路，竟都不再开口了。

明天早晨，禾生上码头挑水，碰着金秋洗好了衣服往回走。按理金秋就会说禾生起晏了，但是今天竟不曾说。有那么很少几秒钟，两人自然而然面对面停滞了一下，互相看到对方的眼珠悠悠地转一圈，然后眼光溜到旁边去，连看都不敢再看一看，就擦身走过了。

不必再说了，该死的金顶，全是他惹出来的！

从那以后，他们就担了心事，知道两家老人有疙瘩，不大容易称心如意地结合。陈禾生很想讨这位未来丈人的欢心，他知道朱坤荣喜欢能干、俭朴、吃得来苦的人，这些陈禾生自认还够格。也许朱坤荣还不曾看出他的精明处，他倒是摸着了朱坤荣有些贪多算小的弱点，他随时都在找机会扮演"努力为你服务"的角色，尽可能让朱坤荣接受他这无偿的劳动。应该说，小伙子做得相当成功。

陈禾生估计也没错，朱坤荣对他的德行倒并无异议，但一听到有那么回事，就别扭了，恼火了，闷着一肚子不快。但又不肯发作，孩子是自己从小看他长大的，而且长在自己身边，就在他爹狗屁倒灶同自己闹矛盾的时候，也没有影响孩子之间的来往。他也不曾对他有另外的看法。现在自然不便对他说什么了。他只有生陈洪泉的气，从前亏待了自己，如今又坏着心计来讨朱家门上的便宜。女儿养到这么大，正好帮着自己挣家业，况且又碰着了好时代，有多少能力尽管可以使出来，收入能成倍成倍地增加，陈洪泉倒使个招儿来挖他的墙角了；走着瞧吧，没有那样的便宜事。朱坤荣不打算把女儿看成赔钱货。现在提倡晚婚，晚婚好嘛！朱坤荣举双手赞成，第一，女儿应该帮父母多做几年生活，报答养育之恩。第二呢，将来出嫁的嫁妆也要靠自己挣出来。当然做父母的也有一份心意，但不能靠这一点成什么气候。将来朱坤荣怎样打发女儿出嫁，就全看女儿自己的努力。现在，八字还没写一撇，早着呢，对象是天皇老子，也得先穿破几件龙衣再说。至于到陈家门上去做媳妇，那得多看看情况，不光考验女婿，还要考验考验公爹呢。

一句话，朱坤荣要难一难陈洪泉。你陈洪泉是共产党员、大队支委、生产队长，十多年来一直领导大家走那个"集体富裕"的道路，结果把大家弄穷了。你算是个正派人，并不曾像有些干部那样"集体不曾富，自己倒富了"。你同大家一样穷，但总不能再穷光荣了吧！这两年大家在富起来，真正要集体富裕了，你也该显显自己的能耐！你的能耐在哪里？你还不及我朱坤荣，身上穿的、碗里端的不说，你那三间破屋几时才更新？我女儿不是王宝钏，休想把新房做在寒窑里。你的任务重着呢，自顾自忙几年再说吧，别先把眼睛看着人家的姑娘！

朱坤荣是向前看的，并不记仇，不过因为过去有过不愉快，现在要求苛刻些罢了。这也算通情达理了。真的，他对陈洪泉也像大黄狗一样，没有不可调和的矛盾嘛。

朱坤荣这样想着的时候，往往同陈禾生的出现联在一起。有时候，是陈禾生站在自己面前了，他才想起这些来。而另一些时候，则好像是一种感应，往往是"想起曹操，曹操就到"。

这真是缘分。

自从朱坤荣买回毛竹节枝以后，陈禾生虽然自家不曾买到，但却得到了一个为朱坤荣报效的大好机会。扎扫帚是陈家村上的传统副业，陈禾生从小就跟着大人们到供销社的作场里去做过加工活，天下无没用的技能，现在可给他大开了方便之门。靠了这一点，他可以随时随地走进朱坤荣家大门，在那儿同心爱的金秋姑娘一起操劳，爱待多少时间就待多少时间，决不会成为讨厌的人物。

聪明的陈禾生把这种机会利用到艺术化的程度，每当朱坤荣吃完中饭，打着饱嗝，努力克服午睡的渴望坐到矮板凳上去扎扫帚时，陈禾生就潇洒地走进来了。他常常穿着天蓝色的西短裤，印有红字的白背心，轻轻快快地叫了一声伯伯，并不在乎朱坤荣是否答应，就走过去把愁眉苦脸的金顶从座位上推到一边，一面动手操作，一面说："去午睡吧！"他做得自然而亲昵，完全像一家人。金顶得了空，扑哧就往外飞，可以玩一会，朱坤荣呢，也听出"去午睡吧"那句话是对着他说的，虽不肯答话，脸上平板板地像不曾理会，其实心里像吃了杯冰淇淋那样舒服。

这种时候，他会对懒散地坐着还未动手的儿子金发不满地说："还不曾歇够哪，这像是给自家做事吗？"一句话泄露了天机。他本无心，别人却听懂了。

"不怕猪头不烂，就怕火功不到。"陈禾生想起这句不大恭敬的话，其实倒也确切。他有的是工夫，他舍得工夫替朱坤荣赚钱。他不在乎，他要人！他相信胜利一定属于自己。

四

朱金发不像陈禾生那么乐观、浪漫，他比禾生大两岁，"对"的"象"还同受高频干扰的电视图一般，模糊不清。

那个姑娘读到高中毕业，相貌普普通通，朱金发本来不存妄想，自认配不上她，因为他只读完小学，人家不会把他放在眼里。可是朱坤荣看中了她，觉得她会做，有耐心，又是独女，家中就只母女两人，没有什么拖累。一旦成事，把岳母养起来，那边一份家业也就归女儿女婿了。有一件事情朱坤荣一直感到遗憾，就是不曾让儿子、女儿读中学。那时候眼看上学也是乱弹琴，倒不如让儿女在家养羊养兔。想不到乱中也有稳的人，那姑娘倒有真学问，去年一笔账，会计不会算，还让她算清了呢。朱坤荣明白儿子的弱点就是不大会谋划，只会死做；要能有那么一个贤内助，就文武全才了。这件心事，前几年一则内虚，一则"资本主义的尾巴"抓在人家手里，没有条件说话。近年来兜底翻身，钱也有了，屋也造了，心也宽了，人也香了，就自信娶那么个媳妇，也不算高攀。于是就叨念起来。一家人稍稍交换意见，自然无不赞成；所以就托人传过信去。那边倒也客气，虽未允诺，也未拒绝；只说女儿还小，家里人少，要过几年再说。朱坤荣听了，一来合理，一来也提高了信心。他设身处地想想，这姑娘十九还是嫁在同村最好，母女随时有个照顾。过几年就过几年，横竖自家今后条件会越来越好，越来越能使姑娘动心，那就耐心等一等吧。因为两家传过这种信息之后，表面上很客气，暗地里倒很注意动静。

农村里的青年男女，大都是这样先说破了再谈恋爱的。双方一开始似乎也都有意要接近。可是朱金发三趟一跑，就不敢去了。一则嘴拙，找不到几句话说，二则姑娘文化高，说的事他不大接得上茬，像学生上考场，发虚了。朱坤荣知道了，心里说，对，这就是我的儿子。谈恋爱什么的，本来就不是空口说白话。老婆不是靠嘴巴骗得来的。归根到底要讲条件。老话总说"柴米夫妻"，很实在嘛！因为我们都是凡人，不能吃西北风过日子。现在儿子年轻力壮，碰上了这个好时代，第一就是要把家底垫扎实，这就叫根基。家底有多厚，根基有多牢，屋顶上的毫光就有多高，额头上的皮肤就有多显！不用宣传，别人一看就晓得。别怕没有媳妇，到那时候，送上门来的有得是。

朱金发不敢去，并不是不想去，他同姑娘待在一起，心里觉得甜、觉得实在、觉得有一股清泉在潺潺地流，也许这就叫作幸福吧。他就怕这幸福不长，才不敢去。到了这时候，他才同妹妹金秋一样埋怨他父亲了。为什么你不让我们多读几年书？现在连谈恋爱都不够用啊！

他心里觉得苦，就发狠干活，省得多想。朱坤荣给他安排的生活是永远干不完的，朱金发陷了进去，永远也拔不出来。他也常常想要赶快做一阵，把一切做完了之后就去探望那位心上人。但逐渐变成了一种不断延期的托词，是自己安慰自己，自己给自己希望。要等空下来了再谈恋爱，他父亲决不会做出这个安排。他能说什么呢？为了他的幸福，父母都在拚老命，他能不发愤图强吗？世界上有"舍己""忘我"的说法，但"舍己""忘我"都有一个"为什么"？那么，朱金发这种"舍己""忘我"是为了什么呢？是为自己。这有多矛盾呀！可世界上都有这样的事，而且自认为很值得。为了别人的事，多干了会喊苦；可为了自己，倒是做死了也不怨。真叫为自己而毁灭自己。为什么呢？就是朱坤荣那句话：只要手里有钱，就有老婆送上门。

事情就这样拖下来了，姑娘始终不曾像陈禾生那样自动送上门，朱金发的吸引力显然不及朱金秋。如意算盘不好打；而且也有难题，例如手里究竟要有了多少钱之后，才会有老婆送上门？有几个？有几等？钱数、个数、等数的比例关系怎样？恐怕大数学家陈景润也算不出。朱金发就不知道自己该有了多少钱之后，心爱的姑娘会送上门。也说不清自

泥脚

己到什么时候才能有那么多钱；因为人家不曾开过口，就没有价。倒是事情在向相反的方向发展，村子里起了谣言，有说金发是个呆子，连谈恋爱都不会；有说金发眼睛大，谈恋爱都摆架子。更叫人不安的是邻近村上看中那姑娘的不止金发一个，人家可活动得厉害呢。眼看这桥不但造不成，连砌了的桥墩都要拆了。朱坤荣这时才慌了，他不怕肉痛，叫老婆怂恿金发花工夫去缠住对方。金发不去，他没那一手本领，去了更尴尬。他闷声不响，谁说都不听，一个劲儿埋头扎扫帚。真是一个好劳动力，朱坤荣这时候总算尝到滋味了。

到了这个关键时刻，朱坤荣心里明白，村子里只有一个人最能帮他扭转局面，但要请得动他，却不容易。

这个人就是陈洪泉。

五

朱坤荣有一条适宜繁殖任何菌类的热线，能够一直通进陈洪泉的灵魂里去。他可以把自己的想法告诉老婆，老婆便告诉女儿金秋，金秋便告诉禾生，让禾生去央求自己的爹。这些嘴巴和耳朵都绝对保险，总是畅通无阻，毫无后顾之忧。人类历史上靠了这一类热线曾经创造出奇迹，但比奇迹多出万倍的则是肮脏。面对这夫妻、母女、恋人、父子、未来的翁婿和亲家这一连串至为亲密的关系，一个人的灵魂几乎总是赤裸裸显现出来。

朱坤荣交代老婆说："你同金秋讲的时候，不要说是我的主意，是你的。我只当不晓得。"他对金秋同禾生的关系，还不曾拿定主张，不肯留下把柄。否则，万一将来陈家不争气，自己不让女儿嫁禾生，人家会骂他过河拆桥。再则就怕陈洪泉知道了是他的主张会起反感，本来肯帮忙的事也不肯了。

母亲交代女儿说："他对你究竟好不好？真好还是假好？就看他答应

不答应帮忙,能不能办成功!乘这机会也算是考他一考。如果连这样的事情,在你们还不曾訾定①的时候就不听你的话,将来你过了门,还有什么事情会听你?我女儿可不到他家去做丫头!"

金秋却向禾生说:"这都是我爹娘作的孽,眼皮薄,见识浅,生了儿女,不会替儿女前途打算。哥哥小学毕业时,成绩挺好。老师都来动员他升学,我爹拿定主张不让读。他说:'一个人书读得越多,越容易变坏,你看一次次搞运动,揪出来的人,十九都是知识分子。可见读了书能做好人的不多。就算我儿子好,但在坏人淘里待久了,总沾不着光。弄不好连祖宗八代都挨骂,亲戚朋友受牵连,还不知到哪一代子孙才能安稳。算了吧,顶好还是不识字;像我这样,尽管他们割我的尾巴,就不能叫我写检查。我不会写嘛!光这就省掉好多麻烦呢。'结果我哥哥现在就变成这种样子,只知道死做,别的计算一点也没有。其实他心地好,老实又勤快,不过世面见得少就是了。真真了解他的人,谁都不会嫌他,你说不是吗?"

"我能说'不是'吗?"禾生开着玩笑。

"谁强迫你了?"

"你最民主了,"禾生继续开玩笑说,"我们两个正在民主地商量干涉别人的婚姻大事呢。"

"这不是干涉,是帮忙。"

"帮一方干涉一方。"

"你顶坏了。不肯就拉倒!"

"别'拉倒、拉倒'的,我在爹面前不香,你朝'公公'说去。"

"你坏死了。"

"你说声我顶好。"

"你顶坏!"

"顶好!"

---

① 不曾訾定——即还没有确定婚姻关系。

"顶坏。"

"坏就坏，坏得刚巧配得上你。"

…………

过了三天，吃晚饭时，陈禾生才碰到从城里建筑工地回来的爹，他一面吃，一面就把这件事简单地告诉了陈洪泉。然后笑着说："我声明，我把话传到就算了。你肯不肯帮忙，与我无关，别当同我有啥利害关系。"

这父子俩的关系，就这么显得不大协调。儿子像老子，都是硬性子。

陈洪泉平静地听着，一直没有开口。等到吃完晚饭，洗了脸，坐到矮凳子抽了几口烟，这才眼睛看着别处说："同你有关系，我也没办法。"

"就是，"儿子说，"别让人家背后说你是为了儿子才帮他忙的。"

"那倒没有什么大不了！"陈洪泉有点生气地说，"不靠关系，也要出卖劳动力！他们同你说清楚没有，'长工'该做到哪一年？"

"哎呀，老一套又来了，"儿子不屑地笑着说，"我几时耽搁了家里的事情了？"

陈洪泉鼻子里哼了一声，心里烦，真不想多说，随口指点道："我是叫你清醒点！"这意思，陈禾生早就明白了，无非是因为朱坤荣在等着他家能不能造三间新屋。而自己却吊儿郎当，去帮朱坤荣挣家业，完全没有自己的算盘。

陈禾生哈哈一笑，针锋相对回答说："我清醒着呢！"这意思是说，我同金秋完全有力量，而且能够提早完成结婚任务。诸位父老千万不要糊涂，自寻烦恼。

陈洪泉可不懂儿子的意思。想了想，认真地说："你告诉他们，我倒不是怕议论。我倒是有点觉悟了，靠包办办不好事情。一个生产队，我管了十七八年，花了多少心血，流了多少汗水，总是巴望办好的，谁知道会出毛病！包办办不了，害了别人，也害了自己。信仰集体化的人，害了集体化，自己的年纪丢在水里流走，一事无成。早知如此，倒不如一开始就出去做瓦工好得多。现在大家的事大家办，搞责任制，就好了。

我这就叫想通。朱坤荣要人家的姑娘做媳妇，谢谢他想到要我做介绍人，这自然是晓得我从前搭救过这寡母幼女，我总算也还做了这么一件好事，我可不愿让她再被我毁了，让她自己做主吧。"

　　道理虽简单，但陈洪泉是经过了整整一年半时间痛苦的思索之后才想通了的。世界上难事不算多，真能认识错误却是其中之一。要说不错也难，事实在驳斥你，你的哨子不吹了，出勤却比从前早，你的拳头放松了，把握却比从前牢；算盘不再包打了，完成任务却更好，……事实胜于雄辩，已是无话可说。说落后，陈洪泉是落后了，能干的人开始富起来，一般的人已经跟上去；等到他想通了，时间又错过了那么多，现在朱坤荣他们睁着眼睛看着他，这个领导他们近二十年，几次三番保证社员生活逐年高却高不起来的能干人，现在能不能赶上来？别弄得泥菩萨过河，自身难保。那才是一个真正的笑话——或者说悲剧呢。

　　然而，一旦想通了的陈洪泉，觉得自己损失了那么多宝贵的东西之后，回过来再想着如何个人发财实在毫无意思了。说真的，这二十年里当干部发财的真有一批呢，别看生产队长官儿小，他想发财，只要心一黑，也早就发了，不至于会穷得年年超支，欠生产队的钱；也不至于使老婆累得不能睡午觉，去捞水草淹死在河浜里，把一个家搞得散散落落，凄凄惶惶了。失去的这一切都不是有钱就能赎回来的。

　　那么，经过努力，能够赎得回来的东西是什么呢？也许是想方设法使全队社员尽快地超过像朱坤荣那样先富起来的人吧！是要让朱坤荣们看到集体有力量比他富得更快些吧！

　　但这又是多么困难的事情啊！

　　而且，现实又是多么无情，过去总觉得劳力缺乏，耕作误农时。责任制以后，偏偏劳动力竟有剩余了，包下几亩田不够种，当队长竟也有时间加入公社修建站去重操旧业当瓦工。

　　这顶好，多几个收入不是小事，儿子眼睁睁望着成家呢。再说，在城里砌房，听到的事情多，他真希望多看看这伟大时代的各个方面啊！

六

朱坤荣一家，在秋忙之前，是来不及把一百五十担毛竹节枝全部扎成扫帚的。剩下来的，过了秋忙，一时再无人要买，得拖到明年四五月里才能脱手；别说赚钱，那本钱搁死了，连银行利息也损失掉。尤其吃亏的是，这原料堆放久了，发干发枯，损耗很大，颜色也变灰了，扎成扫帚就不惹看，销不过现货。所以，朱坤荣想尽天法，也要争取在秋忙前全部完工、售出，才能赚更多的钱。

所以，朱坤荣全家一定要超额完成任务才行。在生产队里，朱坤荣绝对不赞成生产队长陈洪泉过去那种开早工、摸夜工、大权独揽、说怎样就怎样的做法；可是在家庭里，他却比从前的陈洪泉更霸，无论是老婆儿女，都没有开口的余地，谁要累了不干，他把脸一沉，就骂："我还不是为了你们！我死都快死了，刨了家当带到那里去，棺材都没得困，都掉给你们的！难道倒是我要靠你们吗，要讨价还价！？"

眼看时间一天天过去，立秋之后是处暑，处暑匆匆赶白露，晚稻抽穗一崭齐，已经扬花灌浆，等到秋分一交，都含羞低头了。只在这一个月内，就要成熟、收割。扎扫帚的日子已剩下不多了，朱坤荣的毛竹节枝却还剩着一半，虽然不曾有短缺，但大黄狗也会拆烂污，吃不着肉骨头，却常常留几堆屎在捆好的毛竹节枝上，朱坤荣去捔来加工时，便弄得一手脏。他哭笑不得，倒不是怕脏，却怕耽搁时光清洗。他现在不但浪费不起时间，而且最好有人帮忙，可是说也奇怪，社会上的风气，说变就变的，两年以前，私人造屋、运输、要别人帮忙十天八天，只要开口，有的就是人，吃饭不要钱，顶多再供应些烟酒，便当得很，可现在，一切都讲钱，连至亲来帮了一两天忙，也辞谢说什么家里竹子要赶快做成篮，去赶下次集。叫你无法挽留。朱坤荣还算有办法，除了陈禾生自愿义务劳动之外，还有两家曾经请他进山带买毛竹节枝的人，自家扎完了，被央来帮着扎几天，也碍着情面，不好推却。所以，这一阵子，朱坤荣家的作坊，人丁兴旺，十分热闹。看那架势，一天能出一两百把扫帚，值百多块钱呢。真是太阳东西转一圈，家中长出金银来，说声富就富，容易煞的。

　　谁知干了几天，金秋姑娘就病倒了，先是说肚痛、头晕，躺了半天，朱坤荣就急了，骂女儿偷懒，这样能富起来吗？赚钞票可不容易，也是打仗哪！你是个共青团员，为什么不学学解放军，一不怕苦，二不怕死，才是好样儿的。可你不但不肯拚命，连一点苦都吃不来，娇得像个千金小姐，一点点不舒服就躺着不起来。肚痛有什么关系，饿一顿不就好了，还省点粮食呢！至于头晕，更不能算病，扎扫帚的生活是坐在凳子上做的，又不用奔跑，还怕跌筋斗吗！金秋姑娘被骂得气不过，又让亲爱的陈禾生在旁边听见了，特别不受用，一赌气就干开了。没能坚持满两天，就发了高烧，再也爬不起来。赤脚医生是个三十多岁的妇女，一连来看了两次，就不轻不重地数落朱坤荣夫妇说："女儿是你们养大的，总是心头一块肉吧，多顾惜些！钞票好虽好，究竟还是人要紧，年纪轻轻做败了身体，要苦一世呢，不要害了她啊！"朱坤荣这才不再咒骂；但心里总是不快活，觉得生病也该看个黄道吉日，早不病，迟不病，偏偏要在这紧要当口病，似乎居心同做爹的他过不去。换个情况，倘使她嫁了，自己当家过小日子，就未见得有点小毛小病就安心躺下来。说来说去无非是要啃爹娘的老骨头罢了。加上陈禾生又乘此机会，时常跑进女儿闺房去献殷勤，不但浪工费时，而且也容易出纰漏，惹得朱坤荣更加烦躁。有一次陈禾生进房看金秋，似乎待得长久了一点，他就心神不定，禁不住要跑去监视。他一进去，分明看到陈禾生的右手迅速从女儿的额头上缩回来，气得他的脸紫不紫，黑不黑，像刚同讨命的小鬼打了一架。好不容易才把口气转过来。大概陈禾生也有点难为情了，当天直到夜工结束，不曾再进金秋的房门。

　　可是，等到半夜里，朱坤荣出门查看堆放在外面的毛竹节枝，转过山墙，就听见后包檐有切切的细语声，还有一股煮熟了的鸡蛋香味，赶忙抢过去看，黑暗中呼地跳出只畜生扑他来。他吓呆了，等到弄清是大黄狗，听到脚步声早就跑远了。不用说，是陈禾生送好吃的给金秋补身

泥脚

体来了。这"小贼坯",要不是金秋房间的窗子上装了铁栏杆,什么事干不出来!想着这点也叫人出一身虚汗呢。……因此,扎扫帚的进度就明显地放慢了。

最可怜的是三年级小学生朱金顶,一个暑假不曾捞到一个玩得痛快的日子。现在早已开学了,可还不得安生。每天天不亮就被朱坤荣从帐窝里拉出来,要捋完一捆毛竹节枝的竹叶才允许吃早饭上学去。下午放学回来,又要陪着大人劳作到深更半夜才能去睡觉,两眼熬得红通通,头脑敲得昏冬冬,跌跌撞撞跑到学校,上课一坐定,眼睛就直闭,忍不住就伏在台上呼呼大睡,老师喊也喊不醒,推也推不醒;摸摸他的额头,又不发热。好容易把他弄醒了,问他为什么这样贪睡,他把嘴巴张了几张,不知是有口难言,还是不屑回答,没有发出声音来,脑袋一歪,又迷迷糊糊睡着了。老师拿他没有办法。

如此三天,老师断定他有毛病,等他来了,就赶他回去叫爹娘同到医院去看看。他死也不肯,定要挨在学校里,表现出对学校高度的热爱。可是一坐上位置,又很快就睡着了。在他看来,这里作为休息场所实在太好了,连爹娘也管不着。老师毕竟好说话,不会像爹一样穷凶极恶动手打人,顶多不过批评几句而已,况且他又不影响别人,无妨大局。老师有那么多学生要管,不会花许多工夫在他一个人身上,所以容易混过去。如此,他后来干脆连书包都不带了,反正学校就是他的床,还带那干什么呢。

大约过了近两个星期,老师才了解到真相。一天下午,就陪同金顶回家,访问朱坤荣。劝他要关心孩子的学习和健康。这时的朱坤荣,又早把文化知识丢在九霄云外,他算算自己每月的收入,比一般教师职员强多了。文化还是无啥用处,花本钱上学还是不合算。老师来的时候,他正盼着金顶回来劳作,现在老师劝他,他心里不耐烦,嘴里却满口应承下来,赶快把老师支走。回头就把金顶打了一顿屁股,说他装死腔,要抽掉他的懒筋。逼着他马上捋竹叶。然后就叽里咕噜骂老师,说教师不识时务,多管闲事,他朱坤荣的儿子何在乎"学"什么"习"!文化值几钱一斤？就算学到同你老师一样，也当老师了，又有什么了不起。一不掌权，二不经手货物钱财，开后门都没得本钱。说到底无非是陪小孩子玩一世，到死还是个老师。真是当了老师到老死，没有出头的一天，还有哪个瞧得起！记得三年自然灾害的时候，大家舍不得粮食喂狗，狗倒是少了，一时找也找不到，可是老师算什么，一喊就有一大群。到了"文化大革命"，有的老师挂着牌子、双脚双手在地上爬，完全狗化了；又不如真种狗神气。比如张青青家那只大黄狗的娘，就曾几次咬伤过那些企图狗化者。

可怜那老师就这么被牵丝攀藤骂了一顿。

七

转眼之间，就到了开学后的第三个星期天，陈家村上的小学生们，上午各自在家里做完了作业，下午就集合在五年级学生陈国生家里，练习为国庆演出的文艺节目。张青青家的大黄狗也参加了，因为它要扮演一只老虎，由英雄的主人公牵着上场。这是一个了不起的细节，观众看了就会明白那主人公不同凡响，于是英雄人物就被创造出来了。

张青青为了把大黄狗化装得像只真老虎，很用了一番工夫。现在她摸到了窍门，只要在黄狗身上用墨汁画几条虎纹就可以了，看上去还真像呢。

大家在屋子里蹦蹦跳跳，各干各的。而陈国生却把青青和银生找来，蹲在屋角里，研究一个严重问题——解放朱金顶。因为朱坤荣太不讲理，对新中国的儿童进行残酷的压迫和剥削，金顶已经沦为他的奴隶，没有一点行动的自由。他的手脚已经被朱坤荣钉上了"镣铐"，锁在家里，不能前来参加集体的活动。功课已经一塌糊涂，身体也不行了。原来活泼泼，现在呆钝钝，如果再不想尽一切办法去解放他，他就可能牺牲。历史的责任显然已经落到了以陈国生为首的小朋友们的肩上，他们必须行动起来，进行抢救。

但是，究竟怎样行动，是文来还是武来？文来罢，老师的话都没有起作用，朱坤荣难道还会理睬他们这班小鬼头吗！看来讲理等于嘴上搽石灰，白说。那就要动武啰！这武又怎么个动法呢？论打，他们又打不过朱坤荣；如果冲进去"劫狱"，无奈朱坤荣家的闼门总是关着的，好像怕元宝滚出来，所以小英雄也无法闯进去。世界上的事情就这么复杂，不动武不行，要动武又动不起来。弄得一筹莫展。

就在这时候，别的孩子也想起了金顶，因为金顶历来是文娱活动的积极分子，没有他参加就显得冷清了，苦生和兴兴两个，不懂得利害，莽莽撞撞就去喊金顶。

走到朱坤荣家门口，见半闼关着，里边啪啪、叽叽、噔噔直响，正忙着呢。苦生双手抓住半闼格栓，爬上去透过栓格一看，家里毛竹节枝摊得满地，朱坤荣、金发、金秋、金顶都在，哼，别说了，陈禾生像药里的甘草，当然在。苦生做了个鬼脸，心里顶瞧不起他，觉得这禾生哥哥往时也不愧是个英雄，现在变得熊极了，尽钻女人的裤裆。另外还有几个人，也吃家饭、屙野屎，对朱坤荣比队长还服帖，实在不像话。苦生把头一撇，全不看了，单看那朱金顶。

哈，好样儿的！别看朱金顶萎萎地苦着脸坐在屋角里捋竹叶，其实一肚皮鬼念头，他手里捏一根毛竹节枝，眼睛却盯在朱坤荣的脸上，朱坤荣不朝他看，他就一片竹叶、一片竹叶地慢条斯理摘着磨洋工，惹得苦生都笑了。

这时候金顶也看见了印在栓格外苦生的脸，便低头搔搔脖子，想办法要脱身，却又找不出理由来。

苦生不耐烦了，轻轻地唤了他一声。他抬头看看苦生，又看看坐在门边的朱坤荣，摇摇头，还是不敢动。

苦生看着，很有点瞧不起，索性提高了喉咙喊道："金顶，出来！"

金顶巴不得脱身，刚一动，朱坤荣把眼睛朝他一瞪，他又不敢动了，连忙捋竹叶。

"金顶。"苦生又喊。

"金顶。"兴兴也喊。

"金顶。"

"金顶。"……好像非喊出来不可。

"金顶没有空!"朱坤荣火了。

苦生是顶头货,他不买朱坤荣的账,又大声喊道:"金顶,你出来!"

"不要来喊魂,他要挏竹叶。快走!"朱坤荣把毛竹节枝朝闼门一挥,表示赶他们走。

"今天星期。"兴兴理由十足地开口顶他。认为星期天应该玩嘛!

"屁个星期,滚,滚!"朱坤荣站起来,打开闼门,毫不客气地把苦生、兴兴推开,随手乒的一声,又关上了闼门。

这可把苦生惹火了,他顿了一顿,把兴兴一拉,说:"走,去喊人来。"

他们回到国生家里,苦生嚷道:"朱坤荣不让金顶出来,还骂人!"

这时,司令员们的作战方案还没有定下来,见前线已经接火,连忙就问:"他骂什么了?"

"滚、滚、滚……倒像赶狗。"

大家都生气了。陈国生不愧是领袖,他想了想,就厉声地说:"我们少年儿童,是国家未来的主人,共产主义的接班人,他凭什么叫我们滚,走,跟他讲理去!"

"他同你讲理?"兴兴提醒说,"他理都不会理你!"

"我们也去骂,骂翻本。"最小的洪洪说。

"不能骂,"国生老练地说,"少先队员不可以骂人。"

"那怎么办?"

怎么办?陈国生灵机一动,有了。就说:"我们还是去喊金顶出来,喊不出来不歇。朱坤荣再骂我们滚,我们就说他破坏庆祝国庆节,看他敢凶!"

"他打人呢?"有人不大相信这个办法。

泥脚

"他不敢打人。"有人壮自己的胆。

"他打了呢?"有人打破砂锅问到底。

一时竟没有人能回答。最后还是小洪洪老实地说:"他打,我们就逃。"

"好。"大家竟一致同意了。

于是,这一群小英雄出发了,雄赳赳,气昂昂,来到了朱坤荣家门外。那只刚化装成老虎的大黄狗,特别欢跃,围着张青青又蹦又跳,也跟着来了。

大家停下来,一片寂静,显得沉重又庄严,众小将的眼睛都看着陈国生,陈国生知道伟大的任务已落在自己的肩上,作为一个领袖,当然义不容辞,于是他像唱国际歌似的喊道:"朱金顶,快出来!"

喊过之后,没有动静。

"再喊,再喊!"啦啦队鼓动着。

陈国生又喊了一遍。还是没有动静。大家的胆子就大起来,竟你一声、他一声地喊起来:

"金顶、金顶、出来呀!"

"金顶、金顶、演戏啦!"

"金顶、金顶、出来吧!"

"金顶不要怕你爹!"

……

但是,朱坤荣家里一片噼啪的扎扫帚声音,闹得欢腾如常,没有人理睬这些小英雄。

朱坤荣当然不是没有听到,他早就听到了,明白是两只小活猕去拉了帮手来闹事。大人同小孩子纠缠,沾了光要被人骂刻薄,吃了亏还不能说,总之是大人的不是;所以他决心不理。只是严肃地交代金顶老老实实,莫要幻想,别指望做爹的会放他出门,也就算了。

谁知孩子们的决心,也是很大的。果然就不歇地呼喊。对于这个,朱坤荣比如在街上听卖狗皮膏药的人叫唤,没有什么大不了,倒是家里几个成年人的态度，把他激怒了，那陈禾生老是低着头在笑，似乎在笑他败在无名小卒手下了，甚至还朝金顶那边投过去同情、鼓动的眼色，女儿金秋更不像话，同禾生眉来眼去，分明都在搞他老头子的鬼。朱坤荣一狠心，噗哒丢了手里刚扎好的一把扫帚，一把拉开闼门，像金刚般冲出去大声骂道："×你的祖宗，×你的祖……"

两句话还没骂完，突然发现有只老虎从孩子们那里直扑过来，朱坤荣吓得正要逃走，却见它并不扑向自己，竟一头冲进了大门。随即就听得金秋一声惊叫，禾生"哎呀，哎呀"喊了几声，又一阵忙乱，那老虎被禾生追出来，嘴里却衔了一块骨头，分明就是昨夜放在墙洞里作为诱饵的那一块。这时朱坤荣也认出是张青青家的大黄狗了，不知是谁把它扮成老虎来吓人，真是又气又恨，想不到这畜生也通灵性，居然乘机夺门而入，抢走了骨头，可见它也是蓄谋已久的。啊，这该死的畜生，打死你才泄恨呀！

朱坤荣把一腔怨气都发泄在大黄狗身上，奔过去追着要打，想不到还没走三步，陈禾生慌慌张张捐着朱金秋走出门来了。那金秋就像个棉花褡袋，软绵绵地伏在禾生肩胛上。

"怎么怎么？"朱坤荣又惊又气地问。

"金秋昏过去了，送医院，送医院。"禾生匆忙地说。

"金秋，金秋！"朱坤荣急了，看着女儿抱在禾生怀里，实在不像样子，但又不能怪禾生，只得叫道："我来背她，我来背她。"

"还是我来吧，还是我来吧，"禾生舍不得放，急匆匆跑得像一溜烟。

"慢点，慢点，别摔跤，等等我！"朱坤荣在后面追赶着。一面叫道："谁作的孽？该死的狗！"

金秋姑娘已经醒过来了，她听见爹爹在骂狗，也知道自己被禾生抱着。她觉得很舒服，她装傻……

苦生不管这些，朱坤荣一走，他就赶忙去把金顶拉出来。

"金顶，金顶，快去练节目。"

金顶打着呵欠，懒洋洋地说："我要睡觉。"

从那时候开始，朱金顶便失踪了，等到朱坤荣发觉，派老婆去找没找到。天夜了不见回来吃夜饭，一家子出动也没寻着。

朱金顶被藏在村头的张桂泉老公公家，一困整整困了两天两夜。困得张桂泉老公公流了眼泪，他从不骂人，这时也禁不住骂了一句"这该死的朱坤荣！"

八

就在朱金顶呼呼大睡了两天两夜醒来的那天傍晚，陈洪泉从工地上赶回来取粮食。他来往一趟要跑六十里路，所以平时宿在工地上，既省力气，也多挣工分。他离家出门做工，也实在勉强；无论对生产队的社员或自己的三个孩子，他都觉得抱歉。他一走，社员有事就找不着他，家里也冷一顿、热一顿不像过日子。大的管耕作，拚命挤出时间来到朱家去鬼混，两个小的从学校里回来，不但要烧、要洗，还有猪、羊、鸡、兔要喂，累得叫大人看了难受。可是，陈洪泉却不能不出门做工，因为光凭包几亩田，生活不见得会有多大好转。生了儿子就是欠了债，不得不替他们做个打算，尽管这打算似乎已经太晚了。做父亲应该完成的责任不得不让儿子来分担。

陈洪泉今天回来，心情也极不愉快，最近在工地上听人家说，地鳖虫有的地方降价，有的地方已经停止收购；蚌珠的价格也比去年减了许多。这些原来大家都认为很有前途的副业似乎又不景气了。一切都还不稳定，时下流行的德国毛兔，精明人赶在前头，已经发了财，不知有几年鼎盛期，后来的人会不会吃亏？这两年来，陈洪泉也曾劝社员干这样干那样，现在看看，又没有多大把握了。如今的情形真奇怪，东西只要少一点，就紧张得不得了；可是，东西只要稍稍多一点，就没有地方容纳，就糟蹋掉。那么多人口的国家，好像在过着现做、现卖、现用的临时日子。少养了几只猪，吵着没肉吃；多养了几只猪，食品公司就限制收购。今年夏熟大丰收，社员的麦子没处存放，市里几爿面粉厂，以每百斤二十三元的贸易价收购小麦，一天就堆满了仓库……这里面都有很大的投机性，常常还是老实人吃亏，奸巧人沾光。想想真叫人生气。

陈洪泉回到村上，已是掌灯时分，天气热，月色好，大家端着碗，在屋前一边吃，一边乘凉或闲话。洪泉走过，一一打了招呼。走到自家门口，见山羊还系在树下，便跑去解开，牵进家来。到家一看，鸭子没有上棚，母鸡还缩在门角里；冷锅冷灶，家里一个人也没有。估计禾生一定在朱坤荣家，但两个孩子哪里去了呢？

陈洪泉又跑出门，见各家孩子都已在门口乘凉，问他们银生、云生在哪里，都说不知道。

陈洪泉也没有空四处去找；孩子没娘，野惯了。横竖天夜了，总该回来了。那就等他们回来烧夜饭吧，自己还要上自留地去浇苞菜呢。别人家的苞菜早就剥叶喂猪了，自己的苞菜还只有碗口大，眼看山芋藤快过时了，再不把苞菜栽培好，青饲料就接不上手。禾生他几时想到这些了？还不懂当家过日子呢！

陈洪泉回身进屋，去挑粪桶。可是粪桶只剩了一只，扁担、料勺也找不着。他心里一动，莫非两个孩子去浇菜了？为什么到现在还不回来呢？

想到这里，他丢了浇菜的念头，出门朝菜畦走去。那块菜畦靠近河边，陈洪泉沿岸走着，心里忽然冒起了不祥之兆。他先是走得很快，后来惊怕似的慢了下来。

但也终于靠近了。

在月光底下，他分明看见，河滩上有一只粪桶。

陈洪泉吓住了，他想起了那只翻了的小木船和妻子的遗体。

他提心吊胆地轻轻走下河岸，沿河滩来到粪桶跟前。粪桶里满满一桶水，一把料勺横在河滩边，一支扁担靠在河岸上，两个孩子却影踪全无。

陈洪泉呆住不动，有片刻时间，脑子里空空如也，什么都没有了。

好像世界上的一切都停止了活动，地球也分明不转了。他看看河面，河面上波光泛寒；看看天空，天空中云彩苍白，柳荫深处，约约绰绰；野草丛中，秋虫唧唧。青蛙扑通一声，跳入河里，把陈洪泉惊出一身汗来。

也不知过了多少时候，忽然之间，陈洪泉发觉有轻微的呼吸之声。细细听去，时断时续，若有若无，好像就在岸上附近。

陈洪泉怀着一线希望，轻轻爬上岸头。这时薄云退尽，蓝天高远；一地明月，分外皎亮。他看见菜畦那边，灰塘垾上，在嘤嘤的蚊子声中，云生的头枕住银生的右臂，银生的左手拉着云生的右膀，两个孩子倒在一头，呼呼大睡。

原来，苞菜快要浇完，孩子劳累过度。银生再去河边舀好一桶水，喊云生来扛，不见答应，上岸一看，云生已经睡着。银生弯下身去，一手操起云生后脑，一手拉住云生手臂，想扶他起来；想不到一个瞌睡，自己也倒在旁边睡着了。

陈洪泉心头涌热，他伸开臂膊，跑过去弯下身子，把孩子们一把揽在怀里……顿见一串珍珠，滚到孩子脸上，在月光下晶莹闪亮。

"孩子呀！"陈洪泉在心里大声喊道，"不是你们拖累了我，是我害你们吃了苦啊！"

夜风拂拂，凉露点点，青草如茵，野花吐香。蛙鸣田间，鱼跃河心；几只迟归的鸽子，从夜空中轻轻飞过，发出一串铃声，叮叮然发人深省。

（原刊于《收获》1983 年第 1 期）

一百单八磴

张石山

一

爬上鹿梅岔，拐过燕儿嘴，就到了龙凤松。前面就该攀那最难走的一段山道——一百单八磴了。

"到了一百单八磴，你可要……"

早上贵武临出门，老婆讲了半句话，看见贵武沉下脸子来，不言声了。那婆娘！贵武知道她后半句话要说什么。从打十二岁起获得随同爷爷逛庙会的资格，奶奶就曾多次诚惶诚恐地关照他。不到十二岁，奶奶说是魂魄不全，不宜上庙。其实，十二岁之前他就知道了：要上灵山庙，非攀一百单八磴不可。那一百单八磴险要得很，上庙的人必须心诚。诚则灵，信则安。不然，轻则摔伤，重则跌死。接着，奶奶就会有根有据地举出许多例子来。三十六岁上灵山，老婆依然搬出了这一套。这号鬼八卦什么时候才有个了结呢？

贵武歇下担子，一边喘吁吁地抄起衣襟来擦汗，一边仰脸去看龙凤松。这真是两棵好松树，怪不得叫"灵山八景"头一景。凤松的凤头昂向正东方，凤尾斜斜地朝地面披下来。刚跳上山梁的太阳给凤头罩了一个光环，给凤尾染了一层金黄，松针间隙里透出的光斑五颜六色，一闪一闪。仿佛一只硕大无朋的凤凰刚刚醒来，正朝拜那光与火的源泉。可惜龙松久已枯死。可以想见当年曾是鳞光闪射、虬须飞动的一条龙，如今四只脚爪枯黄地支棱在那儿，像一条干瘪的四脚蛇。

听爷爷说，他小时随他的爷爷逛庙会，龙松还活着。后来遭了一次雷击，龙松就烧焦了一大半。日本鬼子骚扰了几年，庙会逛不成，再来时龙松就没点绿气了。可是，那年工作组的侯主任批判贵武，说他带头"砸毁明代泥塑"，还"纵火烧了龙凤松"。他挺着脖颈没有辩解，也无法辩解。自己做下不占理的事，话把儿攥别人手头，还嫌别人讲话不准确吗？

贵武刹紧裤带，挑起担子，开始上磴。

二

担子很沉。一头是砖块，一头是砂子，足足一百五十斤。二十四里山道，把一百斤东西挑上灵山庙，干赚四块钱。公家的钱说好赚也好赚，只要舍得出力气。贵武头回来卖这号力，开口要了一百五十斤。攀上一百单八磴，六块钱到手。

去年入夏，就听人吵吵说要重修灵山庙，专署里已经拨下款子来。后生们估计少不了要雇人往庙上担砖背砂扛水泥，一天准能稳赚好几块，一个个摩拳擦掌的。责任制了，种完那几亩地，省下力气做什么！反正大家有的是力气，有使不完的力气。老人们一听说要修庙，却是有一种异样的高兴，话音里都带着那种得意非凡的调儿。似乎修庙给他们带来了什么福音和巨大的安慰。

四婶一早来家，和老婆在厨房悄悄嘀咕修庙的事儿，一边探头探脑来瞅贵武。贵武见不得她那两片扁嘴皮，替老婆上村口去喂猪。刚拐出巷口，四叔哑哑的声儿就扔过来：

"公家有的是钱！修庙！菩萨也要塑起来！"

贵武捧着大砂锅的手猛一抖，猪泔差点漾出来，急忙低了头慌慌地走过去。倒不是因为四叔那两年当着贫协主席，跟上侯主任批过他；也不是因为四叔爱叨扯人。他是冷古丁想起自己当年砸菩萨的情景来了：小山似的大菩萨，"轰隆"一声坍塌在地，烟尘里那菩萨摔碎了的半只碗口大的眼睛恶狠狠地瞪着他……

"砸菩萨？缺了先人八辈德的！菩萨款款地待那儿，碍谁的事啦？"

是啊，那菩萨碍谁的事儿呢？

可在那时，贵武以为砸菩萨就等于破除迷信，就是革命，就是革命性的表现。"大破四旧"的口号，把红卫兵小将们的脑袋都喊热了。也许，那当中也不免有年轻人好出风头的成分？华明芳，班上那个最漂亮的姑娘扬着羊角辫问了一声：砸灵山大菩萨去！敢不敢？贵武就率领县城中学的小将们乘车杀回来了。卡车还是那个挂了牌子的副县长批条子派的，那副县长还激昂慷慨地说："坚决支持革命小将的革命行动"……

喂猪回来，扁嘴皮走了。老婆讷讷地给他递话：

"一天赚四块钱可不少。整整顿顿，强如跑山割条编筐刨药材。修庙——四婶说，可是件积德事儿！"

"不去！"一股怒火燃上来。

当初砸菩萨，现在又去赚那修菩萨的钱，这算一档子什么事？不去！我贵武就是穷得讨了饭，也不能去赚那份钱！

三

一百单八磴，一磴难似一磴。

有的地方，石磴足有二尺高，可磴面儿只有二寸来宽。大腿高高地提上去，脚板贴紧石磴横过来，咬着牙关憋足气，才能升上一磴。下一磴早又高高地竖在那儿。贵武一手执定担杖，一手扯紧石磴旁拦着的铁链条，一磴一磴朝上攀。汗浆子从眉毛上慢慢渗进眼眶里，又顺脸颊缓缓淌进嘴角来。眼珠生疼，舌尖发咸。特别陡峻的地方，他只能停在一级石磴上，把脸用劲拧到膀头上去擦汗。衣服早湿透了，汗味扑鼻。擦过汗，眨眨眼，眼前正好立了一根挂铁链的铸字的四棱铁柱。

"道光三年"；

"康熙四十一年"；

"万历九年"……

万历九年到现在有多少年了？四棱铁柱锈烂了多半边，环环相扣的铁链接口处磨得那样薄，不知在哪一时哪一刻就会被突然扯断。扯断铁链，滚下身边叫人眼晕的山涧里去，轻则摔伤，重则跌死。——那么，在奶奶姥姥们祖祖辈辈口中相传的故事里，就会又增加一个有根有据的例子……

贵武下意识地把铁链扯得更牢了。

今天上庙来送货，是他自己承揽下来的。一年来，秃牛他们几个揽下庙上的活儿，除了起早搭黑种罢责任田，差不多天天要赚四块钱。听老婆叨叨说，秃牛家里添了两辆自行车，还高价搬回一台缝纫机。连四叔都在当街上吼喊：

"秃牛，你们几个也不怕把公家的钱赚完了？"

挑百十斤东西上山，对山里长大的后生们算什么？四块钱可真不是个小数目。贵武私下也动了点心思，甚至有点嫉妒秃牛几个。可是，老婆一和他叨叨，他就冒火。摔盆子打碗的，自己也说不清生的哪门子气。

昨天，秃牛在三角地那儿碰上他，走过去几步了，突然扭回头冲他说：

"伙计！有件事求你哩！——明天能不能替咱上灵山庙送一趟货去？就一天！"

灵山庙！贵武心里猛一"咯噔"，嘴上却道：

"怎么？你们几个赚钱赚腻了？"

秃牛笑了笑：

"牛村镇明天逢集，死老婆非要我去卖她编的那几张簸箕去。一张簸箕三几块，值什么！可那死老婆非要编，自己又羞得不敢去卖。——庙上咱揽了人家的活儿，撒不开。你帮伙计送一趟吧？就一天！"

砸了菩萨，又赚修菩萨的钱，算一档子什么事呢？贵武想拒绝。可他想到自己和秃牛有过那么点磕碰，现在秃牛能开口求到名下来，自己还说什么？砸菩萨不对，可谁也没规定就不许赚那修菩萨的钱呐！

"行！替你送一趟！"

贵武答应了秃牛，老婆高兴得什么似的。贵武明白，老婆不只是为能赚那几块钱高兴，而是觉得能给修庙出力气，是件积德事儿。那婆娘！可她就那么认为，拿她又有什么办法？

早上，老婆讷讷地来关照贵武，见贵武沉下脸子来，不言声了。转身递给贵武一把水壶，还有一包煮鸡蛋。贵武火气消下去，荷了担杖出门来。和女人生什么气！和她们能分辨出个什么子丑寅卯来！况且，自己断了腿那时，老婆总算没离婚。扁嘴皮四婶过来劝导她，声儿尖尖地刺人耳膜：

"贵武家的，不为别的，还为这两个娃娃哩！贵武家的，可不能生那号心！"

是为了两个娃娃没离婚，而不是为了感情或者爱情。可贵武从心底里感激老婆，牢牢地记着女人的这点好处。爱情，贵武上高中时知道了那个神秘的字眼，也曾做过许多美妙的梦。回乡种地十几年，那字眼离了那么遥远，变得那么陌生。可爱情到底是个什么样子的呢？农民的爱情，笼统地讲也许就是两个孩子。比如今早上，具体地讲就是几个煮鸡蛋。

四

鸡蛋包儿在担杖上晃荡；水壶斜背在腰胯上。鸡蛋包儿一晃荡，身后同时就"咕咚"一声响，仿佛给他打拍子似的。

爷爷说，看羊狗脖儿上挂铃铛，领头羊脖儿上挂铃铛，就是打拍子的。牧羊鞭"叭"的一声脆响，领头的长胡子老山羊昂着头前进，"四眼"和"白蹄"两头牧羊犬从羊群两侧包抄上去，叮叮当当，多精神！爷爷放了几十年羊，开口就是羊。贵武十二岁头一次跟着爷爷上灵山，刚爬了几级石磴，爷爷就没头没脑地说：

"当年修庙，修这道儿，就全凭山羊往上驮砖头瓦块哩！"

"那人哩？"

"人？人从崖头上使大绳吊下来，开山凿石。——我那年给后山沟放羊，上过崖头，那拴大绳的铁镢还都在着哩！"

这样深的山沟，这样险的山道，究竟为了什么要在这儿修建这样一座大庙呢？

庙上缺木，在山岩上凿出几丈深的旱井来积存雨水。和尚们长年就吃那雨水。赶庙会的日子，井口就上了锁，上庙来的人得自己带水。

还是水壶方便，随爷爷上庙那时，哪有水壶！爷爷小心翼翼地提了一只四耳水罐，还一个劲安抚贵武：

"忍着点儿，上了磴再喝！"

可是，上了那么几十磴的光景，爷爷突然停下来，双手捧了水罐朝下面的山涧里倾了三小股水。接着还拿出一只鸡蛋来，掐下杏核儿大的块子朝下扔，也是三块。最后，爷爷还拱了双拳，深深地作了一个揖。看爷爷那严肃恭敬的样子，贵武知道那叫"祭奠"。祭奠完毕，爷爷一边牵着贵武继续上磴，一边就没头没脑地讲开了：

"鬼子来的第二年，夏天，我在南山背放羊。南山背那年的草才叫长得好啦！四眼狗冷古丁叫起来——是咱现今羊群里四眼的妈，可机灵啦！我一看，哟，庙里怎么有人？那人爬到大菩萨的肩膀上去啦！那不是造孽吗？嘿！他抱着菩萨的脖子用脚踩菩萨那手臂哩！你踩吧！菩萨不给你降罪才怪！结果怎么样？哼！"

"菩萨降罪了吗？"

"那还用说！——当下灵山背后就涌起一团黑云来，惊雷怪闪的好不吓人！那个人紧跑慢跑，哪能跑得了？一道亮闪从云头上劈下来，一声炸雷把他从一百单八磴上打得滚进山沟子里啦！"

"后来呢？"

"后来？后来天一刹刹又晴啦！你看菩萨灵验不灵验？等我从南山背吆喝着羊群下到沟底，一看，是后山的林娃。身下一摊血，眼皮子还眨巴眨巴的哩！林娃，那就是个不安分的东西！八路军来了，当上个民兵不知他有多粗多大！——菩萨款款地坐那儿，惹你啦？害你啦？你不踩菩萨的胳膊，菩萨就要了你的命啦？……"

贵武心里像塞了团乱羊毛，无数的疑问在脑瓜里盘绕。可他只有十二岁，弄不懂那恐怖的故事里许多神秘的玩意儿。他也来不及问爷爷，他只是紧张地扯着爷爷的衣襟，紧张地闭了眼睛，紧张地看着脑海里闪现的图景：一摊血，像爷爷杀羊时从羊腔子里冒出的血水一样红；一个后生躺在血水里，两只眼睛眨巴眨巴；那人活像二舅，二舅也叫林娃，入伍之前也当过民兵；二舅穿着军装，在镜框子里向他微笑，两只眼睛眨巴眨巴……

"就是这儿！"

爷爷拍拍山壁，又指指山涧底下。

山涧深不见底，叫人眼晕；山壁上刻了两行字：

诚则灵

信则安

五

就是这儿。贵武拧着脖颈擦汗的当儿，看见了那两行字。风雨剥蚀，那两行字的刻痕里涂着的红颜色比当年淡得多了。爷爷的话却深深地刻在他的记忆中。

"敬神如神在，不敬也不怪。不敬神也就是了，好端端地你毁菩萨的金身干什么？"

贵武上县城中学时，班上有个同学是后山沟的，贵武还专门询问过那码事。读了中学，长了几岁年纪，贵武已经不再相信爷爷当年诚惶诚恐地讲的菩萨降罪的故事了。——把破除迷信简单地理解为砸菩萨固然幼稚可笑，可把物理课上讲的雷电击人的现象硬派成是菩萨的降罪报应又该多么愚昧！——然而，贵武还是专门询问了，也许是那童年记忆中的故事太深刻的缘故吧。那位同学证实：林娃是后山沟的，当过民兵，那一年确实是在一百单八磴上叫雷电给劈死的；但那一回砸断菩萨胳膊的，不是林娃，是他们村的树娃；树娃后来跟着大部队南下了，在福建省工作，当着县长，依然健在。

当下，深深的失望和受骗的感觉紧紧地攫住了贵武。

爷爷在后山沟放过羊，林娃和树娃还能分不清？爷爷为什么要把树娃的事安到林娃头上呢？即便就算是林娃砸的菩萨，那又为什么要把他被雷电击死硬扯到菩萨降罪上头呢？你的菩萨那么灵验，为什么不降罪给那些地主老财、鬼子汉奸呢？

爷爷早已去世了。爷爷要是活着，能否把这一切解释得清呢？当初，要是懂得问问爷爷就好了……

当初，第一次随着爷爷上灵山，贵武却是被爷爷在一百单八磴上讲的故事给震慑住了。上了庙，爷爷咚咚地磕下头去，贵武扯着爷爷的衣襟，也忙忙地磕下头去。他从爷爷的胳肢窝那儿偷眼去瞧，灵山大菩萨好大啊！筐箩大的金色的脸皮，碗口大的一动不动的眼睛，那眼睛正恶狠狠地瞪着他。贵武急忙顺下眼来，那菩萨的半截断臂里乱糟糟地塞着谷草和麻团。他紧张地闭上眼睛，脑海中即刻闪现出一幅令人悚然的图景：一摊血水，二舅在血泊里微笑着，两只眼睛眨巴眨巴……

贵武终于完全被那威严可怖的大菩萨慑服了。他学着爷爷的样儿，小心眼里虔诚地祷告起来：

我再也不抛米撒面，再也不踩死蚂蚁，再也不给四叔的院子里扔土块，再也不往老师的稀饭里扔砂子。老师尽拿教鞭抽我们，他还说没神没鬼。大菩萨，你给他降罪吧！我刚才口渴，嫌鸡蛋黄儿噎喉咙，背过爷爷悄悄地扔啦，你不会给我降罪吧？不会叫我扯断铁链滚到山涧里去的吧？

六

铁链铮铮响。

太阳辣辣地照着，汗水黏稠起来。

汗珠儿挂在眉毛上，淌下来又悬吊在睫毛上，随着担杖上的鸡蛋包儿一齐晃荡。腰胯那儿的水壶咕咚作响。口液黏稠，喉咙火疼。

"一百单八磴"，只是这一段在山壁上凿出的险路的名堂。那石级子，爷爷当年说是二百六十六级，四叔却说是三百一十二级。贵武一直有心数一数，然而又从来没数过。他率领人马来砸灵山大菩萨那一回，也曾经有心思认真数一数，但也终于没有去数。

唉！那时真是昏了头！

匆匆地乘车赶到沟口，匆匆地爬了二十来里山路，匆匆地砸毁了大菩萨，又匆匆地赶回学校去，匆匆地去向华明芳炫耀一番……唉，那是中了哪门子邪！

如果说，对所谓的"红卫兵运动"是经过了十年之久才有机会进行一番历史的认识和反省的话，贵武却是在卷了铺盖回乡种地之初就对自己砸毁大菩萨的行为后悔了。在学校，他还可以用"破除迷信"来自欺欺人地安慰自己，一旦回到村里，他就立刻陷入可怕的责难的包围之中。先是专爱叨扯人的四叔。

"贵武，不念书啦？"

"嗯。"

"回来种地？"

"嗯。"

"我还当你要成龙哩，变虎哩！砸了灵山大菩萨，你那些战友啦组织啦没给你记一功？没封你个大大的官儿？"

"四叔，我……"

"你小子有种！你小子革命！——缺了先人八辈德的！菩萨惹你啦？害你啦？家里一个镚子儿掰两半，月月九块钱伙食费供你上学，叫你读书认字学好哩，叫你诛神拆庙不办人事哩？你说！你是咱村头号的文化人，你给老子说！"

贵武一头的汗，哪里还能说！

接着就是扁嘴皮四婶捣着镰刀脚过来叨叨。

"贵武，灵山大菩萨真是你娃娃砸的？"

"嗯。"

"天爷！你娃娃就不怕造孽？你下手时心里就不怕？"

"……"

四婶的眼睛直勾勾地瞪着他。贵武想说："怕什么？破除迷信怕什么？"可他没有说出口。自己砸菩萨时心底里真的不害怕吗？他觉着四婶的眼光刀子似的刺进自己内心深处来了。如果自己真的不怕，怎么在动手砸大菩萨时心底里曾经产生过那么一丝犹豫呢？

究竟有神还是无神？这灵山大菩萨究竟有灵还是无灵？砸了菩萨，究竟会不会遭报应呢？……

"敢不敢？"贵武问自己。同时又仿佛听到华明芳在问自己。

"砸！"

贵武终于下了命令。连个泥像都不敢砸，还算什么红卫兵小将！

轰隆一声，烟尘飞腾。大菩萨小山似的身躯倾跌下来，那摔碎了的半只碗口大的眼睛恶狠狠地瞪着他……

七

贵武猛地一惊：碗口大的半只眼睛正向他恶狠狠地瞪着。

他执定担杖，扯牢铁链，双脚踩在同一级石磴上，稳稳神儿。

那是一滴汗珠，挂在睫毛上在阳光里放着异彩的一滴汗珠。贵武摆摆头，甩掉汗珠。

现在贵武已经浑身上下都湿透了，汗水不再涌流，而只是从周身的毛孔中缓缓地向外渗透。肩膀有点胀痛，水湿的裤管紧紧裹了双腿，那条断过的右腿开始有点闷疼。喘息声也大起来，在静静的一百单八磴上，他听见自己的喘息，缓缓的、沉沉的，像是拉风箱。——也许是担得太多了？

是担得太多了。秃牛他们几个每趟只担一百斤，贵武还暗暗笑话他们。而且，他们只是上午送一趟货上山，下午就到地里去转一趟，有时还要打扑克，或者相跟着骑车进城去洗澡。有心思去洗澡，一天不能送两趟货？怕压塌肩膀吗？怕把公家的钱赚完吗？这会儿贵武却笑话自己了。头回上灵山，开口要了一百五，你是想把公家的钱一下子赚完吗？

有个地方歇歇肩就好了。只消一袋烟的工夫。

没有这样的地方，没有这么点工夫。

在一百单八磴上身担重负，只能拼力攀登，不能稍事休息；只能驮一百五十斤上去，不能把六块钱扔掉。靠肩膀吃饭的人扔掉担子是可耻的。

也许就不该答应替秃牛来送这趟货。

头年，老婆讷讷地劝导了多少回，贵武都拒绝了。可昨天，秃牛一句话求到名下来，贵武却一口答应了，那么爽快。对了，他和秃牛有过那么点磕碰。人们乌眼鸡似的斗过之后，都会向往和解的吗？

那是贵武回村不久，在棋盘堰参加平整土地。地头上休息扯皮的时候，因为一件很寡淡的事和秃牛抬起杠来。

秃牛突然红了眼叫：

"你不是县城中学打砸抢的急先锋吗？你不是砸过灵山大菩萨吗？——来，来砸你秃爷来，来呀！"

秃牛抹掉羊肚子手巾，露出刚刚剃过的脑袋瓜，用手拍得呱呱响。

贵武也红了眼：

"我砸了菩萨了，怎么样？你叫法院逮捕了我，判上二年！"

"你不用跳，灵山大菩萨迟早不会轻饶你！"

情急没好话。为了什么事儿吵起来的倒全忘了，那些戳得人心尖儿发疼的话却留下来。

"算了，算了。"人们在一旁解劝。

"秃牛，打人不打脸，骂人不揭短——你少说一句吧！"

揭短。短处抓在别人手头。无法辩解。简直悔断了肠子。要是知道落得后来的下场，贵武当初是万万不会砸那大菩萨的。可是，世界上的事谁又能料得到啊！当吃够了苦头，清醒过来的时候，一切都晚了。这就叫"铸成大错"吧，这就叫"一失足成千古恨"吧！

自从和秃牛吵了架，贵武竟经常做起噩梦来。

——一百单八磴上，自己怎么也迈不开腿了。就像在别的梦中一样，两条腿麻木了，无论如何迈不过门槛去。石磴顶端，碗口大的半只眼睛眨巴眨巴。笑眯眯的淡金色的笸箩大的菩萨脸哈哈大笑……有时好不容易迈开了腿，头上早有一道亮闪准准地劈下来。创口不可名状地痛，血汩汩地流，铁链突然一截截断裂。滚下去，跌下去，深不见底……

八

"道光三年"。

道光三年铸的四棱铁柱很结实。

阳光刺眼，汗浆子渍得眼珠生疼。贵武突然感到一阵异样的悲哀。他想放声大哭一场。把满腹的苦恼和委屈——那由于自己的幼稚无知和出风头而造成的无告的苦恼和委屈哭一哭。在这阒无一人的一百单八磴上自由自在地哭一哭。

这时，身后有人上来了。

"勇士们，上哪！"一条夹着童音的嗓子在喊。

不能哭，有人上来了。即便没有人，也不能哭。男子汉流血不流泪。贵武咬紧牙关，扯着铁链，继续上磴。

喘息声靠近来，脚步声靠近来。喘息太急，不是常爬山的人；脚步不沉，不是身背重负的人。贵武倾下头，已经从自己的肋下看得见了。长舌帽，大檐遮阳帽，墨镜，照相机，还有水壶。这准是从城里来旅游的人。听秃牛他们几个说，经常有从很远的地方来逛灵山庙的游客。有的磕头烧香，有的大把地往香案上扔钱，有的画画，有的照相。听说，有一个很年轻的姑娘还给秃牛照过一片相呢！

贵武扯着铁链往山壁上靠靠，停下来喘息。长舌帽过去，遮阳帽过去；胶鞋、布鞋，还有皮鞋；烫发头，马尾巴头；绿水壶、黄水壶。一条道儿上，对面过来的车，轻车让重车，这是车把式们的规矩。可是朝一个方向赶路的车呢？那就是轻车超重车。轻装前进的超过身背重负的，年轻力壮的超过年老力衰的。就是这样。

然而，两只胶鞋在他上面第四级石磴上站下了。

"勇士们！让我们向劳动致敬！"

是那条夹着童音的嗓子。

怎么？喊口号吗？贵武心里陡地升起一股莫名的怒火：去你妈的！少给老子发酸！"致敬"？咋不替老子担一截？

同时，他却费力地仰起脖子来。长舌帽下是一张圆乎乎的孩子样的苹果脸，脸上现着一派肃然的真诚敬意。

贵武突然对自己刚才心里发出的恶毒咒骂后悔了。向劳动致敬，哪怕是心血来潮式的然而却又是真诚的致敬，有什么不好呢？话是有点酸不溜秋，可自己在他们这样的年龄，又比他们强多少呢？还想让人家替自己担一截，命运加在每个人身上的担子又有谁能替代得了呢？

他一边使劲拧着脖颈在膀头上擦汗，一边努力笑了笑。给别人天真的善意一点回报吧！

"这就是宗教的力量！"

这回是个女孩子的声音了。也许是烫发头，也许是马尾巴。

贵武敛了笑容。一手执牢担杖，一手扯紧铁链，继续上磴。

小姑娘，你错了。"宗教的力量"，什么意思？我们是陌生人。我是担了重担上山的农民，你们是来游山逛景的客人。正如我不知道你们，你们也不知道这个农民。我不知道你们会不会给菩萨磕头，你们也不知道这个农民当年是否砸过菩萨。

听说灵山大菩萨已经重新塑起来了。也不知新塑的菩萨什么样儿？

九

轻轻擦动石级的脚步声一路响上去了。

贵武已经不再淌汗。膀头的布块子上显出一圈圈的碱花儿来。汗褂子不再贴着身躯，僵板僵板地支在那儿像一围铁皮。太阳晒着的半边脸蜇得生疼。右腿的闷疼劲儿一阵紧似一阵。

虽然腿疼，疼得难以忍耐，贵武却打心底泛上一丝高兴来。幸亏当初连夜从医院逃出来，没有锯腿。二舅来信，劝他上医院透视一下，拍张片子，看看骨茬儿究竟接好没有。用不着透视，瞎花钱。这几年，下地上山，什么苦累营生不干？在一百单八磴上挑了一百五十斤东西，照样往上攀。

贵武禁不住格外高兴起来。这股高兴劲儿只有自己品察得出。正如他断了腿那时的痛苦，也是任何其他人品察不出的。

那是七四年，初冬天气，乍冷乍冷的。一百多号人在牛角凹整修"大寨田"。隔了一道河漕，对面的青牛岭上在开山炸石。炸下石头在河滩里垒大坝。大坝年年垒，年年叫山洪冲个没影，上级年年坐小车来参观。一炮又一炮，震得人耳鼓都木了。

事情来得那样突然，那样迅雷不及掩耳！

一块石头隔河飞过来，一百多号人的工地上，那石头恰恰砸在贵武右小腿上。随着一声脆响，贵武滚在地堰里。那一瞬间，贵武竟没感到疼，他甚至来得及看清了那块石头：二号砂锅那么大，干干净净，茬口崭新。右小腿簌簌地抖，扭向后边的脚尖突突地跳。血！血从裤筒里流出来，身下的泥土立即洇湿一片。一阵剧痛骤然从腿部传向心脏，又从心脏传向全身。贵武双手卡着断腿在地里打着滚，喉咙里发出瘆人的嘶喊声。后来，只记得在他身边干活的秃牛抹下毛巾向他奔过来，紧接着，那明晃晃的脑瓜一下子又飞远去了，飞进冒着金星的黑暗中去……

贵武在最后消失的意识中呼喊道：

秃牛！这下让你说中了！

……菩萨哈哈大笑。二舅两只眼睛眨巴眨巴。迈不开腿。云端一声炸雷响起，一道白光直射右小腿。小腿好疼呵！铁链扯断了。滚下山涧。山涧深不见底。铁链还在手里攥着。努力朝上攀。一级一级的石磴没有尽头……

贵武昏迷了整整三天。醒转来又在县医院治了四十天。

粉碎性骨折。创口感染。打牵引穿透脚后跟。半只脚烂掉。牵引锤滴溜溜转，钻心钻肺。十几卷纱布填进小腿肚里，再和着脓血扯出来。刀片刮得骨茬唑啦啦响。

最后，决定锯腿。

队上派来陪侍贵武的秃牛，眼睛熬得红红的。

"伙计，怕是非得锯腿不行了！"

锯腿，装一条假腿。公社理发的马拐子就装着一条木腿。给人理发，木腿绕着座椅咯咯响。自己不会理发。马拐子是光棍一条，自己有老婆。有两个儿子，双胞胎。

"不锯！"

秃牛吓了一跳。

"伙计，大夫说了，明天一早进手术室。说是……要腿不要命，要命不要腿。反正……"

反正什么呢？反正是菩萨降罪报应吗？

在县医院治腿的四十天，贵武在肉体上受尽了非言语所能表达的痛楚。但只要清醒着，他从来没喊一声疼。只要能把腿接好，咬碎牙齿不叫苦！而他精神所承受的折磨，更远远超过了肉体所受的痛楚。

六六年当红卫兵砸过菩萨，七四年当农民叫石头砸断腿，这本来是没有因果关系的两码事。可是，人们会怎么看待，怎么议论呢？一百多号人的工地，一块不长眼睛的飞石单单击中了自己，这不是菩萨降罪报应的铁的例证吗？"千年的石头等来人"，爱叨扯人的四叔，扁嘴皮四婶，难道不会这么想、不会这么说的吗？还不如叫那块石头一下打死！爷爷那样议论那叫雷电击死的林娃，又那样虔诚地祭奠他，那林娃却什么也不知道了。人死如灯灭，一了百了。不幸砸断腿也还罢了，只要能接好，能下地上山，能养家活口。然而，受够了苦楚，最后还是得锯腿！那人们就会指着他的假腿讲故事，奶奶姥姥们祖祖辈辈神乎其神地讲下去……

"不锯！"

疲乏的秃牛已经睡着了。

十

"勇士们！上哪！快到顶啦！"

又是那个童音嗓子在呼喊。

贵武又努力仰起脖子来。在他头顶上方，一百单八磴顺着山壁折弯的地方，最后正摇摇摆摆地走过一顶大檐遮阳帽去。没看清是烫发头，还是马尾巴。水壶倒看清了，在阳光里绿莹莹的像一汪小水潭。

贵武口渴得厉害，口腔里连一点黏稠的唾液也没有了。刚才，要是请那城里人帮着拧开水壶盖儿，要是咚咚地灌几口水就好了。

"要是"，又是"要是"！

要是知道砸那灵山大菩萨遭来那永远都没法辩解的责任，自己还会草率地脑子一热就出那号风头吗？要是懂得砸菩萨不仅不算什么破除迷信，而恰恰叫作破坏文物，自己还会成心去犯法吗？

没用。吃后悔药没用。自己的担子自己挑。自己种下祸秧，自己收获苦难。自己想一下子赚六块钱，就得担了一百五十斤的重担一步一喘朝上攀。

腿疼。肩膀也开始发疼。贵武的肩膀是压出来的，手片大小的死皮茧子不知结了多么厚。不像从中学刚返乡务农那一阵，担子刚上肩就疼。那是肉疼。现在是骨头疼。

不过，这点疼痛算得了什么呢？一个人在世上可能受到的疼痛，贵武自量已经受到过了。没有什么别的疼痛能吓住他的了。

为了不锯腿，贵武连夜从县医院逃出来，架着双拐杖颠了三十里。那是什么罪过啊！多少次，他想返回医院，回去服服帖帖叫人家锯腿，像锯一截朽木头。他想哭，想在夜路上哭个声嘶力竭，像丢了崽子的狼嚎叫一样。他想躺下来，憋住气，不再呼吸，就那么死掉。然而，他没有躺下。没有哭吼。没有返回医院。更没有祷告。

四十天来，他已经想过了。秃牛睡着之后，他又一次想过了。

"要腿不要命"。宁肯不要命也不锯腿。不会理发。离了腿，靠山吃山的人还怎么生活？老婆一定会离婚。记得哪本书上讲：夫妻本是同林鸟，大难临头各自飞。她不飞也要撵她飞。男人不兴叫女人养活。为了男人，为了孩子，女人偷偷找一个"拉边套"的，明铺暗盖，人们还多半夸奖说那是有良心。那叫恶心！

"要命不要腿"。没有腿，要那窝儿八囊的一条命干什么？要死干脆死，哪怕应了"菩萨降罪"的说法。要活就要英英武武地活，决不半死不活。

大菩萨，咱走着瞧！

不要单看上午的戏。不要单看夏天的地。

反正你是粉身碎骨了，只留下半只眼睛。而我贵武只断了一条腿，命还在。

三十里夜路，贵武没有躺下，没有流泪，没有祷告。从来就没有什么救世主，从来就没有什么救苦救难的活菩萨。

即便真有，他把那菩萨也已经得罪过了。

去他妈的！

去他妈的大菩萨！

贵武汗流遍体，架着双拐，一步一喘，一步一颠，一颠一痛，痛不可忍，钻心钻肺，盘肠绞肚，一佛出世，二佛升天……

终于，他挨回了村口。狗咬。四眼，是爷爷讲过的那只四眼母狗的孩子的孩子。四眼响着铃铛跑过来。

"四眼，疼死我啦！"

贵武一屁股坐在地上，搂着四眼狗的脖子喊了一声，疼死过去，累死过去……

十一

折过弯子，一百单八磴的后半截梯子一般斜挂在山壁上。梯子的上端，缓缓蠕动着七八条身影。雪白的长舌帽，粉红色的遮阳帽，黄水壶，绿水壶，各自放着耀眼的光芒。

那些游客已经快要上去了。贵武赶到折弯处，也攀到了一多半的地方。他的肩膀依然胀痛，那条断过的右腿依然闷疼，但那疼痛的感觉愈来愈严重的同时，竟也愈来愈麻木了。他依然粗粗地喘气，但气也喘得很匀，一步一声，深长而有节奏。

水壶咕咚响。鸡蛋包儿在晃荡。像是给负重攀登的贵武打着拍子。

也不知老婆给煮了几个鸡蛋。看那样子，没有十个也有八个。那婆娘也真舍得！八个鸡蛋，拿到集上去，少说也卖一块钱。赚下六块钱，倒吃去了一块！不过，老婆不在乎，贵武也不在乎。这两年，老婆养鸡喂猪，贵武下地上山，日子是活泛多了。虽然一年来，不如秃牛他们日日四块钱赚得多,割条编筐刨药材,月月也能抓挠几十块。隔三岔五的,老婆就要给贵武吃几颗荷包鸡蛋,一对双生儿子跟上也沾光。爷爷奶奶活着时,农业社虽然办得正兴旺,两个老人哪里享过这口福!

这生产责任制真厉害!农村说变就变过样子来。刚吵吵责任制时,人们还都有点嘀咕。贵武上过高中,脑袋瓜子里装了些书本上的条条框框,还真有点转不过弯子来。念书有时把人能念得糊涂了。这一点上头,贵武反倒还不如他老婆。

那婆娘!颠来倒去咬住一句话:

"叫我喂猪喂鸡,就是好政策!不叫喂猪喂鸡,甚也是假的!"

听听!就这么直截,这么简单!

"你就记得猪!你就记得鸡!还知道个啥?"

贵武一肚皮对老婆的鄙夷,不料那婆娘还有话:

"喂猪喂鸡不好?不说别的,你那一回要吃煮鸡蛋,倒叫我借了四五家才借上!"

贵武立即沉下脸子来。他倒不是被老婆驳倒了,他是猛地想起自己动手治那条断腿的事来了。

他把老婆赶到隔壁四婶家去,自己慢慢嚼下去十个煮鸡蛋,开始动作。

他学着爷爷给摔断腿的羊儿上夹板的样子,先用盐水洗创口。是盐粒子没化开吗?怎么像无数的小刀子似的?小腿,大腿,整个身子都疼得抖起来。他想喊。可他咬着牙关没有喊。不能喊,不用喊。羊儿才喊呢,咩咩地喊。疼,说明腿还有救。自己不肯锯腿,豁出一条命来不锯腿,那自己还喊什么!洗过创口,然后从肉皮子外面捏着骨头茬子往一处兑。粉碎性骨折,小腿肚儿里的肉几乎全部烂完,骨茬子在里面逛荡,不知该哪块接哪块。最后,是上夹板。糊涂,忘了叫老婆准备绳子。怕用绳子上吊吗?自己不会去上吊,不会去寻死。死,毕竟还是容易的;不容易的是活着,是咬着牙关活下去。

贵武自己是不相信什么菩萨降罪报应的,但人们相信。四叔,四婶,秃牛，还有自己的老婆，相信那劳什子大菩萨。贵武从医院逃回来的路上，就默默地下了决心：豁出一条命，和他们顶礼膜拜的大菩萨做一个冤家对头！既然那块飞石没有打死他，给了他一个机会，他就要争取活下去，争取保住这条腿，活个样儿叫他们看看，叫他们那大菩萨看看！

呵！那是一场什么样的战斗啊！

最后，贵武想到了裤带。裤带也能上吊，他却抽出裤带来捆夹板。一圈圈绕紧，死命勒住。用尽全力，捆柴捆子似的。衣服湿透，褥子湿透。衣服是汗湿的，褥子是尿湿的。

"出去！给老子出去！"

贵武禁不住发出一声呻吟时，老婆从屋外奔进来。她没去四婶家，偷偷待在窗户外头。那婆娘！

幸亏只微微呻吟了一声，没有大声喊疼。可是尿了那么一摊呢？真混蛋！

"出汗，衣服和褥子都……"

"出汗"！为什么要撒谎呢？混蛋！老婆泪流满面，没有戳穿他的谎话。

半夜里，大腿憋了水桶粗，紫红紫红的。是绑得太紧了吗？

"要不，我给你松一松吧？"

那婆娘，还没睡！

贵武疼得睡不着。也不敢睡，怕在睡梦中喊疼。

……菩萨哈哈大笑。半只眼睛刀子似的射着寒光。惊雷怪闪。石块。血。自己倒在血泊中……

"疼，疼呵！"

"贵武！贵武！"

老婆慌慌地叫。

一丝羞愧袭上心来。自己是喊疼喊醒的。又尿湿了褥子，一大摊。月亮从窗纸破洞中射进来。一道白光。

"我怕。"他心里说。

他想叫老婆靠住自己，挨住一个同类入睡，什么样的噩梦也不怕。

然而，小孩子在踢被窝。双胞胎，一块踢蹬。是自己刚才喊疼惊动他们了？

你们睡吧！爹不喊啦！疼死也不喊啦！你们睡吧，爹给你们对付大菩萨。他给我降罪就尽管降吧！尽管疼吧！

双胞胎发出均匀的鼾声。老婆长长地叹了口气。

你不用叹气。

伤筋动骨一百日。再熬上一百天。一百天头上，也许就好了，也许是死了。穿男人，吃男人，死了男人嫁男人。披麻戴孝哭一场。哭得痛一点，四婶也陪着抹泪，人们会夸你有良心。过了周年再嫁人，不出村那光棍就多得是。只要给我上上坟。不上坟也无所谓，只要我两个儿子不受罪……

月光悄悄地移过来，凉凉地泼到贵武身上。脸颊上亮闪闪的。

他哭了。

十二

贵武脸上凉凉的。

他娘的！还真落下泪来了？

贵武急忙把脸拧到膀头上去擦了一把。然后死命仰起脖子来，一级级石磴瞧上去。一百单八磴上空空如也，只有铁链节子在阳光下明晃晃地闪射。

他们已经上去了。那些城里来的游客已经登上灵山顶了。一百单八磴上又是只有他一个人了。不会有人发现他掉过泪，更不会有人知道他想过些什么。

可是，贵武突然感到一丝异样的孤单，仿佛全世界只剩下他一个人。他有点怀念那些陌生的城里来的娃娃。长舌帽，遮阳帽；黄水壶，绿水壶；烫发头，马尾巴；致敬，孩子气的脸……他想向那几个稚气的年轻人倾吐一番自己的苦恼和委屈，说一说自己那无告的苦恼和委屈。他们肯听一听他的诉说吗？他们肯了解一下这个身背重负的农民心中藏着什么样的秘密吗？

身上一阵凉爽。快到顶了。已经多少感到灵山顶上的微微凉意了——贵武猛地惊觉过来：擦过泪，自己在这一级石磴上站得太久了！有一袋烟的工夫吗？也许是整整一个世纪？

太阳依然辣辣地照着，还不到中午。

贵武吸足了一口气，又开始扯着铁链向上攀。在那长长的陡立的一百单八磴上，他像一只顽强的蚂蚁，载着重负，不屈不挠地攀登。

现在，他突然又有点愧悔自己刚才的软弱了。掉了泪，还想找人倾吐自己的苦恼和委屈。怎么？要诉苦吗？三十六岁的男子汉，不害臊吗？那些娃娃顶多也就十八九岁，自己三十六岁了。爷爷活了七十五。人生七十古来稀。自己才活了半辈子，正爬在人生征途的半截上。命运加在每个人头上的担子都是别人替代不了的。流泪没用，诉苦也没用。自己的路自己走。

人的情绪也真是奇怪！

也许是站下歇了那么一袋烟的工夫？也许是灵山顶上的凉气送来了一丝清爽？贵武孤单地在一百单八磴上拼力攀登，心中却油然生出无限的勇气来。他觉着自己可以一直这么攀上去，一直攀到山的绝顶，攀到天涯海角，攀到人生尽处，攀到世界的末日……

十三

石磴上雀儿粪多起来。已经能够看得见灵山大槐树探出崖边来的枝梢了。

一百单八磴快到头了，贵武执牢担杖，越发扯紧了铁链。

许多事情就坏在最后关头。行百里者半九十，功亏一篑。每一级石磴都可能失足踩空，都可能是至关重要的最后关头；而每一级石磴又都是一个坚实的立脚点，都提供了攀上顶峰的伟大的机会。对了，是该叫作"伟大的机会"。

在一百多号人中，那块飞石单单击中了他。整个来说，是百分之一的损失，百分之一的不幸。但对于贵武来讲，那不幸全然落到他的头上，那又等于百分之百。而那块石头又只是击中了他的腿，于是又给他的整个生命留下了百分之百的机会——或者干脆死掉，或者完全好起来。机会只有一次，所以实在应当称作是伟大的机会；惟其只有一次，又必须每时每刻都抓牢它。全力紧攥，决不松手。

一百天头上，贵武的右小腿奇迹般地长好了。顽强的生命力，铁一般的意志，同那人们心目中的无形的大菩萨搏斗的勇气，使得贵武保住了他的生命，连同那条和生命休戚相关的腿。创口结了疤，小腿肚硬硬地包成么一团，不知哪根骨头接了哪根茬。挪到炕沿边来点点地，闷闷地疼。

他想下地走一走，想尽快扔开双拐出现在村子里，想照样去下地上山。四叔四婶们！你们看一看吧！"千年的石头等来人"，我贵武偏偏不买那号账，你们的大菩萨不灵验！

他喊老婆递过双拐来。

老婆正做糕，粘着两只面手从厨房走进屋，倚在门框上说道：

"你先不忙下地走——四婶和我正做糕。四婶说，你的腿好了，可是该着供献供献灵山大菩萨！咱做不起全猪全羊，黄米面糕也供一供——你住医院那时候，我也心诚诚地许了愿啦：只要叫我家男人好了，一百天头上我给你上供献！"

贵武呆呆地瞅着老婆。又想哭，又想笑。

石头砸断腿，是菩萨降罪；受过了不是人能受的苦楚，是菩萨报应；断腿长好了，又是菩萨的恩典——多亏许了上供的愿。这究竟是一种什么理呢？怎么翻来倒去全是菩萨对呢？

贵武一下子白了脸，从炕沿上揭起一块整砖来，朝老婆狠命砸过去。老婆怪叫一声，逃向厨房。

"你别跑！你敢给菩萨做糕，老子今天就毁了你！"

不料，四婶从厨房捣着镰刀脚奔出院来扁着嘴皮接了腔：

"贵武，你不用跳，你也不用叫！不是婶子说你，紧着烧香磕头怕你后生家也来不及！毁了菩萨的金身你倒得了理啦？听听村人怎么议论你！善有善报，恶有恶报；不是不报，时辰不到！一百多号人，那石头长了眼睛啦？专找你？那是报应！那是菩萨给你降下的罪过！菩萨是可怜你女人，是可怜你那一对娃儿，单毁你一条腿，叫你受点疼痛，叫你明白明白！医院里都要锯的腿，自己就那么长好了？那是你女人许下了愿！一天三祷告，菩萨发了慈悲。不做供献，许愿不还，你倒以为菩萨忘了你啦？贵武，娃娃！睡不着了想一想，你后生翻倒着肠子想一想……"

没有用。砸菩萨没有用。把它砸成烂泥也没有用。那个劳什子大菩萨钻进了人们的心里头。自己粉身碎骨也没用，人们会戳着他两个儿子的脊梁讲故事，奶奶姥姥祖祖辈辈讲下去。活着也没用，人们会盯着自己的断腿动心思，把故事变个样儿，照样一代一代讲下去。

大菩萨，我恨你！给人降罪的是你，吃人供献的还是你。你忘不了我，我也忘不了你！

"滚蛋！扁嘴皮你快给我滚！"

贵武猛地跳下地，右小腿"咔嚓"一声脆响。

他一直咬着牙立在炕沿根儿，瞪着四婶嘴皮子一扁一扁地出了大门。回头来瞅自己的腿，白厉厉的骨头茬子从裤筒里穿出来。

功亏一篑，行百里者半九十。

四婶会说这叫"现世报"。不肯上供，许愿不还，接好的腿眨眼间又断了。让她去说吧！让她给她的大菩萨举着例子树碑立传吧！反正我是不上供献……

只是，一切都得重新来过。

洗盐水，对骨茬，上夹板。出汗，喊疼，尿裤子。二遍苦，二茬罪。自己造下罪过自己承受。让人们去说吧！

"让人们去说"，这是一种信心十足，还是一种无可奈何呢？

十四

树枝、树干、大殿的檐角。

最后几磴。

立刻就要攀上一百单八磴了。

贵武觉着一阵轻松感传遍全身。喉咙里生出津液，一百五十斤重担似有若无。腿，那条右腿也不再闷疼。

大菩萨，我赢了！

砸菩萨的人又上山来了！

十五

听说，灵山大菩萨也已经重新塑起来了。

新塑的菩萨也不知什么样子。

断了腿的人站起来，砸毁的菩萨塑起来，那么到底是谁赢了呢？

贵武突然在这一刻明白了：

十多年来，人们一提起灵山大菩萨，他就冒火；一年以来，老婆一鼓动他给灵山庙送货，他就冒火；今天早上，老婆只讲出那么半句话，他就冒火；甚至那城里来的女孩子说什么"宗教的力量"，他就冒火——那实在并不是勇敢，而恰恰是胆怯。那是一种色厉内荏，是用发脾气来掩饰自己骨子里的怯懦：自己内心深处的哪个角落里，还有点残存的恐惧。——如若不然，何必冒火呢？如若不然，何必对重修灵山大菩萨那么耿耿于怀呢？由于自己的幼稚无知，毁坏了明代泥塑，现在国家拨款重修，有什么不好呢？自己为什么不敢为这件事出一点力呢？

　　胆怯，骨子里的胆怯。

　　不用脸红，就是这样。

　　贵武猛地撒开了铁链。一股怒火，一股自己发给自己的怒火腾地燃起三千丈。

　　你胆怯什么呢？受过那样的身体的苦痛，受过那样的灵魂的熬炼之后，你还怕什么呢？

　　他撒开铁链。他狠狠地咬着牙关，用力踩着石磴迈上去。他要在撒开任何扶持的情况下，只靠着自己的力量和勇气攀完这最后几磴。

　　大菩萨！神通广大的大菩萨！施出你的无边的法力来吧！祭起你的所有的歹毒的招数来吧！降罪吧！报应吧！叫雷电击来，叫石块飞来，叫铁链断裂，叫石级崩塌，叫灵山沉陷，叫青天破裂，叫我再断一次腿，叫我滚落山涧，叫我粉身碎骨，叫我血泊浸体吧！

　　大菩萨，你来呀！

　　一切都发生过了。

　　一切都没有发生。

　　一切都将不再发生。

　　贵武双眼喷火，汗湿的头发朝天直竖，咬牙切齿攀上最后几磴。

　　五、四、三、二、一！

十六

　　山门大开。

　　金碧辉煌的灵山庙正殿里，小山似的大菩萨盘腿而坐，笑眯眯的。

　　贵武放下担子，不暇它顾，直直地盯着大菩萨。

　　新塑的菩萨和原来砸毁的那个一模一样。碗口大的眼睛，笸箩大的金色的脸。——噢，这条胳膊原来是这么个姿势。原来的断了半条胳膊，断口处露着乱糟糟的谷草和麻团。那么，新的和旧的毕竟不一样。

不，不仅如此，不仅是一条胳膊。这一个似乎并不那么高大，并不那么神秘，并不那么可怕。

贵武长长地嘘出一口气。

如果说，贵武当年砸菩萨时心中确实有着隐隐的疑虑和恐惧，那么现在的贵武是一点都不再害怕了。当然，他也决不会再干出那种把破除迷信简单地理解为砸菩萨的幼稚而愚蠢的举动了。

菩萨是待在某些人的心中，也曾牢牢地待在自己的心中。

自己害怕的始终是自己，还有自己的某些同类。

小时候玩捉迷藏，自己藏在什么地方只有自己最明白。藏得越隐蔽，自己就越害怕，也越害怕被人发现。

一旦跑到阳光下，一切就都过去了。

十七

灵山庙沐浴在正午灿烂的阳光里。

山风清爽地吹来，灵山大槐树的树荫凉凉地泼下来。这真是一处好景致！

一百单八磴上头，原来是这么一个好所在。

灵山主峰傲岸地插在蓝天里，崖畔上笔管一样挺拔的古松拂着白云，岩山罅隙间探出奇形怪状的柏树和老荆丛，仿佛灵山伸出无数支臂膀欢迎不畏艰险的来访者。猛回头，群峰俯首，万岭奔涌，墨绿的山谷里紫气蒸腾。细瞅来时路径，刀削一般的山壁上，是一道曲折而顽强的石梯，像神话里伟大的工匠修向天堂的天梯。

贵武有如醍醐灌顶，一下子悟出人们为什么要在这么深的山沟、这么险的山顶修这么一座大庙来了。

人们在建造自己。

自己的形象。

——"老乡，给你照张相吧？"

长舌帽和遮阳帽从大殿背后转出来。那儿还有许多石刻，千佛幢，罗汉岩。幸亏当年只毁了大菩萨。童音嗓子主动提出要给贵武摄影，长舌帽下是一张孩子样的稚气的苹果脸。

贵武突然感到和这些城里来的年轻人亲近起来，打心眼里亲近起来。他局促地在泛着碱花子的汗褂儿上搓搓巴掌，随即坦然地走到山门那儿去。

要照相了，贵武冷古丁动了一个念头。

"能把我照得看起来比那大菩萨高吗？"

他记起二舅的相片来，二舅身着戎装立在坦克车前边。笑眯眯的军人比那神奇的坦克车高出一大截。

"能，能！"

长舌帽一边调整镜头，一边搭腔。

烫发头和马尾巴们在大槐树的阴凉里善意地微笑着。——也许是用微笑来掩饰她们的惊奇：

这个担了砖和砂来参加重修灵山庙的汉子，怎么提出这样一个平常而又奇特的要求来的呢？贵武笑了。

"等我们冲洗好了，一定给你寄一张！"

没关系。寄不寄相片没关系。

贵武走向自己的担杖。他想：在那张相片上，自己显得比那大菩萨高大，笑呵呵的，也一定显得特别精神，特别气派。

（原刊于《收获》1984年第3期）

院长和他的疯子们

徐晓鹤

  院长从里面冲出来抓人,有一次差点把裤子都跑掉了。逃的人眼睛瞪得好大,在前头奋力飞奔。

  有人就吃惊地看。

  "疯子呢,疯子。"杂货铺刘娱驰头也不抬,一分一分地找钱。

  果然一下子奔突出无数的人,跟着一并去甚嚣尘上。

  "快跑,快跑,疯子!"

  疯子紧跑几步,忘了危险,悠闲下来四顾着赏玩风景。正惊异为何有这些人如此喧闹,忽瞥见院长噔噔赶来,方记起逃亡的使命,复又跑得张牙舞爪。

  "疯子,加油;疯子,加油!"

  人们节奏出掌声。直到院长终于把疯子活活地捉住,一路地押解回去。

  刘娱驰守在杂货铺,自然看不甚真切。

"抓到么?"

"抓到了呢。"

杂货铺是一方长屋。后面房住人；前面房把板壁拆下来，卖蚊烟，鞭炮，棒棒糖，大字本小字本，煤油以及泡萝卜。泡萝卜染成淡红色，标本一样浸在玻璃缸里，两分钱一片。两片则只要三分。院长夫人买菜过身，总要放下箩筐一样大的菜篮，仔仔细细拣出两片来。这时做她帮手的女疯子，就想水滴滴地抢过去吃。

"手，手!"院长夫人正色。

女疯子慌忙把两手往衣裤上擦。

杂货铺旁边，隔一条大水沟，就是疯子院。据说先前是某公的宅邸，用一圈竹篱笆围了，种着无数的菊花。那菊花倘若到了一朵接一朵开得灿烂的时候，人们就晓得，某公一定要吃螃蟹了。乡下人把螃蟹及老姜提到篱笆里面去，多卖几个钱是不成问题的。但那螃蟹，尤其要鲜活，而且不能缺钳子断腿。

后来某公和菊花忽然不知了去向。宅邸变成了疯子院。竹篱笆糊足黄泥，刷一层白石灰，就作围墙。虽然毫不扎实，疯子们却并不去破墙而出。只在门缝里觑呀觑，鬼祟了半天，突然吱呀呀很响一声拉开门，夺路便逃。

有的疯子溜出来，则只拿树棍子去捞那沟里的水草。蹲在门口一块大石板上，专心致志捞。大石板勒得有某朝代的文字，如今搁在水沟上做桥，承受疯子与院长的脚掌。水沟不宽不窄，绕疯子院一周，像小小一条护城河。有暗道通马路对面的魏公塘。春天里，成群结队的蝌蚪扭呀扭地，游到沟里来。

当当当。疯子院敲起钟响，不晓得是招呼吃饭抑或睡觉。

"疯子集合了，快去看，快去看!"

"看疯子去喔——"

大大小小的人，纷纷跃过水沟，俯在围墙上看。疯子们就在里面表演。有几个排成队笔直地走路，碰了墙就拐一百八十度的弯打转。有的唱歌，越唱声音越大。有的做讲演，将手指戳到另一个的脑门上；另一个只好抱头鼠窜。有个女疯子摘一大把夹竹桃花，喊着欢迎、欢迎。还有个干脆把夹竹桃按倒在地，用脚去踩。

"踩，用劲踩！"外面的人喝彩。

疯子便眼睛瞪得牛大，回身大吼一声：

"□□□□□！"

人们开心地笑，将一个细伢子挤跌到沟里去了。沟里漂着女疯子丢出来的花环。

夏天，院长押疯子到魏公塘洗澡。一个一个地洗，从下午一径要洗到天断黑。疯子有的洗得好快活，哈哈地直是笑；有的则愁眉苦脸，极不情愿站在水里，让院长擦背。院长哼哧哼哧，满头满脸的汗。

女疯子不到魏公塘洗澡。

为什么叫魏公塘？刘娭毑说："魏公，就是一个人呢。"

细伢子们就以为，时常在塘边歇凉的那个老倌子即是魏公了。背地里都喊他魏老倌。

"魏老倌又吃盐鸭蛋。"

"魏老倌指甲好长。"

魏老倌不睬；躺在竹靠椅上，照样吃盐鸭蛋，照样指甲好长。

有一天他却吃皮蛋，喷臭地吃。

魏老倌后面，是一个锯木厂。用电锯，呜起来锯木头，其声数里可闻。虽则刺耳，但把它听惯了，并不觉得哪里不舒服。设若哪天不锯木头，四下里安静得出奇，人们反而要惴惴不安，不知会出什么意外。

一次一个疯子跑进了锯木厂。几个年轻后生赶忙把他藏好，还到窑岭买包子给他吃。只要他不出来。

这事不知怎么被张金娥的娘晓得了，偷偷去告诉了院长。院长脸色突变，连忙冲出来，直奔锯木厂。

"人呢？"

"么子人？"后生子锯木，呜——

院长便去掀那些木板。

"翻么子翻么子。"

"人呢?"

"我们又不是跟你管人的。"

那疯子却躲在木头背后咯咯地笑。院长把他拖出来,抢过手上两只包子,射在后生的脸上。然后很大身坯地,抓起疯子就走。

张金娥的娘,住疯子院后面那一大片菜地的中央。茅屋,很高的门槛。门口长一棵毛桃子树。毛多吃不得;但是桃油流得足。天气刚热就流油,很酽的,干了之后邦硬一坨。可以入药,治某种病。张金娥的老师就有某种病。老师姓丑,然而脸色好。教音乐课的风琴缺四个音,经她一按听不出来。那天居然有六个同学一起迟到。

"哪里去了?"丑老师冷峻。

"看疯子去了。"张金娥细声地答。

丑老师便气得发抖。喝令六个人做出深刻检查。张金娥觉得好丢脸,回来跟娘一商量,去毛桃子树上摘了一大捧桃油。到学校丑老师门口扭捏了半天,把桃油往桌上猛地一放,立刻跑开了。丑老师深受感动,和颜悦色去家访。

"为什么要去看疯子呢,课都不上。"

"疯子好看呢,好看,"张金娥的娘把纳鞋底的针往头发上刮,"你晓得院长吧?"

"院长?"

于是就讲院长。院长在井台扯水,疯子要帮忙,趁不注意,扯起井绳溜到井里去了。院长急得一副脸通红,把疯子捞上来,脱去湿衣湿裤。疯子乐得在地上打滚,哈哈哈哈笑。

丑老师也觉得好笑。但还是说:"以后再不要去看了,听到没有?"

张金娥说听到了。

张金娥的娘极敬佩院长。她到疯子院后墙外饮菜锄草,常常扯一大蔸白菜或几根丝瓜往院子里一丢,也不作声。疯子吓一大跳,埋伏了半天，发现是菜，连忙去报告院长。院长就提了送到厨房去交给夫人洗净烹炒。

春天里下了好一向的雨，忽一日是个晴天，疯子们在院子里晒太阳。刚晒出许多的趣味来，忽然冲进一条狗，迅速地把一个疯子咬出了血。疯子坐地大哭。院长闻讯赶来援救，也被咬了手。于是大怒，抄一根木棍把它打出了大门。哪里肯罢休，穷追不舍，不防在门口大石板上一刺溜，跌了沉重的一跤。那狗几下几下窜得不见了。院长爬起身子，正在那里焦躁，一条小白狗从菜地边上摇着尾巴跑过来。小白狗是张金娥家喂的，认得院长，分明是想个好。院长盛怒之下，哪顾得这许多，竟给它迎头一棒。当场打死。

自此，再没有菜丢进疯子院里去。

张金娥最细的弟弟，两岁，跌在魏公塘里淹死了。人们到刘娭毑的杂货铺，借一口专供出租的大铁锅，把他捞上来扑在锅的尖底上吐水。不准张金娥的娘去看，因为她又怀了一个崽。她只好捧着大肚子坐在门槛上哀哀地哭一气。其实哭不哭都无所谓，她反正会生。果然不到一个月，又见她搂出雪白的奶子喂刚生的崽。

然而一个细伢子掉进塘里去，怎么竟没有看见呢？显然是应该怪魏老倌的。魏老倌马上惊慌不安：

"我没看到。我不晓得。我只守锯木厂的木头，不守塘。"

不守塘，怎么躺在塘边上歇凉呢？还那样地吃盐鸭蛋。益发觉得他可疑。直到终于魏老倌也掉在那塘里淹死。

谁也说不清这又是怎么掉进去的。只晓得他原来并不曾姓魏，而是姓谭。那么该叫谭老倌。

院长带疯子洗澡，看见谭老倌浮在水里。疯子快活得拍手笑。忽然不笑了，掉头鼠窜，被院长推进大门里去。院长打捞谭老倌，汗得一身透湿。最后一下用劲，终于把裤带绷断。细伢子放学回家，捡了瓦片子去射。居然把谭老倌的头上射出血来。这又使得人们惊奇了两天三晚。

院长住的地方，距疯子院不远不近。邻舍有城市户口的居民及郊区户口的菜农。有个叫周奶奶的，不晓得是哪里的户口。只看得出一定是有些来头的。一是她头发梳得光。不是一般的光，是抹了一层什么油的光。第二，她穿香云纱。第三，她吃油渣子拌糖。而且她一只手有些不便，据说是从飞机上掉下来摔伤的。她怎么坐上飞机的，又怎么掉下来没被摔死，不得而知。但是大家都信。

周奶奶的媳妇生崽，放了一盆血。媳妇认为这全是周奶奶一手造成的。很多人都跑来开会，批判周奶奶不该放媳妇的血。规定从明天开始，不准头发梳那么光，不准穿香云纱，不准吃油渣子拌糖，不准一只手不方便。

"尤其，不能去看疯子。"一个脸很长的婆婆提议。

大家都很赞同。

"苏神经，你有什么话说？"

苏神经歪歪嘴巴，没有什么话说。他理小分头；走路手脚不协调，出脚总比出手慢半拍。倘若索性慢一拍，倒还有些正步走同边路的意思。然而只慢半拍。

有一天，院长穿得整整齐齐到苏神经家里，亲切地问："老苏，你愿不愿意到我那院里去呀？"

苏神经瞪起惊讶的眼睛望着他。待想明白过来，便伸出干瘦的手，啪地一个耳光，响在院长丰厚的脸上。

门外的人们都震惊了。飞快散开去，干各自本来的工作。择豆壳的择豆壳，晾衣服的晾衣服，滗米潲水的滗米潲水。

跟着院长出来了。雄赳赳的脸上，写五根鲜红的手指印。

人们说，这是左手打出的效果。而瘦子的左手，又尤其的厉害。

后来把苏神经抓起斗争了一次。既然他不是疯子。

后来说苏神经应该去做工程师。正好河里又要修一座什么桥，一辆小汽车接他走了。细伢子追在后面跑。

"喔——嗬！"

再也没听见过从疯子院里传出钟声。有一天忽然听到里面响电铃，很多人才晓得它变成了一所学校。丁零零零零，学生们拥出教室，或是拥进教室。

有那不知底细的人，还跑去看疯子。吃学生伢子射一顿泥巴团，狼狈而逃。幸亏沟里早已经没有了水，总算不至于跌出一身邋遢来。

魏公塘填掉，起了化工厂的办事处，还有五层的宿舍楼。居民们联名投书晚报社，说锯木厂的木头锯得太响，形成了噪声污染，吵得人食寝不宁。如今这地方划入了市区，菜地都要变成商店，锯木厂难道不应该迁到郊外去吗！告状书上打了接连三个惊叹号。周奶奶说是打的四个。

院长退休了。面色还是很红润，不过动作远不及当年那么矫健。有一天他在街上走路，突然抓住一个青年哥哥的胳臂。那青年哥哥手里正端着一个空饭锅。大抵院长手太重了，抓起来有些痛，青年哥哥立刻把颈根一扭。挣扎不脱，只好以饭锅朝院长头上击去。院长便倒在地上，半天没起得来。

将息了几天，院长下乡去了，动员农民们积极行动起来，办一个疯子院，集各村疯子之大成。为了示范，院长打算拖一个疯子到塘里去洗澡。那疯子围着塘打转转，直是不肯。院长在后面追，自己绊到塘里去了。

院长死心塌地回到家，沉默了数日。终于在一个月黑风高的晚上，从他屋里发出吓人一声吼叫。第二天一早刘娭驰就死在了床上。都说是吓死的。太阳天气，院长在自己那栋房子周围挖土，一身油汗。正是种丝瓜的季节。不过种丝瓜无须挖那么深。

"院长，干部参加劳动呐？"

院长不睬。

原来是一道水沟，像小小护城河。门口搁块大石板，上面勒得有某朝代的文字。几场雨过去，沟里注满了水。再难得见到院长出来一回。

不知那沟里，春天会不会游出扭尾巴的蝌蚪来。

一九八四年十一月长沙烂泥冲

（原刊于《收获》1985年第3期）

平静地流淌的河

谭甫成

"父亲,你听。"
……
"父亲,父亲,你听啊。"
"唉,睡觉吧,别操那么多心。"
……
"老乡,开开门吧。"他虚弱地靠在淌着泥水的土墙上,全身都在哆嗦。大雨从漆黑的天上浇下来,泥水从他脚下汩汩淌走。
"父亲,你听,有个人!"
"闭嘴,深更半夜下这么大雨,哪来的人!"
……
他的膝盖弯曲了,身子贴着泥墙往下出溜。他觉得再也无力支撑,马上就要瘫倒了,又举起手有气无力地敲门。
"老乡,开开……门吧,我快要……死了……"

"父亲,不是坏人。是个年轻人!"

"你想年轻人都想疯了,哼,年轻人……谁?"

这时,暮色沉沉,寒气穿透城市。马路中心线两边的电车、汽车、自行车有如决堤的洪水,黑压压的人群在两旁便道上匆忙奔走。

他龟缩着头,身体紧裹在一件长长的、硬挺挺的旧蓝棉大衣里,在这片喧嚣嘈杂、充满生机的人海里,像一具丢失了灵魂的躯壳,机械地躲避着迎面走来的行人,一步一步往前挪动着。

"父亲,你听我说。"

"嘘——"

"父亲,父亲,你听啊。"

"怎么?"

"他在炕上躺了一天了。"

"那又怎么,你少管闲事。"

"父亲,他心里不好受。他想家。"

"我心里好受?活着就不容易!"

他躺在里间炕上,竖起耳朵听着。早晨一起来他就说牙痛,还在炕上打了几个滚。然后他就静等着听动静。

他又长长呻吟了一声,好像牙痛得掉进了肚子里。

"父亲,父亲,你听啊。"

"什么?"

"让他走吧。"

"小声点!"

"他怪可怜的。"

"你疯啦!谁可怜过你?"

"我?"

"是啊,你!"

"可是他不愿意。"

"啧啧，生米已经做成熟饭，不愿意也得愿意！你就白白让他……"

"父亲，我……"

"别哭！"

他被一个男人狠狠撞了一下，撞得几乎转过身去。他仓皇地抬起头看了一眼，眼睛里流露出痛苦狂乱的神色。没有人特别注意他，周围一片嚓嚓的脚步声。就在他略一迟疑的时候，他的两边肩膀又被从后面走上来的人推撞了几下。他更紧地往大衣里缩了缩身，继续往前迈动脚步。他快要走到前面那个丁字路口了。

他的心在胸口猛烈捶打，膝盖颤抖着在炕头跪下去，手伸进炕洞掏出那个埋在灰堆里的油纸包。他来不及把包上的灰吹掉就急忙打开看了看。两个金镯子都在。他把纸包重新包好，吹了吹，揣进怀里，然后拎起身边的提包朝屋门走去。鬼使神差，他回头看了一眼，像遭了五雷轰顶，立时呆住了。

"你要走了。"她赤裸着上身，一动不动地坐在炕上看着他说。

她说话的声音很平静，平静得让他毛骨悚然，平静得连那阵子伤心彻骨的悲哀都听不出来了。他的肾根就好像被人一刀切断，眼睛直往旁边溜，说话的声调也变了。

"谁说……我要走啦？"他说，把提包往身后藏着。

"你真的要走了。"她继续说。

接着，他的眼睛里忽地射出一股凶光。

"没你的事，躺下睡觉！"他说。

"我知道你要走了。"她又说，仍然不动。

"你敢嚷！"他弯腰从墙脚操起一根生了锈的拨火棍，压低了声音吼。

"我没嚷，你别……"她说，抬起两只胳臂护住胸前。

"那就乖乖躺下!"

她没躺。从窗户那儿透进来的朦胧的亮光映在她脸上,两行泪水在她面颊上闪动。

"你等我……生了再走。"她说。

"哼,我可没那么傻。"他说,同时瞥一眼她的肚子。

他一步跨到门口,撩起门帘。

"你还……回来吗?"

"回来?……唔,当然……等我混好了回来接你。"

随后,他踮起脚尖走进外屋。晚上他好言好语把老头灌醉了,这会儿老头睡得正香呢!

他把门在身后关好,深深吸一口气,猛地弯下腰,比一只山猫还要敏捷,无声迅速地穿过破败的小院,窜进前面那片铺天盖地的黑夜里去了,头都没回一下。

街上骤然静下来的时候,他惊讶地站住了。那时他就站在那个丁字路口,瞪着大街对面往南去的一条马路。汽车半天也看不见一辆,稀稀落落的自行车慢悠悠从他面前晃过去。这情形和每天这个时候没什么两样,可他仍然感到惊奇和困惑。站在那个丁字路口他突如其来地觉得自己过于显眼,过于暴露,失去了他刚刚借以藏身的掩护。

一会儿之后,他跨下便道,左右看看,迟疑地向对面那条往南去的马路走去。那条马路只有半里路光景,马路两旁是些小门脸的饮食店,烟酒店,杂货铺,一家电影院和一家中等规模的百货店。还有一个硬塑料板搭成的简易奶店。他在奶店前来回走着。他第三次又经过那家紧挨着的百货店时,一个戴红箍的老婆子开始上下打量他。

于是他掀起奶店的棉门帘走了进去。

一股子夹着煤烟味和奶臭的雾气腾腾的热浪扑面把他罩住,还没等他抬眼寻找,五天前那个使他震撼和惶恐的甜腻腻又亲狎又和气的嗓音就又在他耳旁响起来。

他侧过头就看见了他。那时他佝偻着脊背在擦一张桌子。现在他双手捏着那块肮脏的抹布，捏在胸前，抬起身子笑眯眯看着他，像一匹年老力衰却又竭尽全力讨好主人的老猫。

"我就说您还得来，怎么样？这儿的奶比哪儿的都好喝。"老头轻快地说，依然笑眯眯仰头看着他，身子却不挪动一下。

他动了动嘴唇，没说出话来。

他绷紧腿上的肌肉保持着身体平衡朝柜台走去。柜台后的三个姑娘迎面看着他。

一股麻酥酥的苦艾味从他舌根底下渗了上来。

"你嚼什么呢？"

"艾草。"他说。他躺在草地上，眼睛只露出两条细缝看着天。

阳光强烈，田地里照得白花花热气浮动。他的眼皮被阳光晒得发烫，变成透明的血红色，他的耳朵也一直在嗡嗡响。

"你闻闻这花香不香？"

"嗯。你头上抹什么啦？"

他只侧了一下头。她的脸低垂下来，看着他。

"父亲让我抹的。他从县城捎回来的。"

"他让你抹这个干什么？"

"他说男的喜欢这个。"

"什么男的？"

"你呀。"她说，伸出一只热乎乎的手摸他的面颊。

一开始他没动，脸上毫无表情，继续望着天。可是他明明感到有些晕眩。他移动目光看那张俯在他身上的脸。又黑又密的短发从她头上披下来，她的眼睛湿润，嘴巴张开，呼吸也变得很粗。接着，他有生以来头一次异常激动，异常不安。在这个寂静炎热的正午，在这片远离村舍的荒草野地里，他从那个俯在他上面的姑娘身上嗅到一股奇怪的气味，像有一只尖利的爪子在他小腹上抓了一把。

"你也来尝尝苦艾是什么味。"他说。

他把她拉倒，抬起上身，隔着薄薄的衫衣他能碰到她柔软的身体。他的耳鼓轰鸣起来。

他朝两边分开摁住她的手，把嘴里嚼的艾草送进她嘴里。

"嗨，到底买什么！"一个姑娘又喊了一声。

这次他听清了，可是仍然像是从很远的地方传来的。他有些失神地看着那个姑娘。

"不买就靠边站！"

"一杯奶，一个面包圈。"他说，数好钱和粮票放到柜台上。就这会儿，他听见身后嚓嚓的脚步声走近了。

"哪儿的奶也比不上这儿。"

他慢慢转过身子。

"除了这儿，这会儿您上哪儿还能喝上鲜奶？"

"我是好久没喝过鲜奶了。"他身不由己地答道。

"可是上一次，就是五天前，您来喝过一次，不记得啦？"

"记不太清了。"他说。

"我可记得您来过，嘿嘿。别看我老成这样，记性可好着哪。我什么都记得。"

他看着老头。老头依旧是那副模样，双手捏着那块抹布，捏在胸前，佝偻着脊背，笑眯眯仰头看着他。

"我可能来过。"他说，又把眼睛挪开了。

"年轻人记性更好，比老年人好。"老头说，拖着嚓嚓响的脚步朝柜台后走去。"您甭担心什么，来这儿就跟到了家一样，我去把您要的东西端来。"

他看了一眼门口。可是他的脚底却像是生了根。须臾，一阵白炽斑斓的光晕从他眼前忽闪过去，五天来那根绷得紧紧的神经一下断了。他塌下肩膀往旁边迈出一步，走近一张靠窗的桌子，坐了下来。窗子很长，几乎到地，玻璃上的水汽像下雨一样。他透过玻璃窗望着外面模模糊糊的街道和模模糊糊的人影。

"你大概是想溜吧,小伙子。"
"没有的事,您这是说哪儿去啦。"
"哼,别想着骗我,我什么都见识过。"
"那当然。"他阴阳怪气地说。
"你这是什么意思?"老头问,警觉起来。
"没什么意思,您心里明白。"他说。
"唔……过去的事……可我是为了大家都好!你以为活着就那么容易?"
"我没以为那么容易。不过也不能活得不明不白。"
"什么意思?"
"没什么,随便说说。"
"你别跟我这么阴阳怪气的。"
"我这几天牙痛。"
"牙痛!你一牙痛就没有好事。我可不是白白收留你的,我女儿也不是白送你玩玩的,你得和她结婚。"
"再等等,等日子好点再说。"
"你听着,我见识过。你要是溜了,就是追到天边我也能把你追回来!"
"哪能呢。"他说。

当他发现老头已经在他身后一声不吭地站了一会儿的时候,他轻微地哆嗦了一下,在椅子里动了动身子。
"嘿嘿,这会儿的年轻人心事都重,喝下这鲜奶包您舒坦。"
他接过奶和面包圈。
"我这人就愿意让人心满意足。"老头又说。
他一阵心惊肉跳。跟着,一股子翻肠倒胃的恶心袭上来,他使劲哽住喉头，眼睛定定地看着窗户。"在这儿待着确实挺舒服。"他说。

"天底下没有什么过不去的事。"老头接着说，不想走，也不看着他，抽过一张椅子在他对面坐下了。

他把手放在杯子上，垂下眼睛看着杯子里的奶，一点也不想喝。

"您没在这儿丢什么吗？"老人忽然问，像只老鹰一样俯下身来，凑近他，话说得很轻，很神秘。

"我？没有，我没丢什么。"他说。

"您再好好想想呢？"

"没有。我没在这儿丢什么。"他说。

这时他低下头喝了一口奶。

"怎么样，不太甜吧？"

"还好。"他说。

"就是。那些不常喝奶的人就是喜欢喝，甜的，甜得齁嗓子。看来你不是这样。"

"您刚才说我丢了什么东西。"他说。

"好像是拾了个什么，一时又想不起来，"老头说，"其实您也用不着往心里去，不是什么值钱的东西。"

"我不喜欢喝太甜的。"他说。

"嗯，糖是少了点，每瓶奶抽两分钱管理费，不能卖得太贵，上缴一分，我们也只赚一分。"

老头侧过身体，一只胳膊架在桌子上，黑褐色扭曲的手指在桌面上用力打着点。柜台后面的三个姑娘都看着老头。老头没事似的朝后仰起脑袋，摆出一副心不在焉轻松适意的样子，用眼角的余光瞟他。

他听见自己的心跳，还能清清楚楚感觉到太阳穴那儿皮肤下脉管的搏动。

一个姑娘在窗外站了一会儿，朝屋里望望。他没来得及看清姑娘的模样。

"那么说，你也是个不幸的人喽？"老头不客气地审视着他，两个手指在桌面上用力敲着。

"我不能回去了。我要回去命也就没了。"他说，怔怔地看着屋角，那儿堆放着他刚换下来的衣服，像一堆刚从泥巴里捞出来的烂布，四周还聚着一摊泥水。现在他穿一身老头的干净衣服。

"我也是从城里来的。那是我女儿。"

"我跑了三天三夜。那个老乡不是我打死的，我连一个手指也没碰他。可是他们栽到我身上了，几十个人扛着铁锹和锄头追了我一天多。我不能回去了，我要回去命也就没了。"

"我在这儿处境也不好。"

"只要能不回去，怎么都行。"

"好在咱们还算同乡，就住我这儿吧，明天去村上说说。得编个什么借口。"

"我就说父母都去世了，没有家了。"

"还不够。"

他低着头，听老头的手指在桌面上清晰地敲打。

"多大啦？"

"二十二。"

"我女儿比你小两岁。"

"嗯。"

"在城里的时候好多人都喜欢她。"

"她挺好。"他说，没抬头。

"她受了点刺激，就是有时候爱发点呆，没什么大毛病。"

"那倒不算什么。"

"要不，你就说是我女儿的未婚夫，这样容易些。"

"那敢情太谢谢您了。"

"没什么。互相帮忙呗。"

他抬起头，发现老头正笔直地盯着他呢，手指也不再敲打了。

"喝下奶觉得好点了吗？"老头转过身问他。

"这奶的确好喝。"他说。他看看杯子，其实他一直没再喝第二口。

"你一直显得心事重重。"老头忽然换了一副嗓音，不再笑眯眯的，称呼也变了。

他以为自己听错了，直挺挺坐在椅子上，睁大眼睛望着玻璃窗上弯弯曲曲往下淌的水汽。继而，他知道老头的确就那么说了。老头的确称呼他"你"了。他现在只是拿不准老头是故意这么说的，还是出于无意。

"这样不好。"老头说，又转回身去。

"我累了，干的活太重。"他说。

"你干什么活？"

"锻工。"他说。

"嗯，那活是挺累。"

"我夜里也睡不好觉。"他说。

"其实年轻人心里不该老搁着什么事，过去也就完了。"

"我没什么心事，就是有点牙痛。"他说。

他一下住了嘴，呼吸也有片刻停顿下来，不由自主看看老头。

老头只是眨巴几下眼睛。

"过去的事也就过去了，人活着得多想前头。"老头说。

"您这是指什么说呢？"他朦胧地问，玻璃窗在他眼里渐渐向远处退去。

"没什么，我只是一般说说。人无远虑，必有近忧，都这么说。"

"您家里还有什么人吗？"他问。

"我现在就一个人。"

"从前呢？"

"从前也差不多。"

"差不多是什么意思？"他又问。

"没有什么特别的意思。"

"我以为……"他说。

"你以为什么?"老头歪过身子看着他,眼睛里显出两个闪亮的光点。

他吃了一惊,从朦胧状中清醒过来。

"我以为……柜台那边有您一个女儿。"他说。

"嘿嘿,我可没有什么女儿。有过一个儿子,后来他死了。"老头说,看着他。

"您一直住在城里?"他又问。

"也差不多。"

"您从来没到外地去过?"他不觉往前探了探身子,脸上露出焦灼的神情。旋即,他又无精打采地靠回椅子上去。

"哦,你问这些干什么?"老头说,手指又在桌面上敲打起来。

"没什么,随便问问。"他说。

这时,他忽然感到他得走了,得马上就走。他往前欠起身子。

"我差不多一直住在城里。可我看着你老觉得挺面熟,打你第一次来就这样。"老头说。

"哪儿的话,您可能记错了。我从来没去过什么地方。"他说,端起杯子三口两口把奶喝光。

"是吗?也许是我记错了,老糊涂了。"

这么说时,老头的嘴角露出一丝奇怪的微笑。

他的手哆嗦着,把面包圈揣进大衣口袋里,站了起来。

"可我这人天生记性好,从来没记错过什么。"老头继续说,并不站起来,只是眯缝着眼盯住屋子中央一只高大的旧式铸铁炉子看,炉子上坐着一把铝壶,壶嘴朝天上喷出热气。

他望着窗外,犹豫着,没挪动脚步。

"有些事人一辈子也忘不了。"老头说。

"太晚了,我得走了。"他说。

"那些让人难过的事你一辈子也忘不了。"

"我真的得走了。"他又说道。

"除非天底下没有能让你在意的事。可是那样你也就完了。"

他推开椅子往外跨了一步,老头这才站起来。

"哎,人一老就犯浑,我这儿耽误您时间啦!"

老头又恢复了甜腻腻的嗓音和原先的称呼,笑眯眯仰起头看着他,脊背却弯曲得更厉害了。

"回头见。"他说,急忙就朝门口走去。

"慢走您,您还来是不是?哪儿的奶也比不上这儿。这会儿……"

他刚放下门帘,一阵卷着浮土的冷风迎面刮来。他在门口站着,一时似乎不知该往哪儿去了。

他似乎在思索着什么,走出十几步,又蓦地转身,急步走回去,隐身在奶店侧面窗下的一棵槐树后。一看清屋里的情形,他就仰面重重靠在了树干上。

老头低垂着脑袋瘫坐在椅子里,一只胳臂平摆在桌子上,另一只软塌塌耷拉在椅子外。那张脸已经完全不再是一张活人的脸,无尽的苦难使它变了形。那是被望不见首尾的车辆碾过的泥地,是一张从朽木上撕下来的残破不全、早已枯死的老树皮,一块连经纬线都乏透了的糜烂不堪的陈旧抹布。可是就在这张惨不忍睹的脸上,却有两颗亮闪闪大如豆颤动不已的泪珠,挂在眼角污垢的褶皱上。

他失魂落魄地离开了那棵槐树。西北风刮得他身上一丁点热乎劲也没有了,他冷得像打摆子,缩头耸肩朝来时的方向走去。他又回到丁字路口,转身沿大街南侧一直走了下去,一直也没再停下。他一直走得街上没有了一个行人,一直走得身上又有了生机,脑子又活动起来。

他睁眼躺在炕上,炸雷一个接一个在屋顶劈开,暴雨冲刷着泥屋。一道闪电把屋里照得雪亮,通往里屋的布门帘被扫地风扇得鼓起来,又缩进去,发出呼啦呼啦的响声。

他抖索着从炕上爬下来,一步一移走到通往里屋的门洞那儿。他缩成一团站在那儿,随着布门帘呼啦呼啦的响声,他的牙齿猛烈磕碰着。

他一走进去，血液就没命地冲撞他的耳鼓。

"老头……怎么……还不回来？"他站在炕边哆嗦着说。

他的一只手哆嗦着伸进被单握住她的腿。她什么也没穿，身上滚烫。

"呣……他怎么还不……回来？"

"他说他……我不知道。"

于是，他掀开她身上的被单。他激动得像一个喝醉了的少年。她没哭，也没发出疼痛的喊声。

后来，他平静了，感觉有如一条平静地流淌的河。他抚摸着她。

"老头不回来啦？"

……

"他干什么去啦，这个老头子？"

……

他刚想：该回去了，就听见外屋有人挑门栓。他身上一紧，猛地抬起身。外屋的门吱的一声开了。他的一只胳臂还垫在她颈下。

外屋擦燃了火柴，油灯点亮了，忽忽悠悠的灯光从门帘缝隙射进来。

他听着老人满意的啧啧声，又慢慢躺回去。她转过身把脸埋进他怀里，一点声响也没有。泪水把他的胸脯弄湿了。

油灯一直点到天亮。

他的腿走麻木了，脚底板开始胀痛。明天还得上早班。这念头只在他脑子里闪了一下。他走进一个大门洞停下来，黑漆漆的大门紧闭着。这里头住的不是一般人家，他想。随后他想到弹簧床，鸭绒被，干净的枕头和被单。他缩进门洞的旮旯里，背着风点上一支烟，大口吸起来。

"你干吗老闷闷不乐？"

"我牙痛。"

"你一牙痛就没有好事。"

"谁说的？"

"父亲说的。"

"什么时候?"

"前两天。"

"你就听他的?"

"我才不听他的呢。你不会把我扔下不管吧?"

"又是那老头说的?"

"不过我不听他的。"

"他有时候说的话也挺聪明。"他说,留神看着她。

"嗯。他说我得把你看紧点。"她仍旧痴迷地望着田地尽头,想自己的心事。

"哼,这老滑头。"

"你怎么说他是老滑头?"

"你忘了?"

"他是为了我好。也是为了你好。"

"这你不懂。"

"你在这儿待腻了吧?"

他没说话,胡乱从地上揪起一把草叶,又一甩手撒了出去。

"你要是待腻了就走吧,我和父亲在一起也能过。"她又说。

"得啦,别说废话了。"他说,偷看了她一眼,发现她在流泪。

"不过你得想着我。"

"你到底怎么啦?发生过什么事?"

"没有。没发生什么。父亲不让我说。"

"哼,不说我也知道。算啦,别说了。"

"好吧。你摸摸我的肚子。"

"不用摸了,我知道。"

"你摸摸吧!"

"有什么可摸的?我都知道了。"

"摸摸吧,摸摸吧,你摸摸吧。"

"还不就是那么回事。"
"往里伸,你的手这么凉。摸着了吗?"
"嗯。摸着了。"
"就摸这么一会儿?"
"你别老缠着我啦!"
"我没老缠着你呀,我都把毛裤给你织……"
"我去那边看看地里头水放得怎么样了。"

孩子该有七岁了,他想。
也许这根本就不是,纯粹是他神经过敏。天底下巧合的事很多。他知道许多人后来也不让回城。再说老头为什么不点破了直说呢?他还可以去法院告他。当然,他拿不出什么凭据。
他一连吸了三支烟,索性就在门洞里蹲了下去。
她呢?他又想。
一下子,七年前他卷逃那天夜里的情景又在眼前活动起来。他有些蹲不稳了,就半坐半蹲地歪靠在大门框上。他张大嘴,胸脯困难地一起一伏,有如一头落进陷阱的野兽,走投无路,绝望得眼神发直,凄惨惨傻乎乎无知无觉瞪视着满天星斗。

他放下门帘,稳稳地站在门口没动。柜台后的三个姑娘一起看着他。
老头刚一抬起身子朝他盯了一眼,脸上霎时就失了血色,准备好的微笑像一个变了形的怪物凝固在脸上,扭曲着,然后老头转过身去,背驼了下来。
"七年前,我在……"他平静地说。
"您得去看看大夫。"老头打断他,嘶哑着嗓子说。
"怎么啦?"他问。他现在不再那么紧张和慌乱了。七天七夜,他拿定了主意,不怕老头再跟他兜圈子。
"您都瘦得不成人样了。"老头说,就势扶住身旁的桌子,用抹布机械地在桌面上擦了一下。

"我冬天掉肉，夏天长肉。"他说。

"您的样子看着吓人，您何必这么苦自己。"

"我没什么，"他说，执拗地看着老头，"您的样子更吓人。您这么大年纪何必硬挺下去？"

"您这是说哪儿去啦。我老了，不中用了。"

"不是那么回事。"他说。

"我得干活去了，您歇着。"

老头拖着疲惫的步子嚓嚓朝柜台后走去。

他一点也没再犹豫，一字一句清楚地说：

"七年前我在东北……"

他还没说完，看见老头摇晃了一下，身子慢慢朝一边倒去。他一步跃过去抱住老头，搂在怀里，伸出大拇指摁住老头的人中。

两个姑娘从柜台后跑过来。

"这到底是怎么回事？您和他什么关系？！"一个姑娘厉声问。

他抬头注视了那姑娘一会儿。他的目光苍老了十年。然后他说：

"我和他是亲戚，多年不见了。"

"他身体一直不好，有心脏病，这次在家躺了一个星期，今天第一天来上班。"姑娘说，口气和缓了。

"把他的地址告诉我，我送他回家。"他说。

姑娘把地址告诉了他。就这会儿，老头睁开了眼，看着他，歉意地笑笑：

"真对不起您啦！我这就好，从前……那时候……从来也没……"

两行泪珠从老头面颊上滚落下来。

"把他的棉衣拿来！"他大声说。

姑娘跑去把老头的棉衣拿来，帮他一起给老头穿上。他扶老头站稳，一侧身把老头背了起来。

"不行啊，这可不行……万万不能……"老头有气无力地说，可是没有力量挣扎了。

平静地流淌的河

153

出了奶店,他转过身背对着风。
"把头趴下。"他说。
他又转身迎着风走下去。
老头瘦得只剩了把骨头,他背在身上几乎没有什么分量,像背了个婴孩。他想起从前老头那股子精力和狡猾劲,难受得心都卷了起来。

早晨,他硬着头皮从里屋走了出来。
"嗯,挺好,挺好,"老头搓着手说,"昨天下午我去县城买点东西,有事耽搁了,晚上回来又赶上下大雨。这鬼天气!"
他低着头坐在炕沿,不吭声。
"下了一夜雨,地里也没法干活了,干脆痛痛快快歇他一天。"老头亲狎地说,从炕头的挎包里拿出一瓶烧酒,一包臭烘烘的羊杂碎,摆在桌子上。
"这酒还不错,唔?"
"不错。"他说。
喝下两盅酒,他身上开始发热了,抬起头看看老头。老头正笑眯眯盯着他。
"怎么样,还不错吧?嘿嘿。"

"这对金镯子足赤呢!"
"哪儿来的?"
"哪儿来的?非偷非抢,家传的,足有四两沉。"
"值一笔。"
"我藏得好好的,藏在厕所里一块臭砖下,这才没给翻走。怎么样,给我女儿做嫁妆?"
"差不多就够了。"
"就说是,嗯?"
"什么?"

"嘿嘿，你倒沉得住气，不简单。你大概不是想跟我装蒜吧？"

"没有。我没想装蒜。"

"那就好。你把这对金镯子收起来，拣个好日子回趟家，把它变成现钱，置办好东西，再跟父母说一声，咱爷仨在这儿好好过日子！"

"我父母不在家。"

"在哪儿？"

"在外地。"

"那就更爽快，你自己做主啦！"

"秋后再说吧。"

"秋后？你这什么意思？你不怕出丑？我女儿眼见一天天肚子大起来，你当我是傻瓜？"

路很近，就在奶店斜对面的一条胡同里。他从老头身上摸出钥匙，开开门进去。灯亮后，他把老头放在正对门的单人床上，给他脱下棉衣和棉鞋，拉开被子盖好，然后直起身子。他刚一直起身子，就看见身旁的三屉桌上并排放着两张照片：他和老头的女儿。

他两手抠住桌子边，望着照片，心里像被扎了一刀，几乎呻吟出来。他这才看清那姑娘曾经有多端庄，多妩媚。

"坐下吧……"老头睁开眼说，声音很虚弱。

他闭上眼，在桌边站了一会儿。

他把板凳移到床边坐下。

"你不……恨我吧？"老头望着屋顶说。

"不。"他说，低下头，握住老头枯瘦的手。

"怪我不好。我那时不该……你来喝奶我也不该……你怎么啦？……人活着都不容易，该忍的就得忍……得认命……你用不着这样，你还年轻，死了的比活着的容易……不管怎么说，我那姑娘跟着你，也算过了几天人的日子，虽然……这……我想起来就挺感激你，喜欢你，你是个……挺不简单的……家伙哩。"老头歪过脑袋来看他，咧咧嘴，露出一丝笑。

他抬起头，泣不成声地问：

"她现在在哪儿？"

"她……不在了。"

"她在！"

"我也早就不行了。你得好好活着，好好往前奔，别……"

"她现在在哪儿？！"

他看见老头枕边一堆信封，认出了上面的地址。

老头沉默了，继续望着屋顶。

"她后来就傻了，一句话也不说了。"

"为什么不让她一起回来？你就只顾……"他一下顿住了。

屋里半天没有动静。

"我不行了，没有这个力量了……再说，她待在那儿也比回来好。"

"她能治好。"他说，说的声音不大。

"我没有这个力量。我早该入土了。可是，有件事……非得见到你……"

"什么？"他问，心怦怦跳着。

老头微笑了。

"孩子。是个男孩，可真像你。"

"他在哪儿？"

"跟着……他妈……"老头突然剧烈咳嗽起来，喘成一团。

他侍候了老头一个星期。一星期后，老头死了。

那天，他把老头的骨灰收藏好，又一个人在老头那间阴暗的小屋里滞留了一下午。那时他已经完全平静了，平静得有如一条静静地流淌的河。然后，他收拾收拾屋子，把两张相片揣好。

第二天他就走了。

（原刊于《收获》1985年第4期）

桥边小说三篇

汪曾祺

詹大胖子

　　詹大胖子是五小的斋夫。五小是县立第五小学的简称。斋夫就是后来的校工、工友。詹大胖子那会儿,还叫作斋夫。这是一个很古的称呼。后来就没有人叫了。"斋夫"废除于何时,谁也不知道。

　　詹大胖子是个大胖子。很胖,而且很白。是个大白胖子。尤其是夏天,他穿了白夏布的背心,露出胸脯和肚子,浑身的肉一走一哆嗦,就显得更白,更胖。他偶尔喝一点酒,生一点气,脸色就变成粉红的,成了一个粉红脸的大白胖子。

　　五小的校长张蕴之、学校的教员——先生,叫他詹大。五小的学生叫他的时候必用全称:詹大胖子。其实叫他詹胖子也就可以了,但是学生都愿意叫他詹大胖子,并不省略。

一个斋夫怎么可以是一个大胖子呢？然而五小的学生不奇怪。他们都觉得詹大胖子就应该像他那样。他们想象不出一个瘦斋夫是什么样子。詹大胖子如果不胖，五小就会变样子了。詹大胖子是五小的一部分。他当斋夫已经好多年了。似乎他生下来就是一个斋夫。

詹大胖子的主要职务是摇上课铃、下课铃。他在屋里坐着。他有一间小屋，在学校一进大门的拐角，也就是学校最南端。这间小屋原来盖了是为了当门房即传达室用的，但五小没有什么事可传达，来了人，大摇大摆就进来了，詹大胖子连问也不问。这间小屋就成了詹大胖子的宿舍。他在屋里坐着，看看钟。他屋里有一架挂钟。这学校有两架挂钟，一架在教务处。詹大胖子一早起来第一件事便是上这两架钟。喀拉喀拉，上得很足，然后才去开大门。他看看钟，到时候了，就提了一只铃铛，走出来，一边走，一边摇：叮当、叮当、叮当……从南头摇到北头。上课了。学生奔到教室里，规规矩矩坐下来。下课了！詹大胖子的铃声摇得小学生的心里一亮。呼——都从教室里窜出来了。打秋千、踢毽子、拍皮球、抓子儿……

詹大胖子摇坏了好多铃铛。

后来，有一班毕业生凑钱买了一口小铜钟，送给母校留纪念，詹大胖子就从摇铃改为打钟。

一口很好看的钟，黄铜的，亮晶晶的。

铜钟用一条小铁链吊在小操场路边两棵梧桐树之间。铜钟有一个锤子，悬在当中，锤子下端垂下一条麻绳。詹大胖子扯动麻绳，钟就响了：当、当、当、当……钟不打的时候，麻绳绕在梧桐树干上，打一个活结。

梧桐树一年一年长高了。钟也随着高了。

五小的孩子也高了。

詹大胖子还有一件常做的事，是剪冬青树。这个学校有几个地方都栽着冬青树的树墙子。大礼堂门前左右两边各有一道，校园外边一道，幼稚园门外两边各有一道。冬青树长得很快，过些时，树头就长出来了，参差不齐，乱蓬蓬的。詹大胖子就拿了一把很大的剪子，两手执着剪子把，吧嗒吧嗒地剪，剪得一地冬青叶子。冬青树墙子的头平了，整整齐齐的。学校里于是到处是冬青树嫩叶子的清香清香的气味。

詹大胖子老是剪冬青树。一个学期得剪几回。似乎詹大胖子所做的主要的事便是摇铃——打钟，剪冬青树。

詹大胖子很胖，但是剪起冬青树来很卖力。他好像跟冬青树有仇，又好像很爱这些树。

詹大胖子还给校园里的花浇水。

这个校园没有多大点儿。冬青树墙子里种着羊胡子草。有两棵桃树，两棵李树，一棵柳树，有一架十姊妹，一架紫藤。当中圆形的花池子里却有一丛不大容易见到的铁树。这丛铁树有一年还开过花，学校外面很多人都跑来看过。另外就是一些草花，剪秋萝、虞美人……还有一棵鱼儿牡丹。詹大胖子就给这些花浇水。用一个很大的喷壶。

秋天，詹大胖子扫梧桐叶。学校有几棵梧桐。刮了大风，刮得一地的梧桐叶。梧桐叶子干了，踩在上面沙沙地响。詹大胖子用一把大竹扫帚扫，把枯叶子堆在一起，烧掉。黑的烟，红的火。

詹大胖子还做什么事呢？他给老师烧水。烧开水，烧洗脸水。教务处有一口煤球炉子。詹大胖子每天生炉子，用一把芭蕉扇呼嗒呼嗒地扇。煤球炉子上坐一把白铁壶。

他还帮先生印考试卷子。詹大胖子推油印机滚子，先生翻页儿。考试卷子印好了，就把蜡纸点火烧掉。烧油墨味儿飘出来，坐在教室里都闻得见。

每年寒假、暑假，詹大胖子要做一件事，到学生家去送成绩单。全校学生有二百人，詹大胖子一家一家去送。成绩单装在一个信封里，信封左边写着学生的住址、姓名，当中朱红的长方框里印了三个字："贵家长"。右侧下方盖了一个长方图章："县立第五小学"。学生的家长是很重视成绩单的，他们拆开信封看：国语98，算术86……看完了就给詹大胖子酒钱。

詹大胖子和学生生活最最直接有关的，除了摇上课铃、下课铃,——打上课钟、下课钟之外,是他卖花生糖、芝麻糖。他在他那间小屋里卖。他那小屋里有一个一面装了玻璃的长方匣子,里面放着花生糖、芝麻糖。詹大胖子摇了下课铃,或是打了上课钟,有的学生就趁先生不注意的时候,溜到詹大胖子屋里买花生糖、芝麻糖。

詹大胖子很坏。他的糖比外面摊子上的卖得贵。贵好多!但是五小的学生只好跟他去买,因为学校有规定,不许"私出校门"。

校长张蕴之不许詹大胖子卖糖,把他叫到校长室训了一顿。说:学生在校不许吃零食;他的糖不卫生;他赚学生的钱,不道德。

但是詹大胖子还是卖,偷偷地卖。他摇下课铃或打上课钟的时候,左手捏着花生糖、芝麻糖,藏在袖筒里。有学生要买糖,走近来,他就做一个眼色,叫学生随他到校长、教员看不到的地方,接钱,给糖。

五小的学生差不多全跟詹大胖子买过糖。他们长大了,想起五小,一定会想起詹大胖子,想起詹大胖子卖花生糖、芝麻糖。

詹大胖子就是这样,一年又一年,过得很平静。除了放寒假,放暑假,他回家,其余的时候,都住在学校里。——放寒假,学校里没有人。下了几场雪,一个学校都是白的。暑假里,学生有时还到学校里玩玩。学校里到处长了很高的草。

每天放了学,先生、学生都走了,学校空了。五小就剩下两个人,有时三个。除了詹大胖子,还有一个女教员王文蕙。有时,校长张蕴之也在学校里住。

王文蕙家在湖西,家里没有人。她有时回湖西看看亲戚,平时住在学校里。住在幼稚园里头一间朝南的小房间里。她教一年级、二年级算术。她长得不难看,脸上有几颗麻子,走起路来步子很轻。她有一点奇怪,眼睛里老是含着微笑。一边走,一边微笑。一个人笑。笑什么呢?有的男教员背后议论:有点神经病。但是除了老是微笑,看不出她有什么病,挺正常的。她上课,跟别人没有什么不同。她教加法,减法,领着学生念乘法表:

一一得一，
一二得二，
二二得四……

下了课，走回她的小屋，改学生的练习。有时停下笔来，听幼稚园的小朋友唱歌：

小羊儿乖乖，
把门儿开开，
快点儿开开，
我要进来……

晚上，她点了煤油灯看书。看《红楼梦》、《花月痕》、张恨水的《金粉世家》、李清照的词。有时轻轻地哼《木兰词》。"唧唧复唧唧，木兰当户织……"有时给她在女子师范的老同学写信。写这个小学，写十姊妹和紫藤，写班上的学生都很可爱，她跟学生在一起很快乐，还回忆她们在学校时某一次春游，感叹光阴如流水。这些信都写得很长。

校长张蕴之并不特别的凶，但是学生都怕他。因为他可以开除学生。学生犯了大错，就在教务处外面的布告栏里贴出一张布告：学生某某某，犯了什么过错，著即开除学籍，"以维校规，而儆效尤，此布"，下面盖着校长很大的签名戳子："张蕴之"。"张蕴之"三个字有一种看不见的力量。

他也教一班课，教五年级或六年级国文。他念课文的时候摇晃脑袋，抑扬顿挫，有声有色，腔调像戏台上老生的道白。"晋太原中，武陵人，捕鱼为业……""一路秋山红叶，老圃黄花，不觉到了济南地界。到了济南，只见家家泉水，户户垂杨……"

他爱写挽联。写好了，就用按钉钉在教务处的墙上，让同事们欣赏。教员们就都围过来，指手画脚，称赞哪一句写得好，哪几个字很有笔力。

张蕴之于是非常得意，但又不太忘形。他简直希望他的亲友家多死几个人，好使他能写一副挽联送去，挂起来。

他有家。他有时在家里住，有时住在学校里，说家里孩子吵，学校里清静，他要读书，写文章。

有时候，放了学，除了詹大胖子，学校里就剩下张蕴之和王文蕙。

王文蕙常常一个人在校园里走走，散散步。王文蕙散完步，常常看见张蕴之站在教务处门口的台阶上。王文蕙向张蕴之笑笑，点点头。张蕴之也笑笑，点点头。王文蕙回去了，张蕴之看着她的背影，一直看到王文蕙走进幼稚园的前门。

张蕴之晚上读书。读《聊斋志异》《池北偶谈》《两般秋雨盦随笔》《曾文正公家书》《板桥道情》《绿野仙踪》《海上花列传》……

校长室的北窗正对着王文蕙的南窗，当中隔一个幼稚园的游戏场。游戏场上有秋千架、压板、滑梯。张蕴之和王文蕙的煤油灯遥遥相对。

一天晚上，张蕴之到王文蕙屋里去，说是来借字典。王文蕙把字典交给他。他不走，东拉西扯地聊开了。聊《葬花词》，聊"寻寻觅觅冷冷清清凄凄惨惨戚戚"。王文蕙不知道他要干什么，心里怦怦地跳。忽然，"噗！"张蕴之把煤油灯吹熄了。

张蕴之常常在夜里偷偷地到王文蕙屋里去。

这事瞒不过詹大胖子。詹大胖子有时夜里要起来各处看看。怕小偷进来偷了油印机、偷了铜钟、偷了烧开水的白铁壶。

詹大胖子很生气。他一个人在屋里悄悄地骂："张蕴之！你不是个东西！你有老婆，有孩子，你干这种缺德的事！人家还是个姑娘，孤苦伶仃的，你叫她以后怎么办，怎么嫁人！"

这事也瞒不了五小的教员。因为王文蕙常常脉脉含情地看张蕴之，而且她身上洒了香水。她在路上走，眼睛里含笑，笑得更加明亮了。

有一天，放学时，有一个姓谢的教员路过詹大胖子的小屋时，走进去，对他说："詹大，你今天晚上到我家里来一趟。"詹大胖子不知道有什么事。

姓谢的教员是个纨绔子弟，外号谢大少。学生给他编了一首顺口溜：

谢大少，
捉虼蚤。
虼蚤蹦，
他也蹦，
他妈说他是个大无用！

谢大少家离五小很近，几步就到了。

谢大少问了詹大胖子几句闲话，然后，问：

"张蕴之夜里是不是常常到王文蕙屋里去？"

詹大胖子一听，知道了：谢大少要抓住张蕴之的把柄，好把张蕴之轰走，他来当五小校长。詹大胖子连忙说：

"没有！没有的事！没有的事不能瞎说！"

詹大胖子不是维护张蕴之，他是维护王文蕙。

从此詹大胖子卖花生糖、芝麻糖就不太避着张蕴之了。

詹大胖子还是当他的斋夫，打钟、剪冬青树、卖花生糖、芝麻糖。

后来，张蕴之到四小当校长去了，王文蕙到远远的一个镇上教书去了。

后来，张蕴之死了，王文蕙也死了（她一直没有嫁人）。詹大胖子也死了。

这城里很多人都死了。

一九八五年十一月二十日

幽冥钟

"姑苏城外寒山寺，夜半钟声到客船。"很早很早以前（大概从宋朝开始）就有人提出过怀疑，认为夜半不是撞钟的时候。我从小就觉得很奇怪：为什么夜半不是撞钟的时候呢？我的家乡就是夜半撞钟的。而且只有夜半撞。半夜，子时，十二点。别的时候，白天，还听不到撞钟。"暮鼓晨钟"。我们那里没有晨钟，只有夜半钟。这种钟，叫作"幽冥钟"。撞钟的是承天寺。

关于承天寺，有一个传说。传说张士诚是在这里登基的。张士诚是泰州人。泰州是我们的邻县。史称他是盐贩出身。盐贩，即贩私盐的。中国的盐，秦汉以来，就是官卖。卖盐的店，称为"官盐店"。官盐税重，价昂。于是有人贩卖私盐。卖私盐是犯法的事。这种人都是亡命之徒，要钱不要命。遇到缉私的官兵，便要动武。这种人在官方的文书里被称为"盐匪"。瓦岗寨的程咬金就贩过私盐。在苏北里下河一带，一提起"私盐贩子"或"贩私盐的"，大家便知道这是什么角色。张士诚就是这样一个角色。元至正十三年，他从泰州起事，打到我的家乡高邮。次年，称"诚王"，国号"周"。我的家乡还出过一位皇帝（他不是我们县的人，但称王确是在我们县），这实在应该算是我们县历史上的第一号大人物。我们县的有名人物最古的是秦王子婴。现在还有一条河，叫子婴河。以后隔了很多年，出了一个秦少游。再以后，出了王念孙、王引之父子。但是真正叱咤风云的英雄，应该是张士诚（后来打到江南苏州、无锡一带，把大画家倪云林捆起来打了一顿的就是这位老兄）。可是我前几年回乡，翻看县志，关于张士诚，竟无一字记载，真是怪事！

但是民间有一些关于张士诚的传说。

张士诚在承天寺登基，找人来写承天寺的匾。来了很多读书人。他们提起笔来，刚刚写了两笔，就叫张士诚拉出去杀了。接连杀了好几个。旁边的人问他："为什么杀他们？"张士诚说："你看看他们写的是什么？'了'，是个了字！老子才当皇帝就'了'了，日他妈妈的！"后来来了个读书人。他先写了一个"王"字，再写了左边的"⼛"，右边的"乀"，再写上边的"⼃"，然后一竖到底。张士诚一看大喜，连说："这就对了！——先称王，左有文臣，右有武将，戴上平天冠，皇基永固，一贯到底！——赏！"

我小时读的小学就在承天寺的旁边，每天都要经过承天寺，曾经细看过承天寺山门的石刻的匾额，发现上面的"承"字仍是一般笔顺，合乎八法的"承"字，没有先称王、左文右武、戴了皇冠、一贯到底的痕迹。

我也怀疑张士诚是不是在承天寺登的基，因为承天寺一点也看不出曾经是一座皇宫的格局。

承天寺在城北西边，挨近运河。城北的大寺共有三座。一座善因寺，庙产甚多，最为鲜明华丽，就是小说《受戒》里写的明海受戒的那座寺。一座是天王寺，就是陈小手被打死的寺。天王寺佛事较盛。寺西门外有一片空地，时常有人家来"烧房子"。烧房子似是我乡特有的风俗。"房子"是纸扎店扎的，和真房子一样，只是小一些。也有几层几进，有堂屋卧室，房间里还有座钟、水烟袋，日常所需，一应俱全。照例还有一个后花园，里面"种"着花（纸花）。房子立在空地上，小孩子可以走进去参观。房子下面铺了一层稻草。天王寺的和尚敲着鼓磬铙钹在房子旁边念一通经（不知道是什么经），这一家的一个男丁举火把房子烧了，于是这座房子便归该宅的先人冥中收用了。天王寺气象远不如善因寺，但房屋还整齐，——因此常常驻兵。独有承天寺，却相当残破了。寺是古寺。张士诚在这里登基，虽不可靠，但说不定元朝就已经有这座寺。

一进山门，哼哈二将和四大天王的颜色都暗淡了。大雄宝殿的房顶上长了好些枯草和瓦松。大殿里很昏暗，神龛佛案都无光泽，触鼻是陈年的香灰和尘土的气息。一点声音都没有，整座寺好像是空的。偶尔有一两个和尚走动，衣履敝旧，神色凄凉。——不像善因寺的和尚，一个一个，都是红光满面的。

大殿西侧，有一座罗汉堂。罗汉也多年没有装金了。长眉罗汉的眉毛只剩了一只，那一只不知哪一年脱落了，他就只好捻着一只单独的眉毛坐在那里。罗汉堂外面，有两棵很大的白果树，有几百年了。夏天，一地浓荫。冬天，满阶黄叶。

罗汉堂东南角有一口钟,相当高大。钟用铁链吊在很粗壮的木架上。旁边是从房梁挂下来的撞钟的木杵。钟前是一尊地藏菩萨的一尺多高的金身佛像。地藏菩萨戴着毗卢帽,跏趺而坐,低眉闭目,神色慈祥。地藏菩萨前面点着一盏小油灯,灯光幽微。

在佛教的菩萨里,老百姓最有好感的是两位。一位是观世音菩萨,因为他(她)救苦救难。另一位便是地藏菩萨。他是释迦灭后至弥勒出现之间的救度天上以至地狱一切众生的菩萨。他像大地一样,含藏无量善根种子。他是地之神,是一位好心的菩萨。

为什么在钟前供着一尊地藏菩萨呢?因为这钟在半夜里撞,叫"幽冥钟",是专门为难产血崩而死的妇人而撞的。不知道为什么,人们以为血崩而死的女鬼是居处在最黑最黑的地狱里的,——大概以为这样的死是不洁的,罪过最深。钟声,会给她们光明。而地藏菩萨是地之神,好心的菩萨,他对死于血崩的女鬼也会格外慈悲的,所以钟前供地藏菩萨,极其自然。

撞钟的是一个老和尚。相貌清癯,高长瘦削。他已经几十年不出山门了。他就住在罗汉堂里。大钟东侧靠墙,有一张矮矮的禅榻,上面有一床薄薄的蓝布棉被,这就是他的住处。白天,他随堂粥饭,洒扫庭除。半夜,起来,剔亮地藏菩萨前的油灯,就开始撞钟。

钟声是柔和的、悠远的。

"咚——嗡……嗡……嗡……"

钟声的振幅是圆的。"咚——嗡……嗡……嗡……"一圈一圈地扩散开。就像投石于水,水的圆纹一圈一圈地扩散。

"咚——嗡……嗡……嗡……"

钟声撞出一个圆环,一个淡金色的光圈。地狱里受难的女鬼看见光了。她们的脸上现出了欢喜。"嗡……嗡……嗡……"金色的光环暗了,暗了,暗了……又一声,"咚——嗡……嗡……嗡……"又一个金色的光环。光环扩散着,一圈,又一圈……

夜半,子时,幽冥钟的钟声飞出承天寺。

"咚——嗡……嗡……嗡……"

幽冥钟的钟声扩散到了千家万户。

正在酣睡的孩子醒来了，他听到了钟声。孩子向母亲的身边依偎得更紧了。

承天寺的钟，幽冥钟。

女性的钟，母亲的钟……

一九八五年十二月四日中午，飘雪

茶　干

家家户户离不开酱园。开门七件事，柴米油盐酱醋茶，倒有三件和酱园有关：油、酱、醋。

连万顺是东街一家酱园。

他家的门面很好认，是个石库门。麻石门框，两扇大门包着铁皮，用奶头铁钉钉出如意云头。本地的店铺一般都是"铺闼子门"，十二块、十六块门板，晚上上在门槛的槽里，白天卸开。这样的石库门的门面不多。城北只有那么几家。一家恒泰当，一家豫丰南货店。恒泰当倒闭了，豫丰失火烧掉了。现在只剩下北市口老正大棉席店和东街连万顺酱园了。这样的店面是很神气的。尤其显眼的是两边白粉墙的两个大字。黑漆漆出来的。字高一丈，顶天立地，笔画很粗。一边是"酱"，一边是"醋"。这样大的两个字！全城再也找不出来了。白墙黑字，非常干净。没有人往墙上贴一张红纸条，上写："出卖重伤风，一看就成功"；小孩子也不在墙上写："小三子，吃狗屎"。

店堂也异常宽大。西边是柜台。东边靠墙摆了一溜豆绿色的大酒缸。酒缸高四尺，莹润光洁。这些酒缸都是密封着的。有时打开一缸，由一个徒弟用白铁唧筒把酒汲在酒坛里，酒香四溢，飘得很远。

往后是一个很大的院子，青砖铺地，整整齐齐排列着百十口大酱缸。酱缸都有个帽子一样的白铁盖子。下雨天盖上。好太阳时揭下盖子晒酱。有的酱缸当中掏出一个深洞，如一小井。原汁的酱油从井壁渗出，这就是所谓"抽油"。西边有一溜走廊，走廊尽头是一个小磨坊。一头驴子在里面磨芝麻或豆腐。靠北是三间瓦屋，是做酱菜、切萝卜干的作坊。有一台锅灶，是煮茶干用的。

从外往里，到处一看，就知道这家酱园的底子是很厚实的。——单是那百十缸酱就值不少钱！

连万顺的东家姓连。人们当面叫他连老板，背后叫他连老大。都说他善于经营，会做生意。

连老大做生意，无非是那么几条：

第一，信用好。连万顺除了做本街的生意，主要是做乡下生意。东乡和北乡的种田人上城，把船停在大淖，拴好了船绳，就直奔连万顺，打油、买酱。乡下人打油，都用一种特制的油壶，广口，高身，外面挂了酱黄色的釉，壶肩有四个"耳"，耳里拴了两条麻绳作为拎手，不多不少，一壶能装十斤豆油。他们把油壶往柜台上一放，就去办别的事情去了。等他们办完事回来，油已经打好了。油壶口用厚厚的桑皮纸封得严严的。桑皮纸上盖了一个墨印的圆印："连万顺记"。乡下人从不怀疑油的分量足不足，成色对不对。多年的老主顾了，还能有错？他们要的十斤干黄酱也都装好了。装在一个元宝形的粗篾浅筐里，筐里衬着荷叶，豆酱拍得实实的，酱面盖了几个红釉印的印记，也是圆形的。乡下人付了钱，提了油壶酱筐，道一声"得罪"，就走了。

第二，连老板为人和气。乡下的熟主顾来了，连老板必要起身招呼，小徒弟立刻倒了一杯热茶递了过来。他家柜台上随时点了一架盘香，供人就火吸烟。乡下人寄存一点东西，雨伞、扁担、箩筐、犁铧、坛坛罐罐，连老板必亲自看着小徒弟放好。有时竟把准备变卖或送人的老母鸡也寄放在这里。连老板也要看着小徒弟把鸡拎到后面廊子上，还撒了一把酒糟喂喂。这些鸡的脚爪虽被捆着，还是卧在地上高高兴兴地啄食，一直吃到有点醉醺醺的,就闭起眼睛来睡觉。

连老板对孩子也很和气。酱园和孩子是有缘的。很多人家要打一点酱油,打一点醋,往往派一个半大孩子去。妈妈盼望孩子快些长大,就说:"你快长吧,长大了好给我打酱油去!"买酱菜,这是孩子乐意做的事。连万顺家的酱菜样式很齐全:萝卜头、十香菜、酱红根、糖醋蒜……什么都有。最好吃的是甜酱甘露和麒麟菜。甘露,本地叫作"螺螺菜",极细嫩。麒麟菜是海菜,分很多叉,样子有点像画上的麒麟的角,半透明,嚼起来脆脆的。孩子买了甘露和麒麟菜,常常一边走,一边吃。

一到过年,孩子们就惦记上连万顺了。连万顺每年预备一套锣鼓家伙,供本街的孩子来敲打。家伙很齐全,大锣、小锣、鼓、水镲、碰钟,一样不缺。初一到初五,家家店铺都关着门。几个孩子敲敲石库门,小徒弟开开门,一看,都认识,就说:"玩去吧!"孩子们就一窝蜂奔到后面的作坊里,操起案子上的锣鼓,乒乒乓乓敲打起来。有的孩子敲打了几年,能敲出几套十番,有板有眼,像那么回事。这条街上,只有连万顺家有锣鼓。锣鼓声使东街增添了过年的气氛。敲够了,又一窝蜂走出去,各自回家吃饭。

到了元宵节,家家店铺都上灯。连万顺家除了把四张玻璃宫灯都点亮了,还有四张雕镂得很讲究的走马灯。孩子们都来看。本地有一句歇后语:"乡下人不识走马灯,——又来了!"这四张灯里周而复始,往来不绝的人马车炮的灯影,使孩子百看不厌。孩子们都不是空着手来的,他们牵着兔子灯,推着绣球灯,系着马灯,灯也都是点着了的。灯里的蜡烛快点完了,连老板就会捧出一把新的蜡烛来,让孩子们点了,换上。孩子们于是各人带着换了新蜡烛的纸灯,呼啸而去。

预备锣鼓,点走马灯,给孩子们换蜡烛,这些,连老大都是当一回事的。年年如此,从无疏忽忘记的时候。这成了制度,而且简直有点宗教仪式的味道。连老大为什么要这样郑重地对待这些事呢?这为了什么目的,出于什么心理?实在令人捉摸不透。

第三，连老板很勤快。他是东家，但是不当"甩手掌柜的"。大小事他都要过过目，有时还动动手。切萝卜干、盖酱缸、打油、打醋，都有他一份。每天上午，他都坐在门口晃麻油。炒熟的芝麻磨了，是芝麻酱，得盛在一个浅缸盆里晃。所谓"晃"，是用一个紫铜锤出来的中空的圆球，圆球上接一个长长的木把，一手执把，把圆球在麻酱上轻轻地压，压着压着，油就渗出来了。酱渣子沉于盆底，麻油浮在上面。这个活很轻松，但是费时间。连老大在门口晃麻油，是因为一边晃，一边可以看看过往行人。有时有熟人进来跟他聊天，他就一边聊，一边晃，手里嘴里都不闲着，两不耽误。到了下午出茶干的时候，酱园上上下下一齐动手，连老大也算一个。

茶干是连万顺特制的一种豆腐干。豆腐出净渣，装在一个一个小蒲包里，包口扎紧，入锅，码好，投料，加上好抽油，上面用石头压实，文火煨煮。要煮很长时间。煮得了，再一块一块从麻包里倒出来。这种茶干是圆形的，周围较厚，中心较薄，周身有蒲包压出来的细纹，每一块当中还带着三个字："连万顺"，——在扎包时每一包里都放进一个小小的长方形的木牌，木牌上刻着字，木牌压在豆腐干上，字就出来了。这种茶干外皮是深紫黑色的，掰开了，里面是浅褐色的。很结实，嚼起来很有咬劲，越嚼越香，是佐茶的妙品，所以叫作"茶干"。连老大监制茶干，是很认真的。每一道工序都不许马虎。连万顺茶干的牌子闯出来了。车站、码头、茶馆、酒店都有卖的。后来竟有人专门买了到外地送人的。双黄鸭蛋、醉蟹、董糖、连万顺的茶干，凑成四色礼品，馈赠亲友，极为相宜。

连老大就是这样一个人，一个开酱园的老板，一个普普通通、正正派派的生意人，没有什么特别处。这样的人是很难写成小说的。

要说他的特别处，也有。有两点。

一是他的酒量奇大。他以酒代茶。他极少喝茶。他坐在账桌上算账的时候，面前总放一个豆绿茶碗。碗里不是茶，是酒，——一般的白酒，不是什么好酒。他算几笔，喝一口，什么也不"就"。一天老这么喝着，喝完了，就自己去打一碗。他从来没有醉的时候。

二是他说话有个口头语："的时候"。什么话都要加一个"的时候"。"我的时候"、"他的时候"、"麦子的时候"、"豆子的时候"、"猫的时候"、"狗的时候"……他说话本来就慢，加了许多"的时候"，就更慢了。如果把他说的"的时候"都删去，他每天至少要少说四分之一的字。

连万顺已经没有了。连老板也故去多年了。五六十岁的人还记得连万顺的样子，记得门口的两个大字，记得酱园内外的气味，记得连老大的声音笑貌，自然也记得连万顺的茶干。

连老大的儿子也四十多了。他在县里的副食品总店工作。有人问他："你们家的茶干，为什么不恢复起来？"他说："这得下十几种药料，现在，谁做这个！"

一个人监制的一种食品，成了一地方具有代表性的土产，真也不容易。不过，这种东西没有了，也就没有了。

一九八五年十二月十二日

后　记

我现在住的地方叫作蒲黄榆。曹禺同志有一次为一点事打电话给我，顺便问起："你住的地方的地名怎么那么怪？"我搬来之前也觉得这地名很怪："捕黄鱼？——北京怎么能捕得到黄鱼呢？"后来经过考证，才知道这是一个三角地带，"蒲黄榆"是三个旧地名的缩称。"蒲"是东蒲桥，"黄"是黄土坑，"榆"是榆树村。这犹之"陕甘宁"、"晋察冀"，不知来历的，会觉得莫名其妙。我的住处在东蒲桥畔，因此把这三篇小说题为《桥边小说》，别无深意。

这三篇写的也还是旧题材。近来有人写文章，说我的小说开始了对传统文化的怀恋，我看后哑然。当代小说寻觅旧文化的根源，我以为这不是坏事。但我当初这样做，不是有意识的。我写旧题材，只是因为我对旧社会的生活比较熟悉，对我旧时邻里有较真切的了解和较深的感情。我也愿意写写新的生活，新的人物。但我以为小说是回忆。必须把热腾腾的生活熟悉得像童年往事一样，生活和作者的感情都经过反复沉淀，除净火气，特别是除净感伤主义，这样才能形成小说。但是我现在还不能。对于现实生活，我的感情是相当浮躁的。

  这三篇也是短小说。《詹大胖子》和《茶干》有人物无故事，《幽冥钟》则几乎连人物也没有，只有一点感情。这样的小说打破了小说和散文的界限，简直近似随笔。结构尤其随便，想到什么写什么，想怎么写就怎么写。我这样做是有意的（也是经过苦心经营的）。我要对"小说"这个概念进行一次冲决：小说是谈生活，不是编故事；小说要真诚，不能耍花招。小说当然要讲技巧，但是：修辞立其诚。

一九八五年十二月十二日夜

（原刊于《收获》1986年第2期）

多余的故事

刘索拉

　　也许是摇滚乐让我昏了头，忘了正确的生活节奏、忘了正常的思维和如何正常地表达自己思想。我不能再听了，可又不得不听，不听的时候连表达自己都不会，听的时候连不会表达自己都不算什么了。最近我试着躲开我们那个乐队的所有人，在家也不去听录音机，有个小家伙说喜欢唱歌，我就像送神一样把我那把破吉他赶忙送他了。我想安安静静地在业余时间学着像某些人那样思考，把一个芝麻大的事像抻面条那样抻几里长，把好人看成杀人犯，把接吻说成亡国之患等等。要是这样思考，就会骤然深刻许多，突然对自己的一言一行一举一动格外检点起来。我夜不能寐，在床上辗转反侧，我反省、检讨之余，还想找到一个完美的模式钻进去。人的一生里错误太多了，言谈举止不算，就连模样长相都那么丑态百出。再如虫牙、脚气之类见不得人的毛病，可怎么好呢？坐在老北京四合院的长廊下，奶奶摇着大蒲扇说："做人要有把尺子。"这句话被奶奶用扇子扇出来冒了股烟就没了，直到奶奶本人也像股烟似的消失掉后，我才发觉她无论扇扇子还是说话都不是闹着玩儿的。就我近来学会的思考方式而言，尺子是有的，但多宽多长是塑料还是有机玻璃还是钢是铁是铜是铝制成的，奶奶没说。奶奶漫不经心还是别有用心说了成千上万堆话，哪句是真哪句是假哪句是对哪句是错搅在一起搞不清爽，直到如今我想专攻思想家专业时也仍觉得没资格评论奶奶。比如午睡时她能打电话招来一只会笑的野猫，那只猫就趴在我家窗外的墙头上冲我笑，那是种奸笑，面目狰狞，吓得我赶紧闭上眼睛一睡到黄昏。还有送蜜桃的大马猴、吃小孩脚指头的熊……它们围绕着我的童年，使白天和夜晚同样充满恐惧与甜蜜。你不能说奶奶是神仙，可也不能说她是妖怪。她那只戴着金戒指的手能保佑人晚上不做噩梦这事绝对是真的，攥紧它八路军和特务打仗时特务全死光了，松开它特务就反过来追你连八路军也不追单追你。

奶奶消失的时候，野猫大马猴还有尺子金戒指当然全没了。我尝到过恐惧、祝福、庇护的甜头，但惟独没找到奶奶的尺子。我指着沥青马路一身轻松，可夜晚又来临啦，树又出现影子啦，影子又在动啦，什么都没有的地方又有声音啦。

北京有心理咨询中心，但还没听说有精神病医生，不是现在各大医院神经科里的那些医生，而是给那些没病的病人看病的精神病医生。神经科的大夫只管看病人是不是白痴，他们可懒得理胡思乱想的家伙。可我现在想奶奶的尺子想得发疯，越想越闹不清啦，你说你一辈子都说真话算不算撒谎呢？你说你每分钟撒六十二个谎算不算撒谎呢？你一生都在撒谎或都在说真话算不算完人呢？你饱的时候说饿、饿的时候说饱、说自己是完人可又明明肠子长在大脑里你还说你是思想大师吗？这么一自问，我就不知道在吃饭的时候是该一口把所有的菜全吞掉还是用筷子慢慢夹，关键是从哪儿夹起。真实的是我想把菜全吃了，事实又是我只能一口一口夹，每吃一口还要用餐巾擦擦嘴，冲对面的客人笑一下。我不可能把菜一口吃光，说出来这想法大家全笑，说我幽默，我一点儿点儿地吃又的确是在骗人，因为实际上我真想把菜一口吃光。看来脑子里蹦出来的第一个念头是真实的，一行动就开始作假了。本来这种作假没什么奇怪，架不住我在学思想专业呀。思想教授告诉我（我刚花钱雇的）：我所有以上的想法全无道理，从头到尾到中间全是扯淡，全无思想风度。可我辩白说，你的袜子破了吗？破了。可你干吗不把脚底晾出来，散散臭味儿？还一本正经地穿上皮鞋露出一段袜筒，死活不肯脱，让人以为你穿了一双好袜子长了一双好脚。

星期一，我为了上班赶公共汽车，一头撞在电线杆子上。因为我是在回头边看车边跑路的情况下撞上它的，毫无防备且有爆发力，砰的一声像撞上一口钟，大脑里的"杂碎"全移了位，我被反弹了几尺，刚要咧开嘴冲马路大哭再骂上一句脏话，这口气一冲出来竟变成了"对不起，谢谢，再见"。

星期二，久不见的乐队成员老黑突然登门，说他已结婚。我一时想不出该送什么东西祝贺他，他说一切全免，因为他结婚这事本无幸福可言，目的就是实现他一生的夙愿——被妻子抛弃，然后带着没妈的孩子去卖唱。我怎么当初没看出老黑竟有这么伟大的愿望？顿时对他刮目相看。他津津乐道地描写小推车、奶瓶、尿布，描写被遗弃的孤独，他说不想当父亲的男人不是好男人，他天天都深陷于梦想没体验过的事当中。

我的脑袋刚在星期一受了震荡，老黑的精神又在我脑浆里搅了搅。受感动使我的脑袋胀成了气球，接着老黑又开了骂，不外乎是骂那些以给老黑录音为名摧残他身心的女磁带商。

"你们女人要是受了欺负还好说，女的呀，弱者。可我们爷们儿，我×！"他把头埋在沙发里，"没法儿他妈说，真他妈摧残人。"他把头抬起来。"你想，一个他妈的老娘们靠在你身上，就仗着她手里有钱，能他妈给你灌磁带，仗着她是×××的主事。×！完了还不算，还让我给她当儿子。"他把头又埋在沙发里。

我玩儿着一个酒杯。

"你知道我和我老婆怎么好上的？就他妈两张饼！就为了她给我烙了

两张饼，没人会想到给我烙两张饼，我感动得够呛，就两张饼，可她吃喝嫖赌抽全占了。"

我把酒杯口冲下扣在桌子上。

"你还他妈一心想唱歌，趁早算了吧。"

我把酒杯翻过来，用两手指夹住杯脚，把嘴放在杯口里，发出"呜呜"的叫声。

"×，你他妈真不可思议。"他的头埋得更深，两膝跪在沙发上，屁股撅起来。

"小胡，电话——"传电话的老太太在叫我。

我跑到传达室。

"小胡呀，我是王干事，到处找不到你，躲哪儿去了？"

"我天天都上班。"

"是吗？告诉你个好消息，由于咱们宣传队长的文章，你们乐队越来越红了！电视台也要来给你们拍片子了，高兴吧？"

"真的？"

"现在宣传队要求你们立即谱写一个能代表青年人的歌，你们乐队要唱、全厂青年要唱，这个任务就交给你了。"

"我？我不行呀！我的头刚撞成脑震荡。"

"别开玩笑了。明天就把歌词交给宣传队长，交他审查后再谱曲。"

得，要命了。给电视台写歌，还要宣传队长审查。我们宣传队长可是我们厂的大人物，人家的名字常印成铅字登在各种报纸上，他要是命令谁干什么，你敢不干吗？他才不管你是不是想学学思想，是不是怀疑自己是大骗子，是不是头像个垃圾桶等等。他在"四清"时领唱过忆苦歌，在"文革"时领跳过忠字舞，现在年纪有点儿大了，可还爱翘着兰花指说话。一个月前他刚从国外回来，也不知是为了哪项业务出的国。反正没见我们厂有什么变化，只见他变了样儿，坐在办公室里，不管冷热，老在西服外面披一件浴衣，还叼个空烟斗。我们乐队也从此倒了霉，他来不来就训话，提醒我们不要学外国的"下三烂"："他们就像你们这样穿着牛仔裤拿着吉他，呵？像什么样子，呵？我们代表团就很看不惯嘛。但在中国有几个像你们这样的呢？"他话锋一转，我们张口结舌。尽管满大街都是我们这样的，我们也只能承认我们个别！每次召集我们开会他都要说着说着闭上眼睛，好像气厥过去了似的，可一闭眼又准看见那些外国"下三烂"，于是他睁开眼瞋望报纸电台了。这是最实际的，写文章报道我们乐队的确给他带来不少好处。这也是我们的骄傲，一想到我们给宣传队长及他的老婆维持着烟酒及化妆品衣着首饰等开销呢，我们的腰也挺直了。没我们他怎么可能在各种杂七杂八的小报上发表类似报道类似评论类似散文类似广告的文章呢？借他的光，我们也扬了名，队长真是有远见，他觉得文章作得还不过瘾，就化名写了批判文章见了报，批判文章写完，他又用本名写了反批判文章，然后再写批判文章、再写反批判文章……这么颠来倒去地写，他的老婆就穿上了一件猫皮大衣。听我们歌儿的人也越来越多，报社、电台、电视台的记者纷至沓来，我们宣传队长真有能耐。

星期三，我带着写好的歌词去见宣传队长。歌词是这么写的：

当你在夜晚因失眠苦恼时你想过没有？
当你在早晨发现已成人时你想过没有？
当你在中午和情人接吻时你想过没有？
当你在下午和师傅道别时你想过没有？
是什么让我们忘掉哭泣、忘掉忧伤、忘掉曾经有过的苦恼和不幸？
是什么让我们学会原谅、学会宽容、吹着口哨把所有喜欢的捡回来？
是什么让我们记住生日、记住快乐、记住祝福记住爱情和友谊？
是什么让我们梦想获得、梦想成功、梦想所有的梦想？
是我们自己。

我带着它走进宣传队。队长正披着他那件浴衣喝咖啡。

"噢？小胡，快坐，坐、坐。你喝不喝杯咖啡？"

"谢谢您，不喝。"

"这是真正的巴西咖啡。"他强调说。

我用一种看上去既表示谢意又表示羡慕的方式点了点头，他满足地结束了这番客套。我把歌词拿出来摊在他面前。

他边品咖啡边看，看完最后一行抬起头问："完了？"

"完了？"我被问得莫名其妙。

"就这么完了？"

"完了？"

"太草率。"

"草率？"

"怎么是你们自己？"

"是我们自己。"

"是呀，怎么是你们自己？"

"不是你们，是我们。"

"怎么是你们？"

"我们、我们，"我指着我和他，"全包括。"

"嘿嘿，"他笑起来。眼睛突然闪了光，接着又皱紧眉头，"你应该严肃点儿。"

"怎么严肃？"

"接吻、失眠，这不是当代年轻人的特点。这是那么一种人干的事情。那么一种人。"

"哪么一种人？"

"有那么一种人，现在对他们有种叫法，我忘了，下次想起来告诉你。还有结尾，应是人民，不是自己。"

"我们不是人民吗？人民不是我们吗？"

"不，人民是人民，人民是人民。不是你不是我，不是任何人，是人民。"

"那是谁呢?"

"是人民。"

好，我当即把歌词改了：

当你在夜晚与人民共呼吸时你想过没有?

当你在早晨与人民共命运时你想过没有?

当你在中午与人民共甘苦时你想过没有?

当你在晚上和人民共感受时你想过没有?

是什么让我们忘掉该忘的

是什么让我们学会该学的

是什么让我们记住该记的

是什么让我们梦想该想的

是人民。那就是人——民——（音乐终止式。）

我连音乐构思都提供了。他看了看："这还不错。我把它拿去再组织研究讨论一下，过两天通知你。"

我站起来刚要走，手突然被他抓住了，原来他抓人手时也用兰花指的手形，真恶心透了。他的眼光可以说是"猥亵"，这是我有生以来第一次不是从街上小流氓而是从"大人物"脸上发现这种目光。我想起老黑说的话来了。

"队长，歌词，歌词掉地上了。"我眼睛看着桌面。

"噢?"他一分神，我把手抽回来了。

"再见，队长，我走了。"我忙一点头，开门就走。我关上门的一瞬看见队长还有点儿愣神儿，做你的梦去吧!

我走出工厂时，一阵风卷起好大一堆垃圾，飘过来几张印有铅字的纸,我用脚踩住看了看,发现好多我以前根本没见过的新名词。

队长说的"那么一种人"是哪么一种人呢?

星期四,我正翻一本不知哪个年代的家庭常识小册子。那上面除了介绍怎么保护万分贵重的尼龙袜和几合一的布料,还把将出现在生活里的的确良描写得跟太空人一样。我翻看这本小册子,就沉在第一次穿尼龙袜的确良的回忆里。第一双尼龙袜是灰色带白格子的,很漂亮,但穿了一次下过水后就穿不上了。还有那种几合一的裤子,下水之后变成了短裤。小时穿尼龙袜是最痛苦的事,妈妈不知为什么把我的袜子全换成那种尼龙袜,结果每天要全家人帮我把袜子套上,我还累得直哭。但妈妈就是没想起把那些袜子扔了再换上布袜子。上中学时,为了我穿上的确良,全班女生群起而攻之,说我堕落。现在这根本不是新鲜事了,还有更新鲜的事让人暴跳如雷呢。我正这么乐滋滋地胡思乱想,突然有人敲门。我打开门,一个不认识的女人站在我面前。她和街上所有人一样穿着长筒靴、皮大衣。嘴唇涂得血红。蓝眼皮下的黑眼珠大胆地盯着我:"你是小胡吧?"

"是。你是……"

"老黑来过你这儿吗?"

"噢,你是他妻子?请进!"我忙闪身请她进屋,"老黑两天前来过。还提到你。"

"今天来过吗?"

"没有。"

她毫不客气地噔噔噔噔走进我的房间,一屁股坐在沙发上。"我正想找你。可以抽烟吗你这儿?"

"可以可以。"我忙拿烟。

"不用,我自己有。"她打开她的提包,掏出一支烟叼在嘴上,我发现她的手指短粗而焦黄。

"老黑常说你,说你这人不错。"她吸了一口烟,盯着我。

莫名其妙。我用表情表达了这个意思。

"既然你们是哥们儿,我想我的情况你不会不知道。"

"不知道。"

"噢——"她深吸了一口烟,眼神有点儿茫然。看上去做作。

"你想说什么就说吧。老黑只说过你对他特别好,烙过两张饼,胜过世上所有人。"

"他没说我是个他妈的……"她像在说梦话。

"什么?"

"没什么。"她又恢复常态,弹了弹烟灰。

她自我状态太强,以致让我感到我在我房间里是多余的。

"说吧,到底怎么了?"我有点儿腻味。

"他没说过他的被抛弃梦?"

"说过。"

"你当时听了说什么?"

"我说不错,太棒了。"

"所以你得对我们的现状负责。"

"什么?!"

"对,你得负责。"

"我?"

"你。"

"好,你说清楚到底怎么啦?"

"可能是受到你的鼓励他才这么干的,我知道你们这种人,男人不爱你们,可爱听你们的意见去处理爱情。"

"什——么?"我招她惹她啦?

"是,老黑说,和你们这种女人谈话跟和书本谈话是一样的。"

"是是是。"随她怎么说吧。我靠在沙发上,把腿往茶几上一搁。

"所以他怎么想的就爱和你说,"她才不管我的反应如何,"所以他听你的意见后就更要那么去做。"

"胡说八道!"我差点儿叫出来,"老黑从小的梦想和我有什么关系呢？不过我觉得挺棒就是了。再说你抛不抛弃他谁知道呢？不如他先想开了，我理解这种心理。"

"我抛弃他？"她把烟掐了，"我怎么可能抛弃他？我以前过的什么日子是个什么人你知道吗？好不容易有了他，我抛弃他？"她真直率。

"当然不这样更好。"

"不哪样？"

"别抛弃他。"

"你说得倒轻巧。就是因为和你说了他的想法你说他伟大，他居然回来就和我谈话，让我抛弃他！我怎么能呢？"她的眼圈有点儿红，我真觉得对不起她了，当时只顾佩服老黑的梦想别出心裁，没替她想。

我一时说不出话来。

"你一点儿不理解我这种人，就知道什么事新鲜夸什么事，写的歌词也净是虚的。"

"是。"

"你懂得男女之间到底是怎么回事吗？你懂得生活的真正含义吗？你懂得什么叫依靠吗？你懂得实际吗？你懂得感情吗？你懂得激情和爱情的差别吗？你有酒吗？"

我倒了半杯干白葡萄酒给她。

"这酒凑合，牌子一般。"她喝了一口酒，把酒杯轻蔑地一放。眼睛还是潮湿的。

我又想同情她又不想同情她，想了想，还是同情她。这个老黑真是贱骨头，人家甩了他他发疯，人家不甩他他倒劝人家甩他。

她突然把头埋在沙发里哭起来了。那哭的姿态和老黑把头埋在沙发里诉说他的梦想时是一样的。人家说"不是一家人不进一家门"，我突然想把她和老黑的长相比较一下，一般是夫妻长得都比较像，我看着她却突然忘了老黑的长相，算了，反正老黑不该让她抛弃他。

"老黑说了他的想法后你怎么办？"

"你说我怎么办？"她把头一扬。

我摇摇头。

"让我答应这种事并不难，男人算什么东西？可老黑不一样。"

"有什么不一样？"

"我爱听他唱歌。"

"就为这个？"

"当然还有别的。我从小学五年级就被人毁了，后来就再没正经念过书。老黑不一样，他是书香门第，我崇拜这个。"

"他不是想当爸爸吗？"

"是。他劝我生下孩子就抛弃他。"

我心里真想笑。

"我已经有孩子了，"她又要哭了，"可我生下孩子后也不抛弃他，我要管孩子、管家务，我不要那种自由，我腻了，我要守着老黑。"

"那你就这么对他说。"

"没，我没这么说。"

"怎么说的？"

"我说你给我二十万，我马上就抛弃你。"

我笑起来："他怎么办？"

"他跑了，失踪了。我找不到他了。"

"真的？"

"真走了。我可能再也找不到他了。"

"你为什么要那么对他说？"

"我不过是想吓吓他，让他放弃那种梦想。"

"你为什么不说真话？"

"现在谁信谁的真话？我说了他反而会看不起我。"

"这个兔崽子老黑！"

"别骂他。我走了，万一他现在回去了呢？"她整理了一下衣服。穿上皮大衣，噔噔噔噔走到门口，回头说了一句，"谢谢你了。"打开门走了。

谢谢我什么呀？

星期五，厂宣传队又来电话叫我去。我到了那儿，宣传队长一本正经地把我写的歌词还给我，说："这歌词肯定不行，你还得重写。"

"第一次写的那首呢？"

"更不行。噢，对了，我想起来了，关于那种人的叫法好像是：'多出来的……'什么。"

"什么？"

"忘了。就算是鸡蛋吧。"

"多出来的鸡蛋？"

"可能是。对对对。"

"为什么叫多出来的鸡蛋？"

"为什么？谁知道。人家这么叫，肯定是有道理的。"

我想了想："鸡蛋，吃两个以上就不吸收了，所以第三个蛋肯定是多出来的。这些人就是第三个蛋。鸡应该只下两个蛋，下第三个就犯错误，可人只能生一个孩子，生第二个就犯错误，这么说，第三个蛋和第二胎人都是多出来的。"

"胡说，我是我妈生的第七个！"队长说。

"那什么人是多出来的呢？"

"他们，"他把手指向窗外，"那些青工，我就是看他们不顺眼，准是说的他们。"

"把他们都枪毙，可谁来开车床呢？"

"是呀，谁来开车床呢？"队长真想起来了。看来他心里是想枪毙他们。

我盯着队长那件脏不溜秋的浴衣，今天他没披，把它挂在衣架上，好让所有人都看见，那是外国货。"人家外国人"都是洗完澡穿浴衣的，不像我们，在公共澡堂洗完澡，进去穿什么出来还穿什么，在家也没时候穿浴衣。要去接公共电话，要在自盖的小破厨房或公共厨房里洗菜、做饭，有人还要在外面打水，一天到晚手老是黑的。据说队长他们家到冬天也冷得只能穿棉袄坐屋里，所以他就把浴衣带办公室里来了。那种恨不得扒光了让人知道他里面穿的是新裤衩的心理状态完全可以理解。不过队长的确比我们重要，他到底有一件外国浴衣，还能上班时候穿，要是我上班时候敢这样，车间主任非把我扔到机器里面去。所以，队长蔑视我们可能是有道理的。我正这么想着，突然手又被兰花指捏住了。我一扭头，队长正满眼放光，露出一副下流模样。呵，我突然明白谁是多出来的鸡蛋了。

我一阵恶心，再也不想反省了，近来我纯粹是在跟自己过不去。我也不打算上电视了，不打算拿奖金了，不打算上报纸让队长评论了，我还得号召我们乐队把鼓和吉他全砸了，把电视机也砸了，因为最近要连播宣传队长的专题访问。我们痛痛快快地笑一场，就回车间干活儿去。让宣传队长像老母鸡下蛋一样努他的批判文章吧，让他老婆穿着猫皮大衣接待电视台的记者吧，让电视台的记者被他们两口子的胡说八道感动还费录音带吧，让他们两口子和电视台记者互相勾勾搭搭吧，让所有电视观众看完这组节目全骂电视台吧，反正我们要回车间干活儿去了。

我把手一摔，兰花指松了。我说："我最后再写一遍歌词，你看着办吧。"

我当即写道：

>当你照完镜子时你想了什么我不想知道，
>当你失去了往日时你想了什么我不想知道，
>当你疲倦时你想了什么我不想知道，
>当你故作镇静时你想了什么我不想知道，
>是什么让你失去了青春又看着别人的青春不顺眼？
>是什么让你失去了贞操又看着别人的贞操不服气？
>是什么让你失不去贞操又看着别人的失去干着急？
>是什么让你不适时宜地选择着摩登服装和字眼而你爱人却在家幻想着另一个异性？
>是什么让你从我们面前走过面色焦黄呼吸不匀想唱不敢唱想说

不敢说想跑开不敢跑开?

  是什么让你驴唇不对马嘴地说东道西既骗自己又骗别人还自以为是过来人?

  你过什么过来了?过来什么了?过什么了?过了吗?

  在你那个没天没地没哭没笑没歌没爱没叫没骂没他没我没这没那的世界里,无论鸡下第一个还是第七个蛋都是臭鸡蛋。

我写完就回车间了。

一九八六年元月十六日

(原刊于《收获》1986年第2期)

世纪病

陈 染

（一）山子失踪了

过完寒假的第一个星期我就逃学了，我深深陷在一件动感情的事件中，这件事把我的生活搞得昏天暗地。我于是往学校给班里的考勤员写了个字条：本人于二十世纪八十年代第六年冬日夕阳沉落时分用左轮手枪结束生命。

一提左轮手枪、自杀什么的就让我兴奋，就如同我说脏话一样感到一种刺激味的快乐。最初我学着说脏话时只是为了潇洒一下，那时说得很吃力笨拙，后来越说越帅，瘾也就来了。有一阵，我若不说出那个要命的×，心里的痒处就好像没法解决。

整个中文系都知道我是个爱恶作剧的女孩，所以同学对我的那个字条压根儿就没往心里去，他们知道我又陷到自己制造的世界中去了。

那件使我的私生活昏天暗地的事并非出于我自己，而是我的男友，确切地说是我男友的傻子妹妹被人强奸怀孕了。其实这本来碍不着我的事，可是后来有一天我男友的母亲把常去家里的男孩儿并列一排站在傻子面前时，傻子咧嘴一乐，一手指定她的亲生哥哥。从这天开始我就像中了魔一般神魂颠倒，我的男友也是从这天开始失踪了。

我的男友叫山子，他是那种高大剽悍的小伙子，低前额厚嘴唇，一副运动员的体魄，完全是力量的象征。我和他站在一起很不相称，我全身的热量都让脑子偷去了，所以那儿很发达却留给我一副瘦小的身架。他常常一只胳臂就能把我悬起来。我们在那个地方——也就是我想用左轮手枪朝自己的太阳穴点一下的那个地方很少有对等的交流。然而，当他一条腿跪在地上把头枕在我膝盖上时，那种眼巴巴望着我的痴痴的真劲儿和他的粗大的手指留在我小腿上的轻轻的抚摸，总能让我深深地陷在一种磁场中，我全身就像通了电一般麻酥酥起来。我不知道这是否是爱情，但我的确在这种阳性力量的感召下感到自己的弱小、疲劳和崩溃。

在学校里，我颇有几位智力相当的男朋友，我们也很要好，可就是和他们在一起总让我忘掉自己的性别，我以为我和他们一样是男孩儿或他们跟我一样是女孩儿。特别是在探讨什么"人生到底是不是一场死缓"、"太阳灯能否替代旷野里的阳光"和"死到底是不是最高艺术的完成"这类扯淡的问题时，即使他或别的他把手放在我最敏感的地方我也没有任何感觉。

我和山子虽然在智力上并不对等，但他的确说过一句大智大慧的话，我想那可能是他一生最高的智慧了。那是有一次我给一本流行文学刊物写了篇故事，我想给它起一个让所有的人都感兴趣的题目，于是我问了山子，他严严肃肃正正经经一丝不苟足足想了十分钟之久，冷不防冒出来"鸡巴旅行记"，我当时差点笑晕过去。这是我和他唯一的一次"探讨问题"。他不是愚到了傻瓜蛋就是聪明到了天才。

我对山子有一种天性的依恋，他有一种魔力。山子的失踪的确让我感到肉体和灵魂的离异。每天每天，我的心智和肉体就那么别别扭扭生生硬硬地强行组合在一起，支撑我走路和说话。于是我常常在要吃饭时却走进厕所或者该哭的时候乐起来。

山子的傻妹妹我见过一次，高高胖胖的女孩儿，和我同岁却比我身体发育得充分，光会哭和乐不会说话，由于心里一片空白没什么可分神的事，于是全身的劲儿就都用来吃饭和拉屎。山子的父母是那种顶规矩顶本分的知识分子，他们总是那么客客气气相敬如宾，让人看了总以为他俩在演话剧。他们最大的苦恼就是女儿每次的月经，这弄得他们狼狈不堪——当着这么大的哥哥她却肆无忌惮地把月经弄得满房间哪儿都是，他们在那几天总要围着女儿团团转，生怕她干出让人尴尬的事。山子妹妹的怀孕，终于使他父母的戏演到炉火纯青的地步——目标一致，追查元凶。

（二）M得了国际流行性感冒

两年前也就是我上大学一年级的时候，还是个腼腆羞涩的女孩儿，见了生人就哆嗦。有一次在一个小站遇到耍猴的，那个蹦来跳去的猴子让我同情极了，几乎落下泪来。这时候那只可怜的猴子过来掏我的兜，耍猴人在一旁低声下气说：小姐可怜可怜吧！我那天一个零钱也没有，掏出一元钱递给它，弄得旁边所有的人都看我，我的脸唰地红了。其实，我真正是个穷学生，但我总是像个财主似的对钱那么不在乎。

那天，整整一路上我都想着那只肮脏的猴子，并为自己的脸红而懊恼。回到家见到M后说的所有的话也都是关于那只猴子。当我说到脸红的事时，M理解地一笑："以后就不会脸红了。"

我真的应了M的话，现在我真成了厚脸皮，而且成天价胡说八道，有时候我自己都不知道在说些什么。

M是我的母亲，也是我无话不说的用不着一点掩饰和做作的朋友。她是那种在风花雪月、阳春白雪教育中长大的高级知识分子，我小时候的性格多是从她那儿潜移过来的。她已经是个历经沧桑的中年女人，但却还是经常说一些我都不屑用的酸词：什么"我心残缺""我求鱼得蛇我求食得石"。当我第一次在她面前说出那个要命的×（我现在不说了，因为我偶然从一个朋友那儿知道了它的含义），她倒脸红了。但她的确是那种爱女儿爱得不得的女人，她发现我说脏话并没有改变我那种见了生人就说不出话来的熊样儿，于是她也就任我的性儿了，她不想让我成为一个在模子里长大的或是在雕塑家的刻刀下成形的女孩儿。这样，初次说脏话的尝试以后，我便得寸进尺起来。以至于当我有一次和她开玩笑无意中说出"去你妈的"时，我立刻感到失言，然而她却没有急，而是说："我告诉你姥姥去！"她实在可爱得像个大孩子。

我管她叫"太太""大人""M"，还有时叫PIG，倒不是她胖，M是个极瘦弱的女人，但她的属相是猪，反正我很少叫她妈妈，除非有客人需要使用外交上正统规矩的语言；她大多时候叫我"儿子"，尽管我的长相、身材是个道道地地的女孩样儿。我们很默契。

山子的失踪，给我们家带来懊丧也带来瘟疫。那些天，我和M如痴如醉地沉浸在流行性感冒中。M首当其冲，我第二个冲上去。她高烧好几十度，我却没有烧起来。或许是我善于摸索自己的感觉，哪个地方生出哪种类型的不舒服我都能马上找到对症的药；或许是我的体质越来越不如小时候，根本就烧不起来。反正我除了满脑袋的鼻涕眼泪以外，没有更大的痛苦。

M，也就是我的母亲一有病就躺在床上哼哼或者独唱，唱的都是老掉牙的歌，并不是为了唱歌而唱，只是为了发泄。有人说，大声叫喊着哭去火，也许M的行为和这是同样的道理，是生理需要。

"发烧你怎么就不呢？"高烧弄得她语无伦次胡说八道。

我现在是家里唯一好些的人。于是询问了她的感觉，找出适宜的药让她吃了。

"哎，我简直成了你的妈了。"

"那你就当小妈吧。"

"那你是我什么？"

"小姐姐。"

母亲说话实在像个孩子。我直想笑:"那咱俩什么关系?"

"姐妈关系。"

真能胡抡!

我满心想着山子,想着山子正在漂泊流浪。很早以前有一阵,我曾像当年欧洲人崇拜拿破仑或堂吉诃德崇拜骑士风度一样崇拜过流浪生涯,这个使人感到没家没业、孤独疲劳、艰辛磨难的字眼,曾那么强烈地吸引过我,大概是我有家有业物质享受惯了的缘故。现在轮到山子真的漂泊流浪去了,我却无比悲哀,仿佛自己也没着没落一般。

M一个劲儿地在床上哼哼,大概是感到憋闷。据说全世界都在流行这种病,有人称之为"世纪病",我不懂那玩意。只是从书里或电影里我知道美国人的症状反应是狂欢、暴饮、纵欲、歇斯底里;我们中国人比他们有涵养得多,我们在拚命地搞事业谈主义。只不过有时忘记屁股长在哪儿,但那只是偶然的片刻遗忘症发作。屁股是个顶倒霉的地方,拉屎时受冻,挨打时受疼,我们总是忽略它是人体的中坚环节,比如坐着时没有它就不行。可是有人偏偏看不到它的价值,几乎忘却它的存在;或是把它看得过于神秘而做出不屑于说的姿态。

这会儿,M感到饿了,我给她做了汤面并放了无比多的姜粉让她发汗,可是她忽然想起吃那个我们家八百年也不做一次的饺子。尽管我心里让山子的失踪搅得一片昏暗,但还是强打精神做起了饺子。我什么事都爱走捷径,所以选了一个做起来简单又神速的办法。当我把奇大的饺子端给M时她一看就饱了:

"你做的是军舰。"

天呀!

(三)我不知道自己怎么了

我第一天坐在教室里的时候,发现同学都向我投来陌生或淡漠的眼光。那天是一个被中国古代一位多愁善感的女词人描写过的天气:"乍暖还寒时候……"我穿了一件人造毛的黑红花纹的外衣,颈上系着一条黑色纱巾,看上去又忧郁又死气沉沉。我当当正正坐在第一排正中位置上。凡是上大课或看内部参考片什么的我一律大大方方选个好位子,从不掩饰这种欲望,不像有的人空着好位子不坐专拣犄角旮旯不得看的地方坐。班里有一位羞涩得像个小姑娘似的男生就是这样,我总看着他可怜,但我无论如何也劝不动他离开那个蹩脚的地方,仿佛离开那儿,他就会裤子掉下来。

那天,不知为什么我脑子里无尽无休缠绕着"心似已灰之木,身如不系之舟"这句话,又由此联想到老庄的"形如槁木,心如死灰,不以物喜,不以己悲"的境界。想着想着,竟至飘飘然起来。也许是由于老先生正在讲释禅宗的缘故。

我很喜欢听别人谈佛论道。我并不真信那玩意,只是想从中吸取那种看破荣辱、清心寡欲、超尘拔俗、因任自然的静而达、淡泊而自持的超然境界。

我从没有像那天那么认真地听过课,眼神都直了。老先生很震惊,在他眼里我向来是那种调皮的而且能举一反一百的学生。他不时地向我丢过来疑虑的目光,可我当时并不知道为什么。后来他讲到一指禅时就老举着一根手指头,我忽然想起一个比我大的女孩儿告诉我的这个动作所表示的最淫秽的意思,就是莫泊桑在《一生》中写的那个男主角强奸他家里女佣时说的那个词儿。老先生一直举着一根手指头,我一直按捺不住地笑,一直到下课老先生向我走过来,一直到他站在我面前大喊一声:

"我建议你到校医院神经科去一趟。"

我刚止住乐,结果又乐起来,乐得眼泪都流了出来。他吓坏了。

这会儿我正坐在校医院神经科,并不是我听从了老先生的建议,而是因为那整夜整夜折磨我的失眠,这还不算,要命的是黑暗中隐隐传来的远处的火车轮撞击铁轨的哐当哐当的沉闷声,仿佛是山子的足音敲击着我的胸口，这简直要了我的命。我的神或魂似的东西仿佛伴着这声音离我远去，于是我和我自己分离了。我不能再忍受这种折磨。

　　看病的大夫是位挺年轻的小伙子，脸文静得像个白雪公主，是那种绝对不知道大米白面多少钱一斤的男人。他用一个小镜子照我的眼睛，又用一个小锤子敲击我的膝关节和肘关节，还在我的脚心画来画去，然后就用一根手指头在我眼前晃悠，看我的眼神反应。我又差点乐出来，不过满处的白色叫我心里发凉乐不出来。他的手是温和的，他触摸我的关节或其他部位时总让我觉得他是个挺不错的丈夫，我差点就爱上他，要不是他说："你正常得出奇，你正常无比，你什么毛病也没有你回家去吧。"我失望极了，我巴不得我有点神经病，好为我的失眠和无缘无故的自我分离感找个理由。

　　山子失踪了，我憋了一整天的话就都攒到晚上和M说。我说起话来总是很兴奋，由垃圾说到现代派艺术，由夕阳说到死亡与毁灭，由高雅的舞会说到可怜的私生子。我的兴奋点很高，尽管我已经很体贴自己地开始服用谷维素和安定，但那点药劲就如同一个弱小的女孩想拦住一匹受惊的疯马一样无济于事。我一直说到连夜风都开始安眠打鼾，一直说到嗓子没了声。M很同情我，不时地过来代表山子在我额头上亲一下。我被激怒了：

　　"又是山子山子……"

　　"那我代表别的人亲你一下。"

　　"别恶心我好不好？没有。"

　　"我代表安徒生亲你一下。"

　　我受宠若惊，这位慈祥善良充满爱心的老人我是不能拒绝的。

　　"再代表尼尔斯亲你一下。再代表一休小和尚亲你一下。再代表……"

　　M可爱极了，她想亲我就没完没了做别人的代表。

　　"代表小和尚，真是亵渎！"我对M无可奈何。

　　睡觉前我和M达成一项协议，让她带我到精神病医院去一趟。

　　"你觉得不正常吗？"她说。

"不，老师认为我不正常。我只想去开开心，跟大夫探讨探讨弗洛伊德是怎么回事。"

在一个阳光明媚的下午，我又像找到了一件什么开心的事兴奋起来。我坚定不移地相信，我能做得比精神病人还像病人，到底看看这位弗洛伊德先生使用什么方法了解人的心理和潜意识。一种恶作剧的快感使得我两眼光亮照人。这种兴奋一直持续到我迈进精神病房 M 被砰的一声关在铁门外面——我傻了或是明白了。看病的老头先把门闩上，让我坐在一把由铁链子捆得牢牢的椅子上，从眼镜上边望了我足足五分钟。我吓坏了，真的目光呆滞、语无伦次、茫然不知所云起来。我拚命狂喊："我只想来开开心，我要出去我害怕。"他什么也不说，只拿了一个什么家伙往我太阳穴上一点，我就成了木头。

在 M 的苦苦解释下，我才被释放出来。临走时我只送给那老头一句话："你是一只猪。"

他这时反倒笑眯眯望着我："姑娘，我钦佩你的献身精神，你的疯劲儿大有前途。欢迎你来探讨。"

但愿我一辈子不再来。

（四）山子的回归

在一个狂风尖叫的夜晚，山子回来了，他带着满身寒气和满脸忧郁卷入我家的屋门，我的心跳一下加快到足有一百五十下。

"山子你去哪了，山子？"我的泪流下来。

山子消瘦极了，进了屋就直奔沙发，重重地坐下去就忙着一支支吸烟。

"你去哪儿了山子？"

"我哪儿也没去，也可以说走遍了整个世界。"他的眼神、语言和以前不一样了，深邃得像个哲人。

"山子，我想你……"我把手环在他的肩上和脖颈上。他闷头吸烟却不再看我。

"山子，你不要太压抑，我知道不是你干的，山子！"

"我知道是谁。"他吐着烟圈，从烟圈里看我仿佛透过"五倍"望远镜那么遥远。

"这么多天你在哪儿山子？"

"我知道是谁！"

"我不在乎是谁，只是想你山子。"

"我知道是谁！那个杂种、伪君子，他早就该和我妈离婚。"

"我真的不在乎这些。"

他向我瞪起眼睛，我向后退着。以前那眼巴巴望着我的痴劲儿哪去了？那对异性的不加掩饰的依恋哪去了？那温憨童真的山子哪去了？哪去了山子的童真温憨？哪去了不加掩饰的对异性的依恋？哪去了痴劲儿望着我的眼巴巴的眼睛？

在弥漫的烟雾中，他像个真正忧患意识者那样目光深邃地给我讲了一个神话故事：

在远古时候，一个遥远荒芜的国度有一个智慧的男人，他绝顶聪明，连上帝都看不透他的智慧。村寨里有个很先进的约定俗成的法律：一个男人只许和一个女人通婚，直至这个女人死去。但这个智者非常不幸，他的配偶是一个石头造的女人雕塑，她永远没有热气也永远不会死去。他乞求上帝给他一个有热气的女人。但村寨里的臣民都嘲笑他违背了那个约定俗成的法，他自己也觉得羞愧难当。可是后来他还是感到不公平，别的男人都有自己的热乎乎的女人。于是他向上帝讨了一个女儿，他对女儿爱护备至。女儿出脱得又高大又丰满。在女儿长到初次有了那种成熟的标志后，他再也压抑不住心中的欲火，在一个寒风彻骨的夜晚，他离开他的石头女人，爬到女儿柔软的细嫩的身上……

上帝并不知道这件事，他只看到他的臣民井井有条按部就班地生活很满意；臣民们看到这个智者死心塌地守着自己的石头女人也投来钦佩的目光。智者也就这样年复一年日复一日地生活下去了……但终于有一天上帝在闪电的时候发现了这个秘密，它为自己的心安理得而惭愧，并感到自己存在的虚伪，于是打了一个撼天摇地的雷，把这个虚伪的智者劈死了，可上帝自己却依然存在下来……

夜已经很深了，M过来问我们要不要吃点什么。我让她去睡，这些天她已经精神起来。

"我走了。"山子到门厅穿那件满是灰土的长大衣。

"你去哪儿？"

"我不知道。"

我拍着他身上的尘土："山子你要再来呀，山子。"

"不了。谢谢你小主人。"

"山子，我没有奴役你我爱你山子我怎么是主人？"

他用手指着自己的太阳穴："是这儿的主人。"

我明白了，什么全没说，让他走了。

山子学会了思考却不愿再来找我。也许是他不愿回忆自己低幼时的事。他走了，山子；山子，他走了……

（五）我真的病了

山子失踪那些天，尽管我魂不附体，神思恍惚，但我相信即使山子远在天边他也是我的；现在山子回来了，却永远离开了我。这让我深深陷在一种无法排遣的忧郁之中。我脚下发飘眼眶发青头疼欲裂。

我想去校医院要点"安定"什么的。家里的那一小瓶尽管我万分节省地舍不得吃，但还是被慢慢蚕食了。可是到街上的药店去买，那简直需要比一口气吞进一整瓶"安定"更大的勇气——售货员会用一种同情无比的眼光凝望着你，然后开始用万般柔情的语言开导你想开些，这个时候你不是一名忧郁的失恋者就是个确定无疑的癌症患者。这真让我受不了。

"怎么了？"校医院的小大夫问我。

"头疼。"

"吃点 APC 就好了。"

别管你头疼还是屁股疼，只要沾"疼"字就打发你去吃 APC，这是校医院的传统。

"只要不是毒药就行。"我真的让头疼搞得连喘气都累。

大概是我的胃不吸收 APC 中的阿司匹林和非那西丁，所以吃了老想吐，后来又开始一个劲儿地打哈欠，打了足有一百八十个，再后来又开始一个劲地吐唾沫，那一天吐的唾沫足有一条河。

课我是上不了了，我找到先生告假，就是那位讲授禅宗的老头。老先生是个很倒霉的人，又怕烟熏又怕尘土又怕怪味，更怕寒气，一年四季总得有四分之三的时间出门戴口罩。

他一听我请病假马上兴味十足地跟我探讨起来。那天我的确连睁着眼睛都困难，根本没心思掰开揉碎地述说病症细节。我于是不管他说什么或问我什么都举着一根手指头，做一指禅动作，什么意思自己想。他讲过，一指禅具有这个功能，通过静虑能够顿悟，然后达到一个超然的境界。我并不想让他或自己顿悟什么，只是从古人那儿偷了个省气力的办法。

他有一种和别人述说病情的癖嗜，经常的一走上讲台就先来一段，好像惟此心里才舒服。上次说的那段是得了肠炎，三天三夜没吃没睡，躺在床上打点滴。现在他正跟我述说一走路就头晕一上楼就气喘的事。我做一指禅状听着，先生之言不可违。可惜，他忘记了病症的名称，因为那是一长串夹杂着外文字母的名称。他真时髦，连生病都得外国病，我想跟他说我得的是最大众化的最下里巴的病，可是我的确一点劲也没有，什么都没说。

他说完了自己的病状，就开始说我如何的没有生病，什么我的气色之好超过最健康的人。他就是这样，倘有谁发烧，他就会摸着人家额头然后说人家比正常体温还要低那么二十度。闹不清他什么心理。

"你什么病也没有你别想逃学你老老实实上课去吧！"最后他宣判。

我转头就走向教室方向，然后从另一端回家了。

山子没有来看我，他又没了去向，电话和信都叫不来他。我深深靠在沙发里，整日整日地从阳台上望天空。那些天是明媚的天气，阳光便暖暖地爬了一身。这几天我把一辈子需要的紫外线辐射都吸收足了，即使我以后永远躲在阴沟地槽里骨头也不会发霉。我想着我的学业也想着山子，想着想着脑子里就冒出一句禅语："不立文字，见性成佛。"我虽然在学校喜欢谈佛论道，但我谈佛并不佞佛，论道并不放弃人生，只是拿它当作学术来探讨。可在我生病这几天，我忽然软弱不堪地相信静虑默念能够顿悟，使我和山子发生心灵感应。我敢说那完全是由于我神经的衰弱和心力的殚竭。

M这些日无暇顾我，她忽然被晴天里一个灼人的闪电打蒙了——三十年前念大学时一位追求过她的男人找她来了，可是那个人明明在五七年自杀死了，现在又从天边地角冒了出来。这件事足以让她兴奋得神经错乱。从她的表情我知道她很快会结婚。我的家庭向来冷清，因为人口少便总觉寒气过剩，以至于我总是担心连夜梦都冻凝住，使我从此失去白昼与黑夜的记忆。这时，忽然要从天上掉下来个"爸爸"，还多了好几位小兄妹，而且他们都分布在不同的国家中，我的家庭一下子将要成为人丁繁盛、关系复杂的大家庭，这让我感到前所未有的"富有"，同时也感到越发的孤单。M每天很晚很晚才回家，见了我就还只会眼泪汪汪地说一个字：命。

我这时才发现，我还算正常，她比我病重得多。

（六）山子，这是永别吗

我去找山子了。认识他两年来我很少去他家，原因是他父母总用半阴不阳的眼光打量我，仿佛是我勾引了他们的儿子。其实，在认识山子之前我在性方面的知识实在是个白痴，我曾经以为一个女人只要到了一定岁数就能自己生孩子，跟男人是没有关系的事，因为孩子需要有个爸爸，母亲才去找来个男人。在这方面山子是我的导师，他使我发现了自身潜藏着的那么美好的愉快。

山子的父母用从未有过的热情接待了我。他们俩依旧客客气气、相敬如宾。见了他们，我忽然也受传染似的演起话剧来，连笑容甚至咳嗽甚至喘气都做作起来。弄得我累得不行。

山子妹还是成天价高高兴兴欢欢笑笑，叫着喊着，大拇指一天到晚含在嘴里。我敢说全家只有她一个人真心地快活。山子的父母笑着跟我说："山子妹压根儿就没有怀孕的事，纯属谣传。"我不再多问。发现山子的父亲一下子苍老了十年，他更加卑躬更加赔笑脸更加不自然。

我实在难受，询问了山子的去处就离开了。

我坐了多半天的长途车来到郊外山子的祖母家。这儿除了天就是山，到处是荆棘和枯藤。这是一个阴湿的天气，山区的黄昏就更加惨淡，血红血红的夕阳仿佛把人类的血都吸了去。

"五天前他上了山就没回来。"老人沙哑着嗓子，那脸上的皱纹至少也得有一百多岁了。

一种鬼使神差的力量把我引上山顶，然后我就在云气弥漫的山顶一直向西。我忽然有种预感，在太阳沉落的地方能找到山子。我要把他找回来，跪在他的膝边倾听他那哲人的智慧。

我一直向西走去。

是黄昏了，我正在谛听，也许村里有人呼唤，虽然天气已经很晚。①

我用心和山子对话。

　　我留神年轻而失散的心是否已经相聚,两对渴慕的眼睛是否在祈求音乐来打破他们的沉默……②

山子,你在等我吗?

　　如果我坐在人生的海岸上,竟冥想死亡与来世,那么,有谁来编制他们的热情的歌呢?③

山子,我要和你对等地谈一谈,我们现在对等了,山子!

　　早升的黄昏星消失了……④

山子,你要等我,夜晚除了星,还有其他的光亮替代光明。

　　如果有什么流浪者,离家来到这儿,通宵无眠,低头听那黑暗中喃喃的自语;如果我关上大门,竟想摆脱尘世的羁绊,那么,有谁来把人生的秘密悄悄地送进他的耳朵呢?⑤

山子,我来了,你要把手伸给我,你要引导我你压根儿就比我大智大慧你知道人生太多的秘密……
　　夕阳沉沉地下滑,尽管我伸手可及,但无法拽住它,它轰鸣着挣扎着滚落下去……

---

①②③④⑤　均是泰戈尔的诗。

在山巅阒静的暮色中，在晚风徐徐的低吟中，我终于见到了山子——

他斜靠在一块岩石上，头颅仰向茫茫苍天，他苍白、安详又舒展。要不是他的眼睛一动不动盯住上天，要不是他的五脏已被秃鹰噬空，他仍然是完好的。我轻轻地跪在他身边，没有震惊也没有悲哀，我早已知道这是必然，就如同我无论如何也挽留不住沉落的夕阳一样。

他的上衣兜里有一个字条：你向我讨寻智慧，那么，你去读苍天吧……

天色完全黯淡下来，我把衣服脱掉盖在他身上，连同往昔那些快乐或者悲哀的记忆一并留下来，留在山子身边。我跪在那儿，既没有做一指禅也没有想什么，一片真空，只是默默地跪着，我相信那是我灵魂真正的一次升华，也许在那片刻我和什么东西对了话。但当我意识到自己在干什么的时候，一切都已结束，我又看见了山子想到了自己。

晚风来了，我站起身，打算沿原路走回去，也沿往昔那些智者的额痕走回去，沿所罗门① 明晰善辨的耳管走回去，沿盘古氏② 开天辟地的来路走回去，慢慢地，一直走回去。然而，我终于没有找到来路，只是越走越远，越走越远，越走越远……

一九八六年三月十四日

（原刊于《收获》1986 年第 4 期）

---

① 所罗门：《圣经·旧约》记载的古希伯来神话传说中的人物，以智慧闻名于世，聪明的代名，传说他能解兽语。
② 盘古氏：中国古代神话中开天辟地的人。传说生于天地混沌中，后来天地开辟，天日高一丈，地日厚一丈，他日长一丈，如此一万八千岁，天就极高，地就极低。所有日月、星辰、风云、山川、田地、草木、金石，都是他死后由身体各部变成。

光 明 的 迷 途

皮　皮

<blockquote>
对于你这个小小的黑子儿
那将是一个特写的"眼"

——题记
</blockquote>

她听见了声音。

她探起身，从他怀里挣出来。那声音又沉又闷。她知道他一定把大门从里面锁上了。她重新躺下。她看见他正盯着她，她盖上被子。

她又听见了声音。这次，她没动。

他说："你又要出去？"

"我不知道是不是巴妮。"

"今天我不舒服。"

她下床穿衣服。他说可以不穿衣服，只要披上一件衣服，打开窗户对巴妮说你不想去就可以了。她穿好衣服，对他说巴妮不在大门外,她一定回家等她去了。

他闭上眼睛,用手一下一下地敲着脑袋。

她飞快地打开大门。她真担心刚才那声音不是巴妮搞的。巴妮要是不在,她可没别的朋友。

巴妮在。她坐她家院子里的晒台上,抱着两只兔子样子很忧伤。

"你怎么了?"

"我以为你不来了。我阿妈不在。"

"阿爸呢?"

巴妮一闭眼睛一扬头,一副陶醉样儿。她总是用这个动作告诉别人阿爸喝酒去了。

她跳上晒台,抱过一只兔子,这时她说:

"巴妮,我得回去了。今天你找胖子玩吧。他病了。"

"你哥哥?"

她点点头。

"他像个鬼。是个戴眼镜的白鬼。"

巴妮龇牙咧嘴,拎着两只兔子的耳朵吊在脸庞,大叫着发出一连串怪声音。

这个慢慢朝家走要去照顾哥哥的女孩儿叫紫杉。这个十六岁的女孩不介意比她还小五岁的巴妮叫她紫奶奶。就像她不介意巴妮说她哥哥像鬼一样。她不喜欢哥哥为她取的眼下的这个名字。她很害怕鬼不戴眼镜,尤其是晚上。刚闭灯一片漆黑,什么也看不见。可是过一会儿等眼睛适应了就能看见一张白脸,白白的,鼓出来的两只眼睛又黑又亮还动来动去的。只要这时候他摸她,她准出汗呢。

天渐渐暗了下来,到了晚饭的时候。他打开他屋里的灯。他把手从眼睛上挪开点看着她。她说她要去做晚饭了。他点点头。她把放在床头柜上的眼镜递给他,他戴上,又摘下擦擦,又戴上。

她又听见那声音,又沉又闷。

这是一间有二十八九平方米的大房子,像是库房。它被分成两半。其中有一半又被分成第二个两半儿。一半儿小点的是厨房,另一半大点的是哥哥的卧室。三个屋子里两个屋子有床。大一点儿的房间有一张小床,哥哥的卧室里有一张不大不小的床。

哥哥躺在他的房间里。紫杉把巴妮领进屋里,没想到哥哥坐在这个屋里,他热情地招呼巴妮。她说,巴妮的阿妈出去了。

"那就在这儿吃饭吧。"

巴妮扯着紫杉的衣裳跟进厨房。他们彼此做着鬼脸。巴妮说:

"紫奶奶,求你做饼吧,就像上一次的那种。"

她很犯难。

"那就做饼吧,紫杉。"

是哥哥的声音把她们吓了一跳。

"巴妮,你肯定能找到么? 巴妮,我们都离家这么远了。你记着路,这么黑,咱们要是丢了,就全完了。不会有人来救的,谁也不知道我们在哪儿。"

巴妮停住脚步等紫杉走近。紫杉四下张望。河水哗哗响,在刮风,树也响。她们走在一条公路上,公路的另一侧是一片荒地。也许夏天会有羊群。

"巴妮,我们出城了。"

"噢,紫奶奶,别怕,别怕。噢噢,别怕。"

巴妮搂着她的腰,不停嘴儿地噢噢。

"别闹了。我们顺着这条路回去吧。我记着我们就是顺着这条路来的。"

"我要找阿妈。"

"回去吧。也许你阿妈已经回家了。她根本没去你说的那个地方。我也不信你能找到那个地方。回去吧。"

"回去阿妈不在家。"

"阿爸在。"

"你回去吧。你顺着这条路一直走就会到家的。"

她们继续朝前走了。风好像比刚才大，因为河水和树木的响声比刚才大。紫杉突然跌进一个坑里，坑不深。她往前看，往前的路面堆满了砂石。她突然明白为什么这条路上一直没有车辆往来。巴妮搀起她，她们拐上一条砾石小路。小路两旁是快要干死的草丛。草把小路挤得很窄。她们一前一后向前走，每次迈动脚步草丛都沙沙响。声音越来越大，渐渐盖过了河水和树木的响声。紫杉知道她们离公路远了，而且小路是弯来弯去的，方向完全乱了。

草丛变稀了，再往前一段草完全没有了，出现一片开阔的砾石滩。她们坐下，望着砾石滩的远处。

巴妮说："你怕那个鬼说你吗？"

紫杉没回答，心里很茫然。

"我阿妈一开始也不让我姐姐晚上出去。可她偏出去。后来阿妈就对姐姐说你死在外面吧。"

"她死在外面了吗？"

"没有。她没病不会死的。可我阿妈说她死了。我姐姐漂亮极了。我不知道她现在在哪儿。"

"有时候没病也会死人，是自己想死。"

"你是说你，还是我姐姐？"

"都一样吧。"

"不一样。你没有阿爸阿妈。我们这儿没人跟哥哥住在一起。每个房子里都有阿爸阿妈。你和他分开算了，那鬼又不是你的亲哥哥。"

老头尽管老了却是一个很漂亮的男人。紫杉总是在每天早上看见他。她去小街对面的铺子买一个北京人炸的油饼。她不知道老头这时候是去上班还是去喝酒还是去干别的什么。他穿得很整齐，不像晚上。晚上他总是让人搀回来。搀他回来的人有男人也有女人。由此猜想他不一定在一个地方喝酒。老头脸都喝肿了，裤子勉强挂在身上，上衣乱七八糟系在脖子上。巴妮很怕她这个阿爸。紫杉也怕。只是紫杉从没对巴妮说过她阿爸是个很漂亮的男人，他的眼睛是凹进去的，像那个派克。巴妮似乎不懂凹进去的眼睛意味着什么，因为她除了阿爸喝酒没对紫杉提起过别的。

巴妮家住的是一幢独立的房子，很厚的墙，房门前是一个面积不大种满花草的院子。房子的结构很特别，从南到北紧连着三间，仿佛是一个没有窗户的长走廊被门割开。紫杉没去过第三间，它太深。她总是在院子里的晒台上同巴妮在一起。巴妮住第二间，这是巴妮说的，紫杉只去过一次。而在紫杉看来巴妮似乎一直在晒台上。

星期六紫杉可以出来很久。家里有客人。她推开巴妮家的院门马上又关上，她看见老头站在院子里。

"进来。找谁。"院子里传出来的声音很大。

紫杉重新推开门，还没等她说话，老头又大叫一声。巴妮从屋里随着喊声飘出来。接着她被巴妮拥出门外。

"你怕了。他不喝酒就是要这样喊的。"

"巴妮，昨晚你阿妈回来了么？"

"紫奶奶，我阿爸让你跟我一起去西街买酒。"

"你阿妈回来了么？"

"你别再提我阿妈。"

"去西街什么地方？"

"你跟着我就行了。"

"好吧。"

"我阿妈她在家。你见过我阿妈吗？"

"我好像见过。我记不清她什么样。"

西街是一条石板路，路两旁有彼此相接的旧房屋。白天这些临街的房子都是铺子，什么都卖。晚上都上厚厚的门板，街里很静。

巴妮敲门，声音传出好远，没人开门。巴妮后退几步朝这幢房子的二楼窗户张望。淡粉色的窗帘里灯光很安详。好像没人。紫杉回头发现自己身后有一个水泥电杆，上面那盏路灯闪着蓝幽幽的光。

门过了很久吱吱嘎嘎地开了，探出一张泛青的老脸，是路灯的缘故。巴妮和紫杉随着老太太进去，门重新关好。紫杉觉得自己下了一个很深的台阶，险些摔倒，屋里的地面果然很低。

"上楼吧。"

楼梯在屋子的西北角上。老太太把毛披巾扯到头上，用手在颌下掐紧，突出的面孔像被精心雕琢过，皱纹走向很特别。

紫杉跟在巴妮后面上楼。老太太就着灯光看着巴妮放在桌子上的钱。钱旁边放着酒桶。

楼梯是木板的，踏上去声音很小。巴妮上得很快。紫杉倒吸一口凉气，一个热乎乎的东西触到了她的腰部。她回头，在她目光下老太太安静地把手从紫杉的腰部慢慢挪开。

走到那个很明亮的房间门口，紫杉回头，身后什么都没有。她很恼火。

就是巴妮刚才从外面往上看的那个房间。窗帘的颜色从里面看要比外面深些。巴妮让紫杉坐下，她自己拉开一个抽屉，拿出一个东西放到嘴里嚼起来。那东西似乎很硬，她嚼得有些费力。房间里没有别人，靠墙放了一溜很旧的黑色木椅。椅子很漂亮，椅背上雕出花朵。紫杉把目光挪到墙角，紧贴木椅放置一个只有两扇对门的大柜。柜子上有一个很大的镜框。镜框里的照片有些发黄，是一个很妖冶的女人的全身照。

这时候，巴妮捧过一个盒子。盒子外面包着的东西好像是蛇皮。巴妮很突然地把打开的盒子朝紫杉脸前推去。一个又硬又凉的东西碰贴了一下紫杉的脸，又落回盒子里，发出一个轻轻的响声。

巴妮把盒子里的东西放到手上让紫杉看。是一块四方银锭，上面镶着三颗牙齿，牙齿呈扇形分布。巴妮重新把它放进去，扣好盒子。紫杉看见她把盒子放到刚才拿吃的那个抽屉里。巴妮回身对她说，这都是真的。

"是谁的牙齿？"

"是真的牙齿。"

说完她朝紫杉轻松地做了一个鬼脸。紫杉心里一下子平静好多。

老太太像是一张没有重量的绢纸，紫杉盯着看了好久，认定站在镜框左边的就是刚才把热乎乎的手放到她腰上的老太太。她想不出这个房间可能有几个门，也许她太紧张了。

"走吧，酒装好了。"老太太说完瞟了紫杉一眼，她的眼睛又黑又大深深地陷在一堆皱纹里。巴妮急急忙忙整理着刚才从抽屉里拿出来的东西，然后她朝紫杉一扬手，紫杉起身跟在她身后。

老太太、巴妮一前一后撩起布帘从另一个门走出去。紫杉记住那个门的位置，便来到柜前，凑近那个镜框，近看照片上的那双眼睛更大了。

"下来吧。"楼下传上来的喊声嘶哑低喑。

紫杉去撩布帘想从刚才她们出去的那个门出去。她一定着急了。她摔倒了。她的一只胳膊触进布帘。她很快就把那只胳膊缩回来，从另个洞开的门下楼，随巴妮来到街上。她们没有向老太太道别。老太太似乎也不需要这个。她们刚刚迈出那幢房子，身后便是闩门的声音。

"巴妮。"

巴妮放慢脚步等紫杉赶上来。

"我刚才摔倒了。"

"那你为什么不跟我们一块下来。楼梯总是很黑。"

"我是在房子里摔倒的。"

"地板上蜡了。"

"我摸到一个脑袋。是隔着布帘。"

"巴妮，你听见我说了吗。"

"我们快走吧，我阿爸等急了要骂我的。"

"我真的摸到一个脑袋。是我摔倒时无意摸到的。"

"也许那里面有人睡觉。我们快走吧。"

"那布帘遮住的是床？可是巴妮我摸那个睡觉的脑袋，应该有什么声音，叫一声或者哼一声。什么动静都没有，是不是个死人。只有死人你碰他脸他才会没有声音。"

"算了，你要是不急，我先走了。"

巴妮有些费劲地拎着酒桶小跑起来，紫杉望着她的背影，第一次觉得巴妮是个可恶的东西。

紫杉回到家里，倒在自己的床上。她把脖子上的毛衣扯到胸前，翻动着尽量让自己躺得舒服。屋子里弥漫着烟臭味。

"杉。"

他坐在床边，镜片在黑暗中发亮。

"和巴妮去哪儿了？客人们刚走。"

她没有回答。

"巴妮一举一动都那么夸张，看着让人累得慌。她怎么会喜欢跟你在一起，你们完全不一样。"

"也许因为我傻，可以唬来唬去的。"

"你怎么哭了。闹点别扭值得这样吗？"

紫杉掀起毛衣扣到脸上。

"紫杉，你已经不小了，已经很大了。你自己知道么？"

"我多大了？"

"十六岁了。"

"我知道了。"

"还有你不知道的。"他像只猴子跳起来，拉开灯，"我要帮你考上一个大学。"他很激动，两只手绞在一起，走过来走过去。紫杉看着他。

她有一种新鲜感。她从前从他嘴里听过类似的话。她从未多想。因为这些动听的话总是说在人最容易忘却的时候，也因为太多次的重复。就像一种反射，她觉得自己有些紧张，他压在身上，不管她像只快死的小鸟一样发抖，不管她出很多汗，他一切都不管，大声说，"我要送你去上学。"仿佛她对他的所有不适都可以在此话中消融。紫杉渐渐习惯了这一切，也习惯了听那句话而不多想，她知道她迟早要睡去，忘掉一切感觉，像走入死亡一样走入梦想。

而现在是什么时候？太阳在她和巴妮买酒的时候已经落了。屋子里有灯光,他穿着衣服在那儿兴奋地说着。他没有像被一样盖在自己身上。这不是夜里。她没有出很多汗,她安静地躺着,巴妮回家,她阿爸已经醉了。这不是白天,这是晚上。

第一个没有欲望崇高而伟大的晚上。

"我要按我的主意去做。以前,我说爱你你还不懂。现在我真的爱你,是一种重新开始的让我自己也诧异的爱。我要送你去上学。我要写信给你还要去看你。让你看清我,也开始爱我。然后,我要娶你做妻子。从此,我们开始一种新的、艺术的生活。你看,我多像个梦想家,就这一次,做个梦想家。不过,为了保证功课,你不能再和巴妮一起玩了。"

她听得那么真切,她不能再和巴妮一起玩了。在这个晚上,哥哥和巴妮都那么奇怪。

日子过得很快,紫杉也渐渐地喜欢学习了。她有时去巴妮家,在晒台上跟巴妮跟兔子一起待会儿。她们没再出去。巴妮似乎更加忧伤了。紫杉问过她为什么这种样子,巴妮不回答,只是把脑袋拚命地摇来摇去。

有一天紫杉对哥哥说,她说把头发剪短,哥哥很爽快地答应了,也答应了她找巴妮一块去西街理发。

西街是一条石板路,路两旁有许多岔路,外地人永远搞不清楚哪一条岔路通向哪里。巴妮和紫杉看也没看就拐进了西街上的一条岔路。巴妮非常肯定在这条岔路的第四个弯上有一家理发店。

每一条岔路延伸进去的世界都很诱人。行人稀少,房门紧闭,充满阳光,异常得安静,像是随时都要撰写故事。紫杉把自己当成了主人公。他们都穿着样式很特别的黑色皮夹克,站在一个门洞前,在巴妮和紫杉离他们还有一段距离时,他们盯盯看着两个女人,然后看着她们一步一步从面前经过。紫杉几乎认定要发生什么认定那三个男人认定她们这时候经过妨碍了他们秘密商定的计划。她加快脚步,随时提防那只突然拍在她肩膀上的大手。走到第三个弯儿时,紫杉迅速回头看一眼,三个男人如今只剩下一个靠在门洞旁,正朝紫杉的反方向看着。

"刚才那几个人太吓人了。"

"有什么怕的，他们就那样。"

"他们是谁？"

"我也不认识。"

她们找到的理发店是一个胖女人开的杂货铺。门口支起的摊床摆着烟糖。外面阳光很强，胖女人坐在门里，像一幅低调油画。巴妮招呼胖女人出来，指着紫杉对胖女人说紫杉要理发。胖女人费劲地站起来来到阳光下仔细瞧了紫杉一阵，好像在审量她配不配让她给理发。紫杉友好地笑笑。

屋子里光线很暗。紫杉等眼睛适应以后打量了一下周围。地面和墙壁都是木板的，都涂着紫红色油漆，看着不舒服极了。巴妮又像到了熟人家里，东走西逛，摸摸看看。看起来，胖女人一点儿也不介意，她正忙着呢。

胖女人端来一盆水，黄色的铜盆很浅，水很清澈。紫杉坐在地中央的方凳上，胖女人很麻利地把一块很肮脏的白布披在紫杉胸前。白布散发着浓腻的香气。胖女人自己也围上一个带口袋的围裙，口袋里插着理发刀剪。

胖女人解开紫杉的头发，皱皱眉头，然后她拉开横在紫杉面前的帘子，露出一面镜子镶在木框里。紫杉从没见过这么大的镜子。它充满了整个墙垛。墙垛两面各是一个狭长的空间，紫杉猜想也许是两扇门。紫杉从镜子里可以看见自己和胖女人还有胖女人屋外的摊床。

"要什么样式？"

"短了就行。"

巴妮不知道从什么地方窜出来，给人感觉她对这个地方熟极了。她站在镜子前面歪脑袋照看，又从镜子里看紫杉和胖女人。最后她又跑到镜子底下，用手摸摸镜子，手上的热气留下印迹随即又消失了。她又用食指敲打镜子，镜子发出清脆的声音，像是金属发出的声音。胖女人制止了巴妮，巴妮离开。

胖女人用铜盆里的水浸湿了紫杉的头发。开始梳理。紫杉看不见巴妮，偶尔从镜子里看看胖女人。

胖女人用手掐住紫杉的头发对她说：

"这么长行吧。"

"行。"

胖女人掏出剪刀开始剪。紫杉这时目不转睛地看胖女人，起初是担心头发，后来她发现胖女人心不在剪头上，总是往她们右侧那段镜子反射不到的地方张望。胖女人嘴角噙着一丝笑意，看着不舒服，给人没安好心的印象。

"巴妮。"紫杉喊了一声。

"她就在那儿。"胖女人依旧笑着，好像此时此刻巴妮正做一件中她心意的事。

"在哪儿？在这个屋子里吗？"

"在。就在那儿。"

"巴妮。"紫杉喊得更响了。

"我在这儿。"是巴妮不耐烦的声音。

巴妮没有过来。紫杉又从镜子里望那胖女人。胖女人低下眼皮摆弄头发，收敛了笑。紫杉心里涌起一股莫名的烦躁，有种被愚弄的感觉。

头发剪短后，胖女人要为她把头发削薄些，紫杉拒绝了，她要胖女人把底部剪齐。胖女人做好紫杉要她做的事站到一旁。紫杉从镜子里左右看看自己的新发式，动手解围在身上的那块肮脏的白布。胖女人走近帮她打扫残留在脖子上的碎头发。

紫杉付钱后，胖女人端着铜盆进去了。

紫杉终于看见了巴妮。巴妮背冲着她，从木板墙上的一个小孔朝另一个房间窥视。她拍拍巴妮，巴妮慌忙转身，是一个二分硬币大小的小孔，巴妮看见紫杉注意它，连忙用头挡住。

"你在干什么？"紫杉问。

"让我看看里面怎么了。"

巴妮依旧保持原来的姿势不动，蹲在地上头高昂着。紫杉走近巴妮，胖女人说：

"你们该走了。"

她们离开胖女人的铺子，外面阳光弱些，紫杉忍不住又问巴妮从那个小孔往里看什么，巴妮笑嘻嘻地说没有什么，紫杉说巴妮已经把一只眼睛塞进孔里了，没有什么为什么要看，巴妮说她把眼睛塞进孔里以后就闭上了。

紫杉参加高考以后的日子过得不快也不慢。她很少对人提起考试的事，似乎她并不盼望现有的生活发生改变，然而事实说明并非如此。那天当她第一次收到写着她名字的信时，她哭了。信封里装了一张油光光的红纸，是师范学院的通知书，通知书背面印着烫金字：欢迎你，未来的人民教师。当然她哭也许是因为另一个缘故，她第一次收到信，而只有那个把信给她的老头儿莫名其妙地看着她亮晶晶的泪珠从脸上摔到地上。他仿佛听见了那泪珠炸裂的声音，眼睛一眨一眨的。

紫杉走了。

——她没有回家，她第一次没敲门没想巴妮是不是在家就推开了她家的院门。晒台上是那两只兔子。

她走进第一个房间，没有人也没有声音。阳光被大块阴影分割，散布在各处。她走进第二个房间，没有阳光，光线随着她身后慢慢合拢的门消失了。她听见门轻轻碰合的声音。她站在那儿，让自己的眼睛逐渐适应。她没看见什么，因为什么也没有。

在推开第三个门之前，她有种预感：第三个房间有人。

她被绊倒了。头很重地碰到了硬东西上，眼前立刻出现了许许多多闪烁不停的小星星。她看着它们忽远忽近，像睡着了一样失去了知觉。

她醒过来的时候胸闷极了，她想呕吐。她竭力翻身，身体被压住了。她摸到一个硕大的头颅压在她胸上。也许是她的触摸恢复了另一个人的本能。她觉得那个硕大的头颅随着一阵蠕动更加逼近她的脸。首先是味道不对，她几乎被窒息了。她转过头吐到地上。她庆幸自己刚刚剪短了头发，她受不了头发沾上脏东西。她似乎看见了那只手朝她的脸伸过来，她轻轻躲闪，那只手触进了她的呕吐物里，她听见了那微微的声音，顿时，她充满信心。

她在做女孩儿的年龄做了女人，因为她倒霉吧，因为没有阿爸阿妈。只是在这时候她不想抱怨，她知道她有能力不让自己遭第二次罪，以往的所有经验让她在一个瞬间里决定叫那些不该发生的事不发生。她不能让自己恨自己。

她动手了，她伴随着那声短促的叫喊站了起来。

在她离开这个房间的途中，那只从呕吐物里挪出来的手扯住了她的裤子。那只手在她的大腿外侧像一把绝望的钳子。她习惯地张开手臂，为了不致摔倒，跌进那堆呕吐物。而那个发亮的硬东西就是在这时候被她握进手里的，仿佛有人在暗处关注着一切。她认定自己做对了一切。她像抚摸一张可爱的脸一样抚摸润滑的酒瓶，在那只手第二次用力，她的裤子发出撕裂声的时候，她又动手了。

绿色的玻璃碎片或者是白色的玻璃碎片像落雪一样飘进那双深深凹下去的眼睛。那双深深凹下去的眼睛像美丽的泉眼汩汩地流涌着。真的是这样么？也许不。她是把酒瓶砸在额头上的，尽管她记不清那额头的形状和特点，因为总是有太多的头发簇拥在那儿。她觉得不重要了。让所有愿意变化的东西在这片黑暗里变吧。她觉得不重要了。

她轻巧地用衣袖擦掉滞留在嘴边的污迹，这是她在这片黑暗里做的最后一件事。她没有回头，径直走出所有的门，在白茫茫的太阳下想着那双深深凹下去的眼睛它们那么美丽那么混浊那么闪烁它们意味着什么它们意味着什么太阳多好太阳从来都没这样好过太阳真是太好了只有太阳这么好。

"巴妮，每次去找我怎么弄出的声音？你从不敲门，那声音又沉又闷。"

（巴妮，我也许就要离开了，你不是我的朋友，我也不是你的朋友。你让我看了你的那个伤疤。你说你是不会让别人看的。我摸它们的时候，我还以为我们做了朋友。）

"我用屁股撞门。我屁股上有很多肉。"

紫杉笑了，巴妮也笑了。紫杉再也想不起来另一个话题能使自己开心，也使巴妮愉快。她隐约知道她会走的。

"巴妮,那天晚上从我们家吃完饼出城去的那地方是哪儿?那天风真大,回来我就感冒了。荒草滩头上的石头房子好怪哟。"

"那是坟地,房子是看坟人住的。"

"在这儿怎么会有坟地?"

"是烈士陵园。我以前去过好几次,老师每年都让去。"

"可是巴妮,那幢石头房子明明有楼梯是个两层的,楼下怎么没窗户?"

"不知道。"

"你认识看坟人吗?他是不是特别矮?你忘了楼梯上的那个小门那么矮,门口蹲的也不是狗。你记得吧,门口蹲着一只山羊。你上去时摸它它还'咩'地叫了一声。你以前去也是山羊吗?"

"不知道。"

"可后来你进去了。你出来什么也没说就让我跟你回家。你阿妈在里面吗?"

"我没进去,那里面没人。"

"可有灯光。"

"我没进去。我趴着往下看了看。"

"往下看?下面没有窗户,灯光在楼上窗户里。"

"这有什么,灯挂在房顶,窗户在上面太阳也能照进去,家家户户都这样,人在下面。"

"会不会还有门?"

"没有。"

"你阿妈到那儿去干什么?"

"她不在。我阿爸说我没有阿妈。"

"我见过你阿妈,有一次她在你的晒台上大声哭。"

"我阿爸说我没有阿妈,她疯了,她会掐死你的"。

巴妮弯曲着手指朝紫杉伸过来。紫杉抓住她的手腕,把它们紧紧握在一起。巴妮瞪大眼睛。

"太疼了。"

紫杉依旧握住它们,并且不断用力。

"你是鬼。"

巴妮再一次大喊起来。紫杉放开巴妮转身离开了。

(她似乎稍稍懂了一些从前一直不懂一直让她心烦的事情。她是相信巴妮那丝毫没有发育的乳房进而才相信巴妮是个孩子。孩子不懂或是懂她要弄清楚的事都可以,至少有一件事是从哪儿开始又回到哪儿的,那就是巴妮的伤疤开始了友情也结束了它。)

"你是短头发鬼。"

紫杉心平气和地微笑了。(哥哥是白脸鬼,我是短头发鬼,巴妮要告诉我她也是一个有伤疤的鬼,一切都像童话那样美丽。)

紫杉回到家里。当她发现哥哥逼近她要亲吻时,才想起通知书,她在外面耽搁得太久,那张纸在她手里变得很轻。仿佛这是很久以前的事。

她把通知书放到桌上,她第一次抱住他,让自己在他怀里很温柔地停留一段时间,好像她做女人的生涯是从这一刻真正开始的。

"决定去么?"

她再一次想起太阳。她来到外面,闭上眼睛,太阳在另一个世界里留下一片红光。她尽情地享受它们,觉得惬意。

在那个红光闪烁的世界里,她想着她要说的话,该怎样对站在她后面的那个男人说她已经走了,绝不会留下来。因为这里的一切她都无法走进,永远也走不进。

她睁开眼睛,让围拢她几年的白墙把眼睛刺疼,等它们流出泪来,然后擦干。她笑话自己刚才那些不切实际的念头。在她掏手绢的时候她意识到眼下她最该做的一件事是对站在她身后深情嘱望她背影的那个男人说——他们的缘分到此了了。

一九八七年三月　沈阳

(原刊于《收获》1987 年第 6 期)

没有意思的故事

李国文

圈 套

No.26

我打心眼里赞佩邻居这两口子挖山不止的精神。

男的叫小梁，女的叫小钟，男的浓眉大眼，女的娇巧玲珑，很般配的小夫妻。

我们两家门对门住着，断不了碰头见面，慢慢地知道我是在编一份刊物，年轻人都有一种胎里带的文学兴趣，便尊敬地称呼我为老师，时常到我这儿借《十月》、《当代》和《收获》去看，偶尔也聊聊，他们知道作家的逸闻甚至比我都多，听到这些，也无法证实是耶非耶，只好笑笑，惭愧自己孤陋寡闻。

他们喜好文学，倒不想当作家，这使我放心地来往，因为害怕端来一摞稿件，要求你看看，看看以后，要求在你编的刊物，或你认识的别人编的刊物上发表。幸好，他俩只是爱好，并不打算实践。他们工作的那个研究所，似乎上的科研项目较多，小梁是助研，手里也掌握有数万元经费，而且还是"七五"计划攻关的课题，这样，够他忙的了。即使有从事文学创作的雄心，也顾不上了。小钟是普普通通的技术员，在所里的实验室工作，她清闲些，不过，也不想写小说。她说，她只是一种坏毛病，躺在床上不看会儿书，怎么也睡不好觉。她们副所长说她这是条件反射作用。

那么你先生呢，也是这样的习惯？

她笑了，因为我们彼此熟悉了，便没有什么可隐讳的了。"小梁毛病比我还坏，在厕所马桶上坐着，不看小说，无论如何拉不出来。"我绝没想到文学还有催便的功能，怪不得上上下下这等重视它。

小钟话特别多，我妻子对她有个评价，把她比作聒聒鸡，一坐在那里，你只有听她宣讲的份。文学上的话题，诸如作家们的风流韵事啊！谁写了违禁小说啊！谁讲了上面不爱听的话啊！谈起来简直如数家珍，我妻子闻所未闻，也成为她忠实听众。

"还是人家作家——"

假如她先生小梁在座，总时不时发出这种总结性的慨叹。最初，我以为这句话更多是对灵魂工程师们一种不屑情绪的表露。后来，我觉得他们俩实际上是对作家们能自由表达意志，哪怕是最低限度的痛快淋漓，所表现出的羡慕心情。年轻人是有这种偏激，想问题的方法比较拗。

"其实，未必如二位所想！"至少我认识的作家，十分谨慎做人，还惟恐来不及的。

"我们呢？我们呢？"小梁差点喊起来，"更他妈的完蛋！"

"你们那儿全凭真学问，真本事，真功夫呀！"我妻子这样反驳着，"我想该不至于太乌七八糟了！"

小钟说："啊？你以为我们那儿是净土吗？你问问小梁，又要塞进一个。"

我不懂，以为塞进一个什么东西，结果听明白了，塞进来的是一个大活人。他来，带来外汇额度，不过，出国人员指标得占一个名额。这都是司空见惯的弊端，小梁说："我顶着，就没有钱，要钱，就得让他跟出去。我要是作家，我就写！"

小钟煽动她丈夫："我支持你写，要不，这回出国你得泡汤！"

我害怕这两口子误入文学歧途，连忙劝阻："别，别。即使最没出息的作家，也不会写这种事情，我编刊物，见到这样稿件，一律请到字纸篓！"

小钟话又多起来，她认为价值规律在起作用，小毛病太多了便不觉得是毛病，只有大毛病才是毛病。等到大毛病多了，大毛病也不是病了。特大毛病，然后是特特大毛病……她说得又快又溜像说拗口令似的，把大家都逗乐了。

"挺有趣的一对！"他们借了几本杂志走了，我妻子这样总结着。

"年轻人，到底可爱些，赤诚得多。"

有一天，我从编辑部下班回来，正巧和小梁一齐进楼，他习惯性地问："王老师，最近有好小说么？"

我不知他是否大便干燥？"小说是有，好小说似乎不多。"

"不过，到底有小说嘛，还是人家作家。"

"你们研究所怎么样？"

"连让人觉得可以略微提高心率的兴奋也没有！"

我听这话，他大概很泄气。"怎么样？你顶住，还是没顶住？"我想起那位要塞进来夹带出国访问的人。

"现在是战略相持阶段。"

"你要打持久战？"

"当然。"他信心十足。

说心里话，我缺乏像小梁这种不听邪的精神，时间像一张砂纸，慢慢地就把你浑身的棱角，甚至毛刺，都打磨得光光净净。这个浓眉大眼的小伙子，使我回忆起自己那曾经富有浪漫气息的年代，不像现在头发白了，倒总喜欢画地为牢，把自己和别人箍得死死地。

"王老师，我这借来几盘带子，晚上过来看。"

"好的好的。"

我妻子嘲笑我会那样津津有味地欣赏这些无聊的片子，是智商不高的表现。不过，她也很愿意在这年轻夫妇家做客，或许，我猜想我妻子在怀念她也有过这段岁月，那时我们俩构成一个家庭时，比起小梁、小钟他们，可以说寒碜到难为情的地步。现在年轻人挺会生活，这是个绝对舒适的天地，喝着小钟端来的雀巢咖啡，看着从香港转录来的、印有中文字幕的警匪片，确实是相当惬意的。

小钟说："王老师最爱看不用动脑筋的逗乐片！"

我妻子说我欣赏口味愈来层次愈低，她连这类警匪片也不喜欢。不过，她愿意在这格调情趣都不俗的客厅里多坐一会子。尤其那音响似有似无的背景音乐，注意听则有，不注意听则无，把室内气氛顿时变得典雅了。我更欣赏这小两口整个房间的灯光设计，大概动了脑筋也花了不少钱，集束的、弥散的、摇曳烛光式的、渐强渐弱的，亏他们琢磨得出。现在年轻人真有兴头，回想当年，我们都白活了。

这类警匪片总摆脱不掉模式化的老套子，照例，闹到最后，主要罪犯倒是警察局里的人。"贼喊捉贼，知法犯法，归根结底还是窝里反。"小梁又发慨叹，"你拿他有什么法，他在没穿帮以前，他是头，你又不能不听他的。"

"那么，你们那位要塞进来的人，肯定有背景了？"

他认为我提了一个绝对傻气的问题，"不是头儿的亲信，会给他这样使劲？要，马上给外汇，不要，对不起，你先排队等着去吧！"

"那你还顶？"

"截至此时此刻，我还没松口！"

"那头儿干吗这样偏心？"明知绝无道理，还一意孤行么？

小钟开口了，她一张嘴便热闹："研究所谁不知道，他给所长擦皮鞋！"我们俩都听傻了，拍马屁这类事情，也许觉得正常或不那么反常了，至少像科研机关，读过几天书的知识分子，拍也得拍得技巧些，别太下作了；接受拍起码要含蓄些，不能太肉麻露骨，这不成了市井小人了么？"啊呀呀，两位老师太迂腐了，如今赤裸裸得厉害，那些有声望的名流，阿谀奉承都不讲包装的。"

我替小梁担忧："你一个人孤军作战，行吗？"和这样一位敢于光天化日之下让部下擦皮鞋的领导对抗，会有什么好果子吃？

小钟这聒聒鸡真能说："绝对一篇小说素材，拍电视剧都可以的。这个项目小梁牵头，他出国是天经地义，非让那位擦皮鞋的顶，岂有此理？副所长是站在小梁这边的，要不是他，小梁？十个小梁也让所长收拾了，和刚才那片子一样，警察局里好人一伙，坏人一伙，所里也是两派，小梁就是那个探长，非跟他们较这个真不可！"她总是越说越亢奋，思路变化迅速，又转到文学上来了，我倒宁愿她去搞电视剧。她说："虽然没有无声手枪，可明争暗斗也够激烈的，擦皮鞋的最近拚命拍副所长，有人看见他拎着一匣点心去敲副所长家的门。小说开头就从这儿写：傍晚，一个鬼鬼祟祟的人影，蹑手蹑脚地……"

幸亏她先生把她这篇小说枪毙了："推理小说才这样神神秘秘的，他是堂而皇之大摇大摆地去拍，不过没拍成。"

"门没有敲开？"

"那还用问，扑了一鼻子的灰。"他一笑，笑得有点子怪。

"假如，他来写这篇小说，一准有真情实感！"接着也笑了。我认为年轻人到底少不经事，不得不提醒一句，万一他们所长、副所长握手言和了呢，还是先别张罗写小说吧？

"不怕！"他安慰我们夫妇，"放心，如今谁是吃素的？"

一代强似一代，这一辈年轻人要比我们出息。对付邪恶，惟有刚直，但奸佞小人实在多如牛毛，结果常常事与愿违，所以我衷心祝愿他能顶住。像那位黑人探长终于逼得真正凶手面目暴露，然而端起手枪射击，把这位擦皮鞋的出国梦击个粉碎。

正谈得兴浓，有人敲门，他们家来了客人，我们便告辞。事后得知，那个器宇轩昂、很有学者风度的来访者，竟是说了半天的擦皮鞋的某人。

"他该不是来拍你们的马屁?"

小钟耸耸肩:"来做交易的!"

他的条件是两人都去,外汇他负责搞到,只是免税商品的份额得给他。理由很简单,小梁你已经出过两次国,你家里基本要什么有什么,你垄断这项目便宜占得够多的了,该是利益分沾的时候了。

"就这么像做买卖的谈生意经?"

"根本用不着外交语言的!现在已进入信息时代,繁文缛节纯属多余,越痛快越好!"这位娇巧的女人很善于辞令。

"小梁松口了?"

"不,他说,这次只能他去,而且非去不可,你就死了这条心吧!"

"擦皮鞋的那位呢?"

"擦皮鞋的那位笑笑,只说了一句,小梁,我的老校友,还一齐搞过文学社,半点旧交都不念,我算服了你!"

"走了?"

"走了!"

"不会自杀?"

"才不会咧!大概要尽快改换门庭了吧?"

"抛弃所长?"

"所长自己也快到被抛弃的年头了,可惜我缺乏艺术细胞,这真可以写篇呱呱叫的小说。"

送客的小梁也到我屋里来了,听到小钟的高谈阔论,笑话她:"你拉倒吧,真正的一切,谁也写不出写不好的,还是人家作家吧!"他照例又发出老规矩的慨叹。

这一回我体会到又有另一层意思,好像他坐在马桶上阅读的小说,似乎还不是真正的一切,那么,他说的这真正的一切又是什么呢?作家难当,正因为谁都可苛求他。

小梁到底还是达到了他的目的,擦皮鞋的没去成,他去了,大概搞到外汇的途径还多。无论如何,去的本身就意味着真理战胜,何况还带回来一系列舶来品。承他情，知道我爱喝咖啡，送我一具电煮咖啡壶。我绝不是因为这份礼品才夸他们的，不管怎么说，我打心眼里赞佩邻居这两口子挖山不止的愚公精神，要是年轻人都学会擦皮鞋，脊背老弯着，浸透了市侩主义的庸俗，这社会还有希望么？

……

这以后不远，我在编辑部处理一批自发来稿，有一篇题目名叫《圈套》的短篇小说，倘不是开头两句吸引住我，也许我真摔进字纸篓里了。这位作者这样写着："傍晚，一个鬼鬼祟祟的人影，蹑手蹑脚地走在巷子的树荫里，她是去赴她上司的约会。然而，那位多情的上司，绝没想到这个娇小妩媚的女人身后，尾随着她的丈夫，而且更想不到丈夫手里同样有一把可以开启他家大门的钥匙。于是，故事便这样展开了。"

我没有再看下去，像是吃了一只蟑螂，感到恶心。

那天晚上，邻居又来借杂志看。我正在喝那电煮咖啡壶滴下的咖啡，不知什么原因，非常非常的苦，加了好几块方糖，还苦。

懊　悔

NO.27

他后悔透了。

他不知该怎样给她复信，阻止呢？赞成呢？还是不疼不痒说几句不着边际的话？或者发出一些空洞的感叹和廉价的同情？提起笔来，难以在信笺上画出一个字来。

他沉吟着，思绪飘忽，心驰神往，竟又在脑海里出现了高原小镇——洛仓的影像，那颓败的庙宇，那残破的屯兵围子，那古老零落的街道，那黧黑污秽的门面。如果说，洛仓还有值得骄傲的，使人振奋的，恐怕就是那永远的晴天，和绝对清新还没有被污染的空气。他的伤病所以能那样快地痊愈，也许和这总是万里无云的好天气有关，当然，还有她，卫生院的小林大夫。

她浮现在他眼前。

泛泛地来形容一位女子，对他来讲，并不费难。他是一位散文家，以抒情见长，他的一篇题名《小雨》的短文，选进语文课本，被千百万初中学生朗朗上口地背诵过的。"《小雨》吗？我记得的，至今我还能背得出那篇课文！"小林大夫背着手，微仰着那秀气的头，一句句地回忆着。他很高兴，不是高兴他文章覆盖面多么广阔，而是高兴他文章从这样天生丽质的女性嘴中念出来。她那俊俏的模样，他可以找到许多词汇来描绘，独她那气质，使他煞费踌躇，好像很难把握。他在想，当然是想入非非了，这里曾是古西夏王国的属地，那不易捉摸的至尊至贵的禀赋，或许是王族后裔，血管里至今还流动着那一份高贵？

小林大夫确是气质非凡，他是艺术家，他能感觉到。

"中国从来不曾有过真正的贵族，无论过去，还是现在，即使衣冠楚楚地挤入贵族阶层，骨子里，无妨可以说灵魂深处，实际上还是昨天的农民。"

这是他的挚友，一位电影导演的宏论。

因为他求助于这个导演："丁路，也许只有你能把那位小林大夫从洛仓解脱出来！"

"我简直地不明白，庭萱，我们不是慈善家，我们不可能为遥远的西部高原地区一个小镇上的卫生院里一位据你说是具有明星潜质的小林大夫做什么！"他一口气说完，差点噎住了。

"丁路，你该相信我的感觉！"

"可是你别忘了，在中国，我们每个人都只是棋盘上的一个子，你不可能做你无法企及的事！"

"别拒绝，别一口就说死了！"卢庭萱几乎央告地说，"下一部片子，你给她试一试镜头，导演的天才就是发现明星！"

丁路站住，打量着他："莫非你在洛仓养伤期间，爱上了这位小林大夫？"

"我发现你在影剧圈子待着,越来越庸俗了!"

"小心夫人敲你脑袋!"

"她感激小林大夫还来不及呢!要不是抢救及时,她现在该成未亡人了!"

他摇头,当然不信。他说:"我是导演,绝懂什么叫戏,别瞒我,老兄!"

卢庭萱面对那张摊开的素白信笺,想:也许丁路这小子猜疑不无道理,为什么我特别特别关心小林大夫呢?如果说是爱的话,恐怕更多的是父亲般的关怀。

她将永远永远在那小镇上生活下去,怕是连一个充满想象力的美好的梦也再做不成……想到这里,觉得腹部那缝合的创口,隐隐作痛。他明白,这是绝对的精神作用。那手术是她做的,给他留下了永不磨灭的纪念。

洛仓真破,卫生院真脏,然而这位小林大夫,真美。高原离太阳要近些,光特别强,映照得小林大夫的美,令人眩晕。

卢庭萱是随一个西部地区民俗考察团,去作采风旅行的。他岁数大些,名望也高些,省里单独给他配了辆吉普车。谁知在最危险的区段倒平安无事,却在洛仓打了尖继续驶行在平坦得像铺了地毯的草场上翻了车。吉普车四轮朝天,他被压在车子底下,小腿腓骨折裂。其实前边那两辆面包车早点折回来,大家齐下手,把车子抬起,他的脾脏不至于破裂。等他们意识到后面的吉普车大概出了什么故障回过头来寻找,卢庭萱已经不行了。

丁路劝过:"老老实实在家待着,不要壮士暮年,雄心不已。我们该做的,做了;不该做的,也做了。如果我们为国为民着想,最明智之举,就是别添乱!"

他有他的人生哲学:"我要这次不鼓起勇气走一遭,以后将再不会了,爬不动了!"

事情说起来就这样好笑,按丁路的话说,叫作戏剧性。"人生本是一场戏！"他经常发表许多高见，"你呀，庭萱，说得好听些，你就是匆匆忙忙赶着去出事，去翻车，去开肠剖肚，去结识这位小林大夫的，我们可以叫它为一种缘分。说得不入耳些，对不起，你是千里迢迢，自寻苦吃！"

"滚你的蛋，用不着你来教训！"

"难道不是这样么？"

缘分！他想想，也许是。

赶紧连人带马再折回洛仓，无论如何那里有个卫生院，先将伤口包扎起来再说。也怪，司机爬出来，只是蹭破点皮，屁事没有。他上了年纪，反应慢，躲闪不及，砸了个结实。带队的同志，省文化厅的一位干部决定连夜送回省城。因为这个卫生院，很难和卫生这个词汇联系在一起。所有医护人员穿的白大褂，血渍斑点且不说它，看上去不灰不黄，和那剥落的庙宇高墙的颜色几乎近似。尽管他清楚地了解到他状况的危殆程度，不在腿，而在鼓胀的腹部，也决定动身上路，听天由命了。

"卢老，你只好忍着点了，将近二百公里山路，肯定够你受的。不过，到了省城，就有救了。"

他们准备抬他上车，这时，卢庭萱眼前一亮。也许，洛仓地处高原，这里日照充足，每个人脸上都留下紫外线的痕迹。独她，这位小林大夫，面色白净皎洁，显得与众不同，加上惟有她穿着浆洗得雪白熨帖的白大褂，越发使人感到眼花缭乱的美。她走近了担架，大概有人先对她说了，拿开卢庭萱捂住腹部的手，探了探渐渐隆起的下腹，并没有怎么声严色厉，也没有用什么威胁口吻，而且只是对病人说："你最好留下来，马上做手术。"

他很纳闷，美能产生一种征服力么？

首先是他，他对那对漂亮的眼睛，有种信赖感。领队同志，考察团的同伴，看着他紫胀的面孔，就把希望全寄托在这位年轻女医生身上了。

手术是她做的，无可挑剔，事后回来又经过医学院的名家复查，都认为在那穷乡僻壤，竟然敢动大手术，达到这水准，也算差强人意。他甚至不敢对妻子讲，卫生院实际是设在没有残败倒塌的寺庙侧院里，手术室还留有民国年间兵燹的遗迹，烧焦的板壁上能分辨出彩绘的佛经故事的壁画。但是小林大夫那双眼睛是绝对纯净的保证，他怕妻子联想太多，便更不说什么了，他相信，这是缘分。

现在想送他回省城也不可能了，那能把肠子颠断的山路，绝不敢作任何冒险。省里不知真的假的，说是要派一架直升飞机来，那是考察团继续西进时为他联系的。他才不信，拿破仑说过，把作家和驴子放在行进部队的中间，把两条腿和四条腿等同看待，为你派飞机，哄哄而已。小林大夫总推他到空院里，等待天外飞来的福音，她天真地相信，"会飞来的！"他不愿让她失望，也像她那样抬头望天。

这永远晴朗澄澈的蓝空里，有时干净得连一丝云的意思都没有，鸟雀都不见，哪来的直升飞机？

"别等了，小林大夫！"

这位极纯情的年轻女性，心地和蓝空同样透明，她说："他们答应了，他们准会来的！"

也许牧民的体质强健，也许有些许病不当回事，卫生院很清静，只有左宗棠西征时的老白杨树，飒飒作响，似乎在絮絮低语。除此以外，整个洛仓小镇，小镇外平展的草场，草场远处积雪的山，一律沉默，了无声息，时间也仿佛停滞了。

"这里人连鸡都不养！"

"人们嫌麻烦！"

"狗呢？好像难得听到叫声！"

"狗是养的，不过这里的狗不大叫，咬起人来挺凶，都用铁链子拴着。"

"小林大夫，你什么时候分配到这儿来的？"

年轻医生在他轮椅后面轻轻笑了："我就是洛仓人。"

卢庭萱惊愕得说不出话，原来，她除在地区医专读过两年书外，压根儿就一直在这天似穹庐的洛仓小镇上生活着。

不知什么时候，他的笔尖在信笺纸上下意识地画出了一个问号。来信只是问他，卢老师，你看我该怎么办呢？我是在洛仓永远地生活下去，一直到老到死呢，还是像你说的，跳出去，去征服一个新世界？我现在倒真心真意地想离开洛仓了，老师，你能帮帮我么？

他正是那样鼓舞她的，她说她连省城也没去过。

你不比上海、广州、北京任何一个漂亮女孩子差，你好像并没意识到你的美。要知道，美是女性的特权，在美面前，既没有挡得住的墙，也没有打不开的门！

老师，你的话像你写的《小雨》一样，一下子就记住了，记住了再忘不掉！

他绝没有想到他的小雨催发了一棵小苗，使她本来平实的生活开始变得倾斜欹侧，不那么安宁平稳。因为到底医疗条件差，伤口愈合得慢，直升飞机大概找不到洛仓，不会来了，也不等了，只有耐心地养伤。好像整个卫生院只有他一个正式病人，和小林大夫一位医生似的。别的那些穿变了色的白大褂的医护人员，不是喝得酒臭熏人，便是在麻将桌上消磨时光，男女都一样，甚至女的更能喝能赌些。他知道，这是太寂寞、太无聊而无法挣脱的苦闷发泄，不止一次有人对他说："小林大夫可惜了，可惜了，她投胎投错了地方。你看那小子没有，常来转转的公社秘书，早晚他会得手的……"

他问过："他要娶你？"

她回答："这里就这几个人，选择的余地很小很小！"

"你愿意？"

她最初没有表示愿意，也没表示不愿意。等到伤口快要痊愈，他给她讲，或者她问他回答关于洛仓以外那世界的一切，包括他去过的美国拉斯维加斯，那亮亮的眼睛里充满惊奇神情时，对这位逡巡的公社秘书，其实也是一个年轻人，明显地开始流露出厌恶的表情，她说："他太像拴着铁链子的狗！而且还想用这铁链子拴住我……"

"啊呀，老兄，"丁路大摇其脑袋，"你给那样一位村姑，灌输什么乱七八糟？"

"村姑？比你手里的明星强得多了！"

"那又怎么样呢？"

"你答应我，让她试镜头，也许能成真正的明星。"

"要不成呢？"

"这样可以摆脱拴住她的铁链，得到所谓的自由！"

"*Oh! My God*！"导演爱做虚张声势的表演，双臂高举，做悲剧英雄状，"我们谁不被拴在一根木桩上呢！不过，有的绳子放得长些罢了！"

"行不行吧？你痛快说！"

"你刚回来时我就明确回答过：不行！"

"怎么不行？"

"口条不行！"

"你那些宝贝明星谁不南腔北调，全找人配音！"

"可是会演戏！"

"哎，你说过的，越没演过戏的，演出的戏越真情，没有坏毛病。帮帮小林大夫吧！朋友一场，我恳求你。我好不容易才打消了她那小地方人的畏缩心理。真的，你把她弄到电影厂去看看，准压倒群芳！"

"对不起，我敬谢不敏！"

"你这老甲鱼，硬是不开口！"

后来，考察团结束任务回程途中，又经过洛仓，顺便把他带走了。整个卫生院，甚至整个洛仓都来给他送行，小林大夫也站在人群里，不知为什么不向前走过来和他握手告别，她仍是那样光彩照人，和第一眼见到她时一样。他在想，难道一切又回复到开始时那样？他那开刀的创口有点疼，再比不上美的毁灭，更让艺术家心痛的了。

还是那辆翻过的吉普车，终于缓缓开动。小林大夫终于从人群里冲出来，只对他讲了一句："老师，别把我忘了，……"后面的许多话，他已经从那传神的眼睛里看明白了。

信笺纸仍摊在手边，只有他自己画的问号，在瞪着他，他简直懊悔死了……

我们总想唤醒什么？然而一旦真的唤醒了什么，我们又显得那样茫然无措。他想，这也许是一种时代病。

钓　鱼

NO.28

老高拉我去他家打麻将，说三缺一，非我不可。

麻将如今是健身游戏，很时兴，经常有人通宵达旦地进行这种高尚活动。我刚刚学会此道，还只能算是初懂麻将ABC的新手，找我凑桌，简直太抬爱了。

因为高志强遐迩闻名，在这方面是有特异功能的。

"开玩笑，你们都是大师级的，我敢上桌？"

"哎，随便玩玩，打四圈，因为临时动议，没办法，那些老牌友好像约齐了似的，一个都抓不来，只好委屈阁下了！"

"怎么能这样说呢！领教大师的牌艺，正是求之不得的事情呢！"

"那好，嫂夫人，我把老刘绑架走了！"他替我穿上大衣，围好围巾，出门下楼，楼前停着一辆小轿车；因我与此物无缘，根本想不到竟是接我去打麻将的，便绕开它走。高志强拉住我，示意我应该进到车里去，司机把门已打开了。

"老高，这是——"

"走吧！"他嘱咐司机开车，并不把我的惊异当回事。

高家离我本不远，步行一刻钟即到，所以我们时有来往。干校时同在一个班，他的样板戏唱得最好了，可以说达到惟妙惟肖的程度。以后他虽弃文从商，但风雅不变，他来我家小坐，聊聊文艺界谁又挨整之类的新闻。我闷了，也到他府上去作壁上观，看他们作方城之战，我就这样熏陶着略懂一二。还未待我坐稳，车就停了，我们从车里出来，在没进屋之前，高志强笑着说："老刘，你可千万别说你是初学乍练、刚刚启蒙之类的客套话。谦虚是美德，但太谦虚，除了自我贬低以外，还会让人感到你虚伪。"

"我本来就不行。"

"不不，老刘，你现在是准大师级的麻将名手。"

"开玩笑！"

"哎，我是挺顶真地对你说的。"

赌徒大概有一种争胜好强的心理，否则不会那样拚命一决雌雄了。我顿时也很自信的，认为自己为什么不可以是准大师级的呢！原来做成两副小牌即很满足，现在也野心勃勃想和几副大牌了。

一进门，高志强就像凯旋而归的那般兴高采烈，向屋里人通报："我到底把我们这位海内外闻名的文学评论家，从被窝里拖来了。"

这人说话向来是真的，假的，正经的，开玩笑的，让人摸不清头脑。一个普通的刊物编辑，怎么成为文学评论家，而且最滑稽的，冠以海内外闻名这样的定语。老高也许信口胡扯，他是随便惯了的人，至少表面上是这样。但我倘不表态更正，岂非默认我是海内外知名人士？我连忙拦住他话："老高——"

他一开口，讲话便垄断性的，你根本插不进去嘴。他说："他感冒了，刚吃了退烧药，说什么不肯来。其实我太明白了，有什么大病？心里不痛快。刊物不好办，尽往下撤稿，一股火憋的，内热外感。我对他说了，去感冒的任何灵丹妙药，也赶不上四圈麻将，最能消痰去火，养心益肺了。"

这高志强成了天桥卖大力丸的了，胡说八道什么呀！我什么时候感冒发烧？他怎么会从被窝里把我拖起来？"啊呀呀，老高老高——"

他还是不让我讲话，那优美的男高音（唱《打虎上山》绝了，他在干校没吃多大苦，干打垒一块没打，总在毛泽东思想宣传队待着，沾了好嗓子的光）继续震得客厅嗡嗡响。麻将桌早摆好了，专门打麻将的伞状吊灯拉得很低，紧贴桌面，气氛足极了。他是属于享受派，他说他信奉伊壁鸠鲁，人生应该快乐。他说，必须要讲求情调，譬如打麻将，一定要有花梨木桌子，塑料麻将那是贩夫走卒用的，根本不能上桌。夜宵要考究，过去上海人半夜叫两碗阳春面，全是亭子间当娘姨的小儿科做法。他讲起来，一套一套，特神。我老婆挺宾服他："高志强，人家也是一辈子！"意外之意，看你这位编辑大人，只能哓哓业余作者，除此以外，惟有战战兢兢，提着一颗心过日子，不定什么时候，飞来横祸？幸亏中国有许多足可以安慰我妻子和我这等人的民谚、格言、警句，诸如："人比人，气死人"，"能忍自安"，"安贫乐贱"，"大丈夫能屈能伸"，"命中该有九升九，你就别想凑一斗"，等等，使你能很快寻找到心理平衡的方法。高志强要当作家就好了，他可真能编造。"焦老，我要不把你牌子亮出来，他是不肯赏光的。"

焦老？

这时我才定睛聚神，隔着牌桌，从那低悬的吊灯看去，那小老头儿果然坐在沙发上，笑容可掬地同我打招呼。我和他不算很熟，一块钓过鱼，搞不明白他是和郑洞国打过仗，还是和杜聿明交过手？那天我们去参加百乐杯钓鱼大奖赛，我很难相信他是行伍出身、带兵打仗的人，他同我探讨了半天子曰诗云，我怕他交给我旧体诗词要我在刊物上发表，虽然不占什么篇幅，也没敢太多搭讪，既然钓鱼，还是攀谈鱼经为好。

"啊呀，志强同志，强人为难，这就你的不是啦！人家刘作家既已经躺下了吗，何必拉他起来？脑力劳动者这大脑皮层一兴奋，失眠啦，头疼啦，要影响精神产品的啦！快坐，快坐！"焦老很和蔼地拉住我，坐在他身旁。这位据说在位时比部长职务还高的老同志，给我留下很不错的印象。没有官架子，不摆谱，平易近人。那天大奖赛，他钓到一条重十五斤的胖头鱼，乐得像小孩子那样直蹦高，可见童心未泯。那天也是一口一声刘作家，弄得我好不自在。我算哪门子作家，我悄悄埋怨老高："你搞的什么名堂，我可不愿意挂羊头卖狗肉。"高志强是大奖赛主持人，正忙得七窍冒烟，哪有闲心理我。他说："就你们知识分子事儿多，难缠，不好侍候。"我问他："哦？你把自己划出这圈子了？"他说："对不起，鄙人是开发公司经理！"拿他无可奈何，不过我还是要求正名，"你向焦老解释一下，我是某某刊物的编辑。"高志强无心和我辩论："对我们这位老人家来说，喊你刘作家，和喊张参谋、李干事一样，统统是他的部下，不具有任何特殊意味！"

他跑去指挥各路人马，进入竞赛地点。

那是我们 H 市最热闹的钓鱼比赛，电视台做了实况转播。焦老终究是老革命，最不愿意突出自己，很客气地请那些记者离开，不要干扰他垂钓。"亲爱的同志们，把我的鱼都吓跑了！"两位电视台的死皮赖脸不走，特别那位小妖精总把话筒塞过去，提些莫明其妙的问题。"您对钓鱼的兴趣，是怎样培养起来的？""您过去打仗时，也钓过鱼么？""您认为开展钓鱼活动，对促进精神文明，会起到怎样的作用？"

小老头儿很幽默，他那小眼睛眯起来，特别和善亲切。他对那位小妖精说："你问错人了，这位刘作家会给你最满意的回答！你看他百钓百中，真是能文能武啊！"

听他这样说，他对作家这概念一点不模糊。焦老甚至说："作家这饭碗，不好端呀！捧着碗，你得看多少人的脸哦！我小时候讨过饭，我能体会众目睽睽之下，那是什么滋味！"如果不是手里有钓竿，我会跑过去同他拥抱。

我在沙发上坐下来，发现斜欠着身子坐在另一单人沙发上的林非，他长得有点像电视片里的福尔摩斯，鹰钩鼻，阴沉沉的。和老高同行，也是经理，两个公司，两块牌子，但实际上是逻逻双胞胎，弄不清他们内里怎么回事。他麻将牌的技艺，是超一流的。只要你打出吃进几个回合，可以准确无误地猜出你有什么牌，有时厉害得吊你那张，你无法抗拒，非乖乖就范不可。我始终怀疑他和高志强有种超自然力，或者是魔法，要不然，难以解释牌桌上的种种神奇。

大凡一个人掌握一门技艺，到了出神入化的地步，那时候，结果常常不是主要的，反正总要赢，赢是无所谓的，而过程本身，倒成为目的。我看到他俩，尤其是福尔摩斯，从心所欲地摸进每一张牌，打出每一张牌时那种欣快感，享受感，隐隐地还有参悟了的超脱感，远比最后把牌推倒算和那种快乐要强烈得多。其实，我钓鱼也有这种体验，在干校数年，唯一值得感谢这项英明决策的，恐怕就是练出了百钓百中的本领。最初，鱼被我拎出水面，常使我乐不可支。后来，既然每一钩都不落空，这种乐趣便让位于与鱼的斗智斗力上。鱼和人一样，有精有笨，有狡猾有凶恶，当然也有战战兢兢、胆小得如同我等之辈，一有动静吓得筛糠的，善钓者就是想方设法制服这些对手。所以，那次百乐杯钓鱼大奖赛，高志强安排我和焦老比邻，他了解我志在钓而不在鱼，这份良苦用心，我自然是要成全的，老人家根本不知道他鱼篓里，不少是我钓的鱼。那天确实也是邪了，鱼特别爱咬钩，来不及地往岸上甩，高兴得焦老大呼战果辉煌，怕是当年和杜聿明或郑洞国打仗胜了，也不会这样手舞足蹈。从这喜悦的心情看，老人家钓鱼水平尚够不上炉火纯青。自然，恭维话要说的："您这冠军当之无愧。"他虚怀若谷："哪里！哪里！"不过，他捧着大奖杯登上奖坛，接受 H 市党政群领导人祝贺，并摄影留念时，那小眼睛总眯着，是挺高兴的。

我看老高脸绽开着，林非那张侦探面孔也露出笑意。"不容易啊，二位！"

"只有老人家高兴，我们才能高兴！"

当麻将桌上，第一个四圈派司过去，消夜。那排场他妈的简直绝啦！小吃喝内容且不论，仅是器皿一项，精美得无与伦比。老高说过："豪华算什么？穷奢极欲算什么？真正的贵族，不讲这些。"焦老虽然早年讨过饭，但革命成功之后，也过着神仙般日子，不禁感叹："要说会生活，佩服你们年轻人哦！"

"托您老的福嘛！"

第二个四圈，我才发现，我为什么需要感冒了。上家是那位侦探，绝对吃准了我想要什么牌，吊我胃口。害得我想做不成，不想做又心痒。有时，就差一张两张牌，急得我抓耳挠腮，直到最后，他放出一张，连忙吃进再吐出别的；谁晓得下家焦老把面前牌扳倒，成了。老高直摇头，

"作家作家，是不是给你片阿司匹林！"这两位麻将大师耍弄我和比我还差的焦老，易如反掌。

老先生打麻将和他钓鱼水平近似，仍停留在以得失计快乐的阶段，属于浅层次的享受主义者。连和几把，小眼睛眯起来，话也多了。要是手气臭，面前筹码见少，便用经常递来的小毛巾擦汗。然后，有许多可乐的小动作，挤鼻子，吮牙，挠头，抓耳朵。因为我和焦老只是麻将桌上的预科生，他老人家说对了："刘作家，你钓鱼我比较敬服，至于这东南西北中，也许烧未退，未能充分发挥！"这样，牌桌上只有我和这位在H市工作了三十年的焦老，真打，真计较输赢。而谁赢谁输，命运掌握在老高和林非手里，整个节奏绝对由大侦探控制，因为老高要应付半夜来的电话，公司业务忙。这样，夫人便上桌了，嗲声嗲气，故意弯身过去帮焦老拆对算和，好多赢几番，那天真烂漫，也挺讨人喜欢。我和她对坐，也深为她那法国香水所陶醉。

福尔摩斯真是国手，他能让焦老输得不名一文，然后借他翻本，又能使全桌的筹码都跑到他面前堆积如山。其实筹码没有任何意义，只是游戏的计值标志，焦老眼睛又眯成条缝。这时他最开心，高志强就谈开发公司的苦经，电话来得也及时，讨债的，要账的，他回答挺光棍："要钱没有，要命一条！"而且挺仗义："我绝不赖账，钱有，只是有人作对，卡着，等等吧，我决不学杨白劳——"

焦老都给逗笑了："你呀！"

牌桌上风云变幻，筹码朝我集中，老先生脸渐渐黑了，开始挤鼻子，吮牙。林非有一搭无一搭地开导高志强："算了，和小米粥较什么真，不就是没朝他烧香磕头吗！小人！"

"谁是小米粥！"焦老输得心烦，不愿意添乱。

高志强连忙遮掩："这事儿您甭过问，年轻人，傻狂，谁也不在他眼里，脑袋一热，瞎说八道，您听了都会背过气去！"他捏出一张牌来，说："作家，我这张七饼成全你了吧！我看你想做十三不搭吧？"

"你要早给就好了。"我已经另起炉灶。

"那算了，我另打一张——"他想把牌收回，没料到焦老急了。"这回你当白毛女都不成，我听的就是这张！"这一把，旗开得胜，满贯，老先生牌运又转了，一直到天亮，赌运不衰，而且越赢越顺手。我可晦气透了，没有一把开和的，最后，我大概真感冒发烧了，头晕目眩，连饼和索都分不清了。

焦老安慰我，到底老同志了："啊呀，刘作家，看你脸色铁青，输急了上火不是？我们又没有真的赌钱么，何必那么计较？"

我想想，可也是，笑了。

焦老坐车走了，他挺忙，虽然退了下来，好像也并没有闲着。我实在佩服他的干劲，不知又和市里研究什么事去了？

我可是精疲力竭，高志强说要呼吸呼吸新鲜空气，陪我走几步。我说："老高，实际上的赢家是你！"

他没吭声，一路走一路扭着老年迪斯科。

"依我估计，小米粥大概要成棒子面粥了！"

他不扭了，站住："老刘，你知道西方有句谚语，沉默是黄金吧？"

"那我倒要问问，大奖赛，我不明白，那塘里的鱼像犯疯似咬钩，为什么？为什么？"

他笑了，笑得那样开心："我让他们整整停止喂食三天，你要掉进塘里，没准连你也吞吃了！哈哈哈哈……"

我怕他高兴得要唱《打虎上山》，便招招手，拜拜了。

（原刊于《收获》1988年第4期）

落 价

冰 心

我们家的老阿姨回安徽老家去给儿子娶媳妇的时候,对我说:"宋老师,我这次回去,可能不来了。我总觉着在您家里干活,挺轻松、挺安逸的。我的侄女昨天从乡下来了。她刚念完初中,她妈妈就死了,她爹又娶了后妻,待她很不好,尽叫她下地干农活。我听说了怪心疼的,就托同乡把她带来了,想让她顶我的缺。她什么都会,又有文化,比我强多了。"说着从身后拉过一个二十岁左右、面黄肌瘦、衣衫褴褛的姑娘来,说她叫方玉凤,又推她说:"你快见见宋老师,她就是你的东家!"小方腼腆地向我鞠了一个深深的躬。

那时我还没有退休,我女儿小真大学刚毕业,也在中学里教书。家中里里外外的事也不少,有小方来帮忙,我很高兴。

小方虽然瘦弱,却很利落麻利,来了不到一个月,我们就都十分喜欢她。她也因为久已没有了家庭的温暖,在我们这个简卑的小家庭里,似乎又得到了和睦融洽的"家"的滋味。小真总把自己穿过的衣服,一年四季给小方换上。她俩就像姐妹一样地亲热。每天晚上小真还教她英语、数学等,鼓励她去考中专。

两年过去了,忽然有一天,小方很难为情地来对我说:有个同乡介绍她到一家面铺当售货员,每月工资有一百九十元,奖金在外。她几乎流着眼泪说:"我真是舍不得离开你们,可是我若想上学,不攒一点学费不行……"这时我已经退休了,足可以料理家务了,因此我和小真都连忙说:"这个我们了解而且也替你高兴,你去吧,有空常来走走。"

小方真的像回家一样,每个星期天都来。本来在我们家两年,她已经丰满光鲜得多了,这时再穿上颜色鲜艳的连衣裙,更是十分漂亮,我们都笑说几乎认不得她了。

她每次来,都带着果品,尤其常送些新鲜的南豆腐,她说:"从书上看到老人骨节疏松,最好吃些带'钙'的东西,除了牛奶,鸡蛋之外,最好的是豆制品了。你们上街买菜时,不容易碰得到好豆腐。"当我们辞谢她时,她还对小真挤眼,笑说:"我的工资比你们都高,这点东西算不了什么。"我们也只好由她。

有一天,她拿来了一架小长方形的白色蓝面的收音机,放在我的书桌上,说:"这收音机才十八块钱,不到我工资的十分之一,你们早晨起来听'新闻和报纸摘要'不比订那些报纸强么?从前我每次到邮局去替您订这个报,那个报的,我都觉得很浪费!其实那些报纸上头登的都是一样的话!"我一边赏玩着那架小巧的收音机,一边笑说:"报纸上也不尽是新闻,还有许多别的栏目呢。而且几份报纸看过了,整理起来,也是一大摞,可以卖给收买破烂的,不也可以收回一点钱?"

小方打断了我,说:"您不知道,'破烂'才不值钱呢!现在人人都在说'一切东西都在天天长价,只有两样东西落价,一样是'破烂',一样是知识……"小方忽然不往下说了。

我的心猛然往下一沉,心说:和破烂一样,我们是落价了,这我早就知道!

一九八八年五月十一日晨

(原刊于《收获》1988年第5期)

青 黄

格 非

　　九姓渔户作为一支漂泊在苏子河上的妓女船队早在四十年前就已经消亡了。民间有关它的传说却经久不息。《麦村地方志》（1953年版）是这样描述这个故事的：九姓渔户在官兵的追逼和当地帮会的骚扰下，它的最后一代张姓的子孙在一天黎明从麦村上了岸。令人疑惑的是，这部由三个私塾先生编纂的书对那个"天空中飘逝着各种颜色"的黎明做了极其详细的描绘，但对于这几个船民上岸后的情况却语焉不详。在最新出版的《中国娼妓史》（谭维年著）一书中，对九姓渔户模棱两可的论述部分完全是《麦村地方志》的拙劣的抄袭。在谭维年教授头脑清晰的好日子里，他为人的风度和著述的严谨曾使我默默地仿效过，可是现在呢？一旦他所论述的对象和麦村、九姓渔户这些字眼连接在一起，就会连续不断地出现错误。在那些飘忽不定的字句中间，我仿佛看见了谭教授在痛苦的晚年穿着肥大的马裤跨过一只火盆的滑稽身影。和许多其他学者一样，谭维年在那本书的第四百二十七页上，同样提到了那个颇有争议的名词——青黄。按照他的理论，传说中把"青黄"一词解释为一个漂亮少妇的名字"至少是不谨慎的"，至于有些人将它说成是春夏之交季节的代称更是荒诞不经。凭着他先天的预感和固执，他认为"青黄"是一部记载九姓渔户妓女生活的编年史。他声称，如果不出意外的话，这部书依然散落在民间。

正是基于这样一个充满魅惑的说法，我决定再次到麦村去。在临走之前，我在一家私人酒店里碰到了谭维年，我向他谈起了我的计划。像往常一样，谭教授听完了我的话立即对我做了一个不耐烦的手势：

"你到了那里将一无所获。"

1

埃利蒂斯说，树木和石子使岁月流失。对于一件四十年前发生的事，人们不至于忘记得那样快。我来到麦村三天后的一个傍晚，在苏子河边的一片低矮的榛树林里，我遇到了一个正在给羊圈加固木栅栏的老人。他和村里的许多人一样，对于那件"不光彩的事"不愿重新提起。悲伤的阴影重叠在他的脸上，使他的皮肤看上去像石头一样坚硬。我在那圈散发着羊膻腥的木栅栏前踯躅了好久，老人才开始和我搭上了话。他在回忆往事的时候，显得非常吃力，仿佛要让时间在他眼前的某一个视点凝固或重现。他说话时齿音很重，喉音混浊不清，这使我在记录时遇到了一些麻烦。在我听不清楚的地方，我让他略作停顿或是重复一两遍。

那条顶着凉篷的破船是在黎明的时候到岸的。那时正巧碰上了仲夏时节的梅雨。那天早上天气有些凉，那个姓张的人带着一个瘦弱的女孩沿着泥泞的谷道艰难地朝村子里走来。从天空的东南角刮来的大风把他们吹得东倒西歪。村里几乎所有的人都看见了他们。在他们身后，停泊在岸边的木船上燃起了大火。竹篷在雨中燃烧爆出清脆的声音。这是一个精明的外乡人。他也许担心村里的人不肯收留他们而放火烧掉了那条船。

这个疲惫不堪的中年人来到村里的时候,看见所有的大门都向他们关上了,心中忧伤,挨着他的女儿在雨中站立了很久。中午的时候,人们隔着门缝看见村头的一个给人摆渡的艄公将他们领走了。"直到现在,"老人回忆说,"我还不知道他的名字。他的女儿好像叫小青。现在她已经老了,在后村住着,也不叫这个名。"

"以后的事呢?"

"以后的事我也不怎样清楚,他们来的时候是端午节的前三天,也许是前四天,因为老艄公的船在端午节那天翻了,死了三个人。人们都以为灾祸是这两个外乡人带来的。那个中年人一直不大说话,很少笑,好像有什么心思,也许是对村子里的水土不太习惯。"

老人对我间或提到的"青黄"这个词没有丝毫的反应。他在叙述往事时给人造成的一个奇怪的印象是:他在揭示一些事情的同时也掩盖了另一些事。最后,在我打算离开他之前,他补充说:"我几乎每天傍晚都要到苏子河边去挑水。我有时看见这个外乡人坐在门前的一只矮凳上,呆呆地看着他的女儿在一块长满蒿草的山坡上捉蝴蝶。但在大部分日子里,在太阳落山的时候,那扇旧松木门板早早就关上了。他也许是一个很好的父亲。又过了两年,他的女儿像是一下子长大了。"

现在,苏子河在我的脚下静静地流淌,河面微微透着凉意。这条河的边缘散落一些破旧、坍塌的棚屋,有些房子的搁栅和屋顶都深深地陷了下去。眼下正是初秋的季节,田野上看不到耕作的人群。人们聚集在墙边晒着太阳,等待着棉花成熟。村里的人(包括那些四处走动的黄狗)对我的到来没有表现出什么兴趣。事实上,我第一天到达麦村的时候,他们费了好大的劲才模模糊糊知道了我的来意,然后,他们把我安置在村东的一家面粉加工厂里。这里的机器在一个星期之前坏了,被送到离村几十公里之外的集镇上去修。

我回到那座房子里,又闻到了麦屑令人窒息的粉尘的气味。我想,这是一个缺乏热情和好奇心的村子，不仅是那个可怜的姓张的人，任何一个来这里的外乡人都会感到孤独。时间还很早，我就在墙边的一张木床上躺了下来。就在昏昏沉沉地进入梦境之际，我突然记起了一件往事。尽管这件事讲起来也许并没有什么特别，但是，里面有一些地方想起来总让人感到哪儿不舒服。

2

九年前的一个炎热的黄昏，在通往麦村的大道上，我遇到了一个换麦芽糖的老头。当时，他坐在路边排水沟高高的土坎上，一棵楝树的阴影罩住了他。

他的模样看上去像一个正经的手艺人，面前摆着的两只竹篓由于日晒雨淋，颜色已转成灰黑。他手里握着一根竹笛，忧郁的目光像是在期待着什么。在他对面，西斜的夕阳将大片开阔的黄麻地染得橙红。我注意到他并试图和他说话，完全是他的神态吸引了我。我有一种无法说明的感觉，他仿佛整整一天都坐在那里，慢慢地吸着旱烟。当我在他身边停下来，察觉到岁月在他脸上留下的各种痕迹时，我才知道他是多么苍老。

他说他叫李贵，在横塘住。在我的记忆中，"横塘"是一个古典词学教科书中常提到的地名。他说大约在今天早上就迷了路。"这里的一切似乎已经被什么人修改过了"。我挨着他在那株楝树下坐了下来，他将手里的旱烟锅递给我。

"你的笛子好像没有膜孔。"我说。

"不过，它能够吹响，可现在我已经吹不动了。"

老人轻轻地抚摸着笛管，注视着远处蜿蜒的大路和它尽头的村落，像是已经听到了它的声音。

"你是本地人吗？"老人问。

"不，我路过这儿。"

随后，我们似乎找不到合适的话题来闲聊，便陷入了沉默。我觉得这一切都非常自然。最后，老人提出能否和我一起进村借宿，我答应了。

天完全黑下来的时候，我们沿着印有深深车辙和凹槽的大路朝村里走。我们穿过一座泥砌的院墙，在最先发现亮光的地方停下来敲门。住在这座房子里的是一个外科郎中，他仔细地打量着我们，询问了一些他想知道的枝节，最后勉强同意我们留宿。他把我们带到西厢房的一间堆满干草的屋子里，拨亮了墙上佛龛里的油灯。他的脸上流露出乡下人那种特有的担心和警觉的神情。在临走之前，他说他今晚要到外乡去出诊——那里一位妇女患了湿疹。

我和老人挨着草垛斜躺了下来，我们听见外科郎中在这座房子其余的门上都上了锁，然后他就走了。接下来就发生了一件奇怪的事。

半夜时分，天空突然下起了大雨。我从梦中被雷声惊醒。院子里空荡荡的，大门被风吹开了，咣当咣当碰撞着土墙。我住的这座厢房的窗子也没有关紧，有几缕雨丝飘到了我的脸上。我起身关窗的时候，在一道刺眼的闪电中，我似乎觉察到情况有些不妙。我摸到门边，重新点亮了那盏油灯，我突然发现那个换麦芽糖的老人不知在什么时候已经离开了屋子。门边的两只竹篓还在，我想这个老头也许到屋外去解手什么的，肯定没有走远。可是外面这么大的雨……到处是溪水汇集的哗哗声。在飘摇的灯光下，我看着刚才老头睡过的那堆干草上深深的窝痕，心中掠过一丝胆怯。

时间仿佛过去了很久，我在昏沉的睡意中，听到了厢房的门被轻轻推开的声音，那个老人拎着一双破布鞋，赤着脚出现在门口，他的裤管挽过膝盖，露出一截和他的年龄和身份都极不相称的白皙的小腿。他的身上沾满乌黑的泥水。他倚在门边，突然对我笑了一下。他的笑似乎在暗示我：他所做的事没有必要向我做出解释。他走回到原先睡觉的地方躺了下来，在微弱的光线中，我看见他的一只脚拇指被玻璃碎片或铁钉之类的东西划破了一块，正向外渗着血。

雨很快就停了，我毫无睡意。整整一个晚上——直到现在我都在思索着这件事。第二天早上，那个郎中挟着一把油纸伞回到了家里。他的神情非常沮丧，他说那个妇女死了。我说我大约还要在他家住两天。郎中答应了。晌午的时候，换麦芽糖的老人挑起他的竹篓向我告辞。我看见他的身影迈出了门槛，走上了苏子河上那道窄窄的木桥。许多年的光阴已经把他缩小，磨光，就像流水使石块销蚀一样。在我的印象中，他好像是一个可怜而又忠实的人。后来的事似乎证明了我的判断。一九六七年冬天，我从洛州换乘长途汽车到阿川去，无意之中，我在行车路线图上发现了横塘这个站名。当我办完事从阿川返回时，我决定到横塘去一趟。我不知道为什么要去看望这个老人，也许是为了找到我在他身上失去的一种感觉，或者是消除掉一些莫名其妙的恐惧的意念。我下车后不久，就在一片竹林背后的小溪谷里找到了他。我记得那是一个阳光灿烂的中午，一个漂亮的姑娘在门前的池塘里为他拆洗被褥。在以后的日子里，我常常去洛州一带了解那里的方言，偶尔也去横塘看看这个老人。渐渐地，那里的人（尤其是那个姑娘）便把我当成他的一个忘年的朋友。

3

我的调查一无进展。时间的长河总是悄无声息地淹没一切，但记忆却常常将那些早已沉入河底的碎片浮出水面，就像青草从雪地里重新凸现出来一样。在麦村的日子里，我在白天像游魂一般四处飘荡，追索往昔的蛛迹，却把一个又一个的黑夜消耗在对遥远过去的感想之中。一天清晨，我来到了九年前曾经借宿过的那个外科郎中家里，那间堆满干草的厢房又一次使我陷入了雨夜的回忆——在我看来它只不过是一个微不足道的插曲，看不出它和九姓渔户的故事有什么关联。那个外科郎中只是稍稍思索了一下便认出了我。

他对那个"影子一般的矮个子男人"没有太多的了解。他说，那时候，我还很小。有一次那个外乡人患了疥疮，我跟随父亲到他河边的棚屋里去过一回。他看上去非常健康，没有人料到他会死得那么早。我记得他曾续娶过一个名叫二翠的女人。这个在我看来还算漂亮的女人并没有使这个外乡人开朗起来，阴影在他脸上似乎永远不会散去。当时，村子里流传着各种各样的说法。有人说他在那个装满妓女的长长的船队上生活了近三十年，至少和一百个女人睡过觉。

"河里的鱼一旦上岸便会渴死，"外科郎中这样说道，"在他来到麦村的第十二个春天，光阴刚好转过一轮，一天晚上，二翠披头散发出现在我家的窗口，我记得当时我母亲长长地叹了一口气说了一句：'那个倒霉的人死了。'夜晚非常寂静，那个女人的哭声和尖叫惊起栖息在刺树上的成群的喜鹊。第二天早上，我和母亲到河边的棚屋去看死人，当我们赶到那儿的时候，棺材的盖早已被钉死了。那口棺材本来是老艄公攒钱买下的，现在睡在里面的却是另外一个人。小青呆呆地坐在路坎上，丧父的悲痛使她的脸色变得非常古怪。中午的时候，人们匆匆忙忙将那个姓张的人安葬了。那天下着黄梅时节断断续续的小雨，我记得雨水把漆黑的棺材浇得锃亮。事后，当二翠向人们描述那个晚上的情景的时候，手指依然禁不住地颤抖，'他几乎一下子就断了气。'"

外科郎中用棉球擦着那把带有木柄的手术刀，显得有些心不在焉。"我从来没有和那个外乡人说过一句话，他的心思……也许……他的女儿……，有几次黄昏的时候，我随父亲从外乡出诊回来，看见他带着小青划着一只小船在苏子河边的芦苇丛里打转。他或许一直怀念着水上的生活。"

当我询问起有关"青黄"这个词的种种传说时，他的回答几乎使我吃了一惊。"在这一带我没有听说过这个词，不过，它也可能存在，在九姓渔户的船上，妓女一般分为两类，'青黄'会不会是那些年轻或年老妓女的简称？女人们总是像竹子一样，青了又黄。"

临走之前，外科郎中把我送到门外，他好像突然记起了一件事，他告诉我有一个叫康康的青年住在村中的祠堂里,"他也许会给你讲一些别的什么事。"

4

站在那堵行将颓圮的院墙下,我对一只木制的稻箱凝视了很久。这是一座很大的院子,隔着墙头上那些在风中摇摆的马齿草,我能看见村后隐隐约约的一线青山和大片大片洁净的田野。秋风挟着半黄的树叶飘进院子,带来了寒冷的消息。

"这就是那个人的棺材。"康康指着稻箱对我说。看上去他是一个直率的青年人,他蹲在井边的一只碌碡上,手里摆弄着一些沙钵残破的瓷片,他对我拐弯抹角的提问显得很有耐心。

"那年夏天,暴雨断断续续下了二十多天,村子里的房屋和树木都浸在了水中。村里的人都逃到了山上去避水。几天后,雨停了,大水慢慢退去。一天清晨天刚亮,我站在这座祠堂的阁楼上,看着在水中露出的林子和房屋发愣,突然我发现不远处有一个黑乎乎的东西朝这边飘过来,我下了楼,蹚着水朝它走了过去。那是一口棺材。它也许是用上等的木料做成的,样子看上去很结实。棺材吸饱了雨水变得非常沉,我和弟弟费了好大的劲才把它弄到了家里。当天晚上,村里的郎中到我家来,看见停在院中的棺材吓得跳了起来:'我还以为又死了什么人。'起先我们不知道它从哪里飘来,我想一定是大水冲垮了村外墓地的围栏,把坟墓托浮了起来。墓地离村子至少有一二里路,奇怪的是它像一只认路的黑狗一样径直飘到村里。第二天我和弟弟来到墓地上,果然看见墓地外侧的那个坟被洪水冲开了一个巨大的豁口,露出了一个长方形的深深洞穴,那坟包看起来像一颗开花的棉桃。事后,我们才知道它是那个姓张的人的坟墓。我和弟弟用土把那个洞穴填平,然后把坟包重新堆得像馒头一样圆。那天夜里,我们全家围着那口棺材争吵了起来。我的弟弟是一个精明人，虽说他当时只有十七岁，可是已经在邻村找到了一个相好，他坚持要把那口棺材改做成一张大床，留着他结婚时用。最后，我的母亲用眼泪阻止了他。她说：'新婚夫妻躺在用棺材做成的床上就会整夜做噩梦。'在这件事情上，我的父亲坐在一旁始终没有说话。我知道他的心思，他也许想把这口棺材完好无损地保留下来，因为它看上去几乎和新的一模一样。最后，我们还是把它改做成了一只稻箱。在收割的季节里，我们用它来打谷子，其他的时候，我们就把它抬到屋内贮存粮食。"

"你有没有在棺材里看见什么东西？"我问。

"没有，"康康想了一下说道，"那个郎中好像也向我打听过里面有什么钱财。"

"我是说，你有没有看见一本什么书？"

"没有。"

我在和这个年轻人说话的时候，我注意到他像姑娘一样多变的眼神中掩饰着什么心事，这一点，在他向我描述那场洪水时，我就已经看了出来。

"里面总会有一些东西吧，"我说，"那个外乡人才死了几十年——，不会所有的东西都烂掉。"

康康稚嫩的脸上出现恐慌的神色，沙钵的碎片在他手里捏得咔咔作响。过了好一阵，康康从碌碡上走下来，来到我的跟前，他的声音变得非常低：

"没有，我是说什么也没有，连尸骨都没有。"

我一愣。

"起先我心里也纳闷，这个狗日的外乡人怎么会连一根头发、一根骨头都不见？也许他的墓早已被人盗过了。这件事，除了弟弟和我，谁也不知道。现在我也有些害怕，有时真想把那只稻箱劈了当柴禾烧掉。"

那只稻箱拘束地占据着院子的一角，菜畦中的一根牵牛花爬上了赭黄的箱壁。它仿佛是一个早已消逝的生命留下的依稀可辨的痕迹，又像是一句谚语——在民间的流传中保留下来的最精炼的部分。

5

重阳节的那一天，我在一个圆形池塘的边上找到了小青。她看上去五十岁左右，美丽的容颜像一支歌谣一样消失了，又如一只鸟永远飞出了它的巢穴。衰老仿佛是一道黑色的屏障，把她与以往的岁月隔开。

她蹲在河边的一块背风的干地上，把怀里的一叠黄纸揉皱，然后点着了火。"我在前些天就见到过你，"她对我说。我说我想找你谈一件事。她抬起头，看了我一眼："你莫非是想从我这儿买几只兔子吧？"我摇了摇头。她笑了。"如果你想买一张床或是几只椅子，最好和我的男人去说。"我知道她的丈夫是一个木匠。

"你在给谁烧纸？"我问。

……

"你为什么不把这些纸拿到你父亲的坟上去烧？"

……

我递给她一支烟。她接过烟，熟练地衔在嘴里。这时，那堆黄纸已经烧完了。她在一块青石板上掸了掸土，然后坐下来。这个看上去面目慈祥的女人不像我先前想象的那样难以接近，她也许早已习惯了让记忆死去，让痛苦的根在内心深处的荒原里发芽。在沉默中，她大口大口地吸着烟。我觉得她的神情，她的黑颜色的绸布衫，她胸前鼓荡的重重的乳房都浸透在往事中间。她在吸完第三支烟后，开始向我谈起了去年冬天发生的一件事。

那是一个下雪天的早晨，小青像往常一样在灶屋里做饭，她的丈夫坐在堆满木料和刨花的屋子中间。天气太冷了，他的墨绳被冻成了一团，他等待着女人在做饭时把它在灶壁里烘化。很久没有下过这么大的雪了。隔着半掩的门，她看见自己唯一的儿子在门外陷在雪中玩耍。从瓦缝里漏进来的雪花将干草打得濡湿。她好不容易引着了火，浓烈的回烟弥漫了整个屋子。在烟雾中，她看见儿子推开门浑身沾满雪片走了进来。他好像在父亲的耳边说了些什么，他的父亲正被烟熏得直流眼泪，就一把推开了他。等到小青做完了饭从灶屋走出来，儿子便拽住了她的衣角。他说有一个瘦老头在门外转来转去。小青跟着他走到门外——漫天的风雪中连一只鸟的影子也看不到。小青想，那一定是一个要饭的老头，就没有理他。中午吃饭的时候，她的儿子又一次提起了这件事，他说那个老头长得很古怪。接着，他便一五一十地把那个老头的容貌比画了出来。

"我儿子说起的那个人和我父亲长得一模一样，连穿的衣服都一样。那时，我的父亲已死去多年，"小青说，"我虽然觉得奇怪，但没有细想这件事，只是一整天总觉得哪儿不对劲，傍晚的时候，我的儿子就在门前的这个池塘淹死了。他是在冰上玩的时候掉下去的——我想这里面一定有些什么事情，可当我把这件事讲给村里的人听，他们没有一个人相信我的话。"

刚劲的风敲响了林中的树叶，吹得纸烬的碎片四处纷飞。小青木然地看着我，神情肃穆，恍若隔世。我想起了一本名为《图腾与火》的书，书中提到在中国南方的一些省份，常常发生一些灵魂重现的现象。我想，在乡间，人们往往把接踵而至的灾难归咎于冥冥中的天意，我不知道这个女人的叙述包含多少可信的成分，但显然——，她的迷惑和不快立刻感染了我。发生在这个僻静的山村的每一件事，都仿佛是悬在屋檐下的冰凌，每一秒钟，它都在悄悄地变化着。

"你和父亲来到村里的时候，你母亲在哪儿？"我问。

"她或许早就死了，我没有见过她。我父亲也可能不是亲生的——可村里的人都这么看。"

"你父亲好像在村里一直不太习惯？"

"是的，那天我和父亲到麦村来的时候，刚好碰上了这一带的梅雨天气，村中的每一扇门都朝我们关上了……我们只能待在雨中。后来，一个老艄公答应我们住到他的屋子里去——他自己睡在船上。刚来的时候，我们对什么都不习惯，夜晚，我睡在老艄公的屋子里，在梦中都感到床板像船一样在水中摇晃。这个村子里女人很少。老艄公到了六十多岁还没有娶上媳妇……我们上岸的第二天，老艄公把我叫到了他的船上……

他把我咬得浑身是血。我回到屋子里就发起了高烧。父亲给我解开衣服，用盐水擦洗伤口……后来，老艄公的船就翻了。"

6

夜晚，我坐在面粉加工厂冰凉的磅秤上，注视着窗外疾速移动的乌云和闪烁的树影，一夜未睡。对于现在看来完全可能是谭维年教授杜撰的那个词，我丧失了所有的兴趣。而传说中那个事件的片断——一排稀稀落落的房屋，一片柳树林，一块空地，却时常混杂着童年的记忆一起侵入我的梦中。

中午的时候，我在麦村的街角碰到一个看林人。他当时正蜷缩在一扇破旧店铺的门槛上卖茶。从嘴角流出来的口涎弄湿了他的袖管。他的目光注视着天空压得很低的黄色云层，辨别着他身边发出的各种声音。

"所有的事物都比人活得更长久。"看林人说。对四十年前的事，他能记住"村中每一株山药树的样子和河床里每一粒石子的形状"。正月十七的一天，也就是那个外乡人突然决定结婚的那一天，人们在清晨的时候看见这个姓张的人蹲在苏子河边，敲开河上的封冰用一把剃刀刮胡子。那时，看林人和母亲正在河对岸的林子里给新栽的枇杷树壅土。到了晌午，他看见一顶花轿摇摇晃晃地从一个山坡下闪了出来，慢慢地朝村子里走。花轿像是从很远的地方来的，轿夫们裹着绑腿，走路的架势看上去显得很累。母亲用手掌遮住耀眼的太阳光，朝村头张望着。"村里好像有什么人要娶媳妇了。"她说。

过了一会儿，花轿在河边的那间棚屋前停了下来。他看见村中的媒婆踮着小脚，比画着手势和轿夫们说着什么，在她身后，小青正把一张红纸糊在那扇泥窗的窗骨上。轿帘掀开，从里面走出一个高个子的女人。隔着飘满薄雾的苏子河，他看不清那个女人的脸。谁都不知道那个外乡人怎么把这个女人弄到手的，看林人丢开手中的铁锨，准备去村中看热闹的时候，听见母亲在身后咕哝了一句："可怜的人，把婚事弄得像送葬一样。"

麦村的人似乎很容易忘记以往的事，时间过了几年之后，人们对这个安分的外乡人的态度渐渐变得亲昵起来。一些妇女给他送来了山枣和谷物，老人们也来到那间破屋里帮他张罗着。外乡人的脸色变得晴朗柔和起来。村中祠堂的老倌提出可以在祠堂里增设一个祖先的牌位，让这对新婚的"年轻人"在那里拜堂成亲，但是这个外乡人默默地拒绝了。他执拗地认为他的祖先不在祠堂里而在水中，他拉着那个高个子的女人来到了苏子河边，对着宽阔的水面跪了下来，吻了一下河边的烂泥。

那真是一个漂亮的女人。

晚上，林中的那间木房的门被大风吹散了，看林人准备回村取来一些铁钉将它重新钉好，他提着马灯，踏着坚硬的冻土朝村里走，当他走到苏子河上那条窄窄的木桥上时，他看见河边的那间屋子里亮着灯光。那亮光在静谧的黑夜中将树木衬得橙黄。他的心剧烈地跳了起来。"一想到那个晚上的月光就使人莫名其妙地难受。"看林人说。他的眼前一次次闪现出那个女人的模样，脑子里出现了一个"荒唐的想法"。他朝那片灯光走了过去，脚步声越来越轻，最后，他在那扇暗红的泥窗下蹲了下来，捅破了窗户纸。

那年正月，已经开春二十多天了，而天气却像隆冬一样寒冷。刺骨的风从落光了叶子的树梢上吹过，在屋檐和瓦缝中发出低低的回响。那个女人坐在床沿的一边，男人在另一边出神地望着她。过了一会儿，屋子里传出女人上马桶的声音，看林人看见女人掀开帘子出来的时候，准备将裤腰带系上，男人走过去抓住了她的手，女人肥大的黑裤子一下子滑到了地上。

"我一辈子只看见过一次女人的身体，我的心一下子提到了嗓子眼，"看林人说，"现在看起来，女人是一件可有可无的东西。"他端起面前茶杯喝了一口，抹了抹嘴角又稀又白的胡须，又重复了一遍刚才的话："真的，可有可无——这事也许当你老了的时候，你就明白了。"

那时，看林人伏在窗下，在闪闪忽忽的灯光中，他看见那个外乡人把女人的衣服剥得精光，然后吻她。从她的小脚趾开始，沿着她身体的中间慢慢往上。女人的身体战栗着。她的神色看上去有些不对劲。她那老鼠一样可怜的眼睛中，像是在担心着一件什么事发生。男人的动作越来越粗鲁，她的身体颤抖得更厉害。随后，那个外乡人把她抱起来，放在床上。那张破床吱吱嘎嘎地响着，女人的身体像盛在杯中的水一样晃荡着。这时，看林人听见隔壁小青在睡梦中发出的咳嗽声，外乡人像是迟疑了一下，然后开始脱掉衣服，露出瘦蛇一样精赤的背脊。

"不久，我看到了一件让人纳闷的事——那个外乡人蹿到床上后不一会儿，又从帐子里钻了出来，他沮丧地穿上衣服，走到墙边的一张桌前坐了下来，我从来没有见过他那么可怕的脸色。他点上烟斗慢慢地吸着。女人在床上低声地啜泣。我不知道发生了什么事。原先我想也许是那个外乡人不会干那事，但后来我才听说那个叫二翠的女人屁眼边上少了一个小洞。"看林人说。

就这样，那个外乡人在屋子里一直坐到天明。后半夜，风停了，油灯也快燃尽了，看林人在窗外迷迷糊糊地进入了梦乡。天亮的时候，暖烘烘的阳光将他晒醒。

7

棉花成熟的时节，秋色渐渐地深了。这天早上，我又一次来到了那个圆形的池塘前。枯黄的树叶和草尖上覆盖了一层薄霜，鸟儿迟暮地飞走了，在它孤单的叫声中，空气变得越来越干燥。

在一间阴暗的屋子里，小青正在剥一只兔子。她黑布衫的对襟上也沾上兔子的血迹。"昨天晚上，有两只兔子给狼咬死了，秋天快要过去的时候，村里的狼多了起来。"小青说。过了一会儿，她问我能不能帮她把炉子生上，我答应了。"我知道你在村子四处打听我父亲的事，他已死了四十多年，我不懂那些事对你有什么用处？"她说。我笑了笑。

"你从哪里来？"小青问。

"城里。"

"城里干那种事的人也一定很多吧？"

"什么事？"

"我是说妓女。"

"过去有。"

"在我们的船上，这种事不算什么，"小青说，"可岸上的人都把它看得很重。我来这里后的四十多年，村里很少有人愿意和我说话。据说外地人经过麦城的时候，也绕着道走。本来，我们船上的人都是一些本分的渔民，后来我们的祖先帮助过一个叫陈友谅的土匪打过仗，姓朱的皇帝得到天下后，就下旨不准我们上岸。有一年，这一带发生了严重的饥荒，船上的妇女才开始上岸拉客，慢慢地，船队就变成了后来的那个样子。"

"你父亲死后，那个叫二翠的女人去了哪里？"我问。

"死了。"

"死了？"

老人许久没有说话。她把剥了皮的兔子放在盆里洗净，搁在一只铁锅里，炖在炉子上，回到她原先待着的那个位置坐下。

"二翠是一个善良的女人，她的死完全是因为我。父亲死后，她就被娘家的人接回去了，她的家在二十里外的山脚下。有一年夏天，二翠来村里看我，顺便给我捎来了几件褂子。她在村里住了几天，刚巧碰上了那件事。那天晚上，我和二翠正在桌边剪鞋样，听到村头响起了狗的叫声，二翠说，好像有什么陌生人到村子里来。过了一会儿，狗也不叫了，我们以为不会有什么事，可是墙上石龛里的油灯突然灭了。我起先还以为是风将它吹灭的，正准备将它重新点亮，一个黑影闪了进来。在暗中我们谁都看不清楚他的模样。我感到腰上被一个尖尖的东西顶着，那个黑影把我逼到了墙角。我终于知道那个人要干什么了。那个人抬手将我

青
黄

253

的衣服轻轻一捋，肩膀上就被撕开了一个大口子。我闻到了一股浓烈的酒气，他将嘴凑在我的胸脯上……"

老人双手交臂抱在胸前，她像是感到有些冷，又仿佛沉浸在那件令人心悸的往事中，脸上露出恐怖的神色。我注视着地上的兔子的内脏，心头一阵冰凉。

"二翠像是被吓蒙了，过了好久她才镇定下来。她从屋子的另一侧跑过来，跪在地上死死抱住了那个人的腿。二翠对那个黑影说：'她还是一个小姑娘，还没有出阁，你一定想干那种事，就和我干吧……'那个人像是笑了一下，稍稍转过身，我感到他手里的匕首在空中挥了一下，二翠的手就松开了。"

"现在想想，"小青说，"二翠当初真不该那样拦他。这种事我从小就在船上看惯了，每天晚上都有一些当官的和商人到船上来，有时候，天还没有黑下来，他们就在船舱里铺上一块草席，抱着妓女滚在了一起。那个男人将我按在地上的时候，我并没有感到怎样害怕，开始的时候我只是觉得有些疼。在蟋蟀的叫声中，我听见二翠的呼吸变得越来越急促。那个男人走后，她的身体已经变得像铁一样硬了。后来，村里的媒婆有一天来到了我的屋里，她问我是不是愿意嫁人，我说好吧，几天后，我就嫁给了现在的这个木匠。他是一个老实人。"

"所有的事情全都会过去，只有人死了不能再生。"小青说。她走到那个火炉旁，用蒲扇在炉门前扑了几下，炉火渐渐地旺了，屋子里充满了一股兔肉的香味。

这时，太阳已经升高了，屋子里的光线也亮堂了许多。我看见窗外很远的地方，有几个农妇在摘棉花。

"你的父亲是不是写过一本什么书？"我问。

"没有，他不认识字。"

"那么，你们祖上是不是有一些书传下来，比如家谱之类？"

"不知道，如果有的话，也同父亲一起埋掉了，"小青说，"这件事也许父亲知道，可他死得那样早，谁都没有料到，要是活到现在也该有八十多岁了。我总也忘不了他那张脸。我常常到离村很远的集市上去卖花，秋天是金菊，春天是栀子花。每天我卖完花回来，他都坐在门前的山榆树下等我。"

老人用手背揩了揩眼圈，呆呆地看着炉子上冒起的轻烟出神。

"我现在还是非常想他，"小青说，"有一次，我正在洗澡……"

这时，她的丈夫推门进来，小青站起身帮他把刨锤和锯子从肩上拿下来，搁在鸡埘上。木匠径自走到水缸边，舀起一瓢凉水咕咕咚咚地喝完。

"地里的棉花该收了。"他说。

8

一个黄昏接着一个黄昏，时间很快地流走了，在村落顶上平坦而又倾斜的天空中，在栅栏和窗外延伸的山脉和荒原中没有留下一丝痕迹。我整日整夜被那个可怜的人谜一般的命运所困扰，当我决定离开这里的时候，我突然有了一种不真实的感觉。这个村子——它的寂静的河流，河边红色的沙子，匆匆行走的人和他们的影子仿佛都是被人虚构出来的，又像是一幅写生画中常常见到的事物。

在我离开麦村回到城里的当天，我在门廊里拿到一封信。信是一个姑娘写来的，一九六七年冬天，我去横塘看望那个叫李贵的老人时，她正在门前的池塘为他拆洗被褥。她在信中说，李贵患了一种"很严重的病"，也许活不长久了，他在临终之前，为了许多年之前结下的一面之缘，很想再见我一次。晚上，我坐在灯下重读了这封信，我注意到信封上的邮戳已经模糊不清了，但依然能够看出这封信是一个月之前寄来的。这个昔日卖麦芽糖的老人脸上凸出的颧骨和姑娘深陷的笑靥同时跃入我的眼帘。第二天早上，我踏上北去的火车。

当我在竹林背后找到那座低矮的平房时，已是三天后的中午。老人倚在墙边，在温暖的阳光下打盹。他很快就看到了我，扶着墙站起来，朝前走了几步。

"我知道你会来，"老人说，"前些天，死神和我开了一个玩笑，我在棺盖上躺了一个白天，晚上又醒了过来。"

我们挨着墙根坐了下来，在老人说话的时候，我仿佛看到了一架完好无缺的机器，它内部的每一个零件都生了锈，只是凭着惯性在慢慢运转着。他看上去没有什么病，只是自然的衰老将他带到死亡的边缘。

"我的侄女整天在念叨你，她说你也许由于事情忙不会来了，我想你一定会来。"老人说。那个姑娘正在一根铅丝绳上晾衣服，她转过身朝我笑了一下。

"我最近到麦村去了一次，回来后才看到你们的信。"我说。

"麦村？"

"就是我碰见你的那个村子。"

老人点了点头。他的灰暗的眼珠凹陷在眼眶里，注视着天空下飞过的几只鸟，像是要将一些光在眼前聚集起来。

"有一件事，我一直想问你。"我说。

"什么事？"

"你是不是记得在麦村的那个晚上？"

"记得，我们像是宿在一个郎中家里。"

"后来下起了大雨。"

"是的。"

"那天晚上你好像出去过。"

老人怔了一下，开始猛烈地咳嗽起来。那个姑娘走到他身边，在他背上捶了几下，老人转过身，将一口浓痰吐在了墙边的草丛里。他的嘴角朝两边撇了一下，做出一个笑容："我从小就患了梦游症，你说的事我一点都不知道，那天晚上我以为一直睡得很好。"

"你确实出去过一次。"我说。

"也许吧。有一次我从梦中爬起来在外面的旷野上走了一夜，第二天黎明我的侄女才在一块麦田里找到了我。"

午后，我正想躺下来休息一下，连日的奔波已使我精疲力竭。这时，那个姑娘推门走了进来。她说天气渐渐冷下来了，风雨将屋顶上的稻草打得又黑又薄，她问我能不能帮她把稻草换成新的，我虽然从来没有上过房顶，但还是答应了。

这件事我干得非常慢，到了晚上，老人披着一件单衣，手里擎着油灯站在屋檐下，他的样子使我联想到一只被蛀虫啃空的核桃壳，我的心中掠过一丝忧伤。

我在那里住了三天。临走之前，老人坚持要把我送到竹林外，一条狗从后面追上了我们。我们走到一处断流的溪谷旁，老人停了下来。

"这一带人很少，每天傍晚我都到这里来散步，"老人说，"在黑夜来临之前，总是青黄陪伴着我。"

"青黄？"

"这是一条良种狗。它的毛色很特别，背上是青蓝色的，肚子的一侧有一个黄颜色的斑圈，看上去像一块膏药。"

我抬起头，看见那条狗嗅着田野上泥土的气息，摇着尾巴走远了。

9

几年之后，我在市立图书馆的二楼翻阅一本编于明代天启年间的《词踪》，在这本书的第九百七十一页上，我偶然看到了"青黄"这个词条。

〔青黄〕多年生玄参科草本植物。全株密被灰色柔毛和腺毛。根状茎黄色。夏季开花。

此文献给仲月楼公。

（原刊于《收获》1988年第6期）

旧地：茅草一片金黄

吕　新

一个孩子的传说

都九岁了，那孩子还一直不会说话。

　　黑夜被一堵一堵的灰砖墙隔开，成为无数个不规则的洞口，黑乎乎的无边无际。街上众多的水泥电线杆呜呜地唱着歌。电线杆上吊了气球一样的灯泡，昏黄的光涂抹在青灰的墙上，映出一组淫荡的漫画和色情的句子。
　　小镇像一幢年久失修的旧房子，到处都发出吱吱呜呜的古怪声音。
　　那天晚上，红鼠大约听到了六七种不同的声音。下午刚开始的时候，红鼠就被父亲赶到了耀眼的阳光下，家门在他的背后"砰"的一声关上了，这以后他便站在街口，始终没有动过。

整整一个下午，红鼠一直眼巴巴地朝城东的方向望着。后来，他觉得眼睛里好像揉进了鲜红的辣椒面，忽然剧烈地疼起来，眼泪汩汩地涌出来，都弄到了领口上。身体里空荡荡的，软得发轻。红鼠就这么站着，一动不动，他知道一转身他准会马上倒下，倒下后他便会看见父亲黄色的大马牙吱吱地响。

红鼠是先后几次听到那六七种不同的声音的。有一种声音从城东那边一大片白色的平原上传来，隐隐的像鼓声。平原上有一些黄绿的树，颜色很嫩。白日里，太阳很好的时候，红鼠常坐在高高的城墙上或北边的山坡上，呆呆地看滑动在平原上的鸟的影子。漆黑和雪白的鸟飞起飞落时，白色的平原上常会留下它们迅疾而庞大的黑影。有时，鸟的影子还会像长长的黑布条一样挂到黄绿的树枝上。

那时，林子里十分宁静：色彩柔和。越过隐隐的鼓声，红鼠听到了另外一种声音：他的左腿下面有玩弹子的声音，还有微微的叹息声。

有一天，父亲突然对全家人说，他们的一个很亲密的亲戚要从很远的地方来晋北山区看望大家，亲戚们多年不见，该是走动走动的时候了。红鼠静静地坐在一旁，听见父亲手掌心的汗哗哗地穿透皮肤，涌现出来。父亲估计这个亲戚很有可能从城东方向过来，母亲插了一句话，问是大人来还是孩子来，或者是大人带着孩子来。父亲想了半天，说很有可能来的是一个孩子，因为以后亲戚们之间的交往主要是下一代人之间的交往。至于那孩子坐车来还是徒步来，父亲没有说明，红鼠也不想问，他一向对陌生人不感兴趣。父亲说完后，一只耳朵突然奇怪地贴到了脸颊上，软软的像一张皮。

这以后，红鼠便天天去东边等待。平原深处，不见了那些挑担子摇铃铛的货郎和赶着高大而疲惫的马匹的男人，从有着杨树和枣树的村庄里吱吱哑哑地摇出来的木轮车也不见了。太阳很好的时候，红鼠看见有一种古老的东西在平原上徘徊。从黄绿的树枝间走出一位赶毛驴的山区后生。后生挽在头上的白毛巾已经灰乌乌的了，毛驴上端坐着穿水红衣衫的低眉顺眼的女子。红鼠听见那后生一路走一路唱，唱的都是流传在晋北山区的曲儿，酸酸的，就是甜的里边也多多少少夹带着一点酸味。唱一阵，那后生便偷偷地看看驴背上女子的脸色和眼神，然后再唱，或者不唱。白日里的天气像一件穿旧了的白羊皮袄，大都卷边了。平原上一丝风也没有。那后生用鞭子捅捅驴的胯部，毛驴走上了土路，与从附近山上驶下来的载着老太太、女人和娃娃们的木轮车走在一起。红鼠知道那是一条官道，道上有厚厚的被太阳烤得发白的黄土。一脚蹬下去，滚滚的黄土就像粉面一样立刻淹了脚面，很烫。

远处的山静静的，颜色青蓝青蓝，如同羊的眼睛。细细地看上去，又觉得十分寒冷。

红鼠的身子摇晃了一下，那后生不唱了。

早饭是在哗哗的雨水声中结束的。雨从半夜里开始下，一直没有停过。

那孩子半夜里被一阵翻箱倒柜的声响弄醒了，他躺在被窝里，听见父亲抱怨屋里有一种什么味道。父亲穿着一条灰白颜色的短裤在地上走来走去，他觉得父亲赤裸的身子很不好看，便将头扭到一边。他听见一阵唰唰的声音，知道是母亲在仔细地扫地。母亲长长的头发披散下来，他趴在枕头上只能看见母亲身上雪白的肉正随着运动的扫帚一下一下地扭动。

钟在墙上无声地转着。

这时，父亲走过来拧住他的一只耳朵，骂道："养你真没有用，光知道睡觉。"父亲的声音很遥远，仿佛远在千里之外。他感到耳朵火烧火燎，便开始逃避那只手，但那种剧烈的疼痛始终伴随着他。

后来，他不再挣扎了，平平地躺着，望着苍茫的屋顶。

后来，他听见他们在吃东西，好像是鱼，还有土豆的味道。他翻过身，两手支着下巴，仔细地看他们吃东西。有一道鱼汤流到母亲雪白的腿上，他差点笑出来。于是，他便兴致勃勃地起来，跪在母亲跟前，一下一下地舔那道鱼汤。他舔得很慢，母亲咻咻地笑着。后来，趁父亲不注意，他一转身从盘子里拿了一只土豆塞进嘴里，再继续舔母亲的腿。那时，母亲显得很痴迷，她的手上全是亮晶晶的鱼鳞。

后来，父亲发现盘子里少了一只土豆，一下子坐到地上，大哭不止，许久还眼泪汪汪。

后来，天亮了。他从镜子里看到自己的牙齿雪白而光亮，像一组细小而干净的琴键。

早饭吃得缓慢而宁静，碗里的米在他眼前不住地滚动。他听见外面白茫茫的雨地里，有人高一声低一声地唱歌，有人急急地走路。路上稀松酥软的泥叽叽咕咕地叫着。眼前的路纷纷逼来，遇到一些房子后，又都各自闪开了。雨里的风很有力，将一顶草绿色的帽子刮来刮去。他咯咯地笑着，听到附近的一间小屋子里，有人在喝酒，说这个时候，有一个干净空寂的地方，槐树花一落一开。那个地方正在打仗，半边天都是红的。

那孩子经常站在一些高而窄的房子上，瓦缝里窜出根根直立的黄草，风吹时，摇一下。每年秋天结束的时候，都有人在高而窄的房子里拉着凄凉的二胡，那声音如游丝断线，听上去，极瘦。所有的东西都那么瘦，风一吹，便什么都没有了。

九岁，那孩子的胸部生出细细的柔软的绒毛。黄而白的绒毛，如太阳下透明的草丛。

从房子的附近传来一阵鸽子的叫声，父亲说可能是鸽子的腿让墙壁给夹住了，他听了心里很难过。他发现他的牙齿正在慢慢松动，一遇上下雨天，牙齿就会松动。这令他记起了那些墙壁上出现裂缝的老房子。大约一年多以前的一个陌生的春天，有一个高大而漂亮的女人将他深深地埋进她柔软而肥沃的肉里。那里的山很多，他数了许久都没有数过来，后来也就不再数了。高耸的山峰之间的凹地很温暖，开满了白色的罂粟花，还有一些红色的鲜亮的果实。那些小红果究竟是草莓还是樱桃，都已经记不起来了。他只记得快黄昏的时候，家里走进来一个人，那人的身躯将整个门口塞满了，头发上、耳朵上叮叮咚咚地往下淌着白色的汁液。

那时，风在头顶上、屋顶上不住地咳嗽，说一些要开花的事。

大约是要开一些紫色的花，他想。

那后生赶着他的驴，在红鼠的视线内渐渐消失。

天黑的时候，他们终于到家了。

女人从驴背上下来，拍拍身上的土，转身进屋去了。

院子四周的篱笆墙在风中吱吱咯咯地响着。窗户上糊着一层一层厚厚的麻纸，都已经很黑了。冬天，风从很远的地方吹过来，顺着峡谷，越过一道又一道黄土的院墙，进入飘满麦秸和树叶的院子里。后生看了一眼北边老高老高的连鹰都飞不过去的山，心里有一种很重的东西涌动起来。那个地方很凉，住在那里的人们终年都在种植玉米和凌霄花。

后生将驴牵到了一盘石磨前，把缰绳从磨眼里穿过去，拴好了驴。然后，一手摇着井边的辘轳把，吱吱哑哑地从井里弄上一桶水来，随手从地上抓起一把短小的莜麦秸扔进桶里，把水桶"咯"的一声放在了驴的嘴边，"喝吧"。金黄的莜麦秸在水面上漂来漂去，慢慢地都浮到桶的四周，中间的一片清冽冽的水便显露出来。驴把长长的嘴伸进桶里，极香甜地喝着。

喝了一阵，听见后生在院里的一堆柴草前鼓捣什么，驴便从水桶里抬起头来。后生鼓捣完毕，扭头看见窗纸上映出女人柔和的身影，后生的眉宇间一片坦荡。女人是端阳节时嫁过来的，刚来那直闹，天天哭，想跑，后来睡了几日觉便不再闹了，眉眼变得极舒展，每日颠颠地干活，欢欢地说笑。闹是正常的，不闹才说明情况很危险，关键是要让她明白闹不得这个道理。后生永远都记得长辈们悄悄传给他的一套秘诀。狗日的尝到甜头了，这会儿赶她都赶不出去了。

夜里，后生很晚才回来，头发根子里都灌满了呜呜咽咽的风声，腮帮子吱吱地响。后生喘着粗气，抓起水瓢咕咚咕咚灌下一肚子凉水。女人觉得那像是院墙外的一种声音，正向一条长长的空空的走廊深处走去。

后生一把掀开她捂得暖融融的被子，将两条粗壮坚硬的腿木柴似的蹬进被子里。后生粗糙的老茧很厚的脚掌从女人腿上擦过，女人微微呻吟了一声。后生进去后，一股浓重的汗酸味迅速地从脚底窜起，越过暖烘烘的被筒，在他们的脸前弥漫开来。

"真难闻。"

女人小声说。

"难闻？一会儿你就不难闻了。"

于是，土炕被震得咚咚地响起来。一阵狂风疾雨过后，男人滚到了炕的一边，喘着气说：

"没意思，妈的，真没意思。没有的时候老想，一完了就后悔。"

女人的两只眼睛幽幽的，她平平地躺着，没说话。

院里没有月亮，四下一片漆黑。白麻纸的窗户像一张年老的寡妇的脸。外面的柴草唰唰响，似有一群人围在一起低声说话。

透过雾蒙蒙的灯光，女人看到了男人的脊梁。那是一片辽阔而结实的土地，黑油油的，贼亮。灯里的油不多了，男人大声地咳嗽起来。

女人在恍惚中看见一片密集的灌木丛和黑树林，那里面有发青的月亮和酸牙的山里红。马车载着玉米和莜麦越过一道又一道的青色短墙，天变得又圆又低了。

女人痴痴的，探起身亲了亲那片灌木丛。

快灭灯时，男人忽然说："差点给忘了，我舅舅的一个孩子说这几日要来咱家，你每天去村口照照。估计是从西边山岗上来。"

女人问："你舅舅家在哪儿住？"

男人说："说是在宁夏，我也没见过。"

"你舅舅捎信来了？"

"记不清了，好像是捎过。"男人愣愣的。

"多大的一个孩子，一个人敢从那么远来？"

"谁知道呢，反正是个孩子，你每天照着点，不要误过了。"男人很迟钝地望着女人。

"趁那孩子要来，你这几天也不用到窑上去了，在家歇歇。"女人柔声说。

"歇歇？"男人一虎脸，"我歇了，谁养活你？你想卖大炕？"

院里响起了风声，一些沙土被风刮起来，沙沙地扬到窗纸上。屋里男人口里喷出来的烟将灯光弄得很模糊。

女人扯过被子蒙了脸，嘤嘤地哭起来。

男人一巴掌将灯扇灭，冲着女人说：

"记住！不敢让那孩子走没了。"

他翻身睡去，呼噜震天响。外面一片寂静。

黑压压的天罩在头顶上，磨盘似的沉重。

临街的许多门都关着，窗户也紧紧闭着。电线杆上的灯光投下来，照见一些颜色暗红的斑斑驳驳的门和门前的一些青石。青石被岁月磨得十分光滑，上面很干净，有粉笔画下的棋盘。白日里，这棋盘边便围了老多的人。

那光滑的青石使红鼠的手掌直发痒。红鼠便走近青石，抓起半截粉笔在那青石上端端正正地写下一个字——"优"。写完后，红鼠仔细端详半天，觉得和老师批在他作业本上的字相比毫不逊色。红鼠满意地丢了粉笔要走，寂静中看见一只硕大的通体漆黑的猫突然出现在门前的灯光下，两只眼睛里流动着绿莹莹的一种东西。黑猫在青石上停了一阵，四下里看看，又悄悄地走了。无声地来，无声地去，只将一种阴森森的气息遗留在清冷的灯光下。红鼠觉得脖颈后面凉飕飕的，牙齿极不听使唤，他冷冷地打了一个激灵。

后街杂货铺里的说书又开始了，声音如同砍树。在那一起一落的回声里，红鼠听到故事快要进入秋天了。天地间一片金黄，无数只年幼的兔子排成整齐的队伍一起嗨哟嗨哟地撞一座空房子的门。街两边满是丢散的庄稼，草和牛粪都横在道上。远处石磨滚动的闷响传过来。一根高耸的木杆子上凌空挑起一面杏黄色的酒旗，杏黄色的风将人吹得十分懒散，目光迷离。那店里还有许多好吃的东西。红鼠知道故事一进入秋天，便离结束的日子不远了。以前，红鼠常走进店里，站在高高的柜台下面，眼睛盯着玻璃坛子里那些晶莹的冰糖块。卖冰糖的人才五十多岁，头上便一根头发也没有了。

大约再过六七天，那故事便要结束了，因为红鼠已经听到了唰唰的脚步声，那孩子正日夜兼程由很远的地方赶来。每一个故事的末尾，都要出现一个从来也没有过的人。红鼠似乎看见亲戚家的那孩子正浑身湿淋淋地出现在破旧的城门下，一些滑腻腻的青苔从那孩子的鞋帮上和腋下生长出来，头发上落满了叽叽喳喳的鸟鸣的声音。

于是，红鼠便朝那破旧的城门走去。沿街有许多又高又窄的木头房子，颜色大都黑黄而泛青。每年春天，沿街的木房子上都会升起各种各样颜色杂乱的风筝。风筝的尾巴和死人出殡时孝子脑后拖着的白布条一样，让人在梦里不断地出汗。前年，城里最会做风筝的那个老头死了。那天，城里所有街道和房子的上空都飘着风筝，风筝拥挤得都飞不动了。在长龙似的送殡的人流中，红鼠看见老头的儿媳低着头偷偷地笑。那天，太阳亮得耀眼，红鼠不小心用铅笔刀将手指割破了。鲜花般的血，颜色如同老头的巨大的棺材。红鼠朝着太阳，把鲜红的手指举起来。他看见一张鲜艳动人的嘴湿漉漉的，还有一道漫长的看不到尽头的白色长廊，里面什么东西也没有，干净得连声音都进不去。红鼠想了许久，终于又把伸出去的一只脚缩回来，他知道他的鞋上有土。后来，满街的风筝都飘没了。再后来，下雨了，街上混浊的水哗哗地淌着。红鼠一个人站到一棵槐树下面乐了半天。沿街的那些门面斑驳的店铺很早便关门了。雨后的第二天，太阳又出来了。红鼠一个人爬上青砖的城墙，看到郊外的农民正在路上赶着牛说话。那些星星点点的散落在天空下面的人，像一只又一只的不灭的眼睛。

天空里一只风筝也看不见了，太阳把远处的烽火台映得血红。

北边青蓝的山坡上有一群马，静静地立着。红鼠记起了那些画在庙里墙壁上的传说。远远的一条黄白的土路上，有人过来了。

末尾处有人走来，故事已经结束了。后街的杂货铺里一片寂静。

远山在落雪。

那年冬天和所有的冬天一样，山区里最后一排大雁飞走的时候，那孩子十五岁了。

早上一起来，父亲便飞快地走过来，恶狠狠地撕扯孩子的头发。孩子黄而软的稀疏的头发握在父亲手里，像一只瘦弱的可怜的灰色麻雀。

父亲说："我每夜都听到狐狸走动的声音，一定是你和它们之间有什么见不得人的丑恶勾当。小心着，我们会像捕狐狸一样把你生擒捕获。"

那时，母亲正四处察看窗户和门框，她焦急地说："那些狐狸的毛都那样火红，总有一天会把这房子烧得精光。"

冬天了，雪地上闪着蓝色的光，那孩子一个人在雪地里走着，眼泪汪汪。

每年的这个时候，都会有许多的狐狸从北边的山上下来。冬天里下了雪，山上路滑，它们就都回不去了，要一直在平原上等到第二年的春天。平原上有密集的灌木丛和矮树林，那里面常有一些野兔和沙鸡，它们奔跑或飞起时，往往会将宁静的树林和平原划出一道道白色的伤口。

房子的外面披满了厚厚的白雪，雪还在悄悄往下落，雪花像白色的硬币一样洒到地上。他的牙齿忽然响了一下，开始全面松动。他知道牙齿一松动，天就要下雨了。后来，雪停了，整整一上午都下着蒙蒙细雨。

湿漉漉的雨水纷纷落到他的心里，在他身体内部形成一汪一汪的积水。中午在他的一贯印象中，大都是十分火热的，所以他在望着雨水的时候，并没有感觉到其实中午早已临近。后来，他听到身体内部的那些大大小小的水洼里咕咚咕咚冒着水泡，还有叽叽咕咕的赤脚踩水的声音。这时，他有些吃惊，开始意识到了一种什么，一种紫殷殷的死亡的味道。下午已经过去一大半了，他才想起他还未吃午饭。

于是，他开始像一条狗一样，闻遍厨房里所有的角落和所有的炊事器具，但没有感觉到一粒米饭和一片菜叶，连最浓烈的油的味道也完全没有。他苍白的手指滑过冰凉的案板，触到了一件十分棘手的东西，他隐隐记得，那好像是盛饭用的勺子，上面布满了坚硬的小刺。他看见抽屉里的十几根筷子全部裂成火柴棍那样粗细。旁边的盘子里盛着一种黑乎乎的类似牙膏和鞋油的东西，仔细闻过后，竟没有任何味道。他试着用一根手指在那盘子里蘸了一下，小心地送进嘴里。这时，他听到几只铁锅的后面传来吱吱的尖叫声，他的皮肤一阵发紧，他想一定是几只老鼠。软而黄的头发稀疏地竖了起来，他慢慢挪开一只锅，看见十几个完整而鲜艳的西红柿静静地拥挤在一起。他刚用手捡起一个，那西红柿就成为一张空而薄的皮了。他明白那些西红柿的汁液都早已从下边流走了，流得干干净净，空空荡荡，只剩下一个完整的表皮。他在心里冷笑了一下，动手将那些空荡荡的西红柿全部扔到墙上，乱涂一气。清除掉西红柿以后的那片空地上，几十只滑腻腻的白色虫子正争食一只浑身长满绿色斑点的青蛙。

他尖声叫了起来，房子里所有的门帘闻声纷纷落地。

他大步流星地走进父母的屋子，他说，我饿了，我要吃饭，我至今还没有吃午饭。

他看见父亲的脑袋正从一堆手纸里抬起来，父亲轻蔑地笑笑，显出一副不以为然的样子。其时，母亲正在整理一些陌生的衣服，几片黄白的纸从字典里滑落出来

父亲对他说，我们商量了许久，也考虑了很久，我们实在无力再抚养你了。

他急忙说，爹，我哪儿都不去，我愿意每天给你们扫地，起床吃饭时，我可以吹哨子招呼你们。

父亲的脸色冷冰冰的，如同冷房里的猪肉。他一下扑到母亲的怀里，把一颗牙碰掉了。在母亲钢铁似的胸脯上摸索了许久以后，他哆哆嗦嗦地缩成一团出去了。出门的时候，他忽略了门口的青苔。

夜里，他看见一条陌生的大江。他坐在潮湿的船尾，许多大货轮和小驳船从他周围驶过。在那些星星点点的渔火中，他听见阵阵丝竹之乐，满江灯火，满江琵琶，朱衣锦带，载歌载舞。

在房子后面的山上，他看见一条透明的路。

天一亮，女人便起来了。

将一只臊气飘溢的尿盆扣到墙根下后，女人走进了房后的菜园子里。

园子里的那些西红柿都破了，鲜红的汁液流了满地。女人心疼而吃惊地望着。她实在弄不清是太阳晒破的，还是被冻破的。看了一阵，女人折回屋里找出一只碗，盛了些汁液在里面，余下的便一齐埋了。不埋招苍蝇，埋了这地明年会肥起来。

驴从草垛边站起来，长长地叫了一声。

门开了，男人一手提着裤子，走了出来。

听到女人在屋里哗哗淘米的声音，男人走出了大门，久久地向村外望着。

西边灰蒙蒙的山岗上一片寂静。

"妈的！"男人低声骂了一句，将脚下的一块石头踢出老远。

整整一个冬天，我们都在路上走来走去，两边是破船和发绿的树。

昨夜，北风在外面整整唱了一宿。

红鼠一向对唱戏不感兴趣，所以并不在乎。向日葵地里传来轻轻的棋子的碰击声，大片的向日葵地像一片火海。

红鼠听见父亲手里提着一根绳子在四处找他，喊声、骂声不绝。红鼠躲在向日葵的叶片下，一直不肯出来。叶片上浓重的色彩将红鼠的脸映得一片金黄。

后来，从河的上游漂下来几件瘦小的衣服，衣服上有一两处暗红的凝结了的汁液。大家都纷纷跑到河边去看。

那时，红鼠的父亲丢了绳子，远远地站在一边向河滩凝望。绳子僵硬地盘绕在他的脚下，如同一具蛇的尸骨。

向日葵地深处传来一声尖叫。

一些向日葵被尖叫声刺激得齐刷刷地倒下一片。

太阳下的风景

遍野的麦子都熟了,黄澄澄的望不到边。拔地而起的麦穗如同坚挺明亮的枪支,直立在无风的塬地里。

他远远地望着山梁上那些整齐的麦地。

那时,原野上所有的白杨树一齐抖动着银色的叶片,哗啦哗啦地响,像一个财主一遍一遍地数银圆。

天空中不断地跑着一些形容古怪的云朵,像滚动的木头。

那天下午没有太阳。

那是一个阴沉沉的下午。北风像断奶的婴儿一样,在雪地上哭来哭去。

四周有一些模糊不清的人在轻轻走动。那些人都显得很遥远,像是一些故事里的人。

令人灰心的是,那天下午太阳根本就没有出现,许多喜欢晒太阳的人都早早地回家去了。临街的土墙下空荡荡的,一片寂静。

事情过去了很多年,如今许多人回忆起那天下午的枪声时都觉得很虚,很远。

那天下午人们听到过一种尖厉的声音。那时,谁也不知道那是枪声,还以为是一个高个子的女人站在太阳亮亮的房顶上打喷嚏。

后来的结果使大家都觉得事情有些不妙,但为时太晚了,一种很亮很锋利的刀片已经从他们的皮肤里拱出来,鱼鳞般亮晶晶地布满四肢和全身。

后来,灰瓦一样的天空中渗出了一种暗红的东西。

浓浓的,像鸡血。

太阳是在半夜里升起来的。

太阳升起来以后,黑色的大雁排成整齐的队伍从麦地的上空低低飞过。那时，他看见那些短工们如一只只黑色的大鸟，从高高的天空中，降落到热烘烘的麦地里。银色的镰刀左右旋舞，一片片麦子随之齐刷刷地倒下。

麦地里涌动着一种虚假的东西。无数只纸糊的灯笼晃来晃去。

就是那种蒙上布的手电筒一样的光，晃来晃去。

很多年，遥遥无期。

那时候要是有人对他说，你和我们泥腿子一样很革命，他一定会感动得声泪俱下，夜夜让那人听到枪声。

那时候他最痛恨朱红的颜色和紫檀木家具，他一点儿也不愿意想起他家高大的朱红门楼和深深的庭院。那时候他常把"富裕"和"豪华"这些字写到沙土地上，然后架起机枪不断地进行扫射。

要不是听到从身体里传来的哭泣声，那时候他差一点杀死他的朱衣锦袖的父母。

那时候他就是这样幼稚可笑，小心翼翼，虽然他已经在游击队里扛了九年的机枪。

塬地里的麦子黄了就割了，像剃头一样，嚓嚓的就没了。收割过后的山梁显得很寂寞，就是那种所有的人都离去后的空屋子的感觉。

他非常想哭。

灰蒙蒙的山梁上有一座一座的烽火台。那里有许多乱纷纷的黄草。他常在一些平常的早晨，望着山下的一线忽隐忽现的白色，还有白色中的烽火台一样的东西。其实那时候他不用看也知道那种像烽火台一样的东西是炮楼。那是日本人的炮楼。那是日本人让中国人修的炮楼。

炮楼的顶端插着红白的太阳旗。路的两边都钉着木桩，木桩子深深地插在地里，远看像几根筷子。一根横杆拦在路上，一边一个日本人持枪站着，就像很多年后电影里出现的那样。

最初的某个早晨，他看见前村后庄的一些女人耸动着鼓鼓的胸脯，挎着篮子把好吃的东西送进炮楼里去。立刻，他发觉他的身体变得僵硬了。

她们真贱。他想。

那时候他最渴望干的一件事就是把那些女人的乳房全部割下来。这样想过之后，他的身体似乎不再那么发硬，渐渐松软下来。

后来的几年中，那些炮楼开始在他的视线里不断消失。

那地方土匪多。

那地方的土匪多得就像那地方的土豆一样，到处都能碰到。

那地方的土匪很可怜，十几个人扛几条旧枪，只能骚扰一些中等的人家。大户人家有看家护院的黑衣家丁，房顶上还架着机枪和土炮，他们不敢去。

方圆的百姓，还有日伪顽军，小股的土匪，所有打枪出色的人，都是他的徒弟。人人都能听懂他的枪声。过去，那地方有秋收后唱戏的习惯，多年来一直延续不断。后来，日本人来了。再后来，戏便不唱了。每年秋收后，四乡八里的百姓都坐在各家的房顶上听他放枪。放上几天，等于唱过戏了。深夜，他的枪声响起时，伏案读书的老学究便将书掷于案头，披衣倾听。直到枪声过后方肯入睡，拳拳之心恋恋难舍。有听得上了瘾的，每日必听，如抽大烟。如有一日听不到，便辗转反侧，夜不成寐。

那时候他喜欢听戏，他常愣神瞧着大雪纷飞的戏台。

空荡荡的戏台上，看不见一张脸。

那些神色各异的脸都悬挂在回家的路上，一张张如过年时的新符，像鲜艳的果实叮当作响。沟谷里流失的岁月冲出一些高高的戏台。门外的红色对联垂落千年了，瓦片上的雪静若秋水。

很多年，遥遥无期。

那时候他完全按照老家正月里秧歌的锣鼓点打枪。"蜻蜓点水"打的是一排一排的人。先打头，后打尾，再打头……如此循环，无一幸免。"公鸡啄米"打的是零散的游兵散勇，一枪一个，如鸡啄米。有时，机枪子弹先在人群外面画个圆,再依次往里画,这是"大场子",还有"小场子",道理一样。"孔雀开屏"是他一个人同时使好几挺机枪,打出去如孔雀开屏、金蛇狂舞般好看。还有"割麦子",枪声一响,弹发如雨,眼前便齐刷刷如麦子般倒下一片。

他记得那一天太阳很冷。

那天的太阳闪着刀锋一样的亮光,山梁上一株一株的母子树孤零零的。他望着那些铜枝铁杆,觉得自己的眼珠子很硬,像一种被水泡过的皮。那些树秃秃的,不高,宛若一些失去手指的手臂。北风使劲地抽打着那些母子树。伴着抽打,一定还有某种令人发冷的声音,但他听不见。以前他经常听到那种声音,现在不行了,刚二十几岁,他的两耳便完全聋了。

很多年,他没有听到过任何声音。

透过凌乱的树丛,他看见山下的草一闪一闪的,摇摇晃晃。所有的东西都在他面前无声地展开,又无声地合上。他想起小时候常听见一些圆圆的声音在雪地上滚得老远。

他经常梦见他给一个女人静静地梳头。那女人端坐在无边的黄土上,头顶上是一方圆圆的蓝天。她的如云的黑发披散在他的胸前。他看见了多年以后的那些日子,他把一件一件衣服洗干净后晾在树枝上,灌木上。

风吹来,漫山遍野都飘满了旗帜。

大队长的脸上有颗很大的黑痣。大队长一说话,他就觉得心跳加快。春天时,大队长牺牲了。在大队长离去的那个黄昏,他看见大队长满脸霞光灿烂,独自徐徐上升,就像他平日散步时一样。

那时,他觉得有一阵低旋的水声在他的身体内汩汩轻鸣。

游击队四季住在山上。他经常用一个大铁锅盛满水,四面用石头架起来,锅底下塞着他从林间拾来的野蒿、树枝和杂草,点火烧锅,洗衣服。

熊熊的火焰在他的眼睛四周徐徐蔓延,那些红色的马一匹匹消失于山的后面。

那时,他常穿越一些树丛,夕阳把他的影子弄得又瘦又长。在不穿越树丛的时候,他就把一件件衣服洗得干干净净的,然后像旗帜一样晾在山上的青石上、灌木上。他还经常看见一些熟悉的背影,他听见自己的头发像草一样拱破头皮,在头顶上疯狂地生长。

大队长牺牲后的那些日子,人们纷纷传说游击队副政委张文之要当大队长了,可过了许久,始终没见上级任命。简和平那时是政委。简和平瘦高瘦高的,留着短发,她说她是东北人。她家大约在沈阳和哈尔滨之间的那些地方,所以她总爱唱《松花江上》那支歌。

他一次也没有听到过政委的歌声。他总是无言地望着政委唱歌时那种一丝不苟的认真劲儿,他觉得那歌一定很美,也很惨。

有一次,他端着一盆洗好的衣服向一片紫红色的灌木丛走去,他要把衣服晾到灌木上,这事他已经考虑了好久了。当他展开一件衣服,使劲抖去上面的水准备晾上去的时候,他看见地下有一块显眼的东西。捡起来一看,是一块洗得雪白的手绢,不是新的,上面绣了一把月黄色的琵琶。他拿在手里端详了半天,向四周看去,周围没有一个人。他将那手绢搭到一根暗红的柳枝上。他忽然想起可能会有风来,便又用两根树枝压在上面。

他匆匆地将盆里的衣服全部晾完,端起盆往回走。走几步,回头瞧瞧那里。后来他又坐在一块青石上,看了半天。

他记得,那时始终没有一个人到那里去。

中午,他看见政委一个人在山坡上转来转去,眼睛一会儿向远处望望,一会儿朝脚下瞅瞅,像是在寻找什么东西。她身子细长,下面打着裹腿,走在山坡上像一株年轻挺拔的白杨树。后来,政委沿着山坡走了。

太阳整整晒了一天。好多天没打仗了,夜里睡下的时候,大家的骨头咯咯地响。蝉鼓起薄薄的羽翼,在山坡上,在透明的阳光中无声无息地飞来飞去。

许久以来,就始终有一道清澈的溪流在他的脑际盘绕,飞旋。一些雪纷纷向他扑来。快黄昏了,他看见副政委张文之一个人坐在山洞前望着山下的那些又粗又圆的树出神。

雪在不断地消融,又不断地隆起。一些烧红的铁丝哧哧地贴在雪地上。

四周有一种烧焦的皮肤的味道。

那时,天空中所有的羽毛都显得凌乱不堪,拖着艳丽的血丝。鸟在太阳的光线里赤裸着难看的赤红的身子。百姓们纷纷藏在家里,隔着窗户向外观看。子弹呼呼地响着,像扇在大家耳畔的巴掌一样,在河的两岸,河的上空,飞来飞去。

报信的、传令的人骑着马在河的两岸跑来跑去。

他看见那些土匪们巨大的耳朵如一张张充血的牛皮,静静地垂挂在山坡上。

如今,他常常感觉到一种赤脚走在雪地上的声音正由远而近,越来越清晰。那悠远而持久的回音正从一片遥远的麦地里走来,越走越近,就要接近他的身边了。

那堆高高的积雪又出现在他的眼前。张文之划了一根火柴要点燃它。他长长地喘了一口气。

不料,却把那火柴吹灭了。

张文之笑笑说,没火柴了,那是最后的一根。

那堆积雪向四周膨胀,变得巨大无比。

张文之说,你总得找个地方才是。

他说,那就进这雪里吧。

一夜之间,镇上所有的有钱人家都跑光了,只有他的父母守着高大的朱红门楼和深深的庭院没有动。因为他在游击队里是机枪班长,他们觉得不会有问题。

街上贴满了有关土改的标语口号。胳膊上戴着红袖章的人在街上走来走去。

那时候要是有人对他说你和政委以及副政委他们不是一样的人，他准会去当和尚。

那时候，他一直以为他和其他人一样。

等他被五花大绑押回村里时，他知道他的父母已被处死了。他听了就像听见一个与他无关的故事一样。他觉得他们死有余辜，因为他们曾经有钱。家里的长工流散的流散，都跑光了。

夜里，张文之吩咐民兵点亮一盏盏雪亮的汽灯，在一间大屋子里开会。

他看见无数密密麻麻的眼睛如同当年那些弹孔。

那天下午没有太阳。

那是一个阴沉沉的下午，雪积得很厚了还在下。

街上隆起了一个大雪堆。几个民兵带着他来到雪堆前。

在民兵们脱掉他的鞋子时，他一直想笑，他觉得脚心被弄得很痒。他说你们真能逗，再弄我就要笑岔气了。他看见民兵们通红的面孔很陌生。

他终于不敢笑了。

民兵们把他的鞋和袜子扯掉后，又开始将他的裤子挽起老高，露出赤裸裸的两条腿。腿肚子上跳动着一缕缕绿色的阳光。

然后，民兵们把他推进雪堆里。

然后，民兵们持枪站在四周。

仗打完了。

山头上布满了无数红色的火盆，山坡上的草被烧得精光。

那太阳在山坡上滚动得又大又圆，大雁一字儿排开，从金黄的麦田上空飞过。

山下有一些低矮的木屋。

张文之慢慢地从地上爬起来，看了看寂静的山岗。山岗上遍布弯曲的尸体。张文之扶起了身边的简和平。简和平满脸血污，头发披散着，身上的衣服破烂不堪。她望了望满山的尸体，凄惨地笑了，问，就剩我们两个人了？张文之点点头，都死了。简和平问，何班长呢，怎么一直没听见他的枪声？张文之的脸黑了，低下头慢慢说，政委，何小双不是早就……简和平想起来了，轻轻地哦了一声，说，要是何班长在情况也许就不是这样的了。他一挺机枪，成百上千的敌人也上不来。

以前，张文之时常在山上看见政委一个人坐在树墩上、石头上出神。这时，他又看见政委的眼睛凝视着一片树林。树林里的地上，有几个很久以前的马蹄印。简和平呆呆地看着那些早已窜出了青草的马蹄印。张文之说，政委，下山吧，山下我有地方。简和平睁大眼睛，你是在打别的主意？张文之说，政委，一切都顾不上了，命要紧，快走吧。简和平说，张文之，你不能这样，我要上报上级处分你。张文之冷冷一笑，处分？处分谁？你是政委，我是副政委，仗打不好，受处分的应该是你。简和平气愤地说，你真是个小人。张文之说，小人？小人怎么样？大人又怎么样？都是人，都要活。说罢，转身就走。简和平举起手枪，喊道，张文之，你站住，我要开枪了。张文之站住了，随即猛地跪了下来，哭着说，政委，你打吧。简和平的心跳了一下，放下枪说，张文之，快起来，我们一同再想想别的办法。张文之慢慢走过来，冷不防将简和平手里的枪踢飞，猛地用两只手死死地掐住了她的脖子。简和平的脸上出现了一种神经质的笑容，如同一个年迈的老人。

张文之长长地喘了一口气。他想到了一种许久以前的红色。他想把简和平的身体脸朝下翻转过去，一抱简和平的身子，见她的腿瘦得厉害，瘦得可怜。张文之觉得眼眶上面有无数匹马在奔腾，马蹄一下一下地敲击着他空空的躯壳。

张文之的手指在夕阳中抖得厉害。

太阳是在半夜里升起的。

太阳升起来以后，他安安静静地坐在一片金黄的麦地里，像一只黑色的大鸟。

一些黄泥捏成的人在他四周走来走去。

红山羊

那年夏天真热。

她父亲大约就是那年夏天大旱时生的，耳朵有些背，眼睛也不好使了，身上老有一种兽皮的气味。

她那时还不知道什么叫顺手关门，只听见妹妹躲在一棵挺大的榆树后面不停地问她一些无关紧要的事情。妹妹的姿势使她很难过，就是那种很下流的姿势。

真不要脸。她想。

那天的碗里盛了些什么，都记不清了。后来，吃了一阵饭，大家都觉得有些热了，纷纷将衣衫解开，将门窗打开。就在那时，她看见从父亲的裤腰里伸出一些黑乌乌的毛，挺像一些头发。她吃惊地看了一阵。屋檐下有一只乌黑的瓦罐，里面的水清楚地映着她家附近的一些东西和那些有关上山的路。她看见父亲两手捧着一只碗，像一只啃骨头的狗。父亲的两腮上有一些很黏的米粒，还有一种黄颜色的痕迹，就是那种吃完南瓜后没有将嘴擦净的黄颜色的痕迹。她听见她的喉咙里传来一阵哗哗的声音。父亲说他以前见过那个拉骆驼的小子，看样子像河西人。她费劲地望着父亲说，爹你真的老了，老得什么也看不清了。那天的雾散去以后，天地间便露出了野花、草屋、河流和远近连绵的山岗。远处的山出现了许多种太阳的颜色。山坡上的牛群和羊群就像无数黑白分明的眼睛，在云霞里凝视。

瓦罐里的水轻轻地响了起来，似有木桨搅动的声音。她家附近的那些东西又多了起来，有的贴着墙根悄悄地走了。她看见父亲在天空下不住地摇头,摇得很慢。篱笆门一晃一晃的。她说爹你真的老了,老得什么都听不见了。其实就在那天,远处还有用石子敲击木桶的声音,空空的闷响传得老远。风吹过来时,父亲说他清楚地记得那些草和牛粪都端端正正地横在道上,满树的鸡蛋大小的杏子咚咚地落到房顶上。后来便下雪了,天空像铁一样。

  雪下过后,高高的山岗上经常有人走下来。父亲说他一直想问问他们是什么时候走上山岗去的,可始终没有机会。经常有很大的风从山岗那边刮来,父亲无可奈何地把手插进自己的头发里。等他的手再次从头发里抽出来时,父亲告诉她们说他昨天和他的两个老乡一起迷路了。他们趴在雪地里,眼前是一道漂亮的杏黄色的围墙。有一些女人的皮鞋在里面走动,皮鞋下有她们脱落的头发,还有男人的咳嗽声。后来,父亲和他的两个老乡看见附近的一扇门开了,传出了说话声,还有手风琴的声音。一只大汗淋漓的兔子蹿到他们的身后。父亲说他抬起头,看见面前伸出一支乌黑的枪口。父亲看见他的两个老乡头上戴着的帽子像山一样高高地耸立着,帽子下面是两个老乡凝固的笑脸。

  后来的那些年,她才知道妹妹原来一直在偷偷地瞒着父亲和她说话。她起身看了看,那些门都紧紧地关着。妹妹告诉她,村子边的路都是白的,歪歪扭扭的七岔八岔,那些麦田的上空都飞叫着鸟雀,她这才知道父亲是真的不行了。

  有时妹妹和她说话时离她很远,这中间的距离父亲是应该看见的,也能轻而易举地完成穿越。可是父亲竟没有,一次也没有。那年秋天那个拉骆驼的河西人从他身边走过时,父亲也没有看见。那只骆驼还重重地用庞大的身子挤了他一下,可是父亲当时竟一点儿也没有察觉。直到后来他才感到他的肩膀和腿部有些隐隐作痛。他原以为是那只猪,追了半天,才发现那只猪正好好地躺在太阳底下裸露着硕大的肚皮。那猪很像一个穿风雨衣的女人,肚皮下两排整整齐齐的乳头便是两排纽扣。

  草快黄了。

站在快黄的草丛里，连一个人影也看不见。她看见她乌黑的头发一缕缕垂落在胸前，记起了那一片又一片的灌木丛。太阳渐渐地从灌木丛中升起。眼前的路瘦极了，歪歪扭扭的，挺白。沟沿上的风把衣服刮来刮去，弄出一些很古怪的声音。妹妹微黑的脸在太阳下渗出细小的汗珠，像一颗颗麻子一样，壮实的身子散发出热烘烘的咄咄逼人的气息。远处的山又高又大，灰蒙蒙蓝幽幽的，看上去很虚，布景似的。

几个人秘密地在那条沟里合计了许久。等她们沿着那条瘦瘦的小路一直下到沟底时，看见满沟里全是石头，还发出一种干巴巴的声音。那几个人都早早地走了，走得远远的再也不回来了。房屋一样高大的石头从半山崖下伸出有十几步远，石头下封冻着厚厚的冰层，太阳被远远地挡在外面，永远也进不去。那时，她听见妹妹说，她听见爷爷赶的那些骡子的叫声了，好像就在附近。年轻的爷爷和几个伙计一起从山外的平原上往北边驮盐，爷爷说他一辈子都在沟里走，沟尽了还是沟，到头来始终也没有走出去过。冬天里，白毛风夹着破席片一样的雪呜呜地猛刮，直往领脖子里灌。

等爷爷他们的骡队从耳边消失以后，她们才发现已经从沟里上来了。她回头望望，爷爷费了很大的力气把她们从沟里拉上来后又走了。眼前的一条河正慢慢地流着，极清，能清楚地看见眉毛在水中的轮廓。河边的草地上生了几棵歪歪扭扭的老榆树。稀稀落落的树木中间，有一座孤零零的黄土包，一座年代不久的坟。一截一截的矮树桩黑乌乌地散落在草地上。田地里的麦子荡起了流水一样的波纹。

其实那时她爷爷并没有走远，走了一程他们一帮人又赶着骡队返了回来。大家都趴在沟沿上看见她们姐妹俩坐在草地上脱光衣服，钻进沟里。妹妹在水里回过头，看见了那座孤零零的坟。

姐，你看那儿。

翠婶的坟。

刮风的时候，我经常听见有人细细地哭。

翠婶是好人，这一带最好看的女人。

她死的时候有多大?

三十多。

啥病?

没病。

为啥死?

不为啥。

我听说北风老把她的窗户舔破,她每天起来糊窗户。

雨来了,雨像一个个铁圈子一样,真大。

太阳照在水面上,许多五彩的线条在河里漂来漂去,一闪一闪的。她们将身子放平了,河水从颈前、胸上、胯间哗哗啦啦地流过。

那年看见爷爷他们走后,她们又在水里待了许久。那时,翠婶的坟后有一个八九岁的豁牙男孩正偷偷地向河边张望。那孩子浑身黑炭一般,极瘦。

翠婶坟头的草日夜发疯地长,细细的绿茸与河滩上的草连成一片。天气晴朗的时候,经常有雪白的山羊跑来,在坟前停留一阵后又跑走了,隐入了密密的灌木中。

那孩子真黑,老是一闪而逝。

一闪而逝。

日里极少有风。

一进入五月,屋后的菜园子便变成深色的了。茄子开了紫色的花,黄瓜高高地爬在木杆子上。门前的柳树日夜交织在一起,雨伞似的,向着四周伸开。柳树下是长满茅草的小路,小路慢慢地通向血红的山岗和远处的山地。牵牛花爬满了石头墙。每到清早,朝阳便带着露水一齐来了。

也下雨。雨停了的时候,树叶便在黄昏中闪闪发亮。过一些时候,再看那树叶,就完全漆黑了。

有风吹来时,树叶就哗啦哗啦地响,声音又干又脆,像是纸扎的马匹嗒嗒地跑，很响地在一个木箱子上跑。

姐姐，我肚里好像在冒烟，火苗一闪一闪的。

你看那雨，一点一点的，都跌碎了。

那边院里好像有人。

黑牛婶家的门开了，声音吱吱的。

是冯老大。

黑牛叔死了有六七年了。

房后好像有狗叫。

睡吧。

睡吧。

雨下着，周围是静的。关上了门和窗户，屋檐下咚咚地响。

摸黑在屋里躺下，几件日里常穿的衣衫在那细细的抚摸下快要被摸出脉搏和纹路了。轻轻地叠起来，放在墙角。

墙，是用斑驳的泥土筑起来的，轻轻一摸，黑乌乌的便涂满了手指，还有一股烟味。泥块时常啪啪地往下掉，或落到光裸着的胸脯上，或落进盛了菜汤的饭碗后极快地化掉了。站在远处看，房子像一个驼背的老人。屋顶上也是泥土，长满了一人高的野蒿。风一吹，摇来摇去。猛看，没有人能认定这是不是一道年久残败的土垣。常有鸟雀在那中间或展翅或鸣叫或微憩。到了夜里这就不很显眼了，虫声和水声很响地横在暗处，密密的、浓黑的一带长林在远远的天边静静地斜去。林子的上空，夜色深蓝。

爷爷三十岁那年，在大青山上的一个石洞里和一个白俄女人整整饿了两天。饿得眼珠子发蓝的时候，爷爷也一直紧紧地将那个白俄女人抱在怀里。太阳在山洞外一闪一闪的，白俄女人微合着眼，光裸的手臂死死地绕着爷爷细长的脖颈。那一刻，爷爷知道他的眼珠子真的蓝莹莹的了，整个身子一片蔚蓝。

爷爷久久地看着那些从土里拱出来的细长的虫子，他的手抖得厉害。在平原深处的青纱帐里，有了父亲。那猩红的血闪着迷人的光斑慢慢地流进了路边的土里。父亲的名字叫石洞,没有人知道这里边的意思。

夕阳红艳艳的,爷爷推着一辆木轮车,小石洞麻秆儿一般瘦,不哭,不睡,眼睛随着路边的庄稼和车轮上硕大的密集的木钉一起转动。木轮车吱吱哑哑地碾在干巴巴的肋条似的路上。

那天黄昏,白俄女人丢下瘦铁钉似的父亲,跟着一个牡丹江的皮货商跑了。无边的庄稼在黄昏里低垂着头。皮货商咬咬牙留下了两张毛发脱落的瘦狼皮。爷爷用刀子把狼皮划成一缕一缕头发一样的细条,高高地挂在路边的那些树上。父亲咧着嘴,在木轮车里摇来晃去。狼皮的碎条哧哧地闪光,路上的黄土盖住了热烘烘的太阳。

一九五七年农历九月十八那天,是父亲迎亲的日子。天凉如水,看热闹的人都挤在路边。太阳辉煌地照耀在黄白的土路上,爷爷扛着一床大红被子回来了。前些日子,从一个很大的城市来了一对男女,男的四十多岁,女的二十多岁。男的是老师,女的是学生。老师避开了他的住在城市里的妻儿老小,与那女学生住进了一间独屋里。住进了独屋,又怕人窥听,便花钱雇了爷爷。爷爷便整日整夜地坐在门外向四周瞭望。起初,爷爷以为他们是在一起研究什么"项目",并不去理会。但没过一天,当那种爷爷十分熟悉的声音传出时,爷爷便明白了他们的"项目"。爷爷只是以权威的姿态笑笑。平日里,爷爷极随便的一声咳嗽,也会把屋里的那两个吓得激灵半天,颤抖不止。有时爷爷还自言自语,屋里的那两个听了,以为爷爷在和什么人说话,更加惊慌如鼠。每逢这时,爷爷便一个人在门外偷偷直乐。那男的见了爷爷便做出一脸愠色,见爷爷也鼓起血红的眼珠子恶狠狠地瞪他,便立即给爷爷摸出一支烟来。爷爷点了烟,并不看他,抬起一条瘦腿晃着。后来,他们把那床大红被子留给了爷爷。

九月十八那天夜里,父亲和母亲双双被赤裸裸地裹在了那床淫秽的大红被子里面。

睡在土炕一端的是父亲,身上盖着衣服。睡在土炕另一端的是母亲,身上也盖着衣服。黑暗中,他们像两捆年久的干草一样蜷伏在土炕的两端,中间是一溜光肚皮的弟妹。窗棂上残破的窗纸呼啦呼啦地扇着,像冯老大的一双烂眼皮。

　　黑暗中，她隐隐地觉得胯下有些微疼，她想起了那头年老的毛驴。那时她骑着驴去山里走亲戚，毛驴削瘦而老迈的脊梁不住地摩擦着她的大腿，她流出了红色的泪水。那时她睡得很沉，妹妹的一条腿压到她的身上，使她看见了一个六月里的午后，她不由自主地向一片水塘走去。她看见妹妹伸出宽大而壮实的手，轻轻地抚摸浮动在屋顶上的那些柔软的白色云朵。她那时吸吮到了一种鸟的肌肤和气息，看见她家那幢古老的房子正在慢慢移动，像一艘船一样渐渐远去。房子附近那些她熟悉的东西都在慢慢移动。一些巨大的石头纷纷留下它们醒目而艰辛的名字。六月的骄阳下，她爬行在一片滚烫而富有弹性的沙丘上。

　　天空中飘满蜘蛛网一般的道路，有人提着灯笼在上面走来走去，不住地敲门。里面有人吗？厚木门一片死寂。父亲用狐狸一样的目光打量着她，她抬头看看天上，双唇像两扇有力而沉重的铁门紧紧地关闭着。偶尔张开一下，黑暗中便闪出一线雪一般明亮的牙齿，之后又迅速地消逝了。就在她将大门打开的那一瞬间，她看见父亲扛着一些发黄的木头进去了。她迅速地关门，但为时已晚，只把父亲的一声叹息留在了外面。从此她便坐在门外等父亲在里面叫门出来。黑暗是一个大轮廓，恶狠狠的气流在屋子里撞来撞去，找不到出去的路。许久以来，那些眼睛便清清楚楚地睡着，迷迷糊糊地醒着。她想起了村庄河滩上的那些小杨树。刮风的时候，小杨树们便都不由自主地扭动着娇嫩的身子，细听还有一种微弱的呻吟。她常在那呻吟中瞪大惊骇的眼睛，嘴角微微倾斜，然后飞也似的逃离那片青色的河滩草地。

　　当妹妹的粗壮的十指在天空下变得高大无比时，她感到了生平以来最大的惶恐和渺小。那些辽阔的浮云般的巨掌狂热地覆盖着她的全部身体。她看见那个白俄女人遥远的腿间鲜红的血流有力地飞溅而出，水声轻轻地咬噬着她挺拔的乳头。她告诉大家，她家附近猛然多了一些陌生的期待已久的东西，可众人都说天气很热，纷纷躲在各个角落有力地瞄着她，用下流的目光望着她。

许久没见父亲的踪影了，只看见妹妹坐在门口专心地磨着一枚明亮的长长的铁钉。许多人大喘着在墙壁上掏着一个又一个的窟窿。当那些人把一根根木桩塞进早已掏好的墙洞里时，她像被那头毛驴坚硬的脊梁摩擦大腿内侧时一样，流出了红色的泪水。她看见妹妹手里握着那枚长长的明亮的铁钉，下半身陷进了一片红色的沼泽里。她把那头驴的脊背抚得又平又展，妹妹红着脸骑上去了。妹妹健壮有力的大腿紧紧地夹着，挤压着。那时，风抽走了她的全部力气，她扑着那头驴慢慢地倒下去了。

那些人从山上下来后分别向四面八方散去，他们走进了交错的墙壁。有一个男人坐在树墩上一封一封地写家书，报告平安。妹妹围着那根柱子一个人转悠了许久。那柱子上生了数不清的雪白的蘑菇。一些鲜红的血不断地从蘑菇的根部渗出，染红了她的双眼。

她听见公鸡在妹妹的身后一声接一声地笑着，暗红的鸡冠宛如跳动的舌头不安地上下翻飞。红色的灌木丛里飞落着瞎眼的鸟雀，鸟的脚踩在过分滋润的花瓣上。一块明亮的石头被父亲无情地抛上天空后普天高照，妹妹在那雪白的光辉中跳跃着伸展开四肢。那石头是爷爷和父亲几代人共同磨亮的。千年垂落的蓝衣袖灿烂舒卷，一圈一圈地绕在妹妹的胸前。她看见妹妹雪白的牙齿紧紧地咬着鲜红的嘴唇，豆粒一样的泪珠飞溅到她的手臂上。林立的山丘消失了，眼前是一片蔚蓝色的塬地。山羊惊叫着，她的声音敲击着山羊的脊梁，又穿透它的肚皮，一条血路如蛇一样蜿蜒过去。

她知道老家附近的那些东西都被妹妹藏到那片蔚蓝色的塬地里了。妹妹的两只眼睛如同两潭清水闪烁，涌动。她的眼圈上有一道青乌乌的小路。眉峰悄悄地一耸一耸，有如两座若合若离的薄雾缠绕的秀峰。那只瘦猪很响地哗哗地冲她撒尿，一边还放肆地看着她，那眼神粗糙得厉害。她虎着脸用力跺了一下脚，那猪却并没有半点要离去的意思，倒是咧了咧大嘴像是在笑。后来，篱笆扎起的街门啪的一声关上了，那是风和妹妹的手合在一起的时候。妹妹走远了到河边去了，是去寻找丢失已久的父亲。她盯着那两扇松动的篱笆门，在院子里站了好久，妹妹的背影牢牢地堵在她的喉咙里。她看见家里的那床淫秽的大红被子正腾空而起，两个赤身裸体的人被裹在里面。

篱笆门外的雪地上有两个明亮的蹄印，像是爷爷的。爷爷牵着一条狗在河边的房顶上散步，爷爷无可奈何地望着那腾空而起的大红被子不住地大笑。爷爷深情地抚摸着他一生中心爱的手杖，一条粗壮而结实的牛腿。那牛腿深深地生长在红色的泥草地里，又竖在半空。无数的鸟围着牛腿飞来飞去，妹妹也在鸟群中飞翔，她的身体如一只雄鸟。赭黄色的牛毛斑斑驳驳，牛腿上一缕缕的红色筋络如血丝游动的血管，又像是母亲系在腰间的那根丝丝缕缕的红布裤带。

篱笆门将太阳分成窗户一样大小的一个个小格。那只永远也吃不饱的瘦猪围着她一遍又一遍地兜圈子，一边哼着它们老家的一些淫荡小调。她抬起脚向它踢去，正好踢在猪的胯下。猪尖叫着一下子蹿出老远，将那一小格一小格满满的阳光扑得粉碎，扑得稀烂，扑得没了踪影。

她想着妹妹在河边满脸汗水的样子，走出了一片麦田，视线越过几棵年老的榆树落到了河边妹妹的身上。妹妹的大手有力地覆盖着河边那些石头。爷爷的那条牵狗的绳子不住地在她面前晃来晃去，使她嗓子奇痒，咳嗽不止。妹妹的两只手早已从石头上移开，插入清冽的水中。手浸在水里，就像两只熟透了的红萝卜。

那时，妹妹的视线内充满了无数慌乱不堪的鸟。鸟的羽毛不住地脱落，弄得天地间纷纷扬扬。她的手正由松软的柔情向粗硬的木柴靠近。

太阳经常在门外弯曲着身子走路，扮成一个沿街乞讨的老人，手中的铃铛把以前的那些树枝摇得落叶纷纷。妹妹的手从犁把上替下了父亲的手，远比父亲那老树皮一般的手红润许多，鞭子甩得和父亲同样响亮。垒墙，推磨，打土坯，妹妹远远地走在了父亲的前面。

冬天里，太阳老了许多，她的雪白的鬓发如雪后的深山，一些红色的马匹日夜不休地鸣叫。父亲半蹲着眯着眼靠在向阳的墙根下，伸出干燥的瘦手在刀片一样的猪脊梁上滑来滑去，有一年竟滑到了爷爷他们的那堆火前。爷爷一个人正赤身裸体指挥着一些纸人纸马练习跑步，周围全是殷红的血和雪白的盐。

那猪又在闭着眼哼唱它们老家那一带的淫荡小调，偶尔睁开眼，瞪起血红的眼珠子疑疑惑惑地望一下门口的阳光和阴影处的羊。家门口伸出那只红萝卜，湿淋淋地往下掉亮晶晶的水珠。妹妹在屋里咳嗽一声，那瘦猪赶紧闭了浮肿的肉泡眼，开始悄悄地哼。父亲的手许久以来便停止不动了。他在那瘦瘦的脊梁上摸到了一个坚硬突出的东西，他的手抖了一下。那是他年轻时走过并看见过的一个红色山包，以及那年夏天犁地时发现的一个黑色陶罐和一个在戏台子下面斜倚着一根榆木柱子的白脸女人。

妹妹的身上披满了红色的丰厚的羽毛，她常一个人看着自己渐渐变粗的手笑个不停。父亲咧了咧嘴，稀疏的胡子歪向一边。坏哩。父亲扯过一顶黑草帽，破旧的身子在门口晃了下，遮住了乱纷纷的头发一样的阳光。父亲窸窸窣窣地出去了，去寻牛。早上天一亮那些牛便全部跑了，跑到了山上。瘦猪撑起刀架一样的身子，望着父亲横在地上的黑干草一样的影子沉沉地吼了一声，用意阴险而恶毒。她告诉爷爷说妹妹的一双手和杀猪人的一样硬，摸在身上时和男人的一样。她做梦也没有想到人世间还有那么多古怪的事情和古怪的感觉。她死死地咬着那床大红被子的一角。她还告诉爷爷说妹妹的胸前和以前不一样了，平坦坦的，有人常把牛赶到那里去放。天黑了，太阳轰隆隆地从山顶上滚到了沟里，落在爷爷他们那帮人的骡蹄上。妹妹的眼神迷离散乱，游荡不定，脸色潮红，一说话喷出热烘烘的气息。爷爷陌生地看着她，手中的一把盐染得血红。这以后，爷爷一直疯了许多年。当她在那些乱坟中穿越时，看见爷爷一个人坐在一个光秃秃的山坡上。爷爷眼前的那些红色的马匹都渐渐消失了。那时候，附近高高的山地上日夜不休地响彻着铜锣的声音。傍晚的村庄，每一家的大门都变得血红，漆黑的墙角里、房顶上蝙蝠们飞来飞去。后来她看见爷爷以前的那些骡子不断地在荒草里出没,它们的紫褐的肉体器官不断地喷发着一阵阵灼人的热气,一种泥草地里的花枝的气味和漂亮女人的肉欲之气。骡背上的那些装满食盐的肥硕的口袋低垂着,满沟的石头将口袋划得哧哧响,破烂处流出雪白的盐。那些骡子望着山谷两边赤红色的石头举步不前。爷爷的手牢牢地放在那条竖插在半空中的粗壮的牛腿上,想丢开时已经来不及了。

黄昏的火从山那边烧过来,平滑地前进着。天空中飘满了焦煳的气味。爷爷,他们弄死了一条狗,让你去吃狗肉。我的狗!爷爷丢开他的手杖,想试着重新站起来。

爷爷,你看见树上的那些灿烂的狼皮了吗?河套平原上的阳光把它们烤得耀眼夺目。成群结队的瞎子穿过莜麦地,沐浴着阳光耀眼的狼皮哧哧地在他们的耳边响着,烧着了他们的头发和帽子。

父亲有三个早晨把他的身体吊在那个白俄女人肥硕的乳房上打秋千。爷爷你那时真想去亲吻她小腹上的那些鲜红的阳光。爷爷握着她的手时就像察看骡子蹄下的银圆一样。骡子们的头一齐从那些篱笆的空洞中伸进她们的院子里。掺着一粒粒沙子的夜就像他们过去的面孔。

骡子们在红色的阳光中全散了。

直到后来,她才发现她把所有的一切都记错了。她记得父亲是在一个早上突然不见了的,从那以后就再没有回来过。当那床大红被子腾空而起时,她清清楚楚地看见了父亲正在数他的那些稀疏的胡子。父亲赤着双足,一下一下地抠着他的青色的眼屎。父亲用狐疑的目光看她,看妹妹的胳膊上隆起的山岗一样的肌肉。

她来到世界上以后,爷爷他们的骡队其实早已走远了,只能听见他们走后留下的一些歌声在空荡荡的山谷里不断地出现。

她踩着面粉一样的黄土,踩着溅落在山崖上的被猛烈的太阳烤得像花瓣般红像纵欲女人般憔悴的歌声,她嗅到了一种粉红色的白俄女人的撩人情欲的芳香。她被她拖着,浑身长满了雪白的羽毛。树枝和田野上的气流不断地抚摸着她们的胸脯。她看到一条粗壮的牛腿在太阳下被烤得油汁四溅,一种暗红色的血腥味使白俄女人醉死梦生,呻吟不止,扭动的身体如旋转的车轮。她们一同听到了马蹄草开花的声音,像奔涌着的热血一样。平原上的青纱帐被涂染得鲜红欲滴。

鸟的翅膀不住地将她的脊背拍击成花片,她从白俄女人撩起的腿下,看到一个人正在暗红的温土地带缓慢地爬行。

多年以后的一个午后,父亲才告诉她说爷爷那时就已经看不见了。他经常把一些高粱叶子玉米叶子当作女人的衣衫和头发,他不断地梦见那些雪白的盐流泻在红色的土地上。有一年夏天,爷爷把那些雪白的盐越梦越多,多得都堆成山了,爷爷还在不断地梦,情不自禁不由自主地梦。后来,那些雪白的盐终于被梦成一座积雪的大山了,爷爷不容分说地被梦进了里面。

她见过遍布在那座雪山上的血管一样的藤条网络。红色的网络大规模地罩在整座山上,如那床后来终于腾空而起的大红被子。一些雪白的如同酒杯一样的花朵不停地在里面跳跃,纷纷坠落。一双沉重的大皮靴如马蹄一样翻飞着。牡丹江的皮货商顶着他满头雪白的头发在山下转悠了许多年。天气晴朗的时候,皮货商捧着他的粗大无比的生殖器飞越一道道的金色池塘。一片红色的霞光中,汩汩的血水穿过池塘,在灌木丛的下面轻鸣。长长的蓝色衣袖拂天而过,裸露出千年的佛足。

她把什么都记错了。当爷爷他们穿越那片红色的沼泽地之后,父亲正坐在那条粗壮的牛腿下吃饭。她把那些轻轻覆盖在水面上的黑色翅膀认作是滑动在她身体上的一双大手了。她口吐金津,魂尽神飞。她努力地吸吮那挥发在她周围的兽皮的气味。父亲的饭碗里岚气升腾,游动着众多的红色血块,像鱼虾青蛙一样。血块一直顺着他的手臂游遍他的全身,钻进他雪白的头发里后永远不见了。

父亲的眼睛那时完全看花了。那腾空而起的是爷爷的帽子、耳朵和手杖。他们杀死了爷爷喂养多年的狗,拖到江边一直洗到黎明。红色的江水呜咽着,爷爷被他的手杖拖着飞越了一片又一片的旧地。爷爷看见了那一片又一片的房顶上都晒满了他的雪白的盐，天地间都是咸的。爷爷舔了舔咸而腥的嘴唇，看见一道暖烘烘的白色热流将白俄女人卷至牡丹江边。爷爷听见他的那些骡子的叫声了，他胯下的一切全都被涂染得血红。妹妹那时还太小，她只看见爷爷他们的骡子留下的那一个个暖烘烘的蹄印。他们是谁？告诉我他们是谁？爷爷挥动着一根鞭子，以前的那些骨头和玉米的红缨纷纷从他的牙齿间滑落出来。

爷爷，我能告诉你他们是谁。可是当我回到那个院子里后，那些篱笆被他们拖去作为看海的船了。爷爷你们的骡队也已走远了。

那时，她只看见他们模糊的背影正缓慢地越过那片红色沼泽地的上空。

爷爷那时正遥望着那床大红被子腾空而起时的情景，许多的花都让他碰落到地上。那些赤裸着躯体的人们在那床大红被子里互相紧紧地拥抱，互相一遍又一遍地亲吻对方和各自身上的那一抹鲜红的阳光。

那时，在我们家附近的地方，铺满了丰厚的雪白的盐。

墙上的月亮

那女人匆匆地走过一些破旧的窑洞，两边的栅栏越来越低了。
身后有蒙蒙的亮色轻轻涌动。
月亮上来了，银子似的洒满了山区。
空荡荡的晋北山区，溅不起一声回音。

最初，那手困难地笑了一下，发出一种鸟的声音。
四周长满了众多暗红的树。一些直挺挺的目光如同脑门上平滑的青筋，晾在院子里的铁丝上。
房顶上铺满了土布的被褥。女人撩起衣襟，给孩子喂奶，被褥下湿漉漉的，全是尿。

有嘤嘤的哭声从一片房顶飘向另一片房顶。烟头红红的，粗重的叹息如流星一样，远远地滑去。

不时有零星的枪声在北边的荞麦地里响起。房顶上的男人将身子放平，头探到屋檐下，仔细检查下面的梯子和绳子。

那时，他们都散开在路边的荞麦地里，胡乱放枪，摘果子吃，吵闹不休。一枪下来，树上完整的鸟巢轰然落下，一只只滑润的鸟蛋在他们汗津津的掌心里变红，放大。天空像一顶纸糊的帽子，高高地扣在他们光滑似水的头上，团团云朵如他们中间腾起的郁郁白气。

他们是土匪，晋北山区的剽悍的土匪。

那时，山区里丰满的花瓣像女人的嘴唇一样，正一片片地展开。鸟蛋变得像车轮一样巨大的时候，他们在圆盘里看到一个模样像三色草一样的人坐在河边穿衣服。有人说他已经死了，大家不必再等了。可大家全想不起他是谁，似乎在以前的一个烟囱后面见过。那时北风正刮着，天空的颜色和那些青色的头皮一样。

红色的花儿远远地开在年轻的那时。

长官，我的一条腿不见了，还有一个大拇指。

杂种！写状子了没有？滚回去写完状子再来。

长官的多毛的手恋恋不舍地从她的胸脯上移开，抓起身边的一只土豆向墙头投去。那时节田里大部分的庄稼都已收割完了，只剩下一些高粱，风一吹，呜呜地响。

长官，那只土豆不见了，像是被墙吃了。

妈的！再来。

长官又抓起一只土豆投去。血红的土豆呼啸着越过大片的荒地。大家在房顶上看见那只土豆有力地砸到了一个从长城以北过来的晋北货郎的头上。货郎头上隆起的血包像大青山下的那些血红的山丘。

长官，山丘后有马的声音。

杂种！这回准有杠子（金条），弄好马鞍下的皮袋子。

货郎看见他的父母和他的女人，成天都在晋北山区那些荒芜的土地里，弓起的脊梁直直地顶着太阳。汗慢慢地淌着，地里的人像一个个被火烧过的黑树桩。货郎快四十岁了，四周一个人也没有。货郎抬起泥污污的袖子抹了一把泪。太阳又白又涩，看上去如同嘴里嚼了一节辣椒。地里的高粱密集得厉害，慢慢地透着风，齐刷刷的一般高。

货郎走进了高粱地里。

崖头上的夕阳浓浓的，看似流动的血水。

黄泥土炕上，一个女人夸张地扭动她的全身，屋檐下垂吊着的玉米棒子叮叮当当地响在风中，金光四溅。红色的响雷在她的双腿间滑来滑去。看看二十多年前的那个秋天，一个红色的胎儿流星般地滑向河套平原的深处。你的大拇指呢？你的大拇指哪里去了？大家徘徊在平原深处的那些土墙下，久久地打听那个大拇指的下落。狗从树林里出来，伸出生疏的目光打量石磨旁的那些横七竖八的腿。

天空像一只锅盖似的扣下来。

货郎懒懒地用手扒开几棵高粱秆儿后，忽然看见了那个小村庄，就藏在高粱地下面的山地里。那时，货郎的心跳动如黎明时的马蹄，灰暗的眼珠子差点儿掉到高粱地里。

马蹄跑遍清河两岸，从大青山上滑下，跑在晋北山区的土地上。

一些高粱迎面咔嚓咔嚓地倒了下去。无数血红的土豆飞溅着，厚厚地铺落在山川之间。

货郎那天觉出大腿下一阵难忍的疼痛，一种黏稠的紫色汁液纷纷泼溅在村中矮小的窗户上。村中的人不多，一些人靠在黄色的土墙下半眯着眼，阳光均匀地涂在他们的身上。

里面有人吗？我迷路了。

货郎站在栅栏外，隔着纸糊的窗户问。

进来吧。

里面传出瓮声瓮气的声音。

货郎那天一共看见了十几个女孩。有一个女孩的脸上共有七种颜色。一个老先生教她认过几天字，发现她脑子灵得骇人。村子里的人那时都缩起了瘦长的脖子，纷纷说女儿太灵了是克星，在家克父母，出嫁克夫家。她爹脸上的胡子很多，很乱，汗珠就在那里面穿越，滚动。兄弟，我的好兄弟。村中的人点起许多的牛粪和干柴为他煮饭。用嘴一吹，火星红红的，白烟滚滚。货郎盘腿坐在土炕上，听见马蹄嗒嗒地响在雁门关外，马蹄越过无数的酸茨丛，将晋北山区丛林里的野鸡纷纷惊起，羽毛凌乱地飘着。闺女跟我走吧，嫁到晋北去，你爹会如期去看你。那儿有黑森森的炭，也有遍地的荞麦和玉米。秋天里，辣椒亮亮地在地里红了又红，那儿还有亲兄弟一样并肩生长着的家族树，母子树。母子树光秃秃的，很矮很苍老。母树长成后便将枝干砍下来栽到一旁成为子树。母树一直很难看，像一个憔悴的女人。

闺女，你爹会经常想你。

货郎想起了他的已到成亲年龄的侄子。侄子常憨憨地坐在山地里，满头乱发像被风摇动的密集的莜麦。莜麦铃铛儿丁零零响着。

闺女，去了那边要学得乖巧些。你爹会常托人去看你，舅舅也会去看你。

深秋时节，一辆山榆木做的花轱辘马车载着那十四岁的女子离开了深深的河套平原。马车悠悠地向前走着，丁零咣当。越往晋北一带走，石头越多，只是颜色杂了，白的，也有青的。马的鬃毛掠过那些古老的门楼上的红灯笼，落在松软的雪地上。高高的戏台子迎着呼呼的北风，红绣鞋在戏台上生动地扭着，山区的打谷场静悄悄的，圆圆的麦秸垛披了厚厚的雪。

去，看看他们狗日的干了没有？

公社书记斜披了衣服，捏着一根火柴棍一下一下地剔牙。

麻油青灯悄悄地亮了几日，昏昏的，冷冷的，静静的，夜夜透着孤风。老迈的斜眼大叔坐在外面拉了一夜二胡，胡须唰唰地划动着衣领。

门外的雪地上站满了人，红灯笼幽暗而无边。舅舅，你老不来，我都快认不出你了。

舅舅忙，舅舅忙得四条腿走路。舅舅还会来看你。

舅舅你下次来，给带些核桃来。

舅舅知道。屋里去吧，外面冷。

舅舅要走了，舅舅把空空的粗布口袋搭在肩上，一手扯过驴的缰绳。舅舅嘱咐她在公婆面前要勤快些，在村里人面前要忍让些。舅舅临出门看见她家门口扔了些破旧的砖头，便弯下腰把砖头挪开，齐齐地码在门的一边。

不送了，我这就走。

才走了几步，舅舅便回转身来，把帽子拿在手里，朝门口挥了几挥。

舅舅走了，瘦弱的驴蹄子在雪地上留下深深浅浅的坑。公鸡在院子里站成了石鸡。住在山坡上的人看见村外的狼将村子里的猪一只只拖了出去，雪地上留下一片厮打过的痕迹和一些有粗有细的杂乱的毛发。

报告刘书记，他们没干。炕东一个，炕西一个，都和衣睡了。

书记的脸很肃穆，像报纸上的黑体标题。

对面价沟里流河水。

窑洞里弥漫着一种潮气。满脸络腮胡须的斜眼大叔，他说他能一口气爬上几十棵树，二胡拉得真动人。拉吧使劲地拉吧，紧紧地关上门他们就听不见了，自家的曲调不能让外人听了去，有外面那些红灯笼照着他们就足够他们笑一辈子的了。粗壮有力的斜眼大叔轻而易举地扒下她死死护着的衣衫，将她横在炕上。看着，小子！学着点儿！斜眼大叔一面喘气，一面招呼躲在屋角的那个哆哆嗦嗦的男的看。舅舅你回去后不要忘了给家里捎个话，路上人少石头多，斜眼大叔的二胡拉得真好啊。你看见我的那条腿了吗？还有那个红色的大拇指？大叔你一定知道它们被藏在了哪里，你会告诉我的。大叔你的二胡拉得真动人，你再拉几遍，它们听见了就会出来了。舅舅，我知道是爹托你来的，等我找到那条腿和大拇指时，舅舅你要把它们带回家去，交给我爹。

长官，二胡声没了。

再探！

婆家的人开了门，那男的早已口吐白沫，脸色灰白地死去了。

小寡妇守青灯，十四岁的树木被伐倒在晋北山区里。日子慢慢地晃着，空空荡荡，苍苍茫茫。

看好了，不要让她跑了。

她看见婆婆身上的衣服脏得不像样子了，她想等有一天太阳很好的时候，她要好好洗一洗，洗得干干净净，清清爽爽，然后一件一件仔细抖开了，展展地晾到院里的铁丝上。

她看见远处的山倒映在盆里的水中，显得挺虚假。衣服搭在铁丝上，不久便全干了。

那太阳真好啊，和小时候见过的一样。

十七岁那年冬天她早早地起来生火。雪已经下了许久了，还在不住地往下落，天地间白茫茫的像冰冷的额头。她"吱吱"地拉开大门，惊讶地看到门外的道上有两行深深的车辙，像是刚碾过不久。那是奔河套平原深处去的。你有心你就过河来。村子里静悄悄的，烟从白色的屋顶上升起，轻轻地一直往上蓝去。她站在门口呆呆地看着那即将被雪覆盖的车辙，心里紧缩了几下，鼻子麻了又酸。她斜斜地靠在门上看那大道，雪正慢慢地重新积起。

大家都回去吧，回到房子里去睡，看样子土匪是不会来了。门楼上的那些圆圆的红灯笼都被摘下了，要等过年的时候再挂，土匪们站在老远就能望到。后来，大家异口同声地说，我们不回去！我们能回去吗？我们一回去土匪就来了，我们的女人就保不住了。

她返回屋里，很快地对着镜子理了理鬓发，从一个深色柜子里找出一件碎花棉袄披在身上，又很快地走出了院子，街门轻轻地关上了。

那天遍地的雪像白茫茫的粉面，她在街门口停下，转过头看了看身后那门。门上有她过年时贴上去的两只血红的公鸡。大门上的两个铁环一动,那两只公鸡便一齐做出一副展翅欲飞的姿势。眼下,公鸡在冷清清白茫茫的天地里睡得糊里糊涂,不省人事。千年的石磨被封得严严实实,磨眼里也灌满了雪。

长官,我又来了。

长官那时正坐在八仙桌后面,手里捧着他那个粗大的东西反反复复地看。谁也不知道他那天一共看了几遍。过来,到跟前来。长官的声音很黏,像一块滑腻腻的毛巾。

她伸出很白很好看的牙咬了一下薄薄的唇,然后飞快地沿着那道车辙的方向跑去。

一些黑色的矮小的动物在僻静的雪地里秘密交谈。土匪。你们快起来啊,土匪来了,一团一团的白气像丰满的白菜一样从她的嘴里喷出后,又很快地融化在清冷的白色旷野里。她不时地回头朝后看。有那么一个人,始终跑在她的后面,路上的雪被他踩得嘤嘤地哭个不停。她无法看清前面赶车的是个什么人,树枝上的雪从她的裤裆间总是一闪而逝。一闪而逝。舅舅,我十二个月都在忙。边墙下的土匪像蚂蚁一样,黑乎乎的越来越多。那些城墙上下的土都被流水般的血泡软了,泡酥了。四周空荡荡静悄悄的,一个人也没有。她放慢脚步,猛然间又听到一声门响,声音在雪地上显得清晰明亮。

四周什么也没有,只有雪。

白晃晃的粉面一样的雪。

大叔我亲亲的大叔,一听门响就知道是你拉二胡的声音。你的二胡拉得真诱人,他在我梦里常常说起。大叔,我亲亲的大叔,你的声音掉进了密集的酸茨丛里,还有那两只血红的眼和粗大的手。雪地上飘着淡淡的酒气,青光和蓝光。你去找你们的腿吧,我们大家不回去。土匪要把我们裤裆里的东西割下来,装入牛皮口袋里,以后便要背着这些口袋去翻越大青山和贺兰山。那儿有我们的祖坟,还有外祖母家的青青的菜园子,我们不能去。

黑夜在她的印象中越来越多了。

无边的汗水浸泡着她赤裸的身子。

有人不加思索地把她引到了一个名叫筷子坪的地方，全村有一半以上的人都姓李。她嫁的男人排行老五。那年，老五的女人死了，流了半盆血，留下一个叫碎花的女儿。

脱光了衣服，老五小腹上密密麻麻的黑毛便露了出来。天一黑，老五就和她睡觉。老五让她的两腿凌空分开，扳住她的肩头，挥汗如雨。与老五睡在一起的时候，她常听见他发出一种猪的声音。山谷里的那些狼把村里的猪吃光以后，还在村口转来转去，人们远远地在高高的房顶上看着。她摸到了老五壮实的手臂，感觉却是一条猪腿。老五。猪。石头。油桶。门板。兽医。猪。老五。她也常想把老五想成别的什么，但想来想去，老五还是一头猪，她经常梦见有人将老五打得半死，割下他的耳朵送进山神庙里，那头猪快要挨刀了，她听到一种霍霍的声音，还有雪亮的刀子带来的凉飕飕的快感，一阵浓浓的东西从她的身下涌出来，红艳艳的像那座山谷，山谷里的一些小白花日夜都仰着头。

有一个背影背朝山谷而去。

舅舅，他是谁？是他把我的那条腿和大拇指藏起来了吗？在嫁给老五之前，她还和一个猎人在一起过了些日子，在那些平静的日子里，常有圆圆的青石像冰泡一样咕咚咕咚地泛上来，青石嘎嘎地叫着，圆圆的背浮出水面。

报告刘书记，李老五被炸死了。

杂种！怎么死的？有外人看见了吗？

刘书记一手握着电话听筒，把一张早已写好的民工模范奖状揉成一团，又撕得粉碎。

那是一间坐落在红色山谷里的小木屋，孤零零地立在风中。她至今还记得那松木板筑起的房子的墙壁上挂满了狼皮、狍子皮、狐狸皮、兔皮，还有野鸡的颜色纷乱的羽毛。最里边的墙上挂着一支黑色的猎枪，一个圆形的小药葫芦，还有装铁砂的黑色猪皮袋子。猎枪更多的时候不在墙上，经常晃动在猎人的肩头上，每天早早地进山。和她住到一起时，他进山晚了，起得更晚。临进山前他总要紧紧地将她抱上一阵，触摸她身上动人的部位。他长了一双阴鸷的眼睛，看上去冷森森的，看她时那眼神却像羊皮般柔和。

　　猎人进山后，她就钻出木屋，一个人坐在门前的土坡上看远处和近处的东西，或者在屋后的草地上摘花。她的身体胀得厉害，丰满而勃发。太阳照在门口暖融融的，屋后不远的沟里还有厚厚的白色积雪。她在雪里挖了众多的小洞，小洞里再放上一块块干干净净的青石板。他从山里打回来的肉都由她放进了雪洞里。平日里这沟中极静。有时，他便带她在漫长的山谷里闲逛，教她认识各种各样的花草。羊角草有毒。女儿花一见人便枯死了，害羞。车前子捣碎了可涂在伤痛处，煎着可连续服用。这时候他一边认真说着，一边抬手指东指西，有时便停住话看她。她在旁边听着，也不免偷偷看他。眼神是柔和的，酥软的，就像她的嘴唇，滋润，多情。几乎从没有人来过这沟里，放在雪洞里的肉变得又鲜又嫩。猎人亢奋地将她娇嫩的身子抱起来举到半空，往上一抛，再撒手。她闭上眼睛啊啊地叫，还没等叫完，却发现她已跌入他深深的臂弯里。他的身体不断地膨胀，山谷里的野兔、山鸡轻轻地在树丛中出没，灌木丛唰啦唰啦地低响。

　　那时，大家都坐在高高的房顶上，遥望着土匪将出现的那些古道。无数血红的土豆飞来飞去。红色的土豆为猎人在前面开着道。猎人拖着血糊糊的身躯爬回了木屋，手里还握着半截折断了的猎枪。在山里他遇到了那只他跟踪追逐了多年的花豹。是那些血红的土豆把他送了回来。他在木屋里躺了几日，他日夜都看见那些血红的晋北山区的土豆在天地间咻咻地飞来飞去。

　　天黑了，她一个人到外面将雪洞里那些没有吃完的肉埋得更深。那众多的兽皮，她都一张一张地铺到了猎人的身下。微蓝的雪地上，她惊讶地看见猎人从山里爬回木屋的那些痕迹竟形成了一道深深的峡谷。暗红的风在山谷里悄悄地呼啸，像有许多人齐刷刷地跪在一起低低地哭。

她摘了一棵草，软软地捏在手里。她记得他曾对她说过这种草叫白羊领，在夏天时开的花最最诱人，毒性也最大。一棵草可以将一群羊活活毒死。她的手抖了一下，那支白羊领掉到了地上，与黑漆漆的空荡荡的夜融到了一处。

山后隐隐滚过的炮声，如雨前的雷声。

老五死的时候，她不在家里。人们在村东的石头山上修水库，打坝造渠。老五是放炮的，炸石头。前一天老五喝醉酒后，将她下部的毛发弄得精光，像一片难看的不毛之地。再过些天，老五就要当劳模了，还要到县里和地区去开会。后来，山上的炮响了，老五被炸成了碎片。除一条羊皮裤带外，连一块完整的东西都找不到了。老五死时，他的女儿碎花三岁了。

老五死了，她没哭，哭不出来。白木棺材晃得她两眼疼痛不止。她很早以来便盼着老五死，可也出奇地快了。她曾让山区里一位瞎眼的大仙算过命，她和老五之间还应该有一些色彩迷乱的夜晚，登峰造极之时，传来她欢愉的母牛般的呻吟。现在要轮到她自己去度过以后所有的夜晚了，想起来，心里空空的，倒是掉了几滴泪。李家的人记下她了，老五死了，她没哭，记下了便再也抹不掉了。她把老五的女儿当成了自己的女儿，她悄悄地拉扯着那孩子，悄悄地说话悄悄地走路。

出来很多年了，她几乎将原先的那个村子和那边的人都忘光了。有一天她梦见父亲佝偻着身子躺在一堵斑斑驳驳的土墙下，家里的门和窗户都敞开着，村子里听不到半点声音。

她说，爹，你怎么老不去看我？我想你，爹。我天天在家里盼你。

爹用一种鸟的声音与她说话。爹告诉她说他放的羊全死光了。白茫茫的一片，盖住了山坡、塬地，盖住了半个河套平原，连树都白了，还有家家户户的土墙、屋顶……阳光久久地钉在爹的身上，爹的皮肤像一些年久的塑料布，泛起一层一层的白皮。

……后来，有一只很白很小的羊轻轻地从她的枕边跑过去了，那样子看上去十分害羞，小脸儿忽白忽红。大家纷纷说秋天就要来了，他要是再不来那些果子便都不能吃了。大家每天站在圆圆的大型车轮中眺望。碎花睡着了，忽然又笑了一下，小小的脸蛋儿渗出亮晶晶的汗珠。她紧紧地将女儿搂在怀里睡了，就像那些成年累月长睡不醒的石头和那些板结了许多年的土地一样，太老了，再没有人肯提起了。

她说，爹，你不要难过，女儿会设法回来。

爹默默地坐在密集的高粱地里吸烟，脸色铁青。无数血红的土豆，晋北山区的土豆在他的头顶上方飞来飞去。

女儿做梦的时候，她看见一只雪白的蝴蝶在女儿的梦边飞来飞去。她试着抓了几次，一直没有抓到。蝴蝶宁静而无声地上下旋舞，不时划出一些陌生而萧瑟的圆圈。她笑笑，坐到了一旁。

蝴蝶的翅膀上有汩汩的水声，低低地回响。

碎花夜夜都梦见她柳丝般的头发被太阳洗得又黑又亮。满满当当的一篮子马齿菜放在她的脚边。太阳快要跌进山里了，在空中慢慢地滴着血，山坡上如同罩上了一块红玻璃。绿色的滑腻腻的山岗被涂染得斑斑驳驳，迷迷离离，似伏卧了无数挂花后的士兵。在以前的那些日子里，碎花只是一只被风吹来吹去的小蝴蝶，两条耗子尾巴一样的小辫子晃来晃去，一边跑一边跺着脚叫喊。声音像瓦片一样响亮，哭得天都暗红下来，草叶唰唰的。尖尖的秋绒草扎进肉里，裤腿上挂满了绿色的叮叮当当的蒺藜子。血从皮肉上涌出来，在阳光下泛着金色的眼睛。碎花望着红艳艳的血怔怔地发愣。

流水一样的烟从黄泥屋顶上冒出，盘旋如鹰。羊和牛在村外的河湾处一声接一声地用力叫喊。房前屋后，路边和井台，青色的雾弥漫着。山路上有人背着柴草走回村里，看不见人的身体，只看见两条乌黑的小腿载着那山丘一般的草慢慢走。崖畔下、墙角里都渐渐暗了，黑了。早先变黄的树叶顺着土墙飘了一阵后，渐渐觉出乏味，一转身折进了路边的土坑里，将身子与泥土贴紧，嫁鸡随鸡，嫁狗随狗，或者钻到石头下面，将蚂蚁们的公社盖得严严实实。豆油灯昏黄的火苗哆哆嗦嗦地打着寒战。碎花瘦小单薄的身子缩在沉重的灯影里，努力眨着两只大大的眼睛不让自己睡去。她在灯下缝着过冬的衣服。碎花不时地揉揉眼睛，不断地在心里驱赶着那些微笑的土匪。灯光病病弱弱的，大半个屋子是黑的。有时，母亲就用她那雪白雪白的牙将线头咬断，一边望望碎花，一边又将一根长长的线重新接上。周围是静的。白日里吹来的风中夹带着一种草的气味，那是一种只有彻底熟透了的草才能挥发出来的气味，颜色金黄，蔚蓝。秋天往往就是这样的。天黑下来的时候，便听见唰唰的树叶声，像是有人微笑着往上面泼水。路上行人黑乌乌的影子成了一棵棵单独的模糊的树。早先年间有人在崖头下凿出的并曾经居住了很多年的土窑都变成黑洞了，野猫和灰色蝙蝠在那周围和里面跑着，叫着，飞着，扇起一种浓重的腥气。那些原来曾住在土窑里的人，如今都已不在了。大部分静悄悄地死了，也有的搬到了打谷场附近，或别的地方。空荡荡的窑洞里只剩下了冷风和黑暗。崖畔上的草经过一个夏天的生长，都已经老高了，也变黄了。风一吹，根根直立的黄色草便被拦腰斩断，向一边倒去。田地里山坡上家家户户种植的东西、屋檐下悬挂着的成串的红辣椒干豆角干黄瓜和还没有完全风干的紫色的茄子上面都挂满了秋霜，白而且胖，像是一绺精心修理过的很规整的茂盛的胡须。树都长在墙根和路边，长在有风的地方。风一来，所有的树便都拚命地摇去那最后剩下的几片叶子，只留下她的暗红的铜枝铁杆，进入冬天。在那些晴朗而温和的夜晚，虫子拖着亮闪闪的尾灯在草丛里钻来钻去。有的一声不吭，有的高一声低一声地互相吵闹。夜影被高高的草摇着。要是天上没有月亮，她们母女俩便都坐在屋里。豆油灯悄悄地亮着，碎花一声接一声地听着母亲纳鞋底的声音，汗珠子在母亲的额上和鬓发间悄悄地渗出，滚落。碎花一次也没看见母亲去擦汗，身上的皮肤痒得厉害。夜的颜色很浓，墨黑，浓得流不动了。山区里的狗看见了什么，叫了几下，以后就停住不叫了。

四周还是静的。

无数血红的晋北山区的土豆在山区广阔的山川间、土地上飘来飘去。

许多个年头的咚咚的暗响，血从那些高高的房顶上开始慢慢渗出。长官，我的那条腿和大拇指有下落吗？啊，已经分头派人出去找了，马上就会回来。

三升高粱红艳艳，半间土窑冷清清，妹妹呀，你我好凄凉。月亮高过墙头，荞麦地里杀了人，脚印纷乱。舅舅，快坐吧，大叔说他要给你拉一段二胡，专拣你喜欢的拉。

你就跳吧，红灯笼照在你的眉心，照着你的两腿。

"娘，我经常听见有人在沟下唱，谁唱哩嘛？"

"鬼。"

"鬼唱哩？"

"鬼唱哩。"

"唱的啥哩嘛？"

"没啥。"

"为啥唱？"

"不为啥。"

"都是些鬼？"

……

你们快回去吧，家门口长了一人高的草，连脚都迈不进去了。那些土匪们都老了，眉毛像胡子一样，又白又长。多年来他们只是没鞋穿，你们给留些大大小小的鞋子，他们就心满意足了。旧的也没关系。在那些黑魆魆的夜里，她的枕头潮湿如雨后的山区。许多年以后，当她的手背上暴起了缕缕青筋，就要伸向那边的黑暗时，她记起了那个风和日丽的日子。暮春时节的河道里，冰块还没有来得及漂动，便都被晋北山区的人抢光了。他们纷纷铺在各自的院子里，阳光照亮了冰块里面血红的土豆，还有游动不止的玉米和莜麦。塬地里和崖头上都现出一片青茸茸的绿色。她知道那叫春意，是一带微微荡漾着的水。碎花娇好俏丽的面容印在水里，她飞快地用手搅乱。那张脸不见了，水里出现了暂时的混沌。混沌过去后便是长久的迷茫，一圈一圈的波纹荡开、散去。太阳从水面上跑过，留下了惊恐万状的影子。舅舅，你听过晋北山区的小调吗？那不能算是淫荡。大家都是从四面八方流散过来的，挤在一条通铺大炕上。枪声如豆，听声音像是在杀虎口那一带。黑暗中解开衣衫，捧出雪白的乳房。村中的麻婆婆说，老五家的你快去看看吧，可不得了啦！你家碎花和黄家的二小子在东北山上干那见不得人的事哩，俺家老汉在山上放羊时看见了。城墙上的土都被那些血染红了，羊群拚命地渴饮不止。父亲早年间放的那些羊都变成红的了，赶到内地去能卖好价。

屋顶上掉下一块泥土，黑森森的。风把门吹开了。皑皑的白雪盖住了远处和近处的东西。人从一座白房子里走出来，如走进了梦里。嘴里哈出团团白气，四下张望。晋北山区血红的山川染成白的了。麻婆婆，让您费心了，碎花不懂事。树上的叶子这时全部掉光了，铜枝铁杆穿起了白羊皮袄，一枝枝又白又胖又光，像女人的手臂。太阳闪动着充满挑逗诱惑的眼睛，那些晋北山区的房顶和地面便立刻不安地骚动起来，纷纷回应着同样的挑逗和诱惑，闪闪烁烁的光在雪地上滑来滑去。那些土豆呢？那些血红的晋北山区的土豆哪里去了？深蓝色的山区夜空里有一轮昏黄的月亮，雪地上没有风，风都在长城脚下的树丛中徘徊。她深一脚浅一脚地走在雪地里，屋前的两棵榆树披着厚厚的白羊皮袄一动不动。篱笆没有响，村里听不到半声狗叫。晋北山区的毛色杂乱的狗都成群结队地聚集在斑驳的长城下，与内蒙古的狗通婚和亲。墙头上也晾满了白羊皮袄，在夜空下闪着冷清寂寞的光。远处的树向天边横去，近处的树后隐现着她的家。柴门轻轻地开了，又轻轻地关了，院子里静悄悄的，连鸡也睡了。碎花睡在黄家的土炕上。篱笆上的积雪随着开门声被震落下来。柜子里的那些鸡蛋不见了，是麻婆婆临走时，顺手藏在衣襟下拿走了。

刘书记，土豆全死了，怕要减产。

混蛋！怎么弄死的？

无数血红的晋北山区的土豆在刘书记的四周飞来飞去，不断地撞击着他的眼睛和嘴。刘书记舞动双手努力招架着，驱赶着。土豆飞溅着，笑着。刘书记浑身血污，血顺着他的手臂一直流进裤裆里，鞋子里。

把那些盛了血的鞋子送给他们吧，他们用得着。土匪们常年出没在山里，头发上长着树叶。

晋北山区里全是坚硬的红色石头。

大叔，我亲亲的大叔。

她发现那很早以前在心底熄灭了的欲火，又重新烧起来了，烧得和那些不断扭动的红绣鞋一样。骚动不已、惶恐不安的红绣鞋啊，戏台子高高地迎着北风。每到撩人情欲的春夜里，村口那株年代久远的老榆树便会流出明亮的缠绵的紫色汁液。大叔，你的二胡拉得真动人，你拉那淫邪的晋北山区的小调拉得真好。她小时候尝过榆树上的那紫色汁液，入口极涩，还有一种怪味。

长官，抓到一个五十岁的娼妇！

妈的！又是晋北山区的。

半片镜子里映出了她皱纹横布的脸庞。她用手摸摸身子，胸脯干瘪，当年丰腴光洁的脸下陷了一片。枯瘦的腿，臂已永远失去了昔日富有弹性的光辉。她闭上了眼，听见那手困难地笑了一下，发出一种鸟的声音。老了。白日里白色的花现出黄色，门和窗户都是黑的了。紫殷殷的火在镜子里窜来窜去，不断撞击她的手。血涌出来了，一滴一滴地落到地上，像盛开着的花朵和女人表情丰富的脸颊一样，鲜艳美丽。

窗子外面的风从林子里转出来，刮在雪地上，夹着冬夜里树的声音，又和地上的雪一起把窗户摸得唰唰响。有几年了，夜里睡下后，再也听不到屋前的沟下有人在唱了。大叔，我亲亲的大叔，你的二胡拉得多动人，是那只扭动的红绣鞋掉进戏台下的人群里了吗？大叔。她几乎每夜都在小心倾听，耐心等到天亮。有人捡到那只不安的红绣鞋会还给她的。可是除了风声什么也没有。有时会从远近的人家里传出一两声零碎的狗叫。晋北山区的那些毛色杂乱的淫荡的母狗都拖着肥大的受孕后的肚子，心满意足地舔舐那些血红的土豆。早先的那几个日夜在她的窗前唱歌的人，有的后来悄悄地死了，有的老了，整天闭着眼蹲在墙角，像一截截黑木头，还有的到很远的地方揽工去了。揽工的人儿难哟，揽工人儿难。对面价沟里流河水，刘书记，你有心你就过河来嘛。

爹，我给你送饭来了。

满塬满坡的荞麦花儿全开了，白茫茫、粉尘尘的。黑陶罐晃晃荡荡，一支支晋北山区的小调在蜿蜒的山道上飘来荡去。半夜里刮起一阵风后又停了，她在风声中醒来。大叔你进屋来拉吧。碎花不知什么时候才回来，睡得正香，媚丽的脸庞上流溢着满足和甜蜜。她紧紧地盯着女儿，那紫殷殷的火又窜起老高。她的身子剧烈地抖动着，牙齿发出咔嚓咔嚓的声音，嘴唇绽开如花，暗红的血顷刻间淌出来。碎花忽然笑了一下，两只手无所顾忌地伸张开来。火苗从她的眼角四周烧起。刘书记，那些土豆全飞到你们房顶上了，血流了一院，门都不能开了。她打开门，外面的雪地上静悄悄的，反射着幽蓝的光。

雪地上的树在夜空下变得明亮而结实。睡在房顶上其实就很好，我们无论如何也不能回去。我们能回去吗？土匪们抢走了我们的血红的晋北山区的土豆，我们不能回去，我们也没有鞋子给他们穿，我们的孩子都是几个兄弟合穿一双鞋。多少年来晋北山区就有了那些红色的坚硬的石头了。她走回屋前，听见自己的喘息变得像绳子一样粗重，她伸出两只青筋暴突的手，抹到女儿光洁细腻的脖颈上，手上枯瘦的皮跳来跳去。她看见女儿似乎很柔媚地笑了一下。女儿，听斜眼大叔拉二胡吧，他的二胡拉得真动人，拉得那红绣鞋在戏台下扭来扭去。红灯笼整夜整夜地亮着。她的两只手用力合到了一处。长官，求求你长官，我的一条腿和一个大拇指不见了。

风，来来去去。四周是静的。舅舅你那年走时没有把门关上，雪地上的寒气从门口进来了。东方是一片明亮的隆隆作响的红色。那些房子披着厚厚的白雪静卧在雪地上，一动不动。栅栏也没有响。那些晋北山区的毛色杂乱的狗，踏着骚动不安的山区小调登上了破旧的长城，朝着塞外的原野和山谷，抖动骚情的身躯。

太阳哗啦啦地越过暗红的栅栏,涌进小院里,轻轻叩打着那扇虚掩着的黑木门。

无数血红的晋北山区的土豆,在天地间飞来飞去,纷纷落在山区的房顶上。

闺女,爹会经常去看你。

越过一片片窑洞,她看见舅舅正费力地穿越大片的莜麦地,裤子的破烂处,露出一些不干净的白肉。

黄昏的葡萄

傍晚的时候,来了一个人,住进了干校后面的一间小屋里。

那是一间存放纪念品的房子。屋檐低垂,门闩松动。

北方的河流,春天里是浑黄的,夏、秋两季呈纯净的蓝色,一到了冬天,便什么都没有了。满河床的白石头,黑石头,像种植了大片大片的眼睛。

干校,就坐落在河滩上。

一棵树也没有。青灰的砖圈着几十间红瓦的平房。

从这里走了的人都说,那河床里的石头,像打落了的牙齿一样。

好多年了,石头们一点反应也没有。

河滩上的阳光干干净净的。

住在前排的女人,是收发报纸的。有四十多岁了,牙挺白。这时候,原来住干校的人都不在了。有时,会从外面来几封信,信是寄给那些如今已不在了的人的。女人就将信一封一封包好藏起来。因为不知道那些人如今都到了哪里,便也无法往外转。只得压着,慢慢积攒起来。

报纸也已好久没人看了,也没人过问。经常隔一个月两个月来一次。

来一次，便是高高的一叠。

女人也不看。来了，便齐齐整整地叠好，与以前的那些堆在一起。有时，给住在后排的老头拿过一些，卷烟用。

干校往东三十里，有一个小镇。小镇很老了，从庙里墙上的那些图画里就能看出来。城门上的土经常悄悄地往下掉。有时，落在过往行人的头上，身上。天一晚，小镇的城门口便黑乌乌的了，风不小。小镇说是唐末兴起的。小镇里有许多矮小狭窄的杂货铺，烟酒店。镇子里的人，一到春末，天气晴朗的时候，都在各家的屋顶上升起各种式样各种颜色的风筝。

风筝飞起来以后，尾巴老长，像一些古怪的图案，画在空中。

干校往西三十里，有一个十几口人的小村子。村子里的土墙灰乌乌的。街上常有干黄的草。树不多。

村外是密集的玉米地，土豆地和胡萝卜地。经常有几匹马在那里吃草。

白日里，女人一个人做饭，吃饭。每顿饭只做很少一点，切开两个土豆，洗净一棵白菜，一只红红的辣椒。

天气发亮的日子，女人便扎一条碎花的蓝围裙擦擦那些玻璃。玻璃其实不脏，就是上面蒙了些土，看上去雾蒙蒙的。擦完了玻璃，女人就搬一个木凳子坐在门口，静静地看门外的阳光和院子里的东西在阳光下的轻重的影子。

天一黑，女人便关了门，睡觉。窗户上糊着厚厚的旧报纸，古铜的颜色，风吹上去嗡嗡地响，不容易破。

有时，女人也拉开一个黄杨木桌子的抽屉，取出里面的一个厚厚的灰色笔记本。笔记本的扉页上有一行留言，还有一个签在角落里的不易被发现的极小的名字。女人一看见那瘦小的名字，脸便红一下。笔记本里面夹了一些发黄的照片，都是黑白的，还有一片槐树叶子和一只薄薄的花蝴蝶。

看完了，便又轻轻地合上那本子，轻轻地拉上抽屉。一把小黄锁吊在抽屉上，终日开着，并不锁。

什么也不说。

有两三根干瘪的黄瓜垂挂在房檐下。女人看着那灰色的院墙，院墙过去后便是河滩，再远处便是苍茫的旷野和更远的山川了。远山灰蒙蒙的，也看不清什么。

每个月的初一和十五，女人便到院子的后排去看看。

后排是一片空地。

老头就住在后排的一间房子里，房子的左右和后面都是空地。黑土。不知道是老头开出来的，还是以前的人开出来的，现在老头一个人种着这片地。大葱、白菜、豆角、番茄和黄瓜，还有一小片土豆。

院墙下有一个水道。夏天里，老头便通过院墙下的水道，把外面河里的水哗哗地引进园子里来。

水道以前并不是用来引水的，是住在这院子里的一个年轻人偷偷挖下的。年轻人的对象要嫁别人了，年轻人哭得两眼红肿。年轻人想出去，便在后院的墙下挖了这个洞。那时，这墙下的草长得很茂密，一丛一丛的，透着一种阴冷的气息。后来，年轻人跑出去了。其实，也没跑多远，刚过河对岸，这面就响起了两声枪声，年轻人就倒在了那面的河滩上。年轻人的眼睛瞪得很大，眼珠子硬得像石头一样。老头合了几次，才将他的眼皮合上。

老头的声音很侉，女人的声音也很侉，都不是本地人。

菜下来的时候，老头从后面折到前排来，站在门外喊女人去那园子里摘菜。女人在屋里轻轻地"哎"一声，便去了。太阳白白的，一只鸟也没有。灰砖的院墙和红瓦的屋顶上长出了细细的黄草，铜丝一样，一根一根的，稀疏零落。风一吹，草摇摇。风不吹了，草便也不摇了，颤颤巍巍的。草细，草在太阳下摇出的影子更细，轻轻的黑影。

这是十月里的一天，足足刮了一天的黄风。风大，土厚，几步之外什么也看不见。一直刮得天黄了，地也黄了，大白天和黄昏一样。

晚饭在下午就已经开始了。老头那天被天气弄昏了头，所以，早早地便吃完了晚饭。其实那时下午刚刚开始，离天黑还很远。

天快黑的时候，风停了。女人出来，看见天地间充满了陈旧的黄色，就像那些发黄了的旧报纸一样。女人在门口站着看了一会儿，又转身进了房子里。正要关门，却猛地看见窗户上晃过一个光着脑袋的年轻人。女人觉出异样，急忙出门去看，却又什么也没有。

这时，外面已经完全黑下来了。河滩上苍苍茫茫的，极静。

女人凝神片刻，又转身进屋。点火，煮饭。火升起来的时候，女人又朝窗户看，猛地又瞧见了那个人。两排牙齿白白的，雪亮，紧紧地抵在玻璃窗上。女人还分明看到了一双眼睛。

一双男人的眼睛。

一幅木刻。

女人惊叫一声，丢了手中的勺子，夺门而逃。

女人对老头说，她看得真真切切，闪现在她窗户上的那个人的脸，头和身架都极像那个偷偷挖洞逃跑的年轻人，可那双眼睛又不像，倒极像原先住干校的那位年轻诗人。老头沉吟了半响，不说话。又想了半天，老头才说，不会是那位偷跑的年轻人，那年他确确实实已经死了，我还亲手给他身上盖了草。更不会是诗人小杨。小杨和老头处得不错，他知道小杨。小杨后来下肢瘫痪了，回了老家，南方的一座小城。那里每到春天，街上、小巷里便飘满了桃花、迎春花，小杨常对老头说起。他们住的小阁楼前，有一棵年久的法国梧桐，还有一个葡萄园。小杨说这些的时候，眼神是柔和的。小杨说，天气晴朗的时候，满园子的葡萄便都熟了。

天大亮，听到一阵哗哗啦啦的流水声，女人猛地睁开眼，见老头正在地下淘米。女人发现她睡在老头的床上，而且已睡了整整一夜。见女人恶狠狠地盯着他，老头十分茫然。女人察看了一下她身上的衣服、纽扣，之后，女人"砰"的一声带上门，飞也似的走了。

这时节，屋后的园子里早已光秃秃、空荡荡的了，只有大葱的根部还埋在又深又厚的土里。第二年春天，日子一暖和了，那些埋了整整一冬的葱便又都齐刷刷地长出来了。

这时节，天显得老高老高，天空中有带血的羽毛。常有一只或几只鹰飞过，也并不停留，在河滩的上空盘旋一会儿后，又飞走了。站在河滩上，往西部那莽莽苍苍的山梁望去，山梁是灰黄色的，又远又冷。经常看到干校附近那个村子里的羊群散落在那些梁峁上，静静的，看不出是吃草还是睡觉。有时又一动不动，很像一些发白的石头。

隔一个月或四十多天，顺着风向，能听到从不远处的山岭间传来的叮叮当当的铜铃声，那是往北方去的驼队或驴队。一队骆驼和驴，背上驮着老高老高的东西，慢悠悠地走着。呜呜咽咽的西北风从骆驼的背上、胯下刮过一阵，又刮过一阵。乱石滚滚。有时候，骆驼边走边低下头啃吃那些从乱石中拚命生长出来的稀稀落落的黄草。人闪在一边，用白羊皮袄和狗皮帽子将整个身子包裹起来，只露一双眼睛。

经常刮又厚又重的黄风，从西北方的山峁上刮来。

这样的风，从十月里刮起，一直要刮到第二年的三月，四月，五月。

等到天空中出现了一排又一排黑色的大雁，这已经是第二年的暮春了。河滩上、山坡上有了微微的绿意，河里也逐渐开始有水了。先是黄水、混浊的泥沙，等到了五六月，河里的水才会完全变清。水一变清了，便成了蓝色。看上去，极纯净，极鲜艳。

院墙下的水道扒开了，老头从河里引了水，哗哗地流进了园子里。这时，园子里的菜已长出来了。有的已经很高了，譬如番茄和黄瓜。

太阳黄黄的，像一只南瓜似的整天在园子里晃来晃去，园子里的水把它泡得闪闪烁烁。有了太阳，有了水，这小小的园子里便有了一种静静的热闹。

女人洗了头，将一盆水泼到黄土的院子里，立刻像冒起了烟似的，平地上泛起了无数的小泡，久久不散。很久了，才一个一个破掉，灯一样地熄灭了。

女人斜倚在门口，拿一把红梳子梳理黑乌乌的长发。姿势随意变换着，梳得很慢，一下，又一下，仿佛在等待什么。眼波像小河的水一样流动着，很亮。

她穿了一件小巧的薄红毛衣，整个身段毕露无遗。黄太阳映在红毛衣上，女人的脸红红的，手是白的。

这女人这时正渴望再能看到那个晃动着的人影，渴望他进来，用色迷迷的目光瞄她。不为别的，让他看看她的头发和红毛衣就行了。就是这样。

女人觉得身上像被犁开了的土地一样，有一种很怪的东西在泛着，涌着，泡沫似的。后排的老头好久没过来，那个人影不出现，让老头看看也行，都一样是人。女人盯了一眼西天滴血的太阳，只怕天黑了。天一黑，便没意思了，所有的一切都看不清了。这时，女人的眼睛望到哪里，哪里就会烧起火来。

西边的天烧起来了，石头烧起来了，莽莽苍苍的西北山梁上烧起来了。草渴死在她的视线里。

然而，天，终究还是黑了。黑了，也没有一个人来。连一阵风也没有。

女人也并不叹息，只重重地关了门。窗户上的旧报纸响了一下，声音低沉浑厚，像一个男人咳嗽的声音。

关了门，女人仿佛才意识到了什么，赶忙穿了外衣，将头梳好，包上一块方格头巾。做完这一切以后，她两手平放着，静静地看着窗户、地下。

老头来了。手里提着两棵白菜，两个红红的番茄。

女人冲老头笑笑，牙很白。

老头找一条长木凳坐下。卷烟，划火，点烟。卷烟的报纸上印着一排排坚挺的红体、黑体的大字标语。老头的手抖了一下。女人越过老头的身子去点灯，将山丘般厚实的胸脯抵在老头瘦瘦的无肉的肩上。

老头佝偻着腰。吸烟。

灯点着了。昏黄的光，一圈一圈地在屋里慢慢散开。女人摘了头巾，又递过一张报纸。

卷了一支，又卷了一支。每张报纸上都有整排整排的大字标语，老头在那标语的缝隙中看见无数的人大张着嘴，呐喊不休。喊的是些什么呵，老头一句也没听清。

老头惶惶地抬眼看了一下女人，又急忙低下头去。

一支一支的烟都抽完了，老头站起身走了。

女人冲他笑笑，鲜艳的唇，白的牙齿。

灯影映在窗户上，像一座山，又像一条大河。女人有些吃惊地望着。又仔细端详了一会儿，才发现原来什么也不像，什么也不是。

女人不看了。

夜深的时候，这里静得更厉害了。河里的流水声极细极小，像情人悄悄地在外面说话。

八月里的一天，老头早早地起来，到三十里外的镇子上去了。老头去镇上买醋、盐和火柴，也给女人捎一份。

女人给老头照门。不经意，女人在老头的屋里睡着了，一睡竟是半晌。

黄昏时，女人醒来了。

女人将老头的门从外面带好，走回前排她的屋里。女人发现，原来关得很紧的窗户开了。女人急忙打开一个紫色大木柜，她保存了很久的那些从很远的地方寄来的信件都不见了。

再看窗前的桌子上，阳光红红地斜射了进来。红红的阳光中有一束紫殷殷的葡萄。

女人尝了一粒。

葡萄极甜，水尤其多。

老头回来的时候，天已经完全黑下来了。老头从一只筐子里拿出买回来的东西，一一摆在女人的桌子上。女人从抽屉里取出钱递给老头。老头接了钱，从口袋里摸出几枚油腻腻的硬币放进女人手里。

老头说，今天镇上人真多。

女人冲他一笑。老头嗅到了一种女人的气息，浓浓的，直冲过来。

老头说，镇上来了个道士，灵得很，好多人都跑去求签了。老头也去求了一支，顺便还给女人求了一支。老头说着，从贴身的衣服里掏出一张纸，递给女人。

老头说，你的命好。

女人接过纸，看见她是天下第一签，大吉。

女人看看老头。

老头说，我的不如你，你是上上签，我是中上签，第四十五签。

女人看得真切，老头的眼里有一种闪烁不定的东西，像小鱼一样。

老头说，我在镇上还给小杨诗人寄了一封信，邮局的人说，到小杨他们那里要半个月才能收到。

女人看看窗户，说，天不早了，睡吧。

睡。老头站起身，走出了屋子。

不知又过了多少年，忽然有一天，上面来人了，说是要从这里取走以前的那些纪念品。

存放纪念品的房子打开了。几年前傍晚时来的那个人已经死去好久了，紧紧地抱着一根木头。

那人的身下有一串早已枯萎了的葡萄和一片槐花叶子。

熟　地

她的丈夫极有可能是大旱那年消失了的。晋北山区从过年一直到七月没有下一滴雨,赤红色的土地上布满了形容枯槁的人。瘦骨嶙峋的群鸦安然地蹲在那人的身后,用细长而坚硬的嘴一点一点地吸吮他们脖子里咸涩的汗。在山区大旱那年的一天夜里,还发生了另外的一件事,她的一只绣着青翠欲滴的出水芙蓉的绣花鞋不见了。那鞋是她年轻时穿过的,只穿了三天,以后就一直好好地放在箱子里。

在她丢掉鞋子以前的一个傍晚,她还见过自己如花的容颜。在经历了山区那一连串的事情以后,那面镜子便一天不如一天地慢慢衰老了,以后就什么也看不见了。她曾多次坐在她的那些果树下一遍遍回忆大旱前的那些夜晚,一遍遍努力复原她先前生动的形象。燕子飞遍河东地区众多的房屋和榆树。大旱以后的一些年,她看到原先居住在河东的人都纷纷举家迁移,在西山下筑穴而居,狗尾草从西山坡上爬满每一家的窑洞。她的房子高高地坐落在河东向阳的山坡上,有一个很宽阔的平整的院子,如同山上的一座平台。河东的这些房子是她丈夫与别人打赌时赢回来的,山下是她的一片不大的果园。那些早年曾不断来往于山区公路上的马贩子、盐贩子都还十分清楚地记得她,他们经常看见她高高地坐在她的院子里,眼睛盯着山下的那片果园。每年六七月的时候,不少人伏在河东的红杨树附近,一遍遍渴望她满树的果实。太阳遗留在西山坡人们的窑洞上,越滚越大宛如她树上的那些饱满浑圆的果子。在她丈夫消失以前的那些日子里,那时大旱还没有来到山区,有人在一个深夜看到几十只血红的骆驼安详地卧伏在河东的盐碱地里饥渴地舔食那些雪白的盐土。赶骆驼的人已许久不知去向了。多年来她一直认为她丈夫跟着那些放牧骆驼的人一起走了。极有可能是他们早有誓约,而恰好又遇上了山区大旱的混乱之时。她曾恶恶地诅咒,诅咒他侵蚀了她如花的身体。在大旱的日子里,她还见到有人坐着绿色的小车带着水出现在山区的公路上,她知道那些人离山区离她十分遥远。她看见山区的人们不住地用灼热发烫的焦黄的土块袭击那些里面装水的汽车。不要这样,老乡们!那些人一遍遍地向人们呼喊。有人指着其中一个长满焦黄牙齿的人说,老乡们,他是县委书记,你们的父母官!遍野的草木在极度的渴望中渐渐低下了头。县委书记？狗屁！她听见有人冷笑一声。那些生长在窑洞顶上的草都悄悄地趴下了身子。山区的人纷纷在炎热的石头里洗手，手指上的关节高高隆起。刘书记，不能再耽搁了，严重的问题是教育农民。头上箍有柳条帽的山区人从他们各自的窑洞上走过，牛蹲在一堆快要冒烟的干草前一遍又一遍地流泪，泪很快就被太阳掠夺得干干净净了。不，他们需要我。县委书记声音沙哑地说。

那天的太阳十分毒辣，有一个赶车的人从一处房子的院墙外经过。马蹄和轰轰的胶皮轮子踩通了一个幽深的洞穴。洞内潮湿多年，冷气横生。大家纷纷往那边跑去。让一让，请大家让一让，让列宁同志先走。县委书记被簇拥着走在队伍的最前面，洞内的冷风不时欢快地舔着他肥硕的肚皮，他的牙齿咯咯地响，像做梦的时候对某人生气那样。洞内有一些古怪的声音偶尔响一下，仿佛有人在暗中努力控制着不笑出来一样。同志们，不要再往前走了同志们，这样走下去是很危险的！县委书记掉转身拚命往外挤，他铁青的脸上嘴唇乌紫，两只通红如铁的耳朵呈现一种透明的颜色。同志们，你们村的情况很复杂。县委书记惊魂未定地说。

在山区的大旱渐渐过去后，山区公路北部的车马大店里挤满了众多的男女，开会斗争地主齐月华。那个情况复杂冷气逼人的洞穴就是在他的院墙外发现的。那时，她几乎每天都看见齐月华在河东的山上为村里烧炭。无数的红火苗蓝火苗如五月里盛开在山区原野上的花朵，青蓝色的烟从河东的上空升起，悠悠地飘散在晋北山区。满面烟尘浑身油污的齐月华被人从河东的山上叫到大店里。齐月华六十多岁了，站在大店里如同一只年老的猴子，衰老不堪。他们都说了些什么呵，她一句也没听清。当时，她们坐在她家高高的院子里，眼睛专注地盯着山下的那片果园。她听蜂蝶在果树间嗡嗡地不厌其烦地飞来飞去。大家昏昏欲睡地挤在一起开会。有人坐在墙角里悄悄地拉开裤子，反复玩弄那闲置无用的万分寂寞的玩意儿。

夜里，她看见遍野的梨花都开了，白茫茫的，香气诱人。她看见她的丈夫站在离她十分遥远的地方，娓娓动听地对她说话，说她委屈多年夜夜守空房，他很快就会回来浇灌她们的土地。丈夫的身边站着那些衣衫破烂的拉骆驼的人，那些血红的骆驼都安安静静地卧在一旁，不时伸出粉褐色的舌头舔食大片盐碱地。虎背熊腰的丈夫浑身雪白，一颗颗盐粒在他身上放射着奇异的光彩，她的心里一阵发热，如云似雾。

就在那天的夜里，山区还发生了其他的许多事情。从大店里开会回来后，齐月华死了。他吊死在一处破烂的无人居住的房子前。脖颈上的绳子和屋檐下的木梁紧紧扭结着，他一定是费了很大的力气才挽成这样的，结实得令人无法解开。他的紫褐色的舌头超过了下巴。山区萧瑟的人群无言地聚在房子前，大家默默地打量着齐月华僵硬干枯的躯体。他的紫红色的胡须像玉米的缨穗，照得大家心头一阵发暗。大家都回去吧，给他剃剃头，换件衣服，埋了吧。支书倒背着手走了，他的脸一片铁青。

在支书倒背着手往回走的时候，他一定看见了河东那遍野的雪白的梨花。她远远地见支书鼻尖上的汗珠越聚越多，上唇不时咧开。她想他一定很渴了，很有可能过河到她的果树下讨几个果子解渴，她兴奋而惊恐地坐在高高的院子里等着他。他的腿多么粗啊，体壮如牛。无边的兴奋一阵又一阵地掠过她的心头，她觉出自己的腰抖动得厉害。每年的夏天她都能看见他那两腿黑森森的汗毛，她坐在高高的院子里等着他。可是，他竟没有来。支书走到河边，朝河东遍野的雪白的梨花看了一阵，又掉头向山区南面辽阔而干涸的河川里望了一阵，之后，他便低头倒背着两手走了。河水无言地悠悠向南流去，留下满河浑圆结实的石头，像人的脊椎。岸边的草东倒西歪，如同山区的那些醉汉。

她想起了以前的那些不眠的夜晚。齐月华瘦长的身躯如同一具赭褐色的影子，孤零零地立在土地的中央，黑色的炭在他身边熊熊燃烧，咪咪作响的红蓝色火苗如轻盈平滑的水蛇欢快愉悦地舞动在山区寂静的夜空下，土地上。齐月华瘦长的牙齿在火光中时隐时现。每年的夏天和秋天，她都整日端坐在她高高的院子里，神色紧张而专注。她一直梦见有一些身份不明的人蛮不讲理地从深厚的土地里像草棵一样冒出来，他们伸出漆黑如铁的大手纷纷摘取她饱满丰硕的果实，继而挥动硕大的斧头砍断她健壮的水分充足的树根。他们在做这些的同时，嘴角的两边流溢着绿色的诱人神往的汁液。他们贪婪而无情地摘取着她的那些果实，连一片幼小无知的叶子也绝不肯放过。多年来她一直终日长吁短叹，不断想象她丈夫离家在外的情形。这个时候，齐月华正在山上烧炭，经常相隔老远和她说话。说天气，说墙头上的月亮。过去这一带的山上生长着极其茂盛的草木，白云苍狗，山间终年响彻着马队青翠欲滴的铃声。那是山区大旱以前，傍晚的村庄，牲畜的气味和草木的气味久久地回荡在天空下，那屋顶在黄昏的天空中被一味地涂成了蓝色。她听见她的如花的碎步在空荡荡的黄昏里回响着。村中那些空洞而黑暗的房子内外杂草丛生，被折断的门框和木格窗棂像一些沉睡多年的客人。有时，一只体格健壮肥硕的浑身如黑炭般的狸猫会忽然从某一堆陈旧的杂草丛生的泥石里出来，宁静地走到你的面前，宁静地将你打量许久。黑狸猫圆如铜钱的眼睛发出金色的阴气逼人的光，"唔唔"的声音在破烂不堪的空房子内单调地响着。房子内古老的墙皮啪啪掉下来，似有人在慢慢敲打。在混合着梨花、桃花香气和齐月华棺木的油漆味的傍晚，她看见一个瘦弱的孩子悄悄地从她的果树间闪过。那孩子身轻如燕，不断地穿越大片的麦田和胡萝卜地，小心翼翼地在一些房子的周围走过。她发现那孩子早年的红肚兜已经不见了，一双脚轻轻地无声无息地走着，如悄悄凋落的花瓣一般。她看见那孩子的头发还和从前一样，眼睛比原来大了，脸上有了淡黄色的柔软的茸毛。妈妈，开开门。就要下雨了，山上山下的那些梨花全开了。

她听到那孩子尖尖的声音叫了一声什么，以后便再也不见了。就在她想看清那孩子最后的归宿时，天黑了。风在山区里呜呜咽咽地响着，一些颜色暗淡的旧瓦罐被风从高高的墙头上刮下来，啪啪地摔成了无数的碎片。她从一些门窗洞开的吵架的人家前走过。那些多年来一直争吵不休的家庭的房顶上平静如水，高大的泥土筑成的烟囱静静地立着，守护着山区苍茫的黑夜和漫长的白天。她一遍遍地猜想，当她最后一眼看见那孩子时，他是向山上去了的，而齐月华那时正在山上烧炭，齐月华会看见那孩子的。她一次一次地向齐月华打听那孩子的下落，而齐月华每次都说他没有看见，还说她人老了眼睛容易看花，她看到的那个孩子极有可能是谁家的一只羊。她想起了齐月华的那只棺材被涂得血红一片，几个人抬着上了西北方向的山峁上。血红的棺材在灰蒙蒙的天空下显得极其安静。土黄色的山峁起伏不定，那些山梁上都没有树，草也很少，只有在夏天的时候才有一些稀疏的沙蓬和绿色的地衣，瘦伶伶地贴在光秃秃的山梁上，像刚刮过胡子不久的下巴和脸颊。在山区众多曲折的巷子里，无论白天或深夜，寂静时都能听到充满无限艾怨、凄婉的女人哭声，她的灵魂时常不断地向人们述说着苦难和不幸的遭遇。弯曲的如同女人眉毛的月牙儿浮现在山区上空，一缕缕柔软黑亮的头发在风中飘来飘去，找不到回家的路。过去的那些做过梦的地方都记不清了。妈妈，我每夜都回来看你，你把门关得那么死，连一条细小的缝隙也没有，我整夜在院里站着。漫山遍野的梨花像白色的海洋，鸟雀们从山区的麦田上飞过，留下的只是模糊而遥远的赤日炎炎的童年。夏日的傍晚有着模糊不清的景色，她一个人坐在高高的院子里专心致志地吃饭。你在吃什么？是土豆吗？光着身子的孩子们赤条条地从河里爬上来，齐刷刷地站在她的面前，小小的鼻子不时抽动几下，渴望能嗅到一种神往已久的气味。土豆？点心！这是点心！世上最好吃的东西，我儿子给捎回来的！孩子们看见她大口地吞咽着那些白花花的东西，比先前更加诱人。她不时地朝孩子们翻上几个白眼。天很快暗下来了，大家只听见她的喉咙里连天地响。经不起渴望多年的诱惑，趁着浓重的暮色，趁她打嗝翻白眼的机会，有人把手悄悄伸向那些白花花的东西，迅速投入口中。一种熟悉的多年来靠它赖以生存的味道和感觉迅速在嘴里蔓延开来，他们想起了那些日夜干渴难忍的山梁上的土地。那些土地裂开了一道又一道的口子，像皮肤上被划破的伤口。星星如一颗一颗的玻璃球纷纷从房后的山中升起，牢牢地贴在天空上。孩子们一齐呸呸地往地下吐着唾沫。

那是山区最常见的土豆。

她听见孩子们站在山上往她的院子里扔土块。那是山区大旱以后，她的果树上结满了果子，树下日夜都有叽叽喳喳的说话声。孩子们吃不到果子的时候，一部分人站在山上往她的院里扔土块以及乱草根什么的，一部分人站在树下骂她。地主，你是地主！

起初，她没有反应过来，只是支棱着耳朵听。当她渐渐听出骂的内容时，她忽然放声大哭起来。

我不是地主！就不是地主！

孩子们在山下叫着，你就是地主，工作队来了，要开会斗你！

她站在她的院子里一边号啕大哭，一边极力分辩。

地主！扫大街去！

我不是地主！不能让我扫大街！

那一天，她一直坐在院子里哭了许久。哭声传遍了整个山区，传到每个人的耳朵里。大家听了都不说话，暗中警告自家的孩子再不要去惹她哭。后来，大家听到她哭的内容更多了，她的丈夫、儿子以及多年来她的心事全都边哭边诉说出来了。有风吹来，她的那些梨花开始一瓣一瓣地往下落。

大家看见支书倒背着手，蹚过河进了她家的院子。那时，她还坐在石头上闭着眼睛哭。她的灰白的头发不时被风吹散，像一团乱草。她的青筋扭曲的手上沾满了湿漉漉的泥土。支书走到她身边，拍拍她的肩膀说，行了，别哭了，大家都知道你不是地主，你是贫农。她听了，马上破涕为笑，真的？我不是地主？不是，你绝对不是地主，我们大家都记得你是贫农。支书站在她的院子里，眼睛放开，望着山下雪白的梨花和河东的大片盐碱地。河东的那些红杨树丛显得十分安静，一些红色的鸡在树丛附近刨来刨去，不断地迈动长腿，穿越一丛又一丛的野蒿，一些破碎的瓦片被弄得哗啦哗啦地响。无言地看了一阵，支书倒背着手走了。

夜里，她早早地闭了门，熄了灯，一个人摸黑躺下。她想起树上的那些果实一年不如一年，心里好一阵凄凉。她听到有人在房顶上咚咚地跑，还有咳嗽的声音。妈妈，给我们点水喝吧，我们跑了好久了，衣服上全是白花花的盐碱。她悄悄地爬起来开了门，走到十分平坦的院子里。

月光如水，一切都是银灰色的。她四下听听，河东大地一片寂静，连风也没有。梨花和桃花的香气四下弥漫，她大口大口地呼吸着。她端了一盆水放在院当中，那月亮在水中变得十分动人，似乎散发着一种金黄的香味。她又洗了一些桃子放在院中的石头上。她看见山下谷麸爷爷住的榆树院里一片寂静，房顶上的草摇来摇去。谷麸爷爷听见她的丈夫在那边贩盐，终日吃不好饭，她想去做饭。她家的钥匙就放在榆树院里的第二十三片瓦的下面，她儿子回来后便能拿上，他的那个红肚兜就放在她早先存放绣花鞋的地方。要是那个瘦弱的孩子老不来，钥匙就挂到山上的那只羊的脖子上。

那一夜，她死了。

那高大的榆树把黑色的影子重重地筛了一院。

（原刊于《收获》1989 年第 2 期）

结 婚

阿 城

老林，男，广东人，单名一个企。最初，老林介绍自己名字的时候，我猜不出林后面是个什么字，《新华字典》一万一千七百字，就是没有这个"哥"和"医"拼在一起的音基。

老林坐下来，拿着笔，先在废纸的边上试试效果，然后在干净纸上确定位置，有起有收地写了一个"企"字，抬头说，嗯？怎么是"基"嘛！

谁也没有料到会这么严肃，都松了一口气，说，哦，是企。

老林是右派，一九七九年才平反，从劳改农场放出来。因为在大学是学文的，于是分配到单位里来做文字工作。

单位是区里很有名的单位，简称是，大家都习惯用简称，简称是废品站。全称废品公司收购站，不发音，仅供参考、书写和印刷。例如，大门口的招牌，上级发下来的文件抬头，一律仿宋体，很严肃。

到废品站工作，第一件事，是职业教育。严格区分废品和垃圾的不同，确立废品的尊严，不要一个国家工作人员，自己看不起自己。废品是丧失其原始使用功能，但其某些部分，一般地说，仍有其可利用的价值，与垃圾有本质的不同。

老林问，既然手册里规定垃圾是完全丧失利用价值，为什么还有捡垃圾的呢？大家的顶，经这五雷一轰，都说，是呀，为什么还有捡垃圾的呢？这些日子，中央不是宣传实践是检验真理的唯一标准吗？检验检验，废品研究所的说法，就不一定对。

老孙不识字，因为是党员，所以主持各种学习，老孙老实巴交的，总是刚过钟点，就宣布散会，哪怕重要社论只差一句就念完了。老孙说，大刘，你参加工作十几年了，你给老林具体说说。

大刘的烟叼在嘴角上，谁都不看，嘶嘶地说，我×它个废品的妈！我说老林哪，要不你怎么成了右派呢，看把你独立思考的，上大学，学什么？学独立思考？

老林说，不是呀，我的专业是音韵。

大刘是粗人，×字当头，什么都骂，×姥姥，×姥爷，×舅舅，×大小姨子，大小舅子；不但×母系，还×父系，×奶奶，×爷爷，×爹，×叔，×姑，兄弟姐妹，都×，碰上什么×什么。比如，废铜烂铁论斤收买，称完了，大刘喘着气，说，我×它个秤砣的。

老林说，大刘×的这么普遍，有深刻的道理。×母系，是母系社会血统的确认与反确认，×父系，也是同样的道理。君臣父子，讲的是政治和血统中的次序，大刘说我×你妈，就是向对方严厉确定双方在血缘上的次序。假如在实际中双方的次序不是这样，那就是骂。公司废品科的科长到站里来，你说我是科长，就好像是骂人，因为实际上不是嘛。另外，大刘骂人，主要是表达情绪时，发音的需要，比如重音啦、节奏啦，并不表示实际的动作。

大家认为老林分析得对，都说，怪不得大伙儿累了，闷了，就喊大刘,大刘哇,来,操一段儿听听。

大刘还打人,打老婆,打孩子。孩子大了,打不动了,孩子跟当爹的说,杂志上有文章写了,情绪不好,跟性生活欠和谐有关。大刘不承认,却认为老林头脑古怪,肯定是文章上写的道理。

老林有五十了,还没结婚。谁跟他结呢?一个右派。

大刘为人热肠子,发动大家找合适的人。马上还就找着了,就在废品系统。有个女的,也五十了,也是右派平反,也分配到废品公司,因为划成右派前是党员,所以恢复了党籍,在公司里搞统计工作。最重要的是,愿意和老林谈谈。大刘很高兴,因为是他联系的。大刘还从公司打听来老林划成右派的原因:老林说毛主席他老人家的诗有不合音韵的地方。

老林也很高兴,愿意谈谈。大家都很高兴,瞧着俩老单身下班后约着出去,都愿意这事就成了,又议论女的过了四十五,生育怕是不行了。也好,有个伴儿,有个照应。大刘的话儿:性生活嘛,我 × 它个不和谐的妈。

两个人谈了没几天,就申请结婚了。大家帮着操持,买床单子,被里被面子,买枕头买褥子,买暖水瓶买茶缸子。公司发了床票椅子票大衣柜票,大家帮着去店里排队,挑,帮着用运废品的车拉回来。房子是借的,大家帮着打扫,帮着布置。

都弄齐了,老林结婚了。大家吃了喜酒,松了一口气,好像自家说不上媳妇的儿子终于成了家。

不到一个星期,老林申请离婚了。老林说,两个人睡觉,鞋子,枕头,摆法各不一样,别扭。几十年的习惯,又都不愿意改,何必呢;商量了一下,就算了吧,做个分开住的朋友吧。

大刘愣了,之后,操了一段儿,说,没瞅见过这么认真的,要不怎么他们成了右派呢,俩废品。

(原刊于《收获》1989年第4期)

专业·炊烟·大风

阿 城

专 业

从北京西直门向西北,只点大站。经怀来,宣化,出张家口,折西南,过万全,怀安,阳高,便是大同。由大同北上丰镇,可达集宁,已是出了山西,不提。

大同居雁北。再向西,越长城,涉沙漠,到喇嘛湾,已是黄河边上,还是出了山西,不提。

大同向南,走怀仁,山阴,朔县,下宁武,原平,过忻州,太原在望,已是晋中,渐富庶,人多食麦,与雁北不可同日而语,也不提。

雁北乃苦瘠之地。长寸草,以为可稼穑,穑时,瘦麦瘠粟,不稼也罢,不长好木,恶树亦不甚生长。一条桑干大河,润泽潦草,逃也似东去河北。闻名景观,倒有云冈,五台,北岳恒山,浑源悬空寺,再就是大风。

左云在东，右玉在西，左右却是对北来者而言。塞外风起，疾行千里，正飞沙走石得痛快，突遇左云右玉有山百里对峙，狭路愈急，发怒吼，东触太行，扶摇直上，凌空压顶，河北有得好看了。

公元一九六七年冬，北京有数万初中高中学生西来雁北，自备行李，自觉或不自觉地到各村去，接受当地贫下中农的再教育。

一亩粟，一人是种，十人也是种，却不会因十人种而产十倍粟。夺口中粮，贫下中农，不但贫下中农，村里，大队里，公社里，县里，地区里，都不情愿再教育一下这些肠胃正旺的知识青年。

怀仁郑村住进五个学生，张、王、李、赵、林。张王李赵林在一个学校一个年级一个班，念到高中三年级，都想考一种大学，非清华，即北大，整日雄心像钥匙般带在身上。不料毕业考试刚过，"文化大革命"兴，破"四旧"，第一破的就是高考制度。来年，上山下乡起，张王李赵林聚在郑村的炕上，点一盏油灯，胡扯永恒的主题。爱情不是说的，于是谈政治，论经济，谈论政治经济学。讲相对论，分广义，狭义，题目都很大，理解不太相同，于是争，站起又坐下，下炕复上炕，声震屋瓦，穿墙透壁，引得郑村的狗吠成一片，两三里外杨村的狗亦警觉，也吠成一片，渐吠渐广，几成燎原之势。

郑村冬天无活计，只有晨起拾粪，用不到学生。竟日大风，忽一日，天气晴和，老鼠都出来晒太阳，张王李赵林决定到怀仁县城走一遭。

阳光下的雁北，竟有些晃眼。张王李赵林不同程度地流了些泪，纷纷擦着，沿大路走了三个钟头，到得城里。城里亦是破败，好歹因革命需要，用红漆标语装点着。张王李赵林寻到一间饭铺，破费就破费吧，点了肉，引得叫花子轮番乞讨。张王李赵林吃得气血上升，又论起来，倒让叫花子们远远围着看不要钱的戏，题目依然大，而且专业。

跑堂的忽然说了话，你们吵的什么，我不懂，不懂就是不懂，不能装懂，毛主席他老人家伟大就是伟大，他老人家没在语录里指示么？张王李赵林说没有，这是专业问题，毛主席只管革命大方向。跑堂的说那好，我倒认得一个人，是学习专业的。你们既是专业有问题，何不找他断断？张王李赵林将信将疑，问是何人，跑堂的说前两天来了一个北京大学的学生，也点了肉吃，没有你们点得多就是了，张王李赵林急问人在何处，跑堂的说不远，那个大学生分配在阎家沟的私窑，十里，走快了，三袋烟就到。

张王李赵林即刻起身。

雁北何以处半毛不毛之地而不废，原因却是向下，地下，地下有煤。国家自然在挖，但各村只要寻到脉，自己掏个窟窿下去，采些私煤，亦可度日。只是条件差，都是叼了羊油灯，拽个筐，爬着采煤；为省衣服，又都是光身，讲究的，将鸡巴拴好，免得伤了根。

张王李赵林摸到阎家沟，乡亲指点了，又寻到窑口。一匹瘦驴驮筐立等着，窑似井，口上支着辘轳，两个人缩脖纳袖地守着。问了，说有，趴在窑口唤，上来吧，有郑村的学生寻你哩。片刻，绳摇动了，两个人一左一右地转辘轳。

张王李赵林围到窑口，等着具体的北京大学从地里出来。出来了，坐在筐里，黑头黑脸，一条黑线从脑后拴着黑眼镜，眼白转着，问，哪位找我？张王李赵林说，我们，北京的，分在郑村，听说你是北大的，来聊聊。北大的说，好哇，聊聊呀，有女生回避一下，让我穿上衣服。张王李赵林说都是男的。北大的立起身迈出筐，低头弯腰在地上翻捡衣裤，只有一个屁眼儿是白的。

张王李赵林问，怎么大学生也插队了？北大的穿着衣服，说，没有呀，我们是分配工作，刘少奇的女儿刘涛，分在大同嘛。张王李赵林问，那你什么专业，分到这儿挖煤？

北大的正系鞋带儿，听问，仰起脸儿，说，我？我符合专业，我读的是地球物理。

炊 烟

一

老张得了一个闺女。老张说,挺好,就是大了别长得像我,那可嫁不出去了。因此,女儿名美丽,自然姓张。

老张的大学同学都说,叫个美丽,没什么不好,就是俗了点,老张你也是念过书的人,怎么不能想个雅点儿的呢?

老张说,俗有什么不好?实惠,这年头儿你还想怎么着?结结实实的吧。

老张的同学说,结实?那叫矿石好了,叫火成岩,水成岩也行,咱们这行就是学了个结实。

老张在大学读的地质。

二

老张疼闺女。

老张抽烟。老张的老婆说,你要想要孩子,就把烟忌了,书上说,大人抽烟,会影响胎儿的基因。老张正抽到一半儿,马上扔了,用脚踹灭了,忌了。美丽生出来了,老张买了一包烟,老张的老婆说,你叫美丽从小肺就是黑的吗?老张凄凄的样子。老张的老婆说,你抽吧,别在美丽旁边儿抽。

美丽是冬天生的。春天了,老张的老婆抱着美丽出来晒太阳。起风了,老张说,还不回去,看吹着。老张的老婆说,不晒太阳,美丽吃的钙根本就吸收不了。老张说,那就屋里窗户边儿上晒嘛。老张的老婆说,紫外线透不过玻璃,人体吸收钙,靠的就是个紫外线,隔着玻璃,还不是白晒。老张说,那就等风停了。

老张瞧着老婆给美丽喂奶。老张的老婆书也念得不少,瞧老张老盯着,说,还没瞧够呀,又不是没瞧过。老张说,谁瞧你了,我是怕美丽吃不饱。两人都笑了，美丽换过一口气，也笑了。

三

秋天了，美丽大了点儿，手会指东西，指妈妈，指爸爸，还会抓耳朵，抓妈妈的头发，抓爸爸的鼻子。

有一天，老张的老婆抱着美丽，老张在旁边挤眉弄眼，逗得美丽嘎嘎乐，两只小手儿扇着。老张的老婆把美丽凑到老张的脸前，美丽的手就伸进爸爸的嘴里。

说时迟，那时快，老张抬手就是一掌，把母女两个打了个趔趄。老张在地质队，天天握探锤打石头，手上总有百来斤的力气。老张的老婆没有提防，就跌倒了。到底是母亲，着地的关头，一扭身，仰着将美丽抓在胸口。

美丽大哭。老张的老婆脑后淌出血来，从来没有骂过人的人，骂人了，老张的老婆骂老张。

老张呆了，浑身哆嗦着，喘不出气来，汗从头上扭进领子里。

老张进了医院，两天一夜，才说出话来。

四

六〇年，闹饥荒，全国都闹，除了云南。那年，我毕业实习，进山找矿。

后来，我迷路了。有指南针，没用。我饿，我饿呀。慌，心慌，一慌就急。本来还会想，这下完了。一直就吃不够，体力差，肝里的糖说耗完就耗完。后来就出汗，后来汗也不出了。什么也不敢想，用脑子最消耗热量了。躺着。胃里冒酸水儿，杀得牙软。

后来，从肚子开始发热，脚心，脖子，指头尖儿，越来越烫。安徒生不是写过个卖火柴的小女孩儿吗？这个丹麦的老东西，他写得对。人饿死前，就是发热，热过了，就是死。

我没死。死了怎么还能跟你结婚？怎么还能有美丽？

我醒的时候，好半天才看得清东西。我瞧见远处有烟，当时，我只有一个念头儿，烧饭才有烟，爬吧。

就别说怎么才爬到了吧。到了，是个人家。我趴在门口说，救个命吧，给口吃的吧。没人应，对，可能我的声音太小，我进去了。

灶前头靠着个人，瘦得牙龇着，眼睛亮得吓人。我说，给口吃的。那人半天才摇摇头。我说，你就是我爷爷，祖宗，给口吃的吧。那人还是摇头，我说，你是说没有吗？那你这灶上烧的什么？喝口热水也行啊。那人眼泪就流下来，说，我操你个姥姥的耳朵⋯⋯

我不管了，伸手就把锅盖揭了。水气散了，我看见了，锅里煮着个小孩儿的手。

大　风

老吴最喜欢的一条毛主席语录是，世界上怕就怕认真二字，共产党就最讲认真。

老吴想，很对，编了四十年刊物，凡经我手签发的文章，从来没有错漏，靠的就是认真。愈是名家，愈要小心。运动来了，他们也写得很急，急，就容易有失误。人没有不出错的，名家也是人嘛。

老吴的麻烦是，他把心里的体会在政治学习会上讲出来了。

学习会是每个星期都有的，每个人都要发言的。

老孙，几个月前是编辑，听了以后，说，你的意思是毛主席也会出错了？

老吴脸筋跳着，说，我一些些那个样子的意思也没有！

老齐，几个月前也是编辑，点了几点头，说，深挖下去的话，其实有一层恶毒之处，就是，毛主席也是人，我们都知道，毛主席是当代最伟大的马克思列宁主义者，是中国革命的伟大领袖，把毛主席等同我们这样的人，大家可以想想，是什么性质的问题！

老齐向来说话慢，老吴很有时间镇静下来。

老齐刚说完，老吴就说，你的意思是，敬爱的毛主席他老人家不是人了？

老齐看着老吴，之后，看看老孙，看看其他人，再看着老吴。

老吴一个眼睛是惊叹号，一个眼睛是不用回答的疑问号。

大家都看着进驻杂志社的中国人民解放军宣传毛泽东思想工作队，简称军宣队的班长大李。

大李卷了一只锥形的烟，叼在嘴上，划着火柴，挤起左眼点好，把桌上的帽子甩到后脑勺，话和烟纠缠着出来。

要叫俺说？好，俺说。俺会种地，会打枪，你们哪个会？要不是个"文化大革命"，俺不会到这个城里，也不会拉扯着你们学习毛泽东思想。学习毛泽东思想就学习毛泽东思想，哪个叫你们学老婆子拌嘴？寻思俺看不出来呢！骂人不带屑，杀人不用刀，说你们是臭老九，俺寻思了，不屈枉。简简单单一条儿语录儿，吓唬来吓唬去，乌龟咬王八的球，哪个咬到哪个来？要叫俺说，秃子头上走虱虫，明摆着的三个字，共产党，共产党讲究个认真，你们，都算上，哪个是共产党？

是的没有说是，不是的没有说不是，都看着大李。

之后，回去打点行李，下"五七"干校。

干校除了干活，学习，开批判会，当然还要吃饭。

吃了饭，当然还要拉屎。

干校有七百人，每天下来，三个茅房的坑，当然都是满的。

满了，当然要掏出去，好能再拉。

粪不难掏，用长把的勺舀到大桶里，把桶挑出去，倒在场上，晾干就是了，难的是防猪吃和狗吃。

猪和狗，都有背景，不是好惹的。猪是贫下中农的猪，狗呢，也是贫下中农的狗，打狗须看主人，轰猪呢，自然也须看主人。

狗改不了吃屎，批判稿上常用的俗语，却是一件需要认真的事。

老齐被分配去看猪和狗，老齐看稿子很快，会认很潦草的字。

于是，不是屎被猪和狗吃了，就是猪和狗叫老齐打了。批判会上，老齐的罪，最轻的是，不认真。老孙发了言，老吴也发了言，大家都发了言。

老齐连夜写了检讨，以后不断地写检讨，因为狗改不了吃屎。

粪倒在场上，晾一两天，就成了粪干，粪干需要大致捣碎，之后扬到地里去，庄稼一枝花，全靠粪当家。

不让老齐看猪和狗了，老齐、老吴和老孙，都去捣粪干。

老孙捣得很认真，居然在干校的大喇叭里被表扬了一句。

老吴和老齐，决心更认真。先用石头把粪干砸裂，再砸，粪干成了小块，再砸，粪干由黑变赭，再砸，由赭变黄，变金黄，变象牙白，呈短纤维状，轻轻的，软软的，有一股热热的干草香气，像肉松。

起风了，突然间就很大。

粪都在天上。

老吴，老齐，老孙，猪，狗，都望着天上。他们觉得，好久没有抬头看过什么了。

（原刊于《收获》1990 年第 1 期）